天才小毒妃

천재소독비 1

ⓒ지에모 2019

초판1쇄 인쇄	2019년 5월 16일
초판1쇄 발행	2019년 5월 28일

지은이	지에모 芥沫

펴낸이	박대일
편집	이문영 · 임유리 · 신지연 · 전보라 · 신지은
마케팅	임유미 · 손태석
디자인	박현주
일러스트레이션	우나영

펴낸곳	파란미디어
출판등록	2004년 9월 14일 제313-2004-00214호

주소	03992 서울시 마포구 동교로23길 14 국제빌딩 6층
전화	02.3141.5589 영업부 070.4616.2012 편집부
팩스	02.3141.5590
전자우편	paranbook@gmail.com
카페	http://cafe.naver.com/paranmedia
페이스북	http://www.facebook.com/paranbook

ISBN	978-89-6371-657-2(04820)
	978-89-6371-656-5(전26권)

천재소독비

1

天才小毒妃

지에모 芥沫 지음 · 전정은 옮김

파란

차례

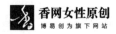

충격, 시집을 가라니

21세기, 동해 시 고급 사설 병원의 원장실.

털썩!

두툼한 중독 사례집이 거칠게 책상 위로 떨어졌다. 임 원장은 시퍼레진 얼굴로 노발대발 소리를 질렀다.

"한운석韓芸汐, 그분은 능운凌雲 그룹 이사이고 우리 병원 지분을 40퍼센트나 가지고 있어! 누가 뭐래도 제일 먼저 해독 치료를 해야 해!"

화가 머리끝까지 난 임 원장을 앞에 두고도, 한운석은 하얀 가운 주머니에 양손을 찔러 넣은 채 무척 차분했다.

"원장님, 죄송하지만 이사님은 만성 뱀독에 중독되었고 긴급한 상황이 아닙니다. 우리 병원에서 순서를 어길 수 없습니다."

청순하고 고운 외모에 큰 눈, 사랑스런 보조개를 가진 그녀는 새파랗게 젊은 나이에 놀라운 침술로 한의학계에서 크게 명성을 날렸고, 보기 드문 해독술의 고수로 동물의 독이든 식물의 독이든 화학적 독이든 인체의 독이든 해독하지 못하는 것이 없었다.

"우리 병원? 똑똑히 들어, 이 병원은 능운 그룹 소유야!"

임 원장은 분노를 이기지 못해 탁자를 내리치며 벌떡 일어섰다.

"원장님, 한 번 더 말씀드리지요. 이사님은 위급 환자가 아닙니다. 이사든 아니든, 의사 앞에서 사람은 모두……."

한운석의 말이 끝나기도 전에 임 원장은 사납게 그 말을 끊었다.

"의사 앞에서 사람은 모두 평등하니, 남녀의 구분뿐이니 하는 소리 따윈 집어치워! 한운석, 경고하는데 당장 해독술을 준비해. 그렇지 않으면 오늘부터 의학계에서 완전히 축출될 줄 알아!"

경고?

이 정도면 한운석이 겁을 집어먹을 줄 알았겠지만, 그녀는 여전히 차분한 얼굴로 진지하게 말했다.

"임 원장님, 제 앞에서는 남녀의 구분도 없습니다. 딱 두 부류죠. 치료하고 싶은 사람과 그렇지 않은 사람. 이사님은 치료하고 싶지 않은 부류이니 다른 의사를 찾아보시죠!"

말을 마친 그녀는 예의 바르게 웃어 보인 다음 휙 돌아섰다. 여위고 약해 보이는 몸이었지만 행동은 우아하고 침착했으며, 아름다우면서도 도도함이 느껴졌다.

그러나 한운석이 원장실 문을 여는 순간, 임 원장은 버럭 화를 냈다.

"한운석, 감히 내 앞에서 그 따위로 말을 해? 당장 거기 서!"

그는 이렇게 외치며, 다짜고짜 책상에 던져 놓았던 사례집을 주워 한운석의 뒤통수를 향해 힘껏 내던졌다. 한운석은 움찔했다. 축축하고 뜨거운 것이 뒷머리를 따라 주르륵 흘러내리는 것이 느껴졌다.

그녀는 경악하여 고개를 돌렸다. 그러나 임 원장을 한 번 쳐다볼 시간조차 얻지 못한 채 온몸이 무너져 내렸다…….

3천 년 전, 천녕국天寧國.

한운석은 꽃가마 안에서 몽롱하게 깨어났다. 축제라도 치르는지 주위가 시끌시끌하고, 나팔 소리 북소리가 요란스레 울려 댔지만 눈앞은 깜깜했다.

어떻게 된 거지?

한운석은 머리에 푹 눌러쓴 것을 잡아당겨 보고는 '헉'하고 찬 숨을 들이켰다.

이…… 이건 옛날 면사포 아냐?

무의식적으로 몸을 이리저리 살펴본 그녀는 새빨간 혼례복에 화관을 쓴 자신의 모습을 발견했다. 더도 덜도 아닌 막 시집을 가는 신부의 모습이었다. ……말도 안 돼!

꽃가마가 흔들흔들 요동을 치자 머리가 지끈지끈 아파 왔다. 그때, 토막토막 낯선 기억들이 머릿속으로 쏟아져 들어왔다.

의심할 여지가 없는 타임슬립이었다. 더군다나 오자마자 시집을 가야 하다니!

이 몸의 주인은 천녕국의 의술로 유명한 가문인 한씨 집안 정실부인의 딸인 한운석인데, 의술이 뛰어났던 친어머니가 당시 황후였던 지금의 태후의 목숨을 구해 주었던 덕분에 태어나기 전부터 당시 일곱째 황자이자 현 진왕秦王인 용비야龍非夜의

짝으로 정해져 있었다.

그때만 해도 사람들은 그 일로 한씨 집안의 위상이 크게 높아질 것이라고 떠들었지만, 그 후 아무도 예상치 못한 일이 벌어졌다. 한운석이 태어나자마자 친어머니가 죽고, 그녀 자신은 의술의 '의' 자도 모르는 무용지물 추녀로 자라나게 된 것이다. 이 때문에 진왕은 혼사를 기피하며 질질 끌었는데, 하필이면 며칠 전 황제의 심사를 거스르는 바람에 이달이 가기 전에 택일하여 혼례를 올리라는 엄명이 떨어지고 말았다.

오늘이 바로 그 혼삿날이었다.

어렸을 때 왕에 봉해진 진왕 용비야는 황위 쟁탈전에서 겨우 살아남은 황자였다. 나이는 갓 스물이 넘었지만, 서열로 따지면 유일한 황제皇弟(황제의 아우)로 천녕국에서 어마어마한 지위와 권력을 가진 사람이라 할 수 있었다. 진왕부秦王府는 성 남쪽에 있고 한씨 저택은 성 북쪽에 자리하여, 신부를 태운 꽃가마는 북쪽에서 남쪽으로 거리를 가로질러야 했다. 다른 누구도 아닌 진왕의 혼사이다 보니, 진왕 본인은 나타나지도 않았는데 너도나도 몰려나와 거리가 시끌시끌했다.

한운석이 옛 주인의 기억이 알려 주는 정보들을 정리하고 있을 때, 흥겹던 악기 소리가 딱 멈추고 매파가 큰소리로 외쳤다.

"이런, 이런. 망했구나, 망했어! 아주 망했어!"

굴욕, 내일 다시 오라

경사스러운 혼삿날에 매파라는 사람이 길 한복판에서 망했다고 외치다니?

이건 분명히 고의였다. 한운석은 무슨 일인가 싶어 발을 걷으려다가 우뚝 멈추었다. 신부가 예의범절도 모르고 함부로 얼굴을 내밀었다가는 케케묵은 옛날 사람들이 얼마나 입방아를 찧어 댈지 뻔했다. 아주 반죽이 되도록 쿵덕쿵덕 찧어 놓고야 말 것이다.

이렇게 생각한 그녀는 별수 없이 가만히 앉아 귀를 기울였다. 바깥 동정으로 보아 제법 많은 사람들이 주위를 둘러싸고 있는 것이 확실했다.

"어쩜 좋을꼬! 틀렸어, 길을 잘못 왔단 말이야. 방금 그 길목에서 오른쪽으로 꺾어야 했는데, 우린 왼쪽으로 왔어!"

매파는 거의 울부짖다시피 외쳐 댔다.

"난 또 무슨 일이라고. 이 길로 가도 진왕부로 갈 수 있소."

"아무렴! 왕 할멈, 나이를 먹더니 노망이라도 났소? 어쩌자고 경삿날에 불길한 말을 하시오? 방금 할멈이 왼쪽으로 가자고 했잖소?"

가마꾼들이 너 한마디 나 한마디 하자 왕 매파는 발을 동동 굴렀다.

"오냐, 그래. 내가 노망이 나서 그랬다! 아무튼 야단났네! 이쪽으로 가면 최소한 한 시진은 걸릴 텐데 그러면 길시를 놓칠 게야!"

그 한마디에 주위는 찬물을 끼얹은 듯 순식간에 조용해졌다.

옛날 사람들은 말할 것도 없고 현대인들 중에도 이 '길시'라는 것을 몹시 중요하게 생각하는 사람들이 많았다. 잠시 침묵이 흐른 후, 가마꾼 한 명이 조심스레 물어보았다.

"그…… 그러면…… 돌아가서 오른쪽 길로 가면 어떻겠소?"

"무슨 소리야!"

매파는 발로 땅을 쿵쿵 차며 소리를 질렀다. 덕지덕지 바른 연지분이 분노로 일그러진 얼굴 때문에 쩍쩍 갈라졌다.

"신부는 뒤를 돌아봐도 안 되는데 길을 돌아가자니! 신부더러 소박맞으라고 저주라도 하는 게야?"

가마꾼은 말문이 턱 막혔다.

꽃가마 안의 한운석은 연신 눈을 흡떴다. 저 매파는 일부러 신부의 행차를 지연시키려는 것이 분명했다. 진왕부에서는 신부를 맞이할 사람은 말할 것도 없고 신랑조차 오지 않은 채, 달랑 매파만 보냈다.

아직 시댁 문지방을 넘지도 않았는데 새사람 버릇부터 잡아놓으려는 것이다. 길시를 놓쳤다가 나중에 진왕부에 불길한 일이라도 생기면 모두 그녀 탓이라고 덮어씌우겠지?

한운석은 가마에서 내려 시집이고 뭐고 필요 없다고 소리치며, 여보란 듯 신랑을 뿌리치고 홱 돌아서고픈 마음이 굴뚝같았다. 하지만 그러기에는 자신의 처지가 너무 뻔했다. 친정에는 승냥이 떼가, 시댁에는 호랑이들이 눈을 희번덕이고 있으니, 한씨 집안의 후계자이지만 무쓸모인 추녀가 마음 내키는 대로 할 수는 없는 노릇이었다.

상황에 따라 대처하는 수밖에. 태후가 정한 혼사이고, 황제가 어명을 내렸으니 아무리 진왕부라도 대놓고 그녀를 잡아먹으려들기야 하겠어?

매파와 가마꾼은 한참 동안 수군수군 의논하더니 결국 계속 앞으로 달리기로 했다. 가마꾼 네 명이 죽을 둥 살 둥 달리자 한운석은 어지러워 죽을 지경이었다.

그런데도 끝내 길시를 족히 반 시진이나 놓쳤다. 높이 한 장이나 되는 으리으리한 진왕부의 대문은 꼭 닫혔고, 옆문들까지 빈틈없이 닫혀 있었다. 구경을 나온 백성들이 문 앞에 둘러서서 손가락질을 하며 떠들어 대고 있었다.

"한운석이 지지리도 못생겼다며? 진왕께서 코빼기도 내비치지 않을 만도 해."

"허허, 천하제일의 미인도 진왕부에 시집을 가고 싶어 하는 판국에 한운석 따위가 뭐라고? 운 좋게 진왕부에 들어가 본들 아마 평생 독수공방 신세일 게야."

"반 시진이나 늦게 오다니, 저리 기세가 등등할 줄 누가 알았겠나? 아이고, 한참을 기다렸더니 다리가 아파 죽겠구먼!"

본래의 한운석이었다면 이 말을 듣고 왈칵 울음을 터트렸을 것이다. 하지만 지금의 한운석은 겁 많고 열등감에 시달리는 예전의 그 가엾은 소녀가 아니었다. 그녀는 가려움을 참지 못해 뺨에 난 종기를 긁으면서, 창을 가린 발 사이로 밖을 내다보았다. 진왕부의 대문은 경사스러운 분위기를 낼 만한 흔한 장식 하나 걸어 놓지 않아, 꽃가마가 오지 않았다면 모르는 사람은 오늘이 혼삿날이라는 사실을 짐작조차 하지 못했을 것이다. 허전하고 썰렁한 그 문은 틀림없이 한운석에게 이렇게 말하고 있었다.

너는 환영받지 못하는 몸이야, 제발 좀 받아 달라고 애원해도 소용없어.

왕 매파가 대문을 두드렸지만, 용기가 나지 않았는지 들릴락 말락 작은 소리였다. 한참이 지난 뒤 대문은 꼼짝도 하지 않고 옆문만 빼꼼 열렸다. 늙은 문지기는 문 안쪽에 서서 나올 생각조차 하지 않았다. 왕 매파가 허둥지둥 달려가 직업 정신도 투철하게 활짝 웃으며 경사스럽게 외쳤다.

"신부가 왔소! 신부가 왔다오!"

누가 짐작이나 했을까, 늙은 문지기는 꽃가마를 흘끗 보고는 무시하듯 내뱉었다.

"태비太妃(선제의 후비) 마마의 명이다. 길시가 지났으니 내일 다시 오라!"

문이 '쾅' 소리를 내며 닫혔다.

안 가, 나 쉬운 여자 아니거든

꽃가마 안에 차분하게 앉아 있던 한운석도 마침내 눈을 가늘게 뜨며 속으로 외쳤다.

진왕부! 해도 해도 너무하잖아!

왕 매파가 풀이 죽은 몰골로 돌아와 한숨을 푹푹 쉬며 말했다.

"아이고, 재수도 없어라. 매파 노릇을 평생 했지만 이런 일은 처음이야! 자자, 돌아가자! 어서!"

가마꾼들이 꽃가마를 들어 올리는 순간, 한운석이 사납게 소리를 질렀다.

"멈춰라!"

응? 어디서 나는 소리지……?

어리둥절한 사람들이 주위를 둘러보았지만 말한 사람을 찾을 수가 없었다.

"왕 할멈. 돌아가서 내일 언제 오면 되는지 물어보게."

한운석이 다시 말했다. 차분한 음성에 거스를 수 없는 위엄이 담겨 있어, 크게 말하지 않아도 모든 사람들 귀에 똑똑히 들렸다.

순간, 사람들은 믿을 수 없는 눈길로 꽃가마를 돌아보았다.

정말 한운석이 말한 거야? 이런 꼴을 당하고도 가마 안에서 질질 짜기는커녕 말을 해? 그것도 저렇게 다 들리도록?

"왕 할멈, 어쩌자고 우물쭈물하는 것인가? 길을 잘못 들어 헤맨 책임을 물어야만 움직이겠나?"

한운석의 엄한 목소리가 떨어지자 왕 매파는 뜻밖의 사태에 화들짝 놀랐다. 길을 잘못 든 것은 태비의 지시였으니 진왕부에서 문책을 당할 일은 없지만, 한씨 집안에서 따지고 들면 왕 매파 혼자 감당할 수 있는 일이 아니었다. 그런 일이 벌어지면 태비도 나서서 보호해 주지 않을 터.

저 겁쟁이 한운석이 언제부터 저렇게 변했을꼬?

왕 매파는 의아해하면서도 깊이 생각할 틈도 없이 허둥지둥 대답했다.

"아이고, 예, 예, 알겠습니다요! 조금만 기다리시지요."

쿵쿵쿵!

이번에는 소리도 제법 컸다. 조금 전의 늙은 문지기가 옆문을 빼꼼 열고 외쳤다.

"무슨 일이냐? 내일 다시 오라지 않느냐?"

"신부가 내일 언제 오면 되느냐고 묻는다오! 부디 태비마마께 한 번만 여쭤 주시오."

왕 매파가 아양을 떨며 묻자 하인은 고개를 갸웃했다. 거참, 재미있는 신부로군.

"기다려라."

왕부의 후원에 있는 정자 안에서는 의태비宜太妃가 귀부인들과 마작을 하느라 며느리를 들이는 일에는 눈곱만큼도 관심을 보이지 않고 있었다. 황제가 친히 정사를 돌보기 시작한 후로 선제의 남은 태비들은 죽거나 능묘를 지키러 보내졌지만, 의태비는 태후마저 한발 양보해 주는 귀한 아들 덕에 아무도 건드리지 못했다. 3년 전, 의태비는 황궁에서 살기가 답답하다며 이곳 진왕부로 옮겨 와 아들과 함께 살고 있었다.

시녀가 살랑살랑 허리를 흔들며 다가가 의태비에게 속삭였다.

"마마, 신부가 내일 언제 오면 되느냐고 묻는답니다."

패를 내려놓던 의태비의 손이 우뚝 멈추었다. 그녀가 시녀를 돌아보며 물었다.

"누가 물었다고?"

"시…… 신부가 물었답니다."

시녀는 더욱더 목소리를 낮추었다.

"간도 크구나!"

의태비는 황당했지만 패에 정신이 쏠려 건성으로 대답했다.

"오늘처럼 사시巳時(오전 9시에서 11시 사이)라고 해라."

시간을 확인한다고 무엇이 달라질까? 어차피 내일도 늦기는 마찬가지일 텐데.

"사시랍니다."

왕 매파가 꽃가마에 다가가 말을 전했다. 뜻밖에도 한운석이 차갑게 말했다.

"여기서 기다리겠다."

그 말을 듣자 주위를 둘러싼 사람들은 한씨네 딸이 여간 아니라는 사실을 깨달았지만, 아둔한 왕 매파는 영문을 모르고 소리를 질렀다.

"예에? 아니, 신부가 어떻게 그런답니까? 남의 집 문 앞을 떡하니 가로막아서는 안 되지요! 누가 보면 비웃습니다요. 안 돼요, 안 돼! 그런 법은 없습니다! 문 앞에서 기다렸다가 시집가는 사람이 어디 있다고요?"

"자네 입으로 신부는 절대로 길을 돌아가면 안 된다고 말하지 않았나? 왜, 이제는 자네가 나더러 소박맞으라 저주하는 것인가?"

한운석이 차갑게 질문을 던졌다. 분명히 조금 전 자기 입으로 한 말이었기 때문에 왕 매파도 말문이 막혔다.

"기다리기 싫으면 돌아가게. 한씨 집안에서 수고비를 받지 못하더라도 내 탓은 말고."

한운석이 사람 좋은 투로 일깨워 주었다.

혼행을 따라온 사람들은 어쩔 줄 모르고 서로를 쳐다보았다. 보면 볼수록 신부가 여간내기가 아니라는 생각이 든 그들은 감히 자리를 뜨지 못하고 바닥에 앉아 신부와 함께 기다렸다. 이 상황을 본 왕 매파도 혼자서 날뛰어봤자 아무 소용이 없는 것을 알고 꽃가마 곁에 앉았다. 조금이라도 용기가 있었다면 저 발을 걷고 안에 앉은 신부를 확인하고 싶은 심정이었다.

정말로 소문 자자한 겁쟁이 추녀일까? 혹 사람이 바뀌었나?

왕 매파는 잠시 망설이다가 조심조심 팔을 내밀었다…….

계속 기다리라고 해라

왕 매파가 발 끝을 살짝 걷으려는 순간, 한운석이 그 손을 꽉 밟으며 음침하게 물었다.

"길시가 되지 않았는데 나더러 가마에서 내리라는 것인가?"

"아, 아닙니다, 아닙니다요! 이 늙은이가…… 넋이 나갔나 봅니다요!"

왕 매파는 허둥지둥 해명하면서 아픔을 꾹꾹 눌렀다. 한운석은 그제야 그녀를 놓아주고 우아하게 발을 거둔 뒤 편안한 자세로 꽃가마에 기댔다. 한씨 집안은 평소 온갖 방식으로 그녀를 학대했지만, 혼례 준비에는 만전을 기한 덕분에 꽃가마 안은 넓고 편안해서 한숨 푹 자기 좋았다. 한운석은 내일 오란다고 돌아갔다 다시 올 만큼 멍청하지 않았다. 일단 돌아가면 내일 제시간에 맞추어 올 수 있을지 누가 장담할 수 있을까?

황제의 명이니 진왕부도 대놓고 신부를 거절할 수는 없었다. 그래서 온갖 방법을 동원해 시간을 질질 끌 것이고 결국 피해를 입는 사람은 한운석이 될 것이다. 물론 그녀도 시집을 가고 싶지는 않았지만, 무슨 일이 있어도 저 대문을 넘어 들어가야 한다는 것은 알고 있었다. 그렇지 못하면 황궁에서 질책이 떨어졌을 때 그녀 자신이 희생양이 될 것은 뻔했다. 진왕이 혼례를 올리고 정식 왕비를 맞아들이는 일은 이미 도성 전체에 소문이 쫙 나 있었고, 그녀가 진왕부 대문 앞에서 기다린다는 소식은 필시 황궁에도 전해졌을 것이다. 황궁에서 지켜보는 한, 내일 길시가 되면 진왕부는 아무리 달갑지 않아도 그녀를 들여보낼 수밖에 없었다!

이렇게 생각하자 한운석은 가장 편안한 자세로 자리를 잡고 마음 편히 눈을 감았다.

그때, 존귀하신 의태비는 평소의 한가로운 생활을 내던지고 몸소 진왕부 옆문으로 달려와 문틈으로 바깥을 살폈다. 빨간색으로 경사스럽게 꾸며 놓은 신부 행렬을 보자 공들여 관리한 우아한 얼굴에도 그늘이 졌다.

"모비母妃(황실에서 황후가 아닌 후비의 자녀가 그 어머니를 높여 부르는 말). 한운석이라는 여자, 참 이상하네요. 모두들 그녀를 두고 겁쟁이라고 하던데 오늘은 어쩜 저렇게 대담할까요? 방금 황궁에서 사람이 와서 무슨 일이냐고 묻지 뭐예요."

모용완여慕容宛如가 걱정스러운 얼굴로 물었다.

그녀는 의태비가 키운 양녀로, 온화하고 총명하며 순종적인 성품이라 어려서부터 의태비의 시중을 들며 친딸보다 가까운 사이가 되어 있었다. '모비'라는 호칭만 보아도 그녀가 진왕부에서 어떤 위치에 있는지 알 만했다.

"저 못난이가 감히 본 궁과 붙어 보겠다고?"

의태비는 음흉하게 실눈을 뜨며 손가락으로 목을 살짝 긋는 시늉을 했다. 골칫덩이를 깨끗이 해치워 버리라는 의미였다.

모용완여가 당황한 얼굴로 말했다.

"모비! 대문 앞에서 사람이 죽으면 불길한 일이에요! 만에 하나 폐하께서 오라버니께 죄를 물으시기라도 하면 어쩌시려고요?"

진왕부 대문 주변에는 호위병들이 있으니 그곳에서 사람이 죽는다는 것은 말이 되지 않는 소리였다. 하물며 지금은 도성의 모든 이목이 이곳에 쏠려 있었다. 의태비도 멍청이는 아니었기에 냉정하게 생각해 본 끝에 그 말이 옳다는 것을 깨달았다.

"그래, 맞다. 저것이 그래서 가지 않고 버티는구나! 쯧쯧, 못난이 주제에 심계가 어찌 저리 깊을꼬?"

"모비, 이제 어쩌죠? 내일 길시가 되면 문을 열어야 할까요, 말아야 할까요?"

모용완여가 걱정스레 물었다.

"흥, 그렇게 들어오고 싶다면 들여보내 주려무나! 언제까지나 버틸 수 있는지 두고 보자!"

의태비는 쉬운 상대가 아니었고, 경비가 삼엄한 진왕부 안에서는 무슨 일이 벌어져도 밖으로 새어나갈 리 없었다. 모용완여는 안타까운 듯이 고개를 끄덕였지만, 눈동자에는 만족스러운 미소가 반짝였다. 그녀는 한운석이 어서 빨리 시집오기를 기다려 왔다. 의태비는 양녀를 진왕과 맺어 주려 생각했지만 안타깝게도 그녀의 출신이 비천하여 측비側妃로 만족하는 수밖에 없었고, 그 때문에 권세가에서 정비 자리를 빼앗아갈까 두려웠던 것이다.

한운석같이 못생긴 여인은 진왕을 모욕하기 위한 황제의 도구에 불과했으니, 시집을 와도 의태비에게 괄시당하고 진왕에게도 버림받아 평생토록 뒷방 신세를 면치 못할 것이다. 그래도 태후가 직접 정한 진왕의 정비이니 설혹 죽더라도 그 자리는 비워 놓아야 했고, 이는 측비를 노리는 모용완여의 마음에 꼭 드는 일이었다.

기분이 좋아진 모용완여는 의태비의 팔을 부축해 주며 조심조심 걸었다.

"아아, 태후가 너를 비야와 맺어 주었더라면 평생 바람이 없을 텐데."

의태비는 모용완여의 손등을 토닥이며 안타깝게 말했다.

"모비, 저는 평생 모비를 모시며 살 거예요."

모용완여가 재빨리 마음을 밝혔다.

"본 궁의 며느리가 되어도 평생 본 궁과 함께할 수 있지 않니. 짬이 날 때마다 자주 자주 진왕의 서재를 찾아가도록 해라, 무슨 말인지 알겠지?"

의태비가 웃으며 말하자, 모용완여는 부끄러운 듯 얼굴을 고개를 숙였다. 의태비는 그 아리땁고 사랑스러운 자태를 흐뭇하게 바라보았다.

"모비, 진왕께서는 저녁때나 돌아오시겠죠? 내일 아침엔 누가 꽃가마를 열어 주나요?"

모용완여가 물었다.

"열어 줄 사람이 어디 있느냐, 계속 가마 안에서 기다리라고 해라."

의태비는 날씨 이야기라도 하는 양 무관심하게 대답했다.

낯익은 경고음

날이 캄캄해졌다. 한운석은 세상모르고 깊이 잠들어 있었다. 이 몸이 얼마나 피곤한지는 하늘이나 아실 것이다. 그런데 깊이 잠든 의식 저편에서 낯익은 소리가 들려왔다.

뚜뚜뚜— 뚜뚜뚜—

한운석은 거의 본능적으로 반짝 눈을 떴다.

이 소리는 능운 병원에서 최신 과학 기술로 만들어 낸 해시스템의 경고음이잖아?

능운 병원은 해독 전문가인 그녀를 잡아 두기 위해 거금을 들여 스마트 해독시스템을 개발했는데, 이는 지능형 가상공간 같은 것으로 환자 해독에 필요한 각종 의료기구와 약을 보관할 수 있었고, 그녀의 대뇌 신경망에 이식되어 의식을 통해 자유자재로 다룰 수 있었다. 자신의 영혼과 뇌까지 타임슬립하여 이 보물을 함께 가지고 왔을 줄 생각조차 하지 못했던 한운석은 몹시 흥분했다. 하늘이 아직 그녀를 버리지 않았던 것이다!

'독독독'이라는 소리와 비슷한 이 '뚜뚜뚜' 하는 소리는 바로 가까운 곳에 독이 있다고 알리는 소리였다.

얼굴에 난 종기가 독소가 쌓여 생긴 것이 아닌가 의심하고 있었던 한운석은 해독시스템의 알림에 확신이 들었다. 눈을 감고 머릿속으로 해독시스템을 열어 보았는데, 세상에, 사용하는 것도 현대에 있을 때처럼 무척 쉬웠다. 그녀는 금침 몇 개와 의료용 면포를 꺼내면서 안에 있는 물건을 살펴보았다. 각종 금침과 약재가 넉넉하게 들어 있었다.

바깥을 살펴보니 모두들 꾸벅꾸벅 조는 중이라 한동안 그녀를 방해할 것 같지 않았다. 이를 확인하자 그녀는 얼굴에 난 종기를 처리하기 시작했다. 본래는 종기 안에 고인 피를 채취해 해독시스템으로 분석해 볼 생각이었지만, 뜻밖에도 냄새를 맡자마자 무엇인지 알 수 있었다.

포도상 구균이라는 것으로, 고대에 아주 흔히 접할 수 있는 얼굴을 흉하게 만드는 독이었다. 조금만 재주가 있는 독의毒醫 (독을 전문으로 다루는 의원)라면 충분히 해독할 수 있는 독균인데, 당당한 의술 가문인 한씨 집안에서 딸이 이런 독을 당했는데도 해독조차 해 주지 않은 것을 보면 누군가 일부러 독을 쓴 것이 분명했다!

한씨 집안이라고 했지? 이 몸 주인을 대신해서 반드시 이 빚을 갚아 주겠어.

중이 제 머리 못 깎는다고, 아무리 간단한 독이라도 자기 얼굴에 침투한 독을 치료하는 것은 한운석에게도 제법 까다로운 일이었다. 그녀는 어쩔 수 없이 어둠 속에서 더듬더듬 독혈을 짜내고 독소를 씻어 내고 약을 만들어 바른 다음 마지막으로 면포를 붙였다. 겨우 이렇게 하는 데에도 꼬박 한 시간이 걸렸다.

치료 흔적을 깨끗이 치운 후, 한운석은 다시 면사포를 쓰고 바깥에 대고 외쳤다.

"왕 할멈, 배가 고프군. 국수 한 그릇 가져오게."

밤새 문 앞을 지켰는데도 진왕부에서 쫓아낼 기미가 없자, 금세 역학관계를 눈치챈 왕 매파는 한운석에게 밉보일 짓을 할 수 없어 시킨 대로 음식을 사러 갔다.

뜨끈뜨끈하고 향기로운 음식이 들어오자 꽃가마에 가득하던 약 냄새가 옅어졌다. 한운석은 왕 매파를 물리고 면사포를 걷은 뒤 허겁지겁 먹었다.

그때, 멀리 높은 누각 위에서는 한운석의 부군인 진왕 용비야가 뒷짐을 지고 난간에 기대어 그 장면을 바라보고 있었다. 얼굴은 보이지 않았지만 꼿꼿한 자세는 산처럼 우뚝했고, 검고 가벼운 옷을 걸친 모습은 신비롭고 위엄이 넘쳐 마치 밤의 신처럼 높은 곳에 서서 창생을 굽어보는 것 같았다.

"전하, 확실히 조사해 보았습니다. 꽃가마 안의 여인은 한운석이 분명합니다. 왕 매파는 태비마마의 사람입니다."

새까만 옷을 입은 시위가 공손하게 보고했다.

"황궁의 상황은?"

차갑고 낮은 목소리였다.

"쫙 퍼졌습니다. 내일 한운석이 왕부에 들어갈 수 있을지 아닌지를 두고 사사로이 내기를 하는 사람도 적지 않습니다."

근신 시위인 초서풍楚西風은 사실대로 대답했다.

용비야는 그제야 몸을 돌렸다. 잘생겼지만 차갑고 딱딱한 얼굴은 마치 하늘이 조각해 놓은 것 같아 신조차 질투할 만큼 준수했다. 환한 등불이 얼음장 같은 그의 얼굴을 비추었지만,

그 위에 자리한 깊고 새까만 눈동자는 아무리 등불을 들이밀어도 그 속을 들여다볼 수 없을 정도로 깊었다. 그의 눈은 깊고 차가운 호수이자, 끝을 가늠할 수 없는 수수께끼였다.

"본 왕도 궁금하군."

용비야는 차갑게 말한 뒤 허공을 밟고 진왕부 반대 방향으로 걸음을 옮겼다. 남겨진 초서풍은 멍해졌다.

맙소사, 잘못 들은 건 아니겠지? 전하께서 궁금하시다고? 그것도 여자에 대해서?

내일은 해가 서쪽에서 뜨겠군.

길시가 왔다

이튿날 아침 일찍부터 진왕부의 대문 앞은 사람들로 득시글거렸다. 궁 안팎으로 최소한 서른 명은 되는 큰손들이 오늘 그녀가 진왕부 대문으로 들어갈 것인지를 두고 내기를 벌였고 돈을 건 사람이 수천에 이른다는 사실을, 당사자인 한운석은 까맣게 모르고 있었다.

흥겨운 연주는 없었지만, 몰려든 사람들 덕에 제법 흥청거렸다. 그 덕에 한운석은 늦잠을 잘 염려도 없이 제때 깨어났다. 살그머니 하늘을 올려다보니 사시가 되려면 아직 시간이 조금 있어, 정신을 차리고 얼굴에 바른 약을 처리할 여유는 있었다. 조그마한 종기 따위는 일류 독의인 그녀를 만나자 하룻밤 만에 흔적도 없이 사라졌다. 한운석은 면포를 떼고 약초를 깨끗이 닦아 낸 다음 살며시 손가락으로 만져보았다. 종기가 있던 자리는 말끔하게 가라앉아 매끄럽고 보드라웠다.

애석하게도 거울이 없어 자신의 모습을 확인할 수는 없었지만, 종기가 사라진 이상 눈을 뗄 수 없을 만큼 아름답지는 않더라도 최소한 추녀는 아닐 것이라고 생각했다.

한운석은 해독시스템에서 금침을 몇 개 꺼내 소매에 숨기고, 만약에 대비해 독 가루도 준비했다. 쓴 물건들은 정리하여 임시로 해독시스템에 넣어 깨끗하게 치웠더니 약초 냄새는 나지만 이상한 흔적은 전혀 찾아볼 수 없게 되었다.

준비를 끝낸 그녀는 면사포를 쓰고 단정하게 앉아 눈을 감고 길시가 되기를 기다렸다. 시간이 조금씩 조금씩 흐르고, 구경꾼들은 점점 늘어났다. 벌써 이틀째이지만, 도성 사람들은 여전히 인산인해를 이루며 모여들었고, 한씨 가문 사람도 변장을 하고 사람들 사이에 섞여 상황을 지켜보았다.

마침내 길시가 되었다!

끼이익…….

진왕부 대문이 열리는 소리와 함께 왁자지껄하던 입구가 순식간에 조용해졌다. 구경꾼들은 하나같이 입도 벙긋하지 못하고 그 광경을 지켜보았다. 진왕부는 생떼 부리지 않고 시원시원하게 대문을 활짝 열었지만, 역시나, 신랑은 얼굴도 비치지 않았고 신부를 맞이할 사람 한 명 나오지 않았다. 문지기 노인 혼자 걸어 나와 문가에 선 것이 전부였다.

이건…… 어쩌자는 거지?

이유야 어찌 되었건 신랑이 나와 꽃가마를 열어야만 신부가 내리든 말든 할 것 아닌가?

본래부터 조용하던 진왕부 대문 앞은 숫제 쥐 죽은 것 같은 정적이 흘렀다. 사람들은 약속이나 한 듯 꽃가마를 빤히 쳐다보았다. 신부가 왕부에 들어간다에 돈을 건 사람이든, 들어가지 못한다에 돈을 건 사람이든 앞으로 무슨 일이 일어날지 몰라 바짝 긴장했다. 구경꾼들 틈에 섞인 한씨네 사람들은 속으로 한운석에게 분통을 터트렸다. 아무리 진왕부같이 어마어마한 곳에 시집간다지만, 이런 치욕을 자초하다니!

왕 매파는 냉소를 머금은 채 눈을 내리깔고 민망한 상황이 연출되도록 내버려 둔 채 길시가 지나기만을 기다렸다.

바로 그때, '쾅' 소리와 함께 꽃가마의 문이 안에서부터 활짝 열리더니, 화려한 혼례복에 빨간 면사포를 뒤집어쓴 한운석이 당당하게 가마에서 내려왔다. 체구가 작고 긴 세월 영양부족에 시달려 마른 몸이라 혼례복이 꼭 맞지도 않았지만, 허리를 꼿꼿이 펴고 고개를 쳐들고 선 모습은 자못 품위가 있어 쉽사리 눈을 뗄 수가 없었다.

"길시가 되었는데 어째서 풍악을 울리지 않느냐?"

그녀가 큰 소리로 물었다. 그 한마디에 넋이 나갔던 구경꾼들도 겨우 정신이 돌아와 무슨 일이 벌어졌는지를 깨달았다.

맙소사! 신부가 제 발로 문을 열고 가마에서 내리다니! 어떻게 이럴 수가? 정말이지 예의범절이라고는 깡그리 무시한 처사였다!

"참으로 낯 두꺼운 여자로구먼! 어떻게 제 발로 꽃가마에서 내려? 시집을 못 가게 되었다고 억지를 부리다니, 아이고 천박해라!"

군중 속에서 누군가 욕설을 퍼부었다. 다른 사람들도 맞장구를 치며 천박하다느니, 낯 두껍다느니 욕을 했다. 심지어 기녀라는 단어까지 나왔다.

한운석도 사람이고 여자였다. 그녀 자신도 낯 두꺼운 행동이라 생각했지만, 이 방법 말고는 뾰족한 수가 없었다. 가마 안에 틀어박혀 다음번 길시까지 기다리라고? 기다린다한들 나중에는 달라질까?

황제는 진왕과 기싸움을 하다 홧김에 혼인 명령을 내린 것뿐이었다. 설사 사태가 걷잡을 수 없게 되더라도 황제가 진왕을 어떻게 할 리도 없고, 결국 모든 잘못은 그녀의 탓이 되고야 말 것이다. 그녀가 죽으면 혼약도 자연스레 없던 일이 되겠지. 가슴 한구석이 싸했지만, 한운석은 다시 한 번 기운을 냈다.

개똥밭에 굴러도 이승이 낫다잖아.

한운석은 시끌시끌한 욕설을 뚫고 큰 소리로 물었다.

"진왕 전하께서 하실 일이지만 전하께서 몹시 바쁘시어 나오실 수가 없으니 내가 대신 한 것이오! 지금 진왕 전하께서 내게 천박한 짓을 하도록 만들었다는 말이오?"

그 말에 장내가 더욱 소란스러워졌다.

"한운석, 교묘하게 말을 돌려 누명 씌울 생각 마라! 진왕께서는 너를 맞이할 생각이 없으시다!"

"그래, 그래! 진왕께서 너를 원하실 줄 알아? 여태 거울 한 번 못 봤어? 자기가 어떻게 생겨 먹었는지도 모르나 봐!"

한운석은 우뚝 걸음을 멈추고 소리 나는 쪽으로 홱 돌아섰다. 몸집은 가냘프지만 목소리에는 힘이 넘쳤다.

"태후께서 혼사를 결정하셨고, 황제 폐하께서 이달 안에 혼례를 올리라 명하셨소! 진왕 전하께서 나를 맞아들일 뜻이 없으시다 하는데, 당신들 말대로라면 진왕께서 겉으로만 황명을 따르는 척하셨다는 것이오? 방금 그리 말한 사람이 누구요? 썩 나오시오!"

그녀의 외침에 주위가 조용해졌다. 방금까지 씩씩하게 외친 사람들은 얼굴이 새파랗게 질려 두려움에 입을 꾹 다물었고, 주위의 다른 사람들도 차마 의견을 내세우지 못했다. 그 누가 감히 진왕을 비난할 것인가?

구경꾼들이 입을 다물고 소란이 잦아들자, 한운석은 심호흡을 하며 용기를 북돋은 후 오만하게 목청을 돋우어 외쳤다.

"풍악을 울리게!"

저 미인은 누구냐

악사들은 지체하지 않고 허둥지둥 대형을 갖추어 연주를 시작했다. 징, 북, 생황, 통소에 태평소까지 더해져 흥겹게 풍악을 울리며 경사스러운 날을 알렸다. 한운석이 손을 들자 왕 매파가 쪼르르 다가와 잡아 주었다. 신부가 꽃가마에서 내린 이상 부축해서 안내하지 않으면 매파의 잘못이었다.

이렇게 해서 수백 명이 입을 떡 벌리고 쳐다보는 가운데, 한운석은 허리를 곧게 펴고 한 걸음 한 걸음, 진왕부 대문 앞의 높은 계단을 밟고 올랐다. 걸음걸음이 몹시 우아하여 마치 세상 모든 품위를 한 몸에 지닌 듯했고, 누구도 함부로 하지 못할 존귀함이 뚝뚝 흘렀다.

그 모습에 수많은 구경꾼들은 그녀가 추녀라는 사실조차 까맣게 잊었다. 그런데 한운석이 마지막 계단을 밟고 똑바로 선 순간, 갑자기 비표飛鏢 하나가 '쐐액' 하고 날아들어 머리에 쓴 면사포를 때렸고, 면사포는 힘없이 바닥에 툭 떨어졌다.

"으악! 자객이다! 자객이야!"

왕 매파는 소리소리 지르며 신부의 손을 놓고 달아나다가 그만 높은 계단에서 굴러 떨어지고 말았다. 진왕부 좌우에 서 있던 호위병들이 나는 듯이 달려와 사방을 뒤졌지만 자객의 흔적은 찾을 수가 없었고, 한참이 지나도 날아든 비표 하나 외에는 아무런 움직임이 없었다.

구경꾼들도 구경꾼들이지만, 한운석 역시 까무러칠 듯 놀라 심장이 쿵쿵 뛰었다. 해독 솜씨는 따를 사람이 없는 그녀지만 무공이라고는 전혀 할 줄 몰랐다. 방금 조금만 움직였어도 비표는 어김없이 그녀의 머리를 꿰뚫었을 터. 생각만 해도 끔찍했다!

호위병 대장이 다가와 떨어진 면사포를 줍고, 비표를 조사한 뒤 부하에게 처리를 맡겼다.

"한 소저, 받으십시오."

호위병 대장은 손수 면사포를 건넸다. 한운석은 심장께를 어루만지며 마음을 진정시킨 다음 돌아서서 손을 내밀었다.

"고맙소."

그런데 그녀가 돌아서는 순간, 호위병 대장은 눈을 휘둥그레 뜨며 '헉' 하고 비명을 지르더니 놀란 얼굴로 허둥지둥 물러났다. 종기를 제거했는데도 저렇게 놀라 피할 만큼 못생겼나?

호위병 대장의 격한 반응에 한운석은 기분이 울적했다.

뭐, 못생기면 어때? 여태 손재주로 먹고 살았지, 얼굴로 먹고 산 것도 아니잖아.

그녀는 구경꾼들을 등지고 서서 마음의 준비를 단단히 한 다음, 자신 있게 돌아서며 면사포를 내밀었다.

"왕 할멈, 괜찮으니 그만 올라오게."

그런데 예상 밖의 일이 벌어졌다. 그녀가 돌아서는 순간, 사람들이 '헉' 하고 찬 숨을 들이켰고, 왕 매파는 비표가 날아들었을 때보다 더 놀란 목소리로 소리소리 질렀다.

"으아악! 아…… 아…… 아씨, 어떻게……!"

물론 몸을 돌리는 자신의 자태가 한숨이 나오도록 아름답고 매혹적이라는 사실을 전혀 모르는 한운석은 그 반응에 어리둥절했다. 그때 구경꾼들 중 누군가가 외쳤다.

"세상에, 대단한 미녀잖아! 저 사람이 정말 한운석이야?"

미녀?

한운석이 채 반응을 하기도 전에 구경꾼들 사이에서 소란이 벌어졌다.

"한운석은 추녀라고 하지 않았나? 대체 어떻게 된 일인가?"

"소문이 사람을 버렸구나! 한운석은 천녕국 제일 미녀보다 더 아름다운 사람이었어!"

"진왕 전하께서도 아시려나? 이래서 소문은 믿을 게 못 된다니까!"

온갖 찬양의 목소리가 어지러이 울려 퍼졌다. 한씨네 사람들도 제 눈을 믿을 수가 없어 사람을 바꿔치기한 것이 아닌가 의심했지만, 종기가 있던 곳을 가리면 어느 모로 보아도 한운석이 분명했다.

한운석은 경국지색의 외모를 가졌지만 얼굴에 난 종기 때문에 오랫동안 그 아름다움이 가려져 있었다고 밖에는 설명할 방법이 없었다. 본모습이 밝혀지자 실로 나라 전체가 발칵 뒤집힐 정도였다.

대문 밖의 소란은 곧 왕부의 대청까지 전해졌다. 의태비와 모용완여는 시녀가 전한 소식에 아연실색하여, 바늘방석에 앉은 양 당장이라도 대문 입구로 달려가 상황을 살펴보고 싶었다. 그때쯤 왕 매파는 다시 한운석에게 면사포를 씌워주고 팔을 부축하여 높디높은 문지방을 넘었다.

신부는 이렇게 왕부로 들어갔지만, 사람들은 그 미모에 놀라 내기의 결과조차 까맣게 잊고 있었다.

군중들 속에서 예쁘장한 얼굴에 산뜻한 옷차림을 한 여자 한 명이 옆에 있는 남자를 잡아끌며 분한 듯이 말했다.

"오라버니, 분명 뭔가 이상해요! 예전에 몰래 한운석을 본 적이 있는데 지독한 추녀였다고요! 보기만 해도 토할 것 같았어요!"

그 여자는 바로 천녕국 목 장군부의 큰딸 목유월穆琉月이었고, 옆에 있는 사람은 천녕국에서 가장 유명한 젊은 장군 목청무穆淸武였다. 목청무는 잘생긴 남자였다. 얼굴은 남자답게 강인하고 눈, 코, 입은 윤곽이 뚜렷하여 튼튼한 갑옷을 벗어도 위풍이 철철 넘칠 정도였고, 형형하게 빛나는 커다란 눈에서는 공명정대한 성품이 고스란히 드러났다.

조금 전 비표를 던진 사람은 다름 아닌 목유월이었다. 그녀는 진왕의 골수 추종자로, 다른 추종자들과 똑같이 한운석을 몹시 미워했다. 사람들 앞에서 추한 모습을 드러내 보여 한운석을 철저히 망신 주려고 비표를 날렸지만 도리어 도와주는 꼴이 되고 말았다.

목청무는 말다툼도 귀찮아 여동생의 손목을 꽉 움켜쥐며 사정없이 꾸짖었다.

"이곳이 네가 함부로 굴 수 있는 곳인 줄 아느냐? 어서 돌아가자!"

그는 본래부터 이 소란을 구경할 생각이 없었으나, 신부의 대담함에 이끌려 잠시 걸음을 멈춘 것이었다. 줏대 없는 무골충들만 넘쳐나는 도성에 저렇게 강직하여 굽히지 않는 사람이 있다는 것도 놀라운데, 그것도 여인이라니 실로 뜻밖이었다. 오라비의 거친 행동에 익숙한 목유월은 아랑곳 않고 그의 손을 잡으며 응석을 부렸다.

"아이 참, 오라버니! 저 여자 진짜 이상하단 말이에요."

"이상하든 말든 너와는 하등의 상관도 없다. 돌아가자!"

목청무가 명령했다.

"아무튼 오라버니랑은 말이 안 통해요!"

목유월은 입을 삐죽였지만 더 이상 말하지 않았다. 대신 절친한 친구들을 불러 저 한운석이 진짜인지 가짜인지 조사해 보아야겠다고 마음먹었다.

신방에 들다

신부가 들어왔지만 신랑이 자리를 비웠으니 배례를 할 수도 없었다. 왕 매파는 의태비의 명령을 받고 곧바로 신부를 신방으로 들여보냈다.

"그 아이가 정말 그리도 아름다우냐?"

의태비는 의심이 가득한 얼굴로 물었다.

"태비마마, 쇤네가 직접 보았는데 한 치의 거짓도 없는 사실입니다요! 바깥에 그런 흰 소문이 난 까닭을 모르겠습니다, 그런 엄청난 미녀를 추녀로 만들다니요!"

"그럴 리가 없다!"

의태비는 허리를 세워 앉으며 진지하게 말했다.

"그 아이가 어렸을 때 본 궁이 직접 보았는데, 오른쪽 뺨에 커다란 흉터가 있었어!"

"태비마마, 내일 신부가 문안을 드리러 올 때 보시지요. 쇤네가 어찌 감히 마마를 속이겠습니까요? 한씨 집안은 의술에 뛰어나니 치료를 했는지도 모릅니다요."

왕 매파는 이렇게 설명하는 수밖에 없었다. 의태비는 성가신 듯 손을 내저어 왕 매파에게 사례금을 쥐어 주고 내보냈다.

"모비, 참으로 축하할 일이군요. 새사람이 아름다우면 좋은 일 아니겠어요? 그렇지 않으면 우리 진왕부의 체면이 말이 아니었을 거예요. 태후께서 오라버니를 억지 장가보냈지만, 그래도 체면치레는 하게 해 주셨군요."

모용완여가 기쁜 목소리로 말했다. 한운석이 미녀라는 소식에 다소 위안이 되었던 의태비는 '태후'와 '억지 장가'라는 말에 확 기분이 상해 싸늘하게 대답했다.

"태후가 제 은인의 딸을 내 아들에게 억지로 맡겼는데 이것이 치욕이 아니고 무엇이겠니? 얼굴이 좀 반반한들 무슨 소용이야?"

모용완여는 어쩔 수 없는 듯이 탄식했다.

"아아, 애초에 그녀의 어머니가 태후를 구하지만 않았다면 지금쯤……."

모용완여는 말끝을 흐렸지만, 바보라도 그 뜻을 짐작할 수 있었다. 당시 태후가 목숨을 잃었다면 지금 황제의 운명마저 달라졌을 것이다. 한운석의 어머니가 태후의 목숨을 구한 일은 한 세대의 운명을 완전히 바꿔 놓았던 것이다.

"됐다, 됐어. 본 궁은 그 자리엔 관심이 없다. 비야만 있으면 만족이야. 너도 그만 가 보려무나."

의태비는 미간을 문지르며 차분하게 말했다.

"예, 제가 쓸데없는 말씀을 올렸군요."

모용완여는 고분고분 물러 나왔다. 그녀는 곧바로 진왕이 머무는 부용원芙蓉院으로 향했지만 입구에 이르자 어쩔 수 없이 걸음을 멈추었다.

이곳은 진왕 용비야의 사적인 장소였다. 그는 다른 사람들이 함부로 이곳에 드나드는 것을 몹시 싫어했고, 의매義妹인 모용완여도 예외는 아니었다.

그렇지만 한운석은 정비의 신분으로 당당하게 이곳으로 들어갔다. 그 생각만 하면 모용완여는 저도 모르게 주먹을 꽉 움켜쥐었다. 아무리 그래도 용비야가 돌아오면 한운석은 반드시 쫓겨날 것이다.

이 부용원이 특별한 곳임을 전혀 모르는 한운석은 침상 위에 앉아 기다리는 중이었다. 반나절이 꼬박 지났지만 아무도 나타나지 않자 그녀는 대범하게 면사포를 벗고 일어나 기지개를 켰다. 묵직한 화관까지 벗어던지자 짐을 내려놓은 것처럼 몸이 훨씬 가뿐했다.

제일 처음 하고 싶은 일은 당연히 거울을 보는 것이었다. 대관절 어떻게 생겼기에 구경꾼들이 그렇게 찬양을 늘어놓았을까? 누가 그녀를 해치려고 비표를 던졌는지 모르지만, 오히려 그녀의 미모를 세상천지에 알리는 꼴이 되었으니 지금쯤 그 악독한 자는 속이 터지겠지?

한운석은 기분이 좋아져 거울 앞에 앉았다. 그 순간 그녀 자신도 깜짝 놀랐다. 거울 속 얼굴은 그녀의 본래 모습과 제법 흡사했지만, 피부나 얼굴형, 눈, 코, 입의 생김생김이 훨씬 고왔다. 몸 주인의 미모에 한운석 자신의 기품이 더해진 덕에 내실과 외양이 두루 갖춰져 이루 말할 수 없이 아름다운 모습이었!

한운석은 오른쪽 뺨을 살짝 매만졌다. 흉터는 흔적조차 남지 않아 마치 처음부터 존재하지 않은 것만 같았다. 이 정도 얼굴이면 진왕에게 어울리겠지. 그녀는 혼자 생각에 잠겼다. 여태껏 얼굴 한번 비치지 않았으니 진왕이 대체 어떻게 생긴 사람인지 알 수가 없었다.

한운석은 일어나서 방 안을 서성거리다가 이 방이 보통 방보다 훨씬 크다는 사실을 깨달았다. 침소가 방 전체를 차지하는 것도 아니었고, 문 대신 늘어뜨려 놓은 두툼한 가리개 밖에는 더 넓은 공간이 마련되어 있었다. 오른쪽은 실내 온천이고 왼쪽은 서재였다. 앞쪽으로는 깊숙하고 널따란 통로가 곧바로 대문까지 이어져 있는데, 통로 양쪽으로 높은 원기둥을 세우고 묵직한 가리개를 매달아 놓았다. 단순한 침소라기보다는 침궁이라고 해야 할 것 같았다.

"사치스럽기도 해라!"

방을 한 번 둘러보았을 뿐인데 벌써 다리가 아플 지경이었다. 부잣집에는 시중을 드는 하인들이 많을 텐데, 어찌된 셈인지 사람이라고는 그림자조차 보이지 않아 물어볼 사람도 없었다. 참 이상한 일이었다.

한운석은 침상으로 돌아가 신랑이 오늘밤 안에 돌아올 것인지 아닌지 생각에 잠겼다.

신비한 남자

그러나 아침부터 저녁까지 신랑은커녕 하인 한 사람 만나지 못했다. 밤이 깊고 사위가 조용해지자 그녀는 침상에 기댄 채 살포시 잠이 들었다. 얼마쯤 시간이 흘렀을까, 별안간 '쿵' 하고 묵직한 소리가 들려왔다. 무언가 창문에 부딪히는 소리 같았다.

침소의 등잔은 너무 작아 멀리까지 빛이 닿지 않았다. 한참 기다려도 아무런 움직임이 없자, 한운석은 일말의 불안감을 느끼고 조심조심 침소에서 걸어 나갔다.

"누구냐?"

바깥은 어둡고 조용했고, 대답하는 사람도 없었다.

"들어오는 소리를 들었다. 너는 누구냐?"

그녀가 다시 한 번 물으며 등잔을 들어 밖을 비추었다.

바로 그 순간, 머릿속에서 '뚜뚜뚜' 하고 독을 알리는 신호가 들려왔다.

무슨 일이지? 누가 나를 독으로 해치려는 걸까?

한운석은 부르르 떨며 재빨리 침소로 몸을 돌렸지만, 뜻밖에도 손 하나가 불쑥 튀어나와 그녀의 발목을 움켜쥐었다.

"꺄악!"

놀란 비명이 끝나기도 전에 그녀의 몸이 획 끌려가며 등잔이 바닥에 떨어졌다. 엉덩방아를 찧었지만 아픔을 느낄 새도 없이 상대의 손을 뿌리치려고 허둥거리는데, 뜻밖에도 단단한 남자의 가슴이 발끝에 채였다. 짙은 피비린내가 훅 끼쳤다.

"살고 싶으면 움직이지 마라."

싸늘하기 짝이 없는 남자의 목소리에 주위의 온도가 확 떨어졌다.

한운석은 그 자리에 얼어붙었다. 얼음처럼 차가운 검날이 몸에 닿았기 때문이었다. 이 남자는 상처를 입은 데다 독에 중독된 것 같았다.

자객일까?

주위가 워낙 고요하여 무거운 남자의 숨소리가 또렷이 들려왔다. 상대가 한참 동안 움직임이 없자, 한운석은 조심조심 물었다.

"이봐요, 당신, 진왕을 암살하러 온 거죠?"

남자는 대답이 없었다.

"진왕은 여기 없어요. 아마도 1, 2년 안에는 돌아오지 않을 걸요. 그러니 나를 놓아줘요. 난 아무것도 몰라요, 네?"

한운석은 시험 삼아 부탁해 보았다.

그러나 남자는 아무 말도 없었다. 어둠 속이라 그가 벽에 기대어 앉아 있고 검은 옷을 입었다는 것은 알 수 있었지만, 얼굴은 자세히 보이지 않았다.

"부상을 당했으니 그렇게 앉아 있지 말고 어서 떠나요. 절대로 사람을 부르지 않겠다고 약속할게요."

한운석은 겁먹은 목소리로 말하면서 조심조심 몸을 일으켜 그의 검을 밀어내려 했다. 그런데 웬걸, 검에 손을 대기 무섭게 남자가 검을 휙 들어 그녀의 목을 눌렀다. 인정사정없는 손길이었다!

위기일발의 순간, 한운석은 재빨리 뒤로 물러나며 황급히 말했다.

"당신은 중독되었어요! 배 중심에서 네 치 정도 떨어진 곳에 상처가 났고 뱀독이 스며들었죠. 반 시진쯤 되었군요. 독사에 직접 물린 게 아니라 누군가 미리 뽑은 독액을 주입한 거예요. 지금 당신은 호흡이 무겁고 심장 박동도 느려지고 있어요. 그런 류의 독은 심장에 들어가면 금방 발작하니 앞으로 반 시진 정도 버티는 게 고작일 걸요."

한운석은 해독시스템이 알려 준 정보로 추측한 것들을 단숨에 입 밖으로 쏟아 냈다. 그때 남자의 검은 여전히 그녀의 목에 닿아 있었다. 목에서 천천히 흘러내리는 피 때문에 심장이 미친 듯이 뛰고 도저히 마음을 가라앉힐 수가 없었다. 다만, 검이 더 이상 찔러들지 않는 것으로 보아 자신이 제대로 말했다는 것을 알 수 있었다.

주위는 정적에 잠겼고 차가운 공기는 잔뜩 긴장되어 있었다. 한운석은 침을 꿀꺽 삼키고 용기를 내어 말을 이었다.

"내가 해독해 주겠어요. 실패하면 그때 날 죽여도 늦지 않을 거예요."

이 말을 마친 뒤 그녀는 더 이상 입을 열지 못하고 떨리는 마음으로 대답을 기다렸다.

한참 후, 남자가 차가운 목소리로 입을 열었다.

"얼마나 걸리느냐?"

"상처를 자세히 살펴봐야 해요. 독이 얼마나 강한지 알아야
하니까요."

한운석은 사실대로 대답했다. 남자가 말없이 검을 내리자
한운석의 심장도 겨우 제자리를 찾아갔다. 목숨을 잃을 걱정이
사라지자 한운석은 곧바로 익숙한 직업 정신을 드러냈다. 그녀
는 똑바로 일어서면서 따라 일어나려는 남자를 향해 명령했다.

"앉아요. 움직이지 말고!"

연약한 목소리였지만 저항을 용납하지 않는 위엄이 실려 있
었다.

"움직이면 혈액 순환이 빨라져요. 독이 심장으로 들어가면
더 귀찮아진다고요."

어둠 속의 남자는 곰곰이 생각하는 것 같더니 결국 순순히
그 말을 따랐다. 그런데 한운석의 다음 한마디는 더욱 기가 막
혔다.

"옷 벗어요."

옷 벗어요

옷을 벗으라고?

남자의 눈에 위험한 빛이 어렸다. 꼼짝도 않는 것을 보면 내키지 않는 것이 분명했다. 컴컴한 어둠 속에서도 한운석은 자신을 노려보는 남자의 눈길을 느낄 수 있었다.

"뭘 그렇게 봐요? 옷을 벗지 않으면 어떻게 상처를 살펴요? 당신은 남자고 난 여자예요. 불리한 사람은 당신이 아니라 나라고요."

그녀는 이렇게 말하며 직접 손을 뻗었다.

능운 병원 임 원장에게 한 말처럼 의사 앞에서는 남녀의 구분도 없었다. 한운석은 이미 이런 일에 익숙했다.

그녀의 손이 가까워지자 남자는 그 손을 물리쳤다. 여자와 접촉하는 것을 몹시 싫어하는 것 같았다.

"내가 하겠다."

여태껏 그가 내뱉은 말 한마디 한마디는 얼음덩어리처럼 차가워, 온도라고는 전혀 느껴지지 않았다.

중독이 심했지만 남자는 아직도 기력이 남았는지 재빠르게 겉옷을 벗었다. 솔직히, 워낙 어두워서 한운석은 아무것도 볼 수가 없었다. 하지만 사람 몸이란 다 거기서 거기라 한운석 같은 전문가는 눈을 감고도 주요 혈도를 찾아낼 수 있었다.

그녀는 먼저 금침 두 개를 남자의 심장 부근 혈도에 꽂아 독성을 가라앉힌 뒤, 다른 금침으로 상처의 혈액을 채취했다. 남자는 가슴을 억누르는 듯한 답답함이 금세 사라지는 것을 느끼고 차차 경계심을 풀었다.

"잠시 기다려요. 등을 가져올 테니."

일어나서 침실로 들어간 그녀는 그때를 이용해 혈액을 해독시스템에 넣어 검사했다. 결과는 뜻밖이었다.

이 독은 혼합 뱀독이었다. 아무래도 현대에 존재하는 뱀과 고대의 뱀은 차이가 있고 고대의 뱀독 대부분은 현대에서 사라졌기 때문에, 해독시스템에도 기록만 남아 있을 뿐 딱 맞는 해약도 없고 해약을 만들 만한 약초도 없었다. 어려운 상황을 깨달은 한운석은 목의 상처를 쓰다듬었지만 마음은 이상하리만치 차분했다.

해약이 없으면 어때? 아무 죄도 없는 사람을 다짜고짜 죽이려는 저런 못된 자객 따위, 살려 줄 필요도 없어!

그녀는 독성을 잠시 억제하는 약물과 간단한 도구를 꺼내 등불을 들고 나갔다. 등불을 들고 가까이 가자 남자의 모습이 점점 선명해졌다. 앉아 있었지만 쭉 뻗은 팔다리로 보아 체격은 제법 좋은 것 같았다. 그사이 등불은 점점 그에게 가까워져 마침내 그의 얼굴을 비추었다. 순간, 한운석은 그 자리에 우뚝 서고 말았다.

세상에!

이 남자…….

자객이라면서 복면도 하지 않은 그 남자는, 냉엄한 얼굴 윤곽이며 입체적인 이목구비가 마치 하늘이 조각해 놓은 신이라도 되는 듯했고, 상처를 입고 앉아 있는데도 낭패한 기색은커녕 온몸에서 존귀함과 패기만만한 기운이 흘러넘쳤다. 그의 앞에서는 그 어떤 사람이 와도 한 등급 낮아지는 느낌이었다.

등불이 그의 얼굴을 비추었지만 새까맣고 깊은 눈동자 속까지 비추지는 못했다. 세상의 모든 것을 빨아들일 것처럼 깊고도 까만 눈동자였다. 그 새까맣고 깊은 눈동자가 싸늘하게 한운석을 응시했다. 마치 그녀를 빨아들일 것처럼.

한운석은 바보처럼 멍한 얼굴로 그를 바라보다가 손이 풀려그만 등롱을 툭 떨어트리고 말았다. 잘생긴 남자들을 숱하게 보아 온 그녀였지만, 이 남자를 보는 순간 한눈에 알 수 있었다. 저 남자는 모든 이들을 발아래 엎드리게 만들 힘이 있다는 것을.

"왜 멍하니 서 있느냐?"

남자가 불쾌한 목소리로 물었다. 한운석의 반응에 몹시 반감을 느끼는 것 같았다. 그제야 한운석은 황급히 시선을 돌리며 평정을 되찾았다.

"식사를 못했더니 손에 힘이 없어서 그래요."

그녀는 이렇게 말하며 떨어진 등롱을 주워 가까이 다가갔다. 하지만 다시 한 번 고개를 들고 그를 바라볼 용기는 나지 않았다. 그녀는 그의 곁에 등롱을 내려놓고 웅크려 앉은 뒤 약물과 면봉, 면포, 약초를 하나씩 꺼냈다. 남자는 정교하게 만들어진 의료용 면봉과 만능 면포를 흘끗 바라보았다.

"이건 무엇이냐?"

한운석은 듣지 못한 척 고개를 들고 상처를 살폈다. 그렇지만 상처를 보는 순간 눈을 뗄 수가 없어 이번에도 전문의답게 구는 것은 실패하고 말았다!

이 남자 몸매가 예술이잖아!

단단하고 억센 가슴, 근육질의 복부, 등불 빛에 매혹적인 고동빛으로 반짝이는 남자의 몸은 그 누구도 항거할 수 없는 야성의 숨결을 마구 쏟아내고 있었다.

의사 앞에서 남녀의 구분이 없다는 말은 상황에 따라 다르다는 사실이 밝혀진 것이다! 한운석은 상처를 살피는 것조차 잊고 넋 나간 사람처럼 남자를 샅샅이 살피며 귓불을 새빨갛게 물들였다…….

본 왕에게 어디로 가라는 것이냐

남자는 한운석의 멍청한 눈빛이 참을 수 없을 만큼 역겨웠다. 싸늘한 빛이 홱 날아들어 다시 한 번 그녀의 목을 눌렀다.

"서둘러라!"

그가 아수라같이 차가운 얼굴로 귀찮은 듯 내뱉자 한운석은 겨우 정신을 차렸다. 그녀는 속으로 자신에게 마구 욕설을 퍼부어 댔다.

이 바보, 어쩌자고 이렇게 멍청한 짓을 했담?

심호흡을 했더니 마음이 좀 가라앉았다.

"검을 치워요. 안 그러면 손이 떨려서 실수를 할지도 모른다고요."

"협박하는 것이냐?"

남자가 눈을 가늘게 뜨며 물었다.

"뭐, 그렇게 생각하세요."

이 남자가 제아무리 멋지고 유혹적이라 해도 한운석은 색녀가 아니었다.

그녀는 유난히도 삶에 애착이 있었기 때문에 목숨이 걸린 상황에서는 완전히 집중하기가 어려웠다. 고개를 들고 대답했다가는 분명히 가느다랗게 노려보는 남자의 눈과 마주쳤을 것이다. 그녀를 갈가리 찢어 놓고도 남을 눈빛. 하지만 아무리 죽일 듯이 노려봐도 아무 소용없었다.

그러게, 누가 다치랬나?

결국 검은 스르르 물러갔고, 한운석은 말없이 면봉으로 상처를 살폈다. 진지하게 일에 집중하는 그녀의 모습에서는 엄숙함마저 느껴졌다.

해독에서는 첫째가 배독排毒이고, 둘째가 화독化毒이었다. 배독이란 몸속에 있는 독소를 밖으로 빼내는 것이며, 화독이란 배독으로 빼내지 못하는 독소를 약물 등으로 녹여 없애는 것이었다. 한운석은 배독에 일가견이 있었다.

배독에도 두 가지 방법이 있는데, 하나는 침술이고 다른 하나는 약물이었다. 침술로 가능한 독소를 빼내고 약물로 남은 독소를 빨아들이는 것이다.

꼼꼼하게 검사를 끝낸 한운석은 이 남자의 몸에서 독소를 완전히 빼낼 수 있다고 확신했지만, 안타깝게도 적절한 약이 없었다. 그녀는 한마디도 없이 금침을 꺼내 적절한 혈도를 찾았다. 상처 부위나 독에 따라 손을 써야 할 혈도도 당연히 달랐다. 평범한 의사라면 반나절을 끙끙거려야 찾을 수 있었지만, 그녀에게는 손바닥 뒤집듯 쉬운 일이었다.

"아플 거예요. 참아요."

남자는 대답 없이 그녀를 내려다보았다.

한운석. 분명 추녀였던 그녀가 어떻게 이런 경국지색이 되었을까? 분명 소심하고 겁쟁이였던 그녀에게 언제 이런 담력이 생겼을까? 분명 한씨 집안에서 가장 쓸모없는 딸이었던 그녀가 어디서 이런 정묘한 침술을 익혔을까?

한운석은 남자가 그런 생각을 하고 있는 것도 모른 채 진지하게 혈도를 찾아 침을 놓았다. 아미를 살짝 찌푸리고 집중하는 모습은 무척 전문적이고 진지해 보여 아무도 방해할 수가 없었다. 남자는 자신이 그녀를 멍하니 바라보고 있다는 사실조차 잊은 채, 무언가를 진지하게 하는 여인의 모습은 그다지 혐오스럽지 않다는 것을 새삼스레 느꼈다.

몇 군데 금침을 놓자 상처에서 새까만 피가 방울방울 배어 나오기 시작하더니 얼마 지나지 않아 철철 흘러나왔다. 구역질이 날 것 같은 장면이었지만 한운석은 눈썹 한번 찌푸리지 않고 2차 감염이 되지 않도록 조심스레 피를 닦아 냈다.

상처에서 새빨간 피가 나오기 시작하자 한운석은 금침을 뽑고 상처를 깨끗이 닦은 후 지혈약을 바르고 붕대를 감아 주었다. 그 행동 하나하나가 몹시 노련하고 군더더기가 없어, 배독하고 소독하고 싸매는데 고작 이각二刻(약 30분) 밖에 걸리지 않았다.

이 남자의 목숨을 완전히 구해 줄 마음은 없었지만 그래도 힘이 닿는 데까지 독소를 빼내고 소염 작용과 잠시 독성을 억제하는 약을 발라 주었다. 이제 남은 독소는 이 남자의 운명에 맡기는 수밖에 없었다. 진짜 약을 구하려면 이 남자에게서 벗어날 길이 까마득해서 도와줄 수도 없었다.

이곳은 진왕부이고, 지금은 동방화촉을 밝힌 신혼 첫날밤이었다. 언제든 신랑이 들이닥칠 수 있는데, 만에 하나 그녀가 다

른 남자와 함께 있는 것을 보기라도 하면 끝장이었다! 어떻게
든 이 남자를 빨리 내보내 다시 돌아오지 않게 만드는 것이 최
선이었다.

한운석은 배합한 약초 몇 봉지를 건네며 진지하게 말했다.

"매일 한 차례씩 약을 갈면 며칠 안에 좋아질 거예요. 어서
가세요."

그런데 누가 알았을까! 남자는 눈썹을 치키고 그녀를 바라
보며 도리어 이렇게 물었다.

"한운석. 신혼 초야에 본 왕에게 어디로 가라는 것이냐?"

뭐시라?

영리한 협박

콰당!

한운석의 손에 있던 등롱이 또 한 번 바닥에 떨어졌다. 크나큰 충격에 한운석의 얼굴은 하얗게 질렸다.

신혼 초야? 본 왕?

저 인간이 지금 뭐라고 한 거야?

용비야는 일어나서 무슨 생각을 하는지 그녀를 흘낏 훑어보더니, 스윽 옆을 지나쳐 곧장 침실로 들어갔다. 누가 보아도 이곳 주인 같은 행동이었다.

한참 후에야 정신을 차린 한운석이 쪼르르 뒤를 쫓아갔다.

"다…… 다…… 당신이 바로 용비야?"

"무엄하다!"

용비야가 싸늘하게 꾸짖었다. 이 세상에서 감히 대놓고 그의 이름을 부를 수 있는 사람은 몇 없었다.

황급히 돌아오느라 한운석이 부용원에 있을 줄은 전혀 몰랐다. 이곳은 그의 사적인 비밀 공간이었던 것이다.

한운석은 기가 막혔지만, 금세 이 남자의 신분을 확신하고 속으로 자신의 지독한 어리석음을 욕했다. 복면도 쓰지 않고 잠입하는 자객이 어디 있으며, 저렇게 위엄이 철철 넘치는 자객이 어디 있을까?

이렇게 해서 한운석의 고민이 시작되었다. 골치 아프게도 저 남자 몸에는 아직 독소가 남아 있었고, 저런 류의 독은 소량만으로도 치명적이었다.

저 남자는 왕이니, 만에 하나 죽기라도 하면 왕비인 그녀도 순장되지 않을까?

"네가 정말 한운석이냐?"

용비야의 얼음 같은 눈동자는 그녀를 꿰뚫어 놓을 것만 같았다. 저 여자에게는 의심스러운 부분이 한두 군데가 아니었다. 이 세상에 그를 죽이려는 사람은 셀 수 없이 많았고, 그의 곁에는 언제나 세작과 첩자가 들끓었다. 하지만 저 여자가 첩자라면 그는 벌써 죽었을 것이다.

한운석은 그가 노려보든 말든 침울한 얼굴로 가만히 서 있었다.

보려면 보라지. 아무리 봐도 내가 타임슬립을 했다는 건 생각도 못 할 테니까.

"본 왕의 질문에 답하라."

용비야가 명령했다.

한운석은 한숨을 쉬며 기둥에 몸을 기댔다.

"진왕 전하, 그건 중요하지 않습니다. 지금 중요한 것은 전하의 독이…… 아직 완전히 사라지지 않았다는 거예요."

"뭐라고?"

용비야는 흠칫 놀랐다.

"전하의 몸에는 독소가 일부 남아 있습니다. 금침으로는 빼낼 수 없고 약물로 빨아들여야만 하는데, 제게는 그 약이 없어요. 믿기지 않으시면 심호흡을 해 보시지요. 심장 두 치 아래쪽에서 찌르는 듯한 통증이 있을 거예요."

한운석은 진지하게 말했다.

용비야가 심호흡을 해 보니 그 말대로 통증이 느껴졌다. 순간 그의 눈동자에 살기가 번뜩였다.

"담이 무척 크군."

"그 말씀은 틀리셨어요. 저는 전하를 자객이라고 생각했고, 전하께서도 신분을 밝히지 않으셨잖아요. 설사 제가 전하를 죽였더라도 전하께서 자초하신 일입니다."

자초?

용비야의 차가운 시선이 한운석의 눈동자를 찔렀다. 하지만 한운석은 한 치 두려움도 없이 평온하게 그 시선을 받아 냈다. 제법 배짱이 두둑한 여자였다.

용비야의 눈초리에 그 자신조차 느끼지 못한 감탄의 빛이 스쳐갔다. 그가 차갑게 내뱉었다.

"이제는 내가 누군지 알았겠지. 모자란 약이 무엇이냐?"

한운석은 잔뜩 의심이 들었다. 저 인간은 무슨 못된 짓을 하고 돌아다니기에 다치고 중독을 당했는데도 태의를 찾지 않고 이곳으로 숨어들었을까? 아무래도 다친 것이 소문나면 안 되나 봐.

불난 데 도둑질하는 것은 한운석의 진료 원칙에는 어긋나지만, 앞으로의 생활에 큰 영향을 주는 일인 만큼 곰곰이 생각해 보아야만 했다.

비록 그녀가 진왕부의 대문은 넘었지만 앞으로의 삶이 평온할 리 없다는 것은 누구나 알고 있었다. 물론 그녀도 마찬가지였다. 그렇기 때문에 그녀에게는 버팀목이 필요했고, 가장 튼튼한 버팀목은 누가 뭐래도 진왕부의 주인, 천녕국 황족 가운데 지위가 높고 권력이 큰 진왕 용비야였다.

한운석은 능청스러운 웃음을 지으며 말했다.

"진왕 전하, 사실…… 지금 드린 약으로도 열흘 안에는 독성이 발작하지 않을 겁니다."

"그래서?"

여전히 그녀를 노려보는 용비야의 차가운 눈동자가 몹시도 깊고 그윽했다.

한운석은 억울하고 두려운 척 가련한 목소리로 말했다.

"내일 태비께 차를 올리고 황궁으로 문안 인사를 갈 때 전하께서도 함께하시겠는지요?"

혼례를 치른 다음날에는 신부가 집안 어른들에게 차를 올리는 것이 관례였다. 내일 저 인간이 함께 가 주면 그녀를 왕비로 인정한다는 의미였고, 그의 인정을 받으면 앞으로 성가신 일이 훨씬 줄어들 것이다.

"본 왕이 싫다면?"

용비야가 차갑게 물었다.

한운석은 고개를 숙이고 몹시 억울한 표정으로 대답했다.

"전하께서 중독되신 독은 그다지 희귀한 독이 아니랍니다.

태의 중 아무나 불러도 치료할 수 있을 거예요.”

“흥, 영리하군!”

태의를 부를 수 있다면 여태 시간을 낭비하지도 않았을 것이다. 저 여자는 완곡하게 그를 위협하고 있었다.

한운석은 아름다운 웃음을 지어 보였다.

“칭찬 감사합니다, 전하.”

용비야는 그녀를 상대할 방도가 없어 저도 모르게 눈을 찌푸렸다. 무슨 생각을 했을까, 한참 후에야 그가 손을 내저으며 말했다.

“입조심해야 할 것이다. 물러가라.”

성공했어! 한운석은 몹시 기뻤다.

“예, 감사합니다, 전하.”

기쁨에 들뜬 그녀는 침소에서 물러나 공손하게 가리개까지 쳐 주었다. 하지만 돌아서서 시꺼먼 어둠을 마주하는 순간, 퍼뜩 깨달았다.

오늘밤은 신혼 첫날밤인데 어디로 물러가라는 거야?

낙홍파

그날 밤 한운석은 서재에서 밤을 보냈지만, 다행히 날씨가 그리 춥지 않아 그럭저럭 견딜 만했다. 다음날 아침에 일어나 보니 용비야는 이미 침실에서 사라지고 없었다.

설마 이런 와중에 약속을 어기려는 건 아니겠지?

어젯밤 확실한 대답을 들은 것도 아니어서, 한운석은 불안한 마음에 허둥지둥 밖으로 달려 나갔다.

예상과 달리 용비야는 바깥의 화원에서 차를 마시고 있었다. 허둥거리며 달려 나온 한운석의 지저분한 옷매무새와 봉두난발, 맨발을 보자 그는 몹시 혐오스러운 듯 불쾌하게 내뱉었다.

"반 시진 줄 테니 정리하고 다시 나오도록!"

"네, 그럼요. 전하를 부끄럽게 만들 일은 절대 없을 거예요."

한운석은 고분고분 미소를 지으며 황급히 문을 닫았다.

반 시진이면 온천욕을 하기에 충분한 시간이었다.

하지만 그 생각은 잠시뿐, 곧 생각이 짧았다는 것을 깨달았다. 옛 사람들은 머리 묶는 방식이 너무 복잡해서 도저히 손댈 수가 없었던 것이다. 한참을 낑낑댄 끝에 어제 묶어 올린 머리를 겨우 풀어내자, 그녀는 별수 없이 3:7 가르마를 타고 한국에서 유행하는 청순가련 형 반묶음을 했다.

머리에 꽂을 장식을 찾아보았지만 혼수품으로 가져온 것들은 하나같이 조악해서, 이런 것을 꽂아 보았자 그녀 자신은 물론이고 진왕부의 체면만 깎일 것이 뻔했다.

관두자. 어차피 예쁘게 꽂을 솜씨도 없으니 차라리 안 하고 말지.

한운석은 거의 시간에 딱 맞추어 문을 열었다. 찰랑찰랑하게 떨어지는 연파랑 한 벌 치마 덕에 새하얀 피부는 유난히 생기 있어 보였고, 단순한 머리 모양도 옷차림과 잘 어우러졌다. 값비싼 장식은 없지만, 그 때문에 청아하고 초탈한 분위기가 물씬 풍겨 보기만 해도 눈이 환해지는 것 같았다. 진정한 미인이란 본래 장신구를 덕지덕지 올려 치장할 때보다 단순하게 차릴 때 가장 아름다운 법이다.

"준비가 끝났습니다. 점검해 보시지요, 전하."

한운석이 기분 좋게 말했다.

용비야는 한참 그녀를 살펴본 뒤 아무 말 없이 일어나 걸어갔다.

"좀스럽긴. 한마디 해 주면 어디 덧나?"

한운석은 혼잣말로 종알거리며 재빨리 뒤를 따랐다. 용비야가 3초 이상 여자를 쳐다본 적 없다는 사실을 그녀가 알 턱이 없었다.

한운석은 앞서 가는 용비야의 뒤를 일부러 한 걸음 거리를 두고 따랐다. 어젯밤에 들어올 때는 면사포를 쓰고 있어 보지 못했는데, 이제 보니 이곳 부용원은 꽃이 만발하고 인공으로 만든 개울과 대나무 숲이 자리해 한적하고 우아한 분위기가 가득해서 왕부라기보다는 속세를 떠난 사람이 은거하는 곳 같았다.

가는 동안에는 하인 한 사람 보이지 않았고, 원락 정문에 도착해서야 나이 지긋한 노파를 만날 수 있었다. 입은 옷으로 보아 의태비가 가까이 부리는 사람 같았다. 용비야를 본 노파는 눈에 띌 정도로 놀라 어쩔 줄 모르다가 황망히 몸을 숙이며 인사했다.

"진왕 전하께 인사 올립니다."

용비야는 그녀를 무시하고 앞으로 걸어갔다. 한운석은 왕비였지만 누군가에게 인사를 받는 것은 기대조차 하지 않았기 때문에 용비야를 따라 못 본 척 문을 나섰다. 그런데 노파가 그 앞을 가로막으며 꼬장꼬장하게 말했다.

"왕비마마, 관례에 따르면 태비께서 낙홍파落紅帕를 검사하신 뒤 태후께서 확인하시도록 황궁으로 보내야 합니다."

낙홍파, 신부의 붉은 피가 묻은 이 천은 신혼 첫날밤 신부가 처녀인지 아닌지를 증명하는 방법으로 사용되고 있었다. 하지만 모든 여자가 첫 경험 때 피를 흘리는 것은 아니었고 이 때문에 해를 입은 순결한 여자들이 셀 수가 없을 지경이었다!

낙홍파를 내놓지 못하면, 한운석은 신혼 첫날밤 독수공방했다고 만천하에 선포하거나 처녀가 아니라는 것을 인정하는 길밖에 없었다.

전자를 택하면 모든 사람들의 웃음거리가 되어 어디를 가더라도 얼굴을 들지 못하게 될 것이고, 후자를 선택하면 곧바로 목숨을 잃는 것은 물론 친정까지 연루될 수도 있었다. 황궁에 들어가기란 마치 깊은 바다 속에 들어가는 것처럼 가는 곳마다 함정이요, 걷는 곳마다 위험이 도사리고 있었다. 이제 겨우 시댁에 발을 들여놓았는데, 처음 맞이한 아침부터 여간 골치 아픈 게 아니었다.

어젯밤 신방 침상에 누워 보지도 못했는데 낙홍파 따위가 어디서 난단 말이야?

"왕비마마, 낙홍파를 주시지요."

노파가 재촉했다.

꼼짝 않는 용비야의 뒷모습을 바라보며 한운석은 고민에 빠졌다.

어차피 이렇게 된 거, 좋아, 까짓것 해 보지, 뭐!

이렇게 해서, 그녀는 고개를 숙이며 몹시 부끄러운 척 물었다.

"전하, 전하께서 가지고 계시지요?"

자신은 없어

진왕이 낙홍파를?

노파는 '헉' 하고 찬 숨을 들이쉬며 믿기지 않는 눈으로 진왕을 바라보았다.

무슨 그런 농담을!

진왕이 언제 돌아왔는지는 모르지만, 이 여자를 부용원에서 쫓아내지 않은 것만 해도 놀라 자빠질 일이었다. 같이 나온 것도 그저 황궁에 문안을 드리러 가기 위해서일 것이다.

그런데 이 여자와 그렇고 그런 일을…… 게다가 낙홍파까지 손수 챙겼다고?

이 여자가 거짓말을 한 것이 분명했다. 하지만 죽기로 작정이라도 하지 않고서야 어떻게 감히 진왕 앞에서 그런 거짓말을?

노파는 속이 복잡했지만 차마 캐묻지 못하고 조마조마한 마음으로 진왕의 반응을 기다렸다.

그런데 뜻밖의 일이 벌어졌다. 용비야가 '기다려라'라고 한 마디 툭 던지더니 몸소 원락으로 돌아간 것이다.

지금…… 낙홍파를 가지러 가겠다는 건가?

노파는 도무지 믿을 수가 없어 입을 떡 벌린 채 저도 모르게 모용완여가 숨어 있는 쪽을 돌아보았다. 한운석도 호기심을 이기지 못하고 그 시선을 따라가 보았지만 그곳에는 아무도 없었다.

"어…… 어떻게 그런……."

노파는 몹시 허둥거렸다.

이 반응은 뭐야? 우리가 간통이라도 한 것 같은 표정이잖아!

한운석은 눈을 흘기고는 태연스레 울타리에 기대어 기다렸지만, 사실은 그녀도 자신은 없었다. 용비야가 가져온 수건에 피가 묻어 있는지 아닌지는 하늘이나 알 일이었다.

어젯밤에는 문안 인사를 할 때 그를 데리고 갈 방법에만 골몰하여 낙홍파 따위는 생각지도 못했다. 그런데 낙홍파가 없다면 그가 함께 문안 인사를 가 준들 무슨 의미가 있을까?

낙홍파야말로 그가 그녀를 인정하느냐 아니냐를 결정하는 진짜 증거였다.

불가능하다는 것을 잘 알면서도, 그녀 자신조차 받아들이기 힘든 거짓말인데도, 한운석의 마음속에서는 조그마한 기대가 남아 있었다. 어쨌든 그녀는 그에게 시집온 사람이었으니까.

용비야, 우리가 혼례를 올린 것은 황제의 명 때문이지, 내가 강요한 것이 아니라고요. 당신도 황명을 거역할 수 없어 받아들였으니, 제발 모든 잘못을 나한테 덮어씌우지 말아 줘요.

한운석은 눈을 내리뜨고 울타리에 기댄 채 묵묵히 기다렸다. 노파는 속이 타들어가는지 이리저리 왔다 갔다 하다가 이따금씩 괴물이라도 보듯 그녀를 흘끔거렸다.

드디어 용비야가 돌아왔다. 하지만 그의 손에는 아무것도 없었다.

역시 사실대로 고하는 편이 좋겠다 싶어 아무것도 가져오지 않은 걸까? 한운석은 가슴 속에 번지는 쓰라림을 모른 척하려 애쓰며, 아무 말 없이 생긋 웃었다.

"전하…… 낙홍파는 어찌하셨는지요?"

참다못한 노파가 긴장한 목소리로 물었다.

용비야의 대답은 놀라웠다.

"본 왕이 가져가겠다."

노파는 충격을 받았다.

"저…… 전하께서도 함께 태비께 가시려고요?"

용비야는 대답하지 않았고 한운석마저 무시한 채 그대로 발걸음을 옮겼다. 다리가 길어 걸음걸이도 무척 빨랐다. 한운석은 머리보다 몸이 먼저 반응하여 재빨리 뒤를 쫓았는데, 너무 긴장한 나머지 심장이 펄떡펄떡 뛰었다.

저 인간, 대체 어쩔 작정이람?

묻고 싶어도 뭐라고 물어야 할지 몰라 망설이는 사이, 두 사람은 의태비 처소의 문 앞에 도착했다.

입구에는 열 일고여덟 살쯤 되는 낭자가 서 있었다. 바람이 불면 날아가 버릴 듯 가녀린 몸에 소박한 옷을 차려입고, 청순한 외모에 부드러운 눈빛을 하고 있는 이 낭자는 다름 아닌 의태비의 양녀 모용완여였다.

용비야와 한운석을 보자, 모용완여는 황급히 다가와 수줍은 목소리로 불렀다.

"오라버니, 오라버니도 오셨군요?"

듣기만 해도 몸이 사르르 녹을 것 같은 모용완여의 간드러진 목소리에 한운석은 온몸에 닭살이 돋는 것을 느끼며 속으로 감탄을 터트렸다.

아주 남자들의 영혼까지 탈탈 털겠군!

애교 많고 나긋나긋하고 사랑스럽기 짝이 없는 미인이 눈앞에 있는데도, 용비야는 마치 한 줌 공기를 대하듯 아무 말도 없이 지나쳐 버렸다. 이제 보니 저 인간은 누구한테나 쌀쌀맞았다.

"오라버니⋯⋯."

모용완여는 뼈까지 녹여 버릴 것 같은 부드러운 목소리에 원망을 살짝 곁들여 다시 한 번 불렀다. 한운석은 또다시 닭살이 돋아 바르르 몸을 떨었다.

그런데 모용완여가 갑자기 그녀를 돌아보며 그 모습을 아래위로 훑어보는 것이었다. 눈빛에는 분명히 질투가 어려 있는데도, 얼굴에는 우호적인 미소가 떠올랐다.

"새언니, 참 아름다우시군요!"

그녀는 이렇게 말하며 친밀하게 한운석의 팔을 잡고 위로했다.

"오라버니는 성품이 본래 저러시니 개의치 마세요. 자, 안으로 안내할게요."

공기 취급당한 것은 분명 자신인데 이게 무슨 말이람?

행동으로 보아 모용완여는 자신이 주인이고 한운석을 손님이라고 생각하는 것 같았다.

하지만 누이는 아무리 예뻐 봤자 시집가면 남이고, 부인은 아무리 소박을 당해도 집안의 여주인이었다.

한운석은 가식적으로 웃으며 말했다.

"고맙군요, 모용 낭자. 하지만 내가 알아서 들어갈 수 있답니다."

그렇게 말한 그녀는 드러나지 않게 모용완여의 손을 뿌리치고 당당하게 안으로 들어갔다.

기가 막히도록 멋진 남자

의태비는 몹시 한가로운 여인이었고, 예쁘고 깨끗한 것을 좋아하여 방을 꽃밭처럼 꾸며 놓았기 때문에 방에 들어서기 무섭게 꽃향기가 물씬 풍겼다. 덕분에 한운석은 이곳이 호랑이 굴이라는 사실조차 잊을 뻔했다.

의태비는 주인석에 나른하게 앉아 있었다. 나이는 벌써 마흔이었지만 관리를 잘한 데다 눈자위가 깊고 아름다운 눈동자에는 우아함이 짙게 어려 마치 여왕처럼 존귀해 보였다.

한운석이 들어서자 의태비는 그녀를 똑바로 바라보며 속으로 중얼거렸다.

그래, 확실히 예쁘긴 하구나. 예전처럼 끔찍한 꼴은 아니야. 태후 그 못된 계집만 아니었다면 마음에 들었을지도 몰라.

의태비가 쳐다보든 말든 한운석은 모르는 척 발을 재게 놀려 용비야 옆에 섰다.

"비야, 어젯밤에는 언제 들어왔니? 왔으면 왔다 인사는 해야지, 하루 종일 기다렸잖니."

의태비가 나른하게 입을 열었다.

"무슨 일이 있으셨습니까?"

용비야가 물었다. 다소 인간미가 느껴지는 말투였다.

"일은 무슨. 그저 널 본 지가 오래되어 그리워서 그랬지."

의태비가 웃으며 말했다.

한운석은 심장 한구석이 싸해졌다.

어제가 혼삿날이라는 것을 뻔히 알면서 저건 무슨 말이야? 대놓고 내 속을 뒤집어 놓겠다는 건가?

용비야에게 조금이나마 희망을 품었지만 지금은 그것마저 철저히 무너지고 말았다.

그래, 복이 되든 화가 되든 어차피 피할 수 없는 일이라면 내버려 두는 수밖에. 지금까지 온갖 어려운 일을 겪어 왔잖아.

그런데 그때, 용비야가 소매에서 하얀 손수건을 꺼내 두 손으로 바쳤다.

"낙홍파입니다. 살펴보십시오."

손수건이 등장하자 그곳에 있는 모든 사람들의 시선이 그쪽으로 쏠렸다. 가장 가까이 있던 한운석은 네모지고 두툼하게 접힌 손수건 윗부분이 티 없이 희고 깨끗한 것을 똑똑히 볼 수 있었다.

손수건을 흘끗 바라본 그녀는 실망스레 고개를 숙이며 의태비의 질책을 받을 준비를 했다. 옆에 선 모용완여도 속으로 안도의 숨을 내쉬었다. 진왕은 저 여자에게 손을 대지 않은 것이다. 단순히 같이 입궁해야 했기 때문에 나선 김에 함께 의태비에게 찾아온 것뿐이었다.

모용완여가 눈짓을 하자 노파가 재빨리 낙홍파를 받아 두 손으로 의태비에게 올렸다.

의태비는 그쪽을 흘끗 바라보더니 곧바로 얼굴을 굳혔다.

"신부, 이게 어찌된 일이냐? 어젯밤 진왕이 돌아왔는데 시중을 어찌 든 게야?"

그렇게 물으며 건성으로 낙홍파를 들어 살피는데, 이럴 수가, 손수건을 펼치자마자 새하얀 천에 찍힌 새빨간 자국이 눈에 확 들어왔다.

"앗!"

의태비는 참지 못하고 비명을 질렀다. 자세히 보니 틀림없는 피였다!

한운석도 저도 모르게 고개를 들었다가 빨간 자국을 발견했다. 핏자국!

세…… 세상에!

그녀는 믿기지 않는 눈빛으로 용비야를 바라보았다. 그 남자는 여전히 얼음의 신처럼 무표정했지만, 한운석의 마음속에서는 알 수 없는 온기가 퍼져 나갔다.

용비야, 기가 막히도록 멋진 남자 같으니라고! 정말 고마워요!

"모비께서 확인하셨으니 궁으로 보내겠습니다. 여봐라, 황궁으로 가져가거라!"

용비야의 명령은 의태비의 사람이라도 감히 거스를 수 없었다. 노파가 헐레벌떡 쟁반을 가져오자 의태비는 의아한 눈빛으로 내키지 않는 듯이 낙홍파를 내려놓았다.

그녀가 의미심장하게 옆에 있던 모용완여에게 눈짓했다. 그 눈은 마치 이렇게 말하는 것 같았다.

'한운석, 저것이 무슨 요술을 부려 내 아들을 유혹했을까?

내 아들은 미모에 흔들린 적이 단 한 번도 없었단 말이야!'

모용완여에게는 손수건에 묻은 핏자국이 눈엣가시였고 그 때문에 너무 고통스러웠다. 믿을 수가 없었다. 절대로, 절대로 믿을 수 없었다!

낙홍파가 치워지자 따뜻한 차가 나왔다.

"왕비마마, 태비마마께 차를 올리시지요."

노파가 소리 높여 말했다.

용비야에게 인정을 받았으니 한운석도 기운이 솟았다. 그녀는 차분하게 찻잔을 들어 공손한 태도로 절을 올렸다.

"신첩臣妾 한운석이 모비께 문안 올립니다. 천세, 천세, 천천세!"

의태비는 눈동자를 데구루루 굴리며 용비야를 흘끔 바라보았다. 내키지도 않았고 이해가 가지도 않았지만, 그래도 아들의 체면을 생각해서 찻잔을 받아 한 모금 마신 뒤 쪽빛 옥비녀 하나를 상으로 내리고 손수 한운석의 머리에 꽂아 주었다.

"본 궁도 이러쿵저러쿵 잔소리할 생각은 없다. 그저 한 가지만 기억하거라. 무슨 말을 하든, 무슨 일을 하든 본 궁과 진왕의 체면을 깎는 일은 없어야 한다."

"예, 명심하겠습니다."

한운석은 진지하게 대답했다.

"그만 일어나거라."

의태비가 말하며 모용완여에게 손짓했다.

"완여, 네가 손아랫사람이니 새언니에게 차를 올리려무나."

"예."

모용완여는 부드럽고 순종적이면서도 지금껏 그랬듯이 억울한 일을 당한 사람처럼 가련함이 담긴 목소리로 대답했다. 뜨거운 차를 들고 한 걸음 한 걸음 한운석에게 다가온 그녀의 부드러운 눈빛 속에서 증오가 반짝 스쳤다.

속 시원하게 해 줄게

"새언니, 차 드세요."

모용완여는 두 손으로 찻잔을 바치며 가녀린 몸을 살짝 숙였다. 어린 누이동생처럼 온순하고 고분고분한 태도였다.

뚜뚜뚜— 뚜뚜뚜—

해독시스템이 긴박한 경고음을 낸 지 벌써 한참이 지났기 때문에 한운석은 머리가 터질 것만 같았다. 이 차 속에는 독이 있었다.

스캔 기능을 켜고 찻잔을 훑어보니 차 속에는 최하급 독약인 설사약이 들어 있었다.

모용완여 이 여자, 청순가련녀인 줄 알았는데 이제 보니 민폐녀잖아!

지금 설사약을 먹으면 잠시 후 황궁에 갔을 때 수많은 사람들 앞에서 측간으로 질주하게 될 것이고, 진왕부의 체면은 땅에 떨어지고도 남을 터였다.

가족끼리 첫인사라고 했지? 좋아, 그렇다면 이 전문의께서 제대로 선물을 해 주지.

한운석은 재빨리 찻잔을 받아 시원시원하게 한 모금 꿀꺽 삼키고는 잔을 돌려주었다. 그런데 그만 손이 미끄러져 찻잔이 쨍그랑 소리를 내며 바닥에 떨어지고 말았다.

"이게 웬일이냐!"

의태비가 와락 소리를 질렀다. 차를 올릴 때 찻잔이 깨지면 몹시 불길한 징조였다.

모용완여가 황망히 위로했다.

"아무것도 아니에요, 모비. 본래 시끌시끌하면 복이 넘친다 잖아요."

그리고는 재빨리 허리를 숙여 깨진 잔을 치우려는데 한운석도 똑같이 허리를 숙이며 나섰다.

"내가 할게요, 손 조심해요."

그러면서 그녀는 손에 숨겼던 파편으로 남몰래 모용완여의 손을 살짝 긁었다.

"어머나, 피! 이걸 어째, 다 내 잘못이에요!"

한운석이 호들갑을 떨며 황급히 모용완여의 손가락을 잡아 주저 없이 입에 넣고 빨았다.

그간 도맡아 온 착한 역할을 한운석에게 빼앗긴 모용완여도 가만히 있을 리 없었다. 그녀가 재빨리 손을 빼며 말했다.

"살짝 긁힌 것뿐인데 이러지 마세요, 새언니. 제가 죄송하잖 아요."

"살짝이라니? 흉이라도 지면 어쩌려고! 여봐라, 어서 의원을 불러오너라!"

의태비가 불쾌한 얼굴로 모용완여를 주인석으로 잡아끌어 상처를 살피더니 안타까워했다.

"너도 참, 이런 일은 하인을 시키라고 몇 번이나 말하지 않왔니? 공연히 나섰다가 다치기나 하고."

의태비와 모용완여를 바라보던 한운석은 아무리 봐도 두 사람이 친 모녀처럼 눈매가 쏙 닮았다고 생각했지만, 오래 함께 지내다 보면 닮기 마련이라 별달리 마음에 두지 않았다.

의태비가 한운석을 야단칠 기미가 없자 모용완여는 재빨리 말했다.

"모비, 제가 부주의한 탓이니 새언니에겐 아무 말씀 마세요."

그 말에 한운석의 입가가 실룩였다.

민폐녀는 무슨, 완전 불여우잖아.

모용완여의 말에 정신이 든 의태비가 당장 한운석을 쏘아보았다.

"어찌 그리 덤벙거리느냐? 교양이라고는 눈 씻고 찾아봐도 없구나. 내 벌을……."

그런데, 그 말이 끝나기도 전에 뜻밖의 소리가 들려왔다.

뽀옹—

무슨 소리지?

사람들이 어리둥절하는 사이, 폭죽이 터지는 것 같은 소리가 잇달아 터져 나왔다.

뽕, 뽀옹, 뽀옹, 뿌웅, 뿌웅, 뿌우욱, 뿌직, 뿌지직, 뿌지직…….

이 우렁찬 방귀 소리!

게다가…… 지독한 구린내까지?

"아악……!"

의태비가 비명을 지르며 벌떡 일어나더니 코를 틀어막고 멀찌감치 달아나 오만상을 찌푸렸다.

"방귀를 꾸다니! 아휴, 냄새야! 구려도 이렇게 구릴 수가 없구나! 썩 나가지 못해!"

그러자 방 안에 있던 모든 사람들이 모용완여를 바라보았고, 모용완여의 얼굴은 순식간에 홍당무가 되었다. 방귀가 나오려는 것을 깨닫는 순간 필사적으로 엉덩이를 조이며 참아 봤지만, 슬프게도 아무리 노력한들 소용이 없었다.

"모비, 그게……."

뭐라고 해명해야 할지 몰라 우물쭈물하는 동안 엉덩이는 그녀의 통제에서 완전히 벗어나, 다시 한 번 뿌욱뿌우욱 하고 힘차게 부르짖었다. 방귀 냄새가 어찌나 독한지 방 안에 감돌던 꽃향기마저 그 구린내에 묻히고 말았다.

결벽이 심한 의태비는 구역질이 날 것 같아 문밖으로 뛰쳐나가 소리소리 질렀다.

"여봐라, 어서 저 아이를 데리고 나가거라! 내 방을 더럽혀선 안 된다!"

"아……."

모용완여의 짤막한 비명과 함께 또다시 힘찬 폭죽이 터졌다.

세상에, 어떻게 이런 일이?!

그녀는 두 다리를 바짝 오므렸다. 울고 싶었지만 눈물은커녕 말 한마디조차 꺼낼 용기가 나지 않았다.

경멸에 찬 사람들의 시선을 받자 차라리 무엇이든 잡아서

틀어막고 싶은 심정이었다. 이렇게 민망한 일이 벌어질 줄 누가 알았을까! 특히 진왕까지 보았으니 앞으로 무슨 낯으로 그를 대할지 막막했다.

도대체 내 몸에서 무슨 일이 벌어지고 있는 거야?

시녀 둘이 그녀를 끌어내리려는데, 별안간 '뻥' 하고 막힌 것이 터지는 소리와 함께 똥물이 쏟아졌다!

곧이어 소화된 것을 속 시원하게 쏟아내듯 '푸드드득' 소리가 나면서 속곳이 축축해졌다.

"아아악⋯⋯!"

의태비는 더 이상 견디지 못하고 처절한 비명을 지르면서 걸음아 날 살려라 달아났다.

방 안에 악취가 진동하고 주인인 의태비가 제일 먼저 달아났으니, 다른 사람들도 당연히 남아 있을 까닭이 없었다. 방에 혼자 남겨진 모용완여는 계속 설사를 쏟으며 눈물도 함께 쏟았다.

어쩌다 이렇게 되었을까? 낯부끄러워서 고개를 들 수도 없어! 이제부터 무슨 낯으로 다른 사람들을 대한담?

누구라도 와서 설명을 해 주면 속이 시원할 것 같았다. 설사약을 탄 곳은 분명히 한운석이 마신 차였고, 즉시 효과를 발휘하는 약도 아니었다.

그녀는 질퍽한 대소변 위에 앉아 일어날 수도, 그렇다고 계속 앉아 있을 수도 없어 갈팡질팡했다. 제발 누가 와서 좀 도와줬으면!

한운석은 용비야의 뒤를 따라 나온 후에야 마침내 '푸하하'

하고 참았던 웃음을 터트렸다. 그러면서 무심코 고개를 돌리는
데 자신을 똑바로 바라보는 용비야의 시선과 딱 마주쳤다.

흠흠…….

그녀는 웃음기를 거두고 코를 막으며 말했다.

"전하, 냄새가 지독해서 견딜 수가 없으니 어서 빨리 입궁하
시지요."

"상처에 바로 약을 뿌렸기 때문에 저렇게 빨리 효과를 발휘
한 것이냐?"

용비야가 낮은 목소리로 물었다.

"그럴 리가요? 괜한 사람 잡지 마시지요, 전하."

한운석은 초승달처럼 눈을 휘며 곱게 웃었다.

친절한 태후

마차를 타기 직전, 한운석은 해약을 먹었다. 자주 쓰는 해약과 독약을 늘 몸에 지니고 다니던 것이 퍽 쓸모가 있었던 셈이었다. 사실 옛날 사람들은 현대인들보다 독을 더 잘 썼다. 현대에서는 대부분 인공적으로 합성한 독약을 사용하지만, 옛날에는 꽃이나 풀로도 독을 만들 수 있었다.

나란히 마차에 앉아 황궁으로 가는 동안 용비야가 눈을 감고 쉬자, 한운석은 저도 모르게 흘끔흘끔 그를 살폈다. 자세히 보니 어젯밤에 희미하게 본 것보다 훨씬 이목구비가 섬세했고, 가만히 있으면 마치 신상神像같아서 함부로 범접할 수 없는 위엄이 느껴졌다.

낙홍파 한 장이 그에게는 아무것도 아닌지 몰라도, 한운석에게는 평생을 좌우하는 중요한 물건이었다. 비록 사전에 거래가 있긴 했으나 그가 낙홍파를 가져온 데 대해 마음 속 깊이 고마움을 느끼고 있었다.

하지만 그녀도 황궁에서 자신을 두고 수많은 내기가 펼쳐졌고, 뜻밖의 결과로 인해 돈을 잃은 사람이 부지기수라 많은 사람들의 미움을 사게 되었다는 것은 통 모르고 있었다.

태후에게 인사만 드리면 되는 줄 알았는데, 놀랍게도 건곤궁乾坤宮 알현장은 사람으로 꽉꽉 들어차 있었다. 모두 여자들이었다.

방 안은 조용했지만, 경멸과 무시, 증오를 담은 싸늘한 눈동자들이 날카로운 화살처럼 한운석에게 날아들었다. 눈빛으로 사람을 죽일 수는 없지만 놀라게 할 수는 있었다.

한운석은 속으로 한숨을 내쉬었다.

대관절 내가 무슨 잘못을 했기에 이런 대우를 받아야 한담?

진왕은 황제의 아우이고, 진왕의 정비인 한운석은 태후의 며느리이자 황후의 동서였다. 황제의 첩들은 물론이고 황제의 아들과 딸도 그녀를 보면 예의를 갖추어야 마땅했다.

뭘 자꾸 쳐다봐? 흥, 못생긴 얼굴도 아니니 보고 싶거든 실컷 보라지!

뭇사람들의 시선 속에서도 한운석은 기죽지 않고 턱을 치켜든 채, 존귀하고, 우아하고, 대범하게 용비야와 나란히 걸었다. 경국지색의 미모에 초탈한 분위기가 더해지면서 세상 모든 아름다움을 독차지한 것 같은 그녀의 모습은 마치 천생연분처럼 용비야와 꼭 어울렸다.

그 모습을 보면서 사람들의 눈빛도 차차 변하기 시작했다. 놀라움, 그리고 부러움의 빛이었다. 자신감 넘치는 여자는 언제 보아도 가장 아름다운 법이다.

방은 무척 넓어 한참을 걸어서야 상좌 앞에 이르렀다. 한운석은 태후를 본 후에야 의태비가 무척 젊다는 것을 깨달았다. 태후는 이미 백발이 창창한 노인이었고 황후도 벌써 서른 살이었던 것이다. 태후는 상냥하고 기품이 있고 황후는 점잖고 고

귀하여, 두 사람에게서 뿜어져 나오는 기운이 후궁 전체를 억누르고도 남았다. 이런 게 바로 상전 특유의 위압감이었다.

"소자, 모후母后와 황후께 인사 올립니다. 만수무강하십시오."

용비야가 예를 갖추어 문안 인사를 드렸다.

한운석도 몸을 살짝 숙이며 말했다.

"신첩이 모후와 황후께 인사 올립니다. 만수무강하십시오."

"너희 둘만 잘 지낸다면 이 늙은이야 평안하다마다! 자자, 어서들 일어나거라. 무엇들 하느냐, 자리를 내어주지 않고!"

태후는 기분이 좋은지 따스하게 웃음을 지었다.

두 사람이 일어나자 뒤쪽에 있던 비빈들이 동시에 일어나 예를 갖추었다.

"진왕 전하와 진왕비께 인사 올립니다."

남자의 중요함이 드러나는 순간이었다. 지어미는 지아비로 인해 귀해진다는 말이 있지 않던가?

한운석이 자리에 앉자마자 태후가 말했다.

"운석, 이리 가까이 오너라. 자세히 좀 보자꾸나!"

그 친밀한 말투에 한운석은 그제야 기억이 났다. 예전에 그녀의 어머니가 태후의 목숨을 구해 준 덕분에 태후는 그 보답으로 한운석을 용비야와 맺어 준 것이다.

아무리 그래도 태후 할머니, 은인의 딸을 연적의 아들에게 보내는 게 정말 최선이었나요? 한때 당신과 의태비가 사납게 싸운 것을 누가 몰라요? 더군다나 한씨 집안이 태자의 병을 빨리 치료하지 못하자 숫제 그 집안을 무너뜨리려고 하잖아요.

그렇게 은혜를 원수로 갚아 놓고 왜 이렇게 가식을 떠세요?

한운석이 다가오지 않자 태후는 친히 그녀를 가까이 끌어당긴 뒤, 몹시 마음에 드는 듯 이리 보고 저리 보면서 연신 감탄을 터트렸다.

"쯧쯧쯧, 이렇게 곱고 예쁜 것을! 이런 미인더러 추녀라니? 어떤 못된 작자가 그런 말을 퍼트렸을꼬! 누군지 잡아들이기만 하면 내 쉽게 용서치 않을 게야!"

"어렸을 때 만났을 때는 얼굴 이쪽에 흉터가 있지 않았던가요?"

황후가 옛 기억을 떠올리며 물었다.

"그랬던가, 이 늙은이는 왜 기억이 나지 않지? 여자란 본디 열여덟 번은 변하기 마련인 게야! 이 아이의 어미도 짝을 찾아볼 수 없는 경국지색이었는데, 그렇지 않았다면 내 어찌 우리 진왕의 짝으로 이 아이를 점찍었겠느냐?"

태후가 진지하게 말하자 황후는 말뜻을 알아들은 듯 입을 다물었다.

태후는 용비야를 바라보았다.

"진왕, 이 늙은이가 너를 괴롭힌 것이 아니란다. 이렇게 아름다운 미녀를 주었으니 잘해 준 게지! 그래, 듣자니 어제 네 직접 꽃가마를 맞이하지 않았다던데, 사실이냐?"

어라…….

불현듯 한운석은 이 문안 인사가 용비야에게도 골치 아픈 일이라는 사실을 깨달았다.

가장 존귀한 남자

한운석은 용비야가 태후의 질문에 난처해하리라 생각했지만, 뜻밖에도 그는 태연하게 대답했다.

"어제는 무척 바쁜 일이 있어 빠져나오기가 어려웠는데, 돌아와 보니 신부가 이미 왕부에 들어와 있었습니다."

참 쉬운 말이었다. 너무 바빴다……, 그 한마디로 해명이 될까?

한운석은 태후의 손이 살짝 굳어지는 것을 분명하게 느꼈고, 주위에 있던 사람들도 갑자기 쥐 죽은 듯 조용해졌다. 이제 곧 폭풍우가 몰아칠 것이다.

하지만 웬일인지 태후는 잠시 입을 다물었다가 불쾌한 눈으로 용비야를 흘기며 책망했다.

"네가 바쁜 것은 안다만 신부를 푸대접하지는 말아야지."

용비야의 표정은 여느 때처럼 얼음장처럼 냉랭하고 위엄이 넘쳤다.

태후가 한운석의 손등을 두드리며 말했다.

"진왕이 박대하거든 주저 말고 입궁해서 알려다오, 내 책임지고 해결해 줄 터이니. 알겠느냐?"

한운석은 고분고분 고개를 끄덕였지만 속으로는 무척 놀랐다. 황제도 진왕에게는 한 수 양보한다고 들었지만, 태후마저 이렇게 물러설 줄은 몰랐기 때문이었다.

이렇게 존귀한 남자라니!

그때 진왕부의 노파가 낙홍파를 올렸다.

"태후마마, 낙홍파이오니 부디 확인해 보시옵소서."

잠깐 풀어졌던 분위기가 '낙홍파'라는 세 글자에 다시 팽팽히 긴장되었다. 수많은 눈동자가 한곳에 몰려 태후가 낙홍파를 펼쳐들기만을 기다렸다. 좀 더 확실히 말하자면, 한운석이 웃음거리가 되기를 기다리는 것이었다.

아무리 미인인들 무슨 소용이 있을까? 이러니저러니 해도 태후가 억지로 진왕과 맺어 준 사람이고 황제가 명을 내려 강제로 혼사를 치르게 했으니, 진왕이 신부를 데리고 문안 인사를 올리러 온 것만 해도 황제와 태후의 체면을 충분히 세워 준 셈이었다.

짐작건대 한운석은 신혼 첫날밤 신방의 침상에서 눈 한번 붙이지 못했을 것이다.

앞에 앉은 사람들은 일부러 몸을 쑥 내밀었고, 뒤에 앉은 사람들은 숫제 자리에서 일어나 남의 불행을 즐길 준비를 했다. 심지어 한운석이 처녀가 아니라고 할지, 아니면 총애를 받지 못했다고 할지 속닥속닥 내기를 하는 사람도 있었다. 곧 벌어질 재미있는 장면에 모두들 잔뜩 기대에 부풀었다.

태후는 서두르지 않고 다정하게 한운석의 손을 잡으며 속삭였다.

"부끄러워할 것 없다. 이제 어른이 되었으니 열심히 진왕의 후손을 만들어 주면 되는 게야."

"그럼요, 그것이 가장 중요하지요. 살펴보실 것도 없습니다. 우리 진왕부가 어떤 곳인데 그런 일에 실수가 있겠어요."

평소 대담한 운 귀비韻貴妃가 입을 열었다.

"한씨 집안은 훌륭한 가문이고 가훈도 엄격하니 아무 일 없을 거예요."

"그럼요, 그럼요. 저 부끄러워하는 신부 좀 보세요. 낙홍파는 버리시는 게 좋겠어요. 진왕 전하께서 친히 시험하셨는데 틀릴 까닭이 있으려고요?"

후궁들이 너나 할 것 없이 한마디씩 떠들어 댔다. 호의로 하는 말 같지만 그 속에 담긴 뾰족한 가시를 보면, 한운석을 높이 띄웠다가 내동댕이쳐 죽이려는 심산이었다. 한운석은 고개를 숙이고 눈멀고 귀 먹은 척하며, 역시 후궁의 여자들은 참 할 일이 없나 보다고 생각했다.

사람들이 호기심 어린 눈길로 에워싸자 태후가 웃으며 말했다.

"그리 말하지 않아도 안다. 분명히 붉은 자국이 있을 테지. 허나 낙홍파를 검사하는 것은 조상 대대로 내려온 관례이니 빠뜨릴 수는 없다."

그녀는 유난히 자상하고 즐거운 미소를 지으며 낙홍파를 사람들 앞에 들어 보였다. 그 순간, 모든 시선이 그쪽으로 쏠렸다.

붉은 자국!

선명한 핏자국이었다!

"아……!"

누가 제일 먼저 비명을 질렀는지 모르지만, 방안은 순식간에 술렁임으로 가득 찼다. 모두들 충격을 이겨 내지 못한 것이었다!

어떻게 이럴 수가? 진왕이 정말 저 여자에게 총애를 내렸다고? 다른 누구도 아닌, 세상에서 가장 존귀한 진왕, 한 번도 여자를 가까이 하지 않은 진왕, 모든 이의 마음속에 신과 다름없는 그 남자가!

한운석이 대체 뭔데!

조금 전 호의를 베풀 듯 나섰던 후궁들은 벙어리가 된 양 입도 뻥긋하지 못했다. 믿을 수가 없어서 제 입을 마구 때리고 싶을 정도였다.

그들은 한운석이 웃음거리가 되는 것을 구경하고, 태후가 한씨 집안을 어떻게 처리하는지 지켜보기 위해서 이 자리에 와 있었다.

의술로 유명한 가문인 한씨 집안이 몇 년이 지나도록 태자의 병을 치료하지 못하자, 지난날의 은혜는 진작 잊어버린 태후는 그 가문을 파멸시키려 벼르고 있었다.

그런데, 한운석이 정말로 진왕의 여자가 될 줄이야!

해독약방문

　낙홍파를 든 태후의 한쪽 손은 반공중에서 우뚝 멈추었고, 한운석의 손을 잡은 다른 쪽 손도 얼음처럼 싸늘해졌다. 이제는 한운석이 그들의 불행을 즐길 때였다. 그녀는 붉은 자국을 한 번 쳐다본 뒤 즐거운 마음으로 용비야를 흘끔거렸다. 마침 용비야의 깊은 눈동자도 그녀를 바라보고 있었다. 영문은 알 수 없지만, 한운석은 저도 모르게 심장이 움찔해 재빨리 시선을 거두었다. 귀뿌리가 홧홧 달아올랐다.

　정적이 흐르는 가운데, 용비야가 일어나 말했다.

　"모후, 소자는 급한 일이 있어 먼저 물러나겠습니다. 내일 다시 찾아뵙겠습니다."

　문안 인사와 낙홍파 검사가 끝났으니 물러가려는 것도 당연했다. 한 여자를 상대하기도 성가신데 이 많은 여자들은 말할 것도 없었다.

　그가 나가는 것을 보자 한운석도 일어나려 했지만, 별안간 태후가 그녀의 손을 꽉 잡았다. 어찌나 세게 잡았는지 뼈가 부러질 것처럼 아팠다.

　바로 그때, 용비야가 돌아보고 준수한 눈썹을 살짝 찡그리며 말했다.

　"한운석, 따라오지 않고 뭘 하느냐?"

으흐흑……. 버리고 가는 줄 알고 겁먹었잖아.

한운석은 기다렸다는 듯 태후의 손을 힘껏 뿌리쳤다.

"모후, 급한 일이 있어 먼저 가 보아야 한답니다. 다음에 다시 인사드리겠습니다."

말을 마친 그녀는 발바닥에 기름이라도 바른 듯 용비야의 곁으로 쪼르르 달려갔다. 태후에게 다시 붙잡혀 혼자 이곳에 남았다가는 뼈째 오독오독 씹어 먹힐 것 같았다.

태후는 낙홍파를 톡 떨어뜨리고는 상냥한 웃음을 떠올렸다.

"그렇다면 어서 가 보려무나. 늦어서야 되겠느냐."

용비야는 고개도 돌리지 않고 걸어 나갔다. 이를 본 한운석도 부쩍 용기가 샘솟아 태후의 말은 귓등으로 흘리고 용비야를 따라 한들한들 걸어 나갔다. 문을 나설 때까지 한 번도 뒤돌아보지 않은 채.

진왕은 세상에서 가장 존귀한 남자이고, 남들과는 달라! 진왕비로서 그의 체면을 깎는 일은 하지 말아야 해.

이런 생각이 들자 한운석은 허리를 한층 꼿꼿이 세우며 속으로 중얼거렸다.

이 인간을 따라다니는 것도 자못 통쾌한걸!

그들이 떠난 뒤, 태후는 홧김에 찻잔을 바닥에 집어던지며 소리 질렀다.

"한운석! 아주 대단한 계집이로구나!"

왕부와 황궁에 문안 인사를 드리는 일이 순조롭고 즐겁게 끝나자 한운석은 기분이 몹시 좋았고, 용비야에게도 호감이 생겼다. 그런데 황궁 입구에 이르러 마차를 타는 순간, 용비야의 첫 마디는 싸늘한 질문이었다.

"이제는 해독약방문을 알려 줄 수 있겠지?"

해독약방문?

기쁨에 푹 잠겼던 한운석은 그제야 오늘의 순조롭고 유쾌했던 일들이 거래에 불과했다는 사실을 떠올렸다. 그가 그녀 대신 문제를 해결하면 그녀는 그의 몸속에 남은 독소를 제거해 주기로 한 거래.

그럼 그렇지, 저 인간이 진심으로 보호해 줄 리가 있겠어?

용비야의 차갑고 무정한 눈을 바라보며, 한운석은 속으로 한숨을 쉬었다.

역시, 남자에게 홀리면 내 손해야.

"세 가지 약초가 필요해요. 자하, 자추, 자동이라는 약초인데 많을수록 좋아요. 약초를 구해 오면 해약을 제조해 줄게요. 명심할 것은, 딱 열흘밖에 시간이 없다는 거예요. 열흘 후에는 독이 발작할 수 있어요."

한운석은 망설임 없이 알려 주었다.

용비야가 고개를 끄덕이더니 아무 말도 없이 마차에서 내렸다. 같이 돌아가지 않을 셈인가?

"이봐요!"

한운석이 뒤를 쫓았지만 그는 어느새 그림자조차 보이지 않았고 마부 혼자 덜렁 남아 있었다. 한운석은 어깨를 으쓱하고는 마부에게 말했다.

"돌아가자."

마차 안에 편안하게 늘어진 그녀는 반쯤 닫힌 창문을 통해 번화한 도성의 모습을 구경하면서, 용비야의 인정을 받았으니 진왕부의 삶이 그리 힘들지는 않겠다며 흡족해했다. 꼬투리만 잡히지 않으면 의태비도 그녀를 어쩌지 못할 것이다.

역시 평안하고 무탈하게 사는 것이 최선이었다. 남들이 건드리지만 않으면, 그녀 역시 유명무실한 왕비 노릇에 안분지족하며 아무도 귀찮게 굴지 않고 제 일만 하면서 살아갈 것이다.

적잖은 약방문과 약초들이 사라진 현대에는 한의학 해독법 연구에 제약이 많았는데, 옛날로 돌아와 보니 천천히 연구하면서 해독시스템의 데이터를 확충할 만한 것들이 많이 있었다. 이런 생각을 하자, 천성적으로 낙관적인 한운석은 삶이란 역시 아름다운 것이라고 느꼈다.

긴급 구조

마차는 골목을 돌아 들어가더니 얼마 지나지 않아 멈췄다. 마부가 놀란 목소리로 외쳤다.

"왕비마마, 귀찮게 되었습니다요. 앞에 사람이 누워 있는데…… 돌아갈까요?"

한운석은 가리개를 걷고 내다보았다. 길 위에 푸른 옷을 입은 젊은 공자가 쓰러져 있었는데, 얼굴은 보이지 않았지만 안간힘을 쓰며 손을 내미는 것을 보니 도움을 청하는 것 같았다.

의사로서의 책임감과 민감함 때문에 그녀는 곧바로 마차에서 내렸다. 사람의 생사가 짧디짧은 한 순간에 결정된다는 사실을 그 누구보다 잘 알기 때문이었다. 마부는 그녀를 막으려고 했지만 역부족이라 별수 없이 뒤를 따르는 수밖에 없었다.

"왕비마마, 이런 일에 나서시면 안 됩니다. 만에 하나 나쁜 사람이면 어쩝니까요?"

마부가 소리쳤다.

"왕비마마, 오늘은 혼례를 치른 첫날이니 필시 의태비께서 기다리고 계실 겁니다요! 아무래도 서둘러 가는 것이……."

하지만 때늦은 권유였다. 푸른 옷의 공자에게 다가가자 한운석의 머리에서 곧바로 경고음이 울린 것이었다. 독이었다. 더군다나 지극히 강력한 극독劇毒.

한운석이 재빨리 남자의 몸을 뒤집어보니, 놀랍게도 준수하고 단정한 외모에 우아함을 갖춘 공자였다.

"도…… 도와……."

남자의 얼굴은 창백했고 입술은 파랗게 질려 있었는데, 상황을 자세히 설명하기도 전에 혼절하고 말았다. 다가온 마부가 그 남자를 보고 놀란 목소리로 외쳤다.

"왕비마마, 이…… 이분은…… 이분은 목 대장군부의 소장군少將軍 목청무 공자입니다요!"

목청무?

한운석도 이 남자를 알고 있었다. 그는 천녕국에서 가장 용맹스럽고 전투에 능한 젊은 장군으로, 목 대장군의 유일한 후계자이자 조정에서 가장 강직하고 직언을 잘 하는 사람이었다. 용맹한 데다 지혜롭고, 엄숙하면서 침착하고, 윗사람에게 아부하지 않는 올곧은 인물로, 아버지를 따라 세 번 출정을 나가 세 번이나 북려국北厲國을 패퇴시켰기 때문에 북려국 장수들이 그를 전쟁의 신처럼 두려워하면서도 숭배한다고들 했다.

그런 뛰어난 인물이 어쩌다 중독되어 이런 곳에 쓰러져 있을까?

한운석은 깊이 생각할 겨를이 없어 곧바로 해독시스템을 가동했지만, 곧 마음이 무거워졌다. 이 사람이 중독된 독은 용비야의 독과 비슷해서 해독시스템에도 설명만 있을 뿐 해약이 없었던 것이다.

한운석은 속이 터져 죽을 것 같았다.

누가 이 시스템 좀 업그레이드 해 줄 수 없어?

그래, 쓸데없는 생각은 말자…….

정신을 집중하고 스캔을 해 보니 해독시스템이 상처 부위를 찾아냈다. 복부였다. 중독이 무척 심해 당장 치료하지 않으면 시간이 지날수록 독을 빼내기 어려워질 터였다.

한운석은 깊이 생각하지 않고 목청무의 옷을 찢었다. 마부는 소스라치게 놀랐다.

"왕비마마, 지…… 지금…… 무…… 무얼 하시는 겁니까요?"

"시끄럽다! 돌아서서 아무도 다가오지 못하게 지켜라."

한운석이 차갑게 명령하자, 고운 눈동자가 거부를 용납하지 않겠다는 듯 사납게 번쩍였다.

목청무의 상의를 벗겨도 복부에서 상처를 찾을 수는 없었다. 하지만 해독시스템의 스캔 결과가 틀릴 리도 없었다.

혹시나 하는 마음에 다시 한 번 스캔했지만 역시 복부였다.

그녀는 꼼꼼하게 살피면서 복부를 살짝 눌러보았다. 그랬더니 놀랍게도 가느다란 독침이 거의 내장에 닿을 정도로 깊숙하게 찔러 들어가 있었다. 이런 독침을 썼다는 것은 심성이 흉악한 사람일 뿐 아니라 독의 고수가 분명했다! 목청무는 습격을 당한 모양이었다.

확산성 독은 일단 내장으로 들어가면 오장육부로 차츰차츰 퍼져 나가 고열을 앓게 되는데, 원인을 찾지 못해 오장육부가 문드러지기 시작하면 신선이 와도 돌이킬 수 없었다.

무슨 일이 있어도 독소가 내장으로 들어가기 전에 독침을 빼내야 했다!

손으로 목청무의 복부를 몇 번 꾹꾹 눌렀지만 아무 효과가 없자, 한운석은 재빨리 결단을 내려 조그마한 비수를 꺼내 위치를 가늠한 뒤 칼날을 복부로 가져갔다.

그런데 누가 예상이나 했을까? 바로 그 순간, 병사 한 무리가 골목 어귀로 우르르 달려와 그들을 단단히 포위했다. 대장은 목청무의 호위병사인 이장봉李長峯이었는데, 한운석이 든 비수를 보자 와락 달려들어 다짜고짜 비수를 걷어찼다.

"감히 목 소장군을 해치려 하다니! 뭣들 하느냐, 당장 잡아들여라!"

폐물, 자기변호하기

소장군을 해쳐?

"잠깐, 눈을 두었다 무엇 하려느냐? 내가 소장군을 해치다니?"

한운석이 노해 외쳤다.

설마하니 도와주러 나섰다가 못난 꼴 당하는 일이 이런 옛날에도 있는 건 아니겠지?

그러나 이장봉은 땅에 떨어진 비수를 주워 들고 차갑게 말했다.

"우리 모두 두 눈으로 똑똑히 보았다. 누가 너를 보냈는지 몰라도 죽을 준비나 하시지!"

벌써 붙잡힌 마부는 초조해 죽을 지경이었지만, 신분을 밝히기가 부적절하여 황급히 해명에 나섰다.

"오해입니다, 오해예요! 저희는 그저 길을 지나다가 소장군께서 쓰러져 있는 것을 발견한 것뿐입니다요. 주인께서도 좋은 마음에 도우려고 하셨지, 악의는 없으십니다. 진짜 흉수는 일찌감치 달아났습니다요."

이장봉은 눈썹을 치켜세우고 한운석을 살피며 차갑게 코웃음을 쳤다.

"좋은 마음으로 도우려 했는데 비수는 왜 들고 있지? 감히 누굴 속이려드느냐? 여봐라, 저 여자를 단단히 묶어라."

"비수를 쓴 건 저 사람을 구하기 위해서였다. 저 사람은 독침에 당했다. 독침이 너무 깊이 들어가 제때 뽑아내지 않으면 일개 호위병인 네가 감당하지 못하는 일이 벌어질 것이다."

한운석의 엄숙한 말투에 주위가 조용해졌다.

이장봉 역시 머뭇거렸다. 두 시진 전, 소장군은 첩자를 추격하여 이 부근에 왔다가 갑자기 종적을 감추었고, 그 후 무슨 일이 일어났는지는 아무도 몰랐다. 그는 주워 든 비수를 멍하니 바라보며 생각에 잠겼다. 저 여자 말대로 자신의 힘으로 감당할 수 있는 일이 아니었기 때문에 모험을 할 수는 없었다.

"허튼 소리! 어서 저 여자를 장군부로 끌고 가라! 오해가 있으면 대장군께 말씀드리면 된다!"

말을 마친 이장봉은 목청무를 안고 총총히 떠나갔다.

"후회할 것이다!"

한운석이 소리를 질렀다.

저 죽일 놈 같으니! 중독된 사람을 저렇게 마구 움직이면 독이 퍼지는 것을 재촉할 뿐이야!

대장군부로 가자고? 누가 겁낼 줄 알아? 양심에 거리끼는 일은 하지도 않았다고. 설마 당당한 대장군부에서 무고한 사람에게 억지로 죄를 씌우겠어?

그러나 대장군부에 도착하자, 한운석은 자신이 목 대장군을 너무 과대평가했다는 사실을 깨달았다. 목씨 집안은 군대 생활만 해 온 터라 하나같이 거칠고 야만스러워 말보다는 손이 먼저 나가는 사람들이었다.

목청무가 방으로 옮겨지자 불려온 어의들이 허둥지둥 뒤를 따랐다.

한운석과 마부는 끌려가 대청 한가운데 나동그라졌고, 짙은 눈썹에 덥수룩한 수염, 커다란 눈을 한 목 대장군은 눈초리를 올리고 큰 눈을 부릅뜬 채 손에 든 채찍으로 한운석을 가리키며 외쳤다.

"말해라! 너를 보낸 자가 누구냐!"

보내긴 누가 보내? 지금 이 모습이 자객이나 첩자 같아? 반항 한 번 못해 보고 끌려온 것만 봐도 몰라?

이렇게 멍청한 자들만 모여 있으니 목청무는 언젠가는 저 사람들 때문에 죽고 말 거야.

한운석은 기죽지 않고 당당하게 말했다.

"마지막으로 말하지만, 나는 길을 지나다가 도와주려던 것뿐이에요. 소장군은 중독되었고 상황이 몹시 위급하니 제때 구하지 않으면 무슨 일이 벌어질지 몰라요."

"웃기는 소리. 너 같은 여자는 숱하게 보았다. 증인과 물증이 있는데도 감히 발뺌을 하려 들어?"

목 대장군이 호통을 치며 채찍을 들고 한 걸음 한 걸음 한운석에게 다가왔다. 허공에 휘두른 채찍이 '짝짝' 하고 내는 소리는 듣기만 해도 간담이 서늘했다.

한운석은 굳세고 진지한 눈빛으로, 두려워하거나 비굴하게 빌지 않고 싸늘하게 목 대장군의 눈동자를 똑바로 바라보았다. 수많은 사람을 겪어 보고도 이렇게 담력이 큰 여자는 처음 보는 목 대장군이었지만, 그런들 어떠랴?

"본 장군이 가만 둘 줄 아느냐!"

목 대장군은 사정없이 한운석을 향해 채찍을 휘둘렀다.

한운석은 피하지 않고 그대로 채찍을 맞았다. 애초에 피할 수도 없었으니 피할 생각조차 없었다. 맞은 팔의 피부가 찢겨 나가고 살이 터졌지만, 그녀는 눈만 살짝 찡그렸을 뿐 여전히 목 대장군을 똑바로 바라보며 또랑또랑하게 말했다.

"후회할 거예요!"

"너부터 후회하게 만들어 주마!"

목 대장군이 다시 채찍을 휘두르는데, 이장봉이 고 태의를 안내해 들어왔다.

고북월顧北月이라는 이름의 태의는 갓 스무 살밖에 되지 않은 젊은이였지만, 태의원의 수석 어의로서 복잡한 관복 대신 깨끗하고 단순한 백의白衣를 입고 있었다. 온화하고 점잖으면서도 고요한 얼굴은 웃지 않아도 따스한 느낌을 주어, 의원이라기보다는 글줄 깨나 읽은 학자 같았다.

목 대장군은 한운석을 매섭게 노려본 다음 고북월에게 다가가 똑같이 거친 목소리로 물었다.

"어서 말해 보게. 내 아들은 어떤가?"

"열이 내리지 않고 인사불성이니 이틀 정도 더 지켜봐야 합니다."

고북월은 이렇게 말하면서 걱정스러운 듯 살짝 눈살을 찌푸렸다.

"대체 어찌된 일인가? 멀쩡하던 아이가 갑자기 인사불성이라니? 어서 말하게!"

목 대장군은 귀청이 터질 것처럼 소리소리 질렀다. 여차하면 고북월을 집어삼킬 기세였다.

아무리 목 대장군이 병권을 쥔 고위 관리라고는 해도 고북월 역시 황제를 모시는 이품 태의였으니 마구잡이로 소리 지를 상대는 아니었다.

고북월은 다소 기가 막혔지만 따지지 않고 여느 때처럼 진지하게 말했다.

"상처나 통증이 없고 맥상脈象(한의학에서 말하는 맥박이 뛰는 형상)도 무척 정상입니다. 저도 이해가 가지 않으니 이틀 정도 지켜보자 말씀드리는 겁니다. 그때가 되면 알 수 있겠지요."

고북월은 수석 어의였으니, 그가 이렇게 말한다면 다른 태의를 불러도 소용이 없었다. 목 대장군은 화가 치밀어 몹시 불쾌한 목소리로 말했다.

"여봐라, 이틀 동안 고 태의를 객방에 모셔라."

그때, 한운석이 큰소리로 웃음을 터트렸다.

"훗, 참으로 우스운 일이군! 당당한 수석 어의가 중독 현상조차 짚어 내지 못하다니! 장담하지만, 이틀 후에는 당신 손으로 목청무의 시신을 수습해야 할 거예요."

그 말이 떨어지기 무섭게 대청이 쥐 죽은 듯이 조용해지고 모든 사람들의 시선이 그녀에게 쏠렸다.

저 여자가 지금…… 뭐라는 거야?

고북월도 그제야 한운석의 존재를 알아차렸다. 그 역시 중독을 의심하고 있었는데 확실치 않아 말을 꺼내지 않은 것뿐이었다.

"이……! 이것이 감히 내 아들을 저주해!"

목 대장군은 우악스런 성질이 폭발하여 와락 채찍을 휘둘렀다.

바로 그때, 옆에 있던 마부가 더는 견디지 못하고 큰 소리로 외쳤다.

"대장군, 때리시면 안 됩니다! 그분은 진왕비마마이십니다요!"

뭐? 진왕비?

목 대장군의 채찍이 허공에 우뚝 멈추었고, 장내 모든 사람들은 충격으로 몸이 뻣뻣하게 굳었다. 어떻게 그런 일이?

"뭐라고 했느냐?"

목 대장군이 마부를 다그쳤다.

"대장군, 이 분은 진왕비이십니다요. 진왕 전하와 함께 입궁하여 문안을 드리고 돌아오는 길에 우연히 소장군을 발견했습지요. 왕비마마께서는 결단코 소장군을 해치지 않으셨습니다요! 부디 통촉하여 주십시오, 대장군!"

이렇게 말한 마부는 그들이 믿어 주지 않을까 봐 황급히 진왕부의 명패를 꺼내 보였다. 왕비마마가 채찍으로 얻어맞으면 왕부에 돌아가 해명할 말이 없었던 것이다.

진왕부의 명패를 보자 믿기지 않아도 믿을 수밖에 없었다. 한운석의 팔에 난 상처를 바라본 사람들의 표정이 복잡해졌다.

이 여자가 바로 한씨 집안의 폐물이자, 제 발로 꽃가마 문을 열고 나와 진왕부로 들어갔다는…… 진왕비 한운석이라고?

사실 한운석은 신분을 밝힐 생각이 없었다. 왕비라는 신분은 그녀에게 여러 가지 특권을 주었지만 동시에 여러 가지 굴레를 씌우기도 했다. 특히 그녀처럼 왕비로 인정받지 못한 사람은 가능한 숨죽이고 사는 편이 나았다.

하지만 마부가 털어놓고 말았으니 어쩔 수 없었다.

이제 다들 미안해하면서 상황을 수습하겠지?

그런데 뜻밖에도 허공에 멈추었던 목 대장군의 채찍이 사정없이 떨어져 내렸다. 한운석을 때린 것은 아니지만 그 날카로운 소리에 한운석도 깜짝 놀랄 수밖에 없었다.

"진왕비면 또 어떠냐! 소장군을 해치려 했으니 죽을죄를 지은 것은 분명한 일! 말해라, 대체 누가 너를 보냈느냐?"

목 대장군은 눈을 부라리며 소리 질렀다. 시뻘겋게 달아오른 얼굴은 꼭 흉신 악귀 그 자체였다. 귀중하디 귀중한 아들을 해쳤으니 진왕비는 말할 것 없고 진왕 본인이었더라도 똑같이 했을 것이다. 하물며 이 여자는 진왕의 사랑을 받지도 못했고 혼삿날에도 진왕이 얼굴조차 내밀지 않았으니 유명무실한 왕비였다. 그런 여자를 누가 겁낼까?

한운석은 놀라고 기가 막혔지만, 깊이 생각할 겨를이 없어 목 대장군의 분노한 눈길을 마주하며 차갑게 말했다.

"쓸데없는 이야기는 하고 싶지 않아요. 마지막으로 말하지만 당신 아들은 중독되었고 당장 해독을 하지 않으면 한 시진

후에는 신선이 와도 구하지 못할 거예요!"

"으하하하!"

목 대장군이 폭소를 터트렸다.

"들었느냐? 모두들 잘 들었겠지? 한씨 집안의 폐물이 진맥을 할 줄 안다고? 해가 서쪽에서 뜨겠구나!"

목 대장군은 웃으면서 고북월을 바라보았다.

"고 태의, 들었나? 저 여자의 의견이 고 태의와는 판이하게 다르군. 한 사람은 폐물이고 또 한 사람은 수석 어의인데 내가 누구 말을 들어야겠나?"

조롱이 가득 담긴 그 말에 대청 안은 웃음소리로 가득 찼다. 그러나 고북월은 웃지 않고 한운석을 바라보고 있었다. 눈썹을 살짝 찡그린 품이 무언가 곰곰이 생각하는 듯했다.

곧 목 대장군의 웃음소리가 뚝 그쳤다.

"여봐라, 이 여자를 가두어라! 소장군이 깨어나거든 대리시 大理寺(사건 심리와 형 집행을 담당하는 관청)에 보내 처벌하겠다!"

한운석은 도저히 참을 수가 없어 고개를 홱 돌렸다. 그 매서운 눈길에 다가오던 시위들이 주춤주춤 뒷걸음질 쳤다. 이런 자들과 이야기해 봤자 목청무의 아까운 목숨만 잃을 뿐이었다!

그녀는 험한 눈길로 목 대장군을 노려본 뒤 숫제 자리를 잡고 앉으며 싸늘하게 말했다.

"고 태의, 가서 소장군의 배꼽 두 치 위쪽을 살펴보세요. 현령혈과 명유혈에 은침이 박혀 있을 것이니, 내가 거짓말을 하는지 아닌지는 금방 알게 될 거예요."

한운석의 말이 떨어지기 무섭게 문 밖에서 조롱이 가득한 비웃음이 들려왔다.

"현령혈과 명유혈? 들어본 적도 없는 혈도잖아! 한운석, 거짓말을 하려거든 좀 그럴듯하게 하지 그래?"

그와 동시에 연노랑색 긴 치마를 입은 여자가 안으로 들어왔는데, 제법 예쁘장했지만 눈빛은 오만하기 짝이 없었다. 바로 어제 한운석의 면사포를 떨어뜨렸던 대장군부의 큰딸 목유월이었다.

그녀는 이곳 도성의 수많은 여자들과 마찬가지로 진왕에게 어울리는 여자란 있을 수 없다고 굳게 믿는 열혈 추종자였다. 진왕에게 시집가기를 바라지도 않았지만, 다른 여자가 시집가는 것도 결사반대였다. 그런데 한운석 같은 폐물이 진왕을 낚아챈 것도 모자라 오라버니까지 해쳤으니, 무슨 일이 있어도 용서할 수 없었다!

목유월은 들어오자마자 목 대장군의 손을 잡고 도발하듯 한운석을 바라보며 말했다.

"아버지, 어서 저 여자를 대리시로 보내세요. 저 여자가 비수로 오라버니를 죽이려고 하는 걸 모두 똑똑히 보았다고요! 저런 여자와 쓸데없는 이야기를 해서 뭘 해요? 저딴 쓸모없는 폐물이 무슨 의술을 알겠어요?"

한운석은 자신이 무슨 잘못을 저질렀기에 저 여자가 이렇게 적의를 불태우는지 도무지 알 수가 없었지만 골치가 아파 일단 그 생각은 미뤄 두기로 했다. 시간을 계산해 보니, 독이 목청무의 오장육부로 흘러들어가는 것은 이제 시간 문제였다.

당연히 한운석을 믿지 않는 목 대장군은 옆을 돌아보며 시위들에게 호통을 쳤다.

"뭣들 하고 있느냐? 당장 끌고 가지 못해!"

바로 그 순간, 고북월이 소리쳤다.

"잠깐 기다리십시오!"

현령혈과 명유혈이 무엇인지, 고북월은 알고 있었다.

이 둘은 일반적인 혈도가 아니었기 때문에, 전문가가 아니면 들어본 적도 없고 그 위치 역시 알지 못했다. 배꼽에서 위로 두 치 떨어진 곳, 한운석이 짚어준 곳이 정확했다. 더욱이 두 곳의 혈도는 오장육부와 민감하게 연결되어 있기 때문에 독을 쓰기에 꼭 알맞은 곳이었다.

한운석이 이 사실을 안다는 것은 폐물이 아니라는 것을 증명하기에 충분했고, 그녀가 한 말의 신빙성을 높여 주었다. 사실 고북월 역시 목청무가 중독된 것은 아닌지 고민하고 있었지만, 해독술이 장기가 아니었기에 함부로 판단하거나 말을 꺼내지 못했던 것이다. 이런 상황에서는 한운석을 한 번 믿어 보는 수밖에 없었다.

"목 대장군, 왕비마마의 말씀에 일리가 있습니다. 당장 가서 살펴보겠습니다."

고북월이 다급히 말하자 목유월은 사납게 고북월을 노려보았다.

"고 태의는 가만히 계세요! 저 여자가 한씨 집안의 폐물이라는 것을 모르는 사람이 있나요? 저런 여자가 혈도니 독이니 하는 것을 어찌 알겠어요? 나 참, 웃겨서!"

"대소저, 사람 목숨이 달린 일입니다. 정말 중독된 것이라면 시간이 곧 목숨이니 부디 방해하지 말아 주십시오."

고북월이 진지하게 말했다.

역습, 침술로 해독하라

고북월의 엄숙한 표정을 보자 목 대장군도 불안해졌다. 그에게 가장 중요한 것은 뭐니 뭐니 해도 아들의 목숨이었고, 고북월은 황제의 목숨을 도맡고 있는 수석 어의였다. 그런 그의 말이라면 당연히 믿을 만했다.

하지만 목유월은 한운석이 꼴 보기 싫어 당장 대리시 감옥에 처넣고 싶은 마음에 마구 떼를 썼다.

"안 돼요, 못 가요!"

"유월, 비켜라!"

"아버지!"

"비키지 못 하겠느냐!"

목유월이 버티자 목 대장군은 버럭 화를 냈다.

그녀는 씩씩거리며 한발 물러나면서도 고북월의 팔을 잡고 늘어졌다.

그런데 고북월이 그 손을 홱 뿌리쳤다. 평소 온화하던 고 태의가 이렇게 성질을 부릴 줄은 아무도 예상하지 못한 일이었다. 놀란 사람들의 시선 속에서 고북월은 휑하니 옆문을 통해 사라졌다.

그렇게 나갔던 그는 금세 다시 돌아와, 창백하면서도 엄숙한 얼굴로 시커멓게 된 은침을 들어 사람들에게 보여 주었다.

독! 극독이었다!

목 대장군은 가슴이 철렁해 의자에서 퉁기듯이 벌떡 일어났다.

"정말 중독되었나?"

목유월도 목청무가 중독되었다는 사실에 눈을 휘둥그레 뜨고 그럴 리 없다는 듯 뻣뻣하게 고개를 저었다. 하지만 그것도 잠시, 재빨리 정신을 차리고 의심스러운 표정으로 물었다.

"한운석, 네가 독을 썼지? 그렇지 않고서야 네가 무슨 수로 해독을 해?"

이 멍청한 무리들을 더 이상 보고 싶은 마음이 추호도 없었기에 한운석은 곧바로 몸을 일으켰다.

"자꾸 시간을 끌면 나도 방법이 없어요!"

벌써 시간이 한참 지났고 가진 약초도 없으니 정말이지 골치 아픈 상황이었다.

"한운석, 이번 한 번만 믿어 주마. 따라오너라!"

목 대장군은 아들 걱정에 몸이 달아 몸소 길을 안내했다.

한운석은 '휴우' 하고 참았던 숨을 몰아쉬다가 무심코 눈썹을 찡그린 고 태의를 바라보았다. 첫인상이 그리 나쁘지 않은 남자였다.

모두들 딴 데 정신이 팔려 있는 틈을 타서 한운석은 해독시스템에서 약물과 각종 도구를 꺼냈다. 저 물건들이 갑자기 어디서 났는지 다들 의아하게 여겼지만 캐물을 겨를조차 없었다.

"고 태의와 목 장군만 남고 모두 물러가시오. 남아 있으면 방해가 되니까."

한운석은 그렇게 말하며 뭇사람들이 보는 앞에서 목청무의 하얀 속옷을 벗겼다.

모두들 눈치 빠르게 물러났지만, 목유월은 고집을 부리며 진맥에 방해되도록 빛을 가린 채 버티고 서 있었다가 한운석이 목청무의 옷을 벗기자 깜짝 놀라며 눈을 가리고 말았다. 아무리 친 오라버니지만 차마 맨몸을 볼 수는 없었던 것이다.

한운석, 저 여자가 저렇게 뻔뻔할 줄이야!

"한운석, 반드시 오라버니를 살려 내는 게 좋을 거야. 그렇지 않으면 절대 용서치 않겠어."

목유월이 차가운 목소리로 경고했다. 한운석이 참다못해 화를 내려는데 목 대장군이 한발 앞서 버럭 소리를 질렀다.

"망할 계집, 방해하지 말고 썩 나가지 못하겠느냐!"

그 자리에 얼어붙은 목유월의 눈에서 눈물이 왈칵 솟구쳤다.

어떻게 아버지가 내게 야단을 치실 수 있지?

어렸을 때부터 지금까지 아버지는 단 한 번도 그녀에게 진심으로 화를 낸 적이 없었다. 그런데 이번에는 저렇게 사납게 야단을 친 것이다. 화가 머리끝까지 난 목유월은 팽 돌아서서 달려 나가 버렸다.

한운석은 안도의 숨을 내쉬고 정신을 집중하여 다시금 상처 부위를 찾았다. 그리고 불에 비수를 소독한 뒤 조심조심 배를 찔렀다. 해독시스템에는 약초와 은침, 면포 같은 것만 있을 뿐, 양의학을 전공한 의사들이 쓰는 수술 도구는 없었다. 덕분에 수술 설비가 초라하기 짝이 없었지만, 목숨을 구하는 것이 우선이니 이렇게라도 해야 했다. 이런 확산성 독은 일반적인 독보다 훨씬 까다로워 독소가 깊이 스며들수록 빼내기가 어려웠기 때문에 시간을 끌면 위험했기 때문이었다.

평평하고 탄탄한 복부에 칼자국이 그어지자 새빨간 피가 콸콸 쏟아졌다. 목 대장군은 간담이 서늘해져 놀란 목소리로 외쳤다.

"한운석, 대체 무슨!"

하지만 수술에 몰두한 한운석은 그를 완전히 무시했다. 아들의 목숨이 한운석의 손에 달려 있는 지금으로서는 제아무리 우악스러운 목 대장군도 어쩔 도리가 없어, 별수 없이 고북월에게 속삭였다.

"저렇게 배를 갈라도 되나?"

사실 고북월도 자신은 없었다. 하지만 진지하게 집중하는 한운석의 모습을 보니 그녀의 어머니인 천심부인天心夫人의 모습이 절로 떠올랐다. 그들 모녀는 치료를 하는 모습이 무척 닮아 있었던 것이다.

그는 한운석보다 네 살이 많았고, 네 살 때 아버지를 따라 대진對診(여러 의원이 함께 진맥하는 짓)을 나갔다가 운 좋게 천심부인을 본 적이 있었다. 따지고 보면 한운석과도 만난 셈이지만, 당시 한운석은 아직 뱃속에 있었을 때였다.

그때를 떠올리자 고북월의 입가에 따스한 온기가 어렸다.

"쉿……. 방해하셔서는 안 됩니다."

한운석이 피가 철철 나는 배에서 시꺼메진 침 하나를 조심조심 뽑아냈다. 이를 본 목 대장군은 믿을 수 없어 눈을 휘둥그레 떴고, 고북월의 눈동자에는 감탄이 떠올랐다.

곧이어 두 번째 침이 뽑혔다. 손을 움직이자 채찍을 맞은 팔에 난 상처가 터져 다시 피가 흘렀지만, 그녀는 전혀 알아채지 못하고 환자에게만 정신을 쏟았다.

고북월이 약초와 면포를 들고 다가가 훤칠한 몸을 굽히고 상처에 면포를 살짝 대자 그제야 한운석이 돌아보았다.

"방해하지……."

"방해하지는 않을 것입니다. 저를 믿으십시오."

고북월이 부드럽게 그녀의 말을 끊었다. 한운석은 거절하려 했지만 그의 따스한 눈동자를 대하자 저도 모르게 움찔했다. 세상에 이렇게 맑고 투명한 눈동자가 있다니. 갓난아기보다 더 순수하고 깨끗한 눈동자였다.

그 눈을 보자 문득 호기심이 일었다. 이 남자는 대체 어떤 사람일까?

아차, 이런! 한운석은 그제야 정신이 흐트러진 것을 깨닫고 깜짝 놀랐다. 그녀는 차갑게 눈빛을 굳혔다.

"놓아요. 벌써 나를 방해하고 있잖아요!"

뜻밖에도 고북월은 놓기는커녕 다른 손으로 그녀의 고개를 목청무 쪽으로 돌려주며 말했다.

"계속하시지요. 제 입으로 방해하지 않는다고 했으니 반드시 그럴 겁니다."

한운석은 싸우기도 귀찮아 입을 다물었다. 조금이라도 성가시게 하면 당장 뿌리칠 요량이었지만, 신기하게 아무 일도 벌어지지 않았다. 팔을 이리저리 움직일 때마다 고북월도 따라 움직이며 상처를 닦아 내고 약을 바르는데, 손놀림이 재빠를 뿐 아니라 몹시 세심하고 부드러웠다. 무엇보다 중요한 것은 그녀의 움직임을 전혀 방해하지 않는다는 것이었다.

한운석은 겉으로는 아무 감정도 드러내지 않았지만 속으로는 감탄을 터트릴 수밖에 없었다. 이 정도면 보통 사람으로서는 절대 익힐 수 없는 솜씨인데, 아무래도 이 사람은 쓸데없이 명예만 탐내는 부류는 아닌 모양이었다.

마음 놓고 고북월에게 팔을 맡긴 한운석은 다시 정신을 집중했고, 그가 상처를 언제 싸맸는지도 알아차리지 못했다.

독침을 뽑아낸 후에도 그녀는 곧바로 상처를 봉합하는 대신 혈도에 침을 놓아 독소를 빼냈다. 혈도를 찾아 정확하게 침을 놓는 그녀의 솜씨를 지켜보던 고북월은 그 모습에 이끌려 점점 넋을 잃었다. 침을 놓는 솜씨도 예술이었지만, 침을 놓는 위치도 그가 평소 알던 혈도와는 사뭇 달랐던 것이다.

상처 부위에는 금세 은침이 고슴도치처럼 박혔다. 모르는 사람 눈에는 그냥 아무렇게나 빽빽하게 꽂은 것처럼 보였겠지만, 전문가라면 어마어마한 의학적 지식을 바탕으로 시술한 것임을 한눈에 알 수 있었다.

은침이 늘어날수록 시꺼먼 독혈도 점점 많이 흘러나와 커다란 수건 세 장을 흠뻑 적셨다. 독혈이 모두 빠지지 않은 것 같은

데, 한운석은 은침을 뽑고 벌어진 복부에 약재를 집어넣었다.

"왕비마마, 독혈이 완전히 나오지 않은 것 같습니다만?"

고북월이 영문을 몰라 물었다. 솔직히 한운석의 침술을 아직 다 구경하지 못한 탓에 더 지켜보고 싶은 마음도 있었다.

한운석은 누가 뭐라고 해도 신경 쓰지 않고 계속해서 손을 놀렸다. 봉합 도구가 없으니 위대한 한약재를 사용할 수밖에 없었는데, 다행히 배를 너무 깊숙이 가르지 않은 덕택에 소염 작용을 하는 약, 독성을 억제하는 약, 지혈 약, 살을 붙이게 하는 약을 층층이 상처에 넣은 뒤 마지막으로 흰 면포를 이용해 고정시키자 그럭저럭 마무리할 수 있었다.

상처를 고정시키고 난 뒤 겨우 한숨을 돌린 그녀는 이마에 흐른 땀을 닦으며 고북월의 질문에 대답했다.

"피를 더 흘리면 독보다는 피가 부족해 죽을 거예요. 기본적인 상식인데 모르나요?"

고북월은 얼굴을 붉히며 빙그레 웃을 뿐, 아무 말도 못했다.

어려서부터 천재라 불리던 자신이 한 여자에게 이렇게 몰릴 줄이야. 한운석은 그보다 젊었으니 폐물은커녕 진정한 천재였다.

목 대장군은 여전히 언짢은 얼굴로 차갑게 물었다.

"그렇게 하면 몸속에 남은 독소는 어찌하느냐?"

"다행히 때맞춰 침을 제거했으니 독이 오장육부로 들어가지 않았고, 또 약으로 억제시켜 두었어요. 더는 피를 흘려서는 안 되니 며칠 동안 절대로 움직이지 못하게 하세요. 그렇지 않으면 상처가 벌어져 문제가 생길 거예요.”

한운석은 이렇게 말하며 약방문을 써서 고북월에게 내밀었다.

“이 약재들을 구할 수 있나요?”

이번에는 진왕의 약방문만큼 진귀한 약재들은 아니었다. 예전에 읽은 고서에서 옛날에는 이런 약재가 흔한 편이었다고 되어 있었던 것이다. 예상대로 고북월은 약방문을 훑어본 후 편안하게 대답했다.

“가능합니다. 몇 가지는 약방에서 살 수 있고 백결명白決明은 황궁에 있지요. 잠시만 기다리시면 사람을 시켜 가져오겠습니다.”

한운석이 써 준 것은 배독 약방문이 아니라 화독 약방문이었다. 목청무는 더 이상 피를 흘리면 위험했기 때문에 약을 복용하여 몸속의 독소를 없애야만 했던 것이다. 회복 속도는 더디지만 유일한 방법이었다.

하지만 그녀는 이곳에서 기다릴 수가 없었다. 빨리 진왕부로 돌아가지 않으면 의태비가 펄펄 뛸 것이 분명했다.

“나는 기다릴 수 없어요. 약재 석 냥으로 한 첩을 만들어 두 번 달인 뒤 아침저녁으로 총 열 첩을 빈속에 복용시키세요.”

한운석은 꼼꼼하게 복용 방법을 설명했고, 졸지에 의원의 심부름꾼이 된 수석 어의 고북월은 저도 모르게 쓴웃음을 지었다.

그러나 목 대장군은 그러거나 말거나 놀란 듯이 소리를 질렀다.

“한운석, 그게 무슨 말이냐? 기다리지 않겠다니?”

한운석은 귀청이 터질 것 같았지만, 꾹 참고 그를 돌아보았다.

"목 대장군, 독은 거의 사라졌고 남은 독소로는 큰 문제가 없어요. 내 보장하지만, 열이 내리면 소장군은 반드시 정신이 들거예요. 이르면 내일 아침, 늦어도 내일 저녁이면 깨어날 수 있어요."

"그딴 것은 모르겠고, 아무튼 청무가 깨어나기 전까지는 네 혐의가 크니 아무 데도 갈 수 없다!"

목 대장군의 독선적이고 야만스러운 말에 한운석은 찬 숨을 들이켰다.

"목 대장군, 의태비께서 내가 돌아오기를 기다리고 계세요. 나를 잡아 두고 싶으면 진왕부에 서신이라도 보내 오늘 일을 낱낱이 설명해 주시죠. 내가 호의로 소장군을 구하려 했는지 아니면 남몰래 해치려 했는지는 의태비께서 잘 아시겠지요!"

비록 그녀도 의태비를 별로 좋아하지 않았지만, 필요할 때 방패막이로 써먹는 것까지 꺼릴 필요는 없었다.

목청무의 목숨을 구했고 금방 깨어나리라는 자신도 있었기 때문에 진왕부로 사람을 보내도 아무 상관이 없었다. 그 와중에 목청무가 깨어나면 의태비에게 할 말이 없어지는 쪽은 목 대장군이었으니까.

비록 사랑받지 못하는 며느리지만, 앞으로 그녀가 하는 말과 행동은 진왕부를 대표하는 것이니 절대 진왕부의 체면을 깎는 일은 하지 말라고 의태비가 직접 말하기까지 했으니 이런 일을 듣고 조용히 넘어갈 리 없었다.

의태비에게 공이 넘어가면 목 대장군도 별로 좋을 것이 없다는 것을, 한운석은 확신했다.

목 대장군이 아무리 우악스럽다 해도 장식으로 머리를 달고 다니는 것이 아니라면, 의태비가 태후보다 더 까다로운 상대라는 것을 모를 리 없었다. 더욱이 증거가 부족해 썩 유리한 상황도 아니었다.

잠시 망설이던 목 대장군은 결국 쌀쌀하게 말했다.

"좋다. 한 번만 믿어 주지."

한운석은 안도의 숨을 쉬고는 제 손으로 문을 열고 나갔다. 뜻밖에도 목유월이 원한이 잔뜩 어린 얼굴로 입구에 떡 버티고 서 있었다.

"오라버니는 깨어났어?"

그녀가 의심스럽게 물었다.

한운석은 말이 통하지 않는 생트집쟁이를 보고 싶지도, 이야기를 나누고 싶지도 않아 철저하게 무시하고 지나쳐갔다.

"한운석, 거기 서!"

목유월이 분노를 터트렸다.

의심, 죽은 자는 말이 없는 법

목유월은 어려서부터 대장군부의 보물이었고, 장평공주長平公主의 절친한 벗으로 황후와 태후의 사랑까지 듬뿍 받아 왔다. 덕분에 대장군부의 큰딸이지만 이곳 도성에서는 제2의 장평공주라 불리며 후궁의 비빈들마저 한 수 접어 줄 정도로 콧대가 높았다.

그런데 한운석 따위가!

유명무실한 진왕비, 진왕부의 하녀보다 못한 여자가 그런 그녀를 발길에 채는 돌멩이 취급을 한 것이다.

서라면 누가 설 줄 알고?

한운석은 귓등으로도 듣지 않았다.

목유월은 화가 부글부글 끓어올라 뒤를 쫓아가 한운석의 팔을 홱 낚아챘다. 일부러 그랬는지, 기다란 손톱이 한운석의 살을 파고들어 따끔하게 아파 왔다.

"오라버니가 깨어나셨느냐고 묻잖아!"

목유월이 거만하게 물었다.

방에서 나온 목 대장군이 이 광경을 보고 싸늘하게 말했다.

"유월, 보내 주어라. 네 오라비는 금방 깨어날 것이다."

"아직 안 깨어났다는 말이잖아요?"

목유월은 이해가 가지 않았다.

"아버지, 정말 저 여자를 믿으세요?"

한운석은 잡힌 팔이 너무 아파 사나운 눈초리로 그녀를 노려보았다.

"놓아라!"

"안 돼! 오라버니가 깨어나시기 전에는 못 가!"

목유월이 고집을 피웠다.

갑자기 한운석이 목유월의 손목 혈도를 힘껏 움켜쥐었다. 그 바람에 목유월의 손이 힘없이 풀리자, 그녀는 귀찮은 듯 홱 뿌리치며 쌀쌀맞게 말했다.

"너는 본 왕비의 앞길을 막을 자격이 없다!"

말을 마친 그녀는 다시는 돌아보지 않고 떠나갔다.

바닥에 나동그라진 목유월은 단단히 약이 올라 다시 쫓아가려 했지만 목 대장군이 가로막았다.

"그만하면 됐다! 저 여자도 거짓말은 하지 못할 것이다."

목유월은 그래도 싫었다. 오라버니가 깨어나지도 않았는데 한운석을 보내 주는 것도 싫고, 한운석이 '진왕비'라고 자처하는 것도 싫어, 쪼르르 쫓아가 고함을 쳐 댔다.

"한운석! 내 경고하는데, 오라버니께서 깨어나지 않으면 너를 절대로 용서하지 않을 거야! 장평공주께서도 가만있지 않으실 거라고!"

장평공주라······.

황후와 태후의 금지옥엽인 공주는 목유월보다 백배, 천배 더 제멋대로였다. 어려서부터 매일처럼 목청무에게서 떨어지지 않았으니 어떤 의미에서는 목청무와 청매죽마靑梅竹馬라고 할 수 있었는데, 그런 그녀가 목청무가 아니면 아무에게도 시집가지 않겠다고 고집을 부리고 있다는 것을 황족이라면 모르는 사람이 없을 정도였다.

하지만 그녀의 혼사에 대한 태후와 황제의 생각이 달라 자꾸만 결정이 미뤄지고 있었다.

장평공주가 목청무의 사고를 알게 되면 무슨 일이 벌어질지는 하늘만이 알 터!

물론 한운석도 목유월의 경고를 들었지만, 장평공주든 단평공주든 신경조차 쓰지 않았다.

의학계에 몸담은 이래 단 한 번도 실수한 적이 없는 그녀였고, 해독시스템이 착오를 일으킬 리도 없었다. 조금 전 독을 빼낼 때 검사해 보니 목청무의 몸속 독소량은 건강을 해치지 않을 수준으로 줄어 있었고, 열도 떨어지기 시작했으니 금방 깨어날 것이 분명했다.

목청무만 깨어나면 혐의가 풀릴 테니, 염라대왕이 와도 그녀를 건드릴 수 없었다!

대장군부의 대문을 나선 한운석은 간신히 사건을 마무리했다고 생각하며 길게 숨을 몰아쉬었다.

돌아가는 마차에서 한운석은 팔의 상처를 다시 치료했다. 좀 더 작은 천으로 상처를 묶고 손수건을 팔에 매달았더니 찢긴 상처를 가릴 수 있었다.

본래는 의태비를 찾아가 궁에서 있었던 일을 이야기할 생각이었지만, 의태비는 서쪽 교외 별원에서 며칠 지내기로 했다는 것이었다. 모용완여가 대장 속에 있던 것을 속 시원하게 쏟아 내 버린 방이 싫어서였을까? 그 생각을 하자 한운석은 참지 못하고 웃음을 터트렸다.

의태비도 없으니 이제 마음 편히 쉴 수 있었다. 신임 관리가 매섭다지만, 갓 시어머니가 된 사람은 신임 관리보다 더 무서운 법이었다. 한운석은 못된 며느리라는 것을 인정하면서, 시어머니가 영영 돌아오지 않기만을 간절히 빌었다.

마침 밖으로 나온 모용완여는 헤죽거리는 한운석을 보는 순간 화가 나 미칠 지경이었다.

저 여자와 진왕이 나간 뒤 의태비도 바삐 짐을 챙겨 떠났는데, 떠나기 전에 집사에게 방에 있던 것을 모조리 버리고 새로 준비하라고 명령했다. 그녀를 얼마나 불결하게 여기면 그랬을까!

똥오줌 위에 앉은 모용완여는 목이 쉬도록 소리를 질렀지만 아무도 오지 않았고, 결국 제 발로 슬금슬금 기어 방으로 돌아와야 했다.

그녀가 사람들 앞에서 설사를 한 사건은 왕부의 하인들에게도 쫙 퍼져 나갔다. 비록 대놓고 비웃지는 못했지만, 왕부의 모든 사람들이 뒤에서 낄낄거리고 있다는 사실은 보지 않아도 알 수 있었다.

정말이지 너무나도 화가 나서 그 일만 떠올리면 울고만 싶었는데, 원흉인 한운석이 나타났으니 더욱 분통이 터지는 것도 당연했다. 물론 그녀는 한운석이 독을 그렇게 잘 쓰는 줄 전혀 몰랐기 때문에 자신이 약을 잘못 썼다고만 생각하고 있었다.

그래도 이게 다 저 여자 탓이야!

한운석이 다가오자 모용완여는 분노를 숨기며 말했다.

"모비께서는 별원으로 휴양을 가서서 며칠 동안 돌아오지 않으실 거예요. 모비가 그리우시면 제가 언제든지 안내할게요. 참, 언제든 드시고 싶은 것이 있으면 제게 말씀하세요. 주방에 알려 준비하라 일러두지요."

누가 안내해 달래? 누가 대신 준비시켜 달래? 내가 알아서 할 수 있거든?

한운석은 가식적인 미소를 지어 보였다.

이 여자는 왜 자꾸만 주인 행세를 하려든담? 갓 시집온 신부를 손님 취급하면서 말이야.

모용완여가 다가오며 물었다.

"새언니, 오라버니는 어디 계세요?"

마치 용비야가 자신의 것이고, 한운석과는 일말의 관계도 없는 사람이라는 듯한 말투였다.

"같이 오지 않아 어디로 갔는지 모르겠군요."

한운석은 마음에 들지 않는 사람과는 길게 이야기를 나누고 싶지 않아, 그 말만 남기고 성큼성큼 걸음을 옮겼다. 하지만 모용완여는 재빨리 뒤를 쫓으며 친밀한 사이처럼 한운석의 손을 잡아끌었다.

"새언니, 오라버니가 어젯밤에 정말 언니와 그런……."

한운석은 걸음을 멈추고 그 손을 홱 뿌리치며 눈썹을 추켜

올렸다.

"정말일까요, 아닐까요? 낭자 생각은 어때요?"

모용완여는 깜짝 놀란 얼굴이었지만 황급히 다시 그녀의 손을 잡았다.

"새언니, 무슨 말씀이세요? 제 뜻을 오해하셨군요. 물론 오라버니가 언니를 원해서 맞아들인 것은 아니지만, 그래도 이렇게 한집안 사람이 되었잖아요. 오라버니의 성품은 제가 제일 잘 안답니다. 그저 언니가 걱정이 되어서 물어본 거예요. 오라버니가 냉대를 하면 저한테 말씀하세요. 제가 대신 잘 해결해 드릴게요."

저 가식! 아무도 없는 곳에서도 저렇게 가식을 떨어 대다니, 정말 초특급 민폐녀가 맞았어.

"후훗, 농담인데 뭘 그리 긴장해요?"

한운석이 웃음 섞인 소리를 하자 모용완여는 황급히 변명을 늘어놓았다.

"깜짝 놀랐잖아요, 새언니. 함부로 그런 농담은 마세요. 제가 두 분의 혼인을 얼마나 기뻐하는지 모르실 거예요! 정말이지 새언니가 하루 빨리 오라버니께 통통한 아들을 하나 안겨 주었으면 한답니다."

"그렇군요, 호호호호. 저도 낭자가 하루 빨리 좋은 남편감을 찾아 시집가서 아들 낳고 행복하게 살았으면 해요. 내게 이렇게 잘해 주니 나도 서둘러 낭자의 남편감을 찾아봐야겠어요."

한운석이 웃으며 내뱉은 말은 단박에 모용완여의 아픈 곳을 찔렀다. 모용완여의 눈빛이 굳어지는 것을 보자 기분이 좋아졌다.

"걱정 말아요. 낭자의 오라버니가 돌아오시면 잘 상의해 볼게요."

아버지가 없을 때는 장남이 가장이니, 용비야에게는 누이의 혼사를 결정할 권리가 있었다.

"새언니, 저는……."

모용완여가 해명하려는데 한운석이 재빨리 말을 끊었다.

"나는 너무 피곤해서 쉬어야겠어요. 낭자도 그만 쉬어요."

말을 마치고 한참을 걸어가던 그녀는 문득 모용완여를 돌아보고 덧붙였다.

"모용 낭자, 어젯밤 일은…… 진짜였어요! 그러니 안심해요!"

모용완여는 우뚝 걸음을 멈추었다. 더는 참을 수가 없었다. 그녀는 가녀리고 애처롭던 표정을 싹 거두고 흉악하게 얼굴을 일그러뜨린 채 주먹을 힘껏 부르쥐며 냉랭하게 중얼거렸다.

"한운석, 두고 봐. 언젠가 반드시 너를 진왕부에서 쫓아내고 말겠어!"

한운석은 약초를 찾으러 간 용비야가 한동안 돌아오지 않을 거라고 생각했지만, 뜻밖에도 그날 밤 그녀가 편안하게 온천욕을 마치고 막 나오려는 순간 용비야가 들어왔다.

"앗……! 자, 잠깐만!"

그녀의 고함 소리는 용비야의 걸음을 멈추지 못했다. 느닷

없이 온천 옆에 모습을 드러낸 그는 까맣고 딱 붙는 옷을 입어 완벽하게 다듬어진 몸매를 고스란히 드러내고 있었는데, 그 모습은 마치 밤에 움직이는 신비한 표범처럼 냉혹하고, 위엄 넘치고, 아무도 범하지 못할 패기에 가득 차 있었다! 그에 비하면 막 씻고 나온 여인의 아리따움 따위는 아무것도 아니었다.

한운석은 당황하여 재빨리 물속에 몸을 푹 잠그고 머리만 내민 채 다급히 소리쳤다.

"용비야, 지금 뭐 하는 거예요? 다…… 당장 나가요!"

비록 이 남자에게 시집간 몸이지만, 마음은 아직 그 사실을 받아들이지 못한 상태였던 것이다.

남녀가 유별하다는 걸 저 남자는 모르는 걸까? 하물며 저 남자도 그녀를 아내로 여기거나 책임질 마음이 없으니, 남자답게 예의를 차리면서 좀 비켜 주는 게 좋잖아?

한운석은 잔뜩 긴장했지만, 이런 긴장감 따위는 혼자만의 바람이라는 사실을 곧 깨달았다.

용비야는 그녀를 어찌할 생각조차 없었고, 심지어 지금 이 상황을 신경조차 쓰지 않았다. 그저 무관심한 얼굴로 차갑게 말할 뿐이었다.

"독이 있으니 당장 해약을 만들어라. 급한 일이다."

객관적으로 보면 당한 것이 분명한데, 그의 도도한 태도를 보자 한운석은 마치 좁쌀 같은 속으로 군자의 마음을 헤아린 소인배가 된 기분이었다.

너무해……. 분명 용비야가 잘못한 거잖아, 안 그래?

마침내 한운석도 냉정을 되찾고 헛기침을 한 뒤 태연하게 말했다.

"일단 여기서 나간 다음 얘기하시지요. 잠시 비켜 주시겠어요?"

용비야는 무표정한 얼굴로 두말없이 돌아섰다.

한운석이 겨우 안심하고 일어서려는데 별안간 용비야가 다시 홱 돌아섰다. 한운석은 반사적으로 다시 물속으로 풍덩 뛰어들었다. 이번에는 머리까지 함께.

이 상황을 보자 파문 하나 일지 않는 얼어버린 호수 같던 용비야의 눈동자에도 마침내 한 줄기 의혹이 떠올랐다.

저 여자는 담력이 아주 세지 않았던가? 이번에는 왜 저렇게 놀라지?

"한운석!"

그가 소리쳐 부르자 한운석이 물에서 머리를 쏙 내밀고 젖은 얼굴을 훔치며 마주 소리쳤다.

"대체 나갈 거예요, 말 거예요?"

용비야는 약간 당황했다. 이 세상에 그의 앞에서 이렇게 소리를 지르는 여자는 생전 처음이었다. 그는 나가기는커녕 뒷짐을 지고 온천 못으로 다가가며 물었다.

"너는 한씨 집안의 폐물이 아니냐? 해독하는 법은 어디서 배웠지?"

어젯밤 사람을 시켜 이 여자를 조사해 보았지만, 아쉽게도 알아낸 것은 바깥에 전해진 소문과 별반 다르지 않았다. 그녀는 한씨 집안 역사상 가장 쓸모없는 딸이었고, 더욱이 한씨 집안의 천재 의원들도 해독에는 재주가 없었다.

"일단 여기서 좀 나갈 수 있게 해 주면 안 될까요?"

한운석은 성질을 꾹꾹 참으며 물었다. 그런데 용비야의 대답은 뜻밖이었다.

"안 돼."

옳아, 그런 거였군.

그녀는 그가 자신을 의심한다는 것을 뒤늦게 깨달았다. 사실대로 대답하지 않으면 온천에서 나오지 못 하게 하겠다는 협박이 분명했다. 그녀는 억울한 척 한숨을 내쉬었다.

"아버지는 제가 어머니를 해쳤다고 여기시고, 어렸을 때부터 저를 미워하며 마치 원수 대하듯 하셨어요. 더구나 외모마저 추했으니 더욱 거들떠보지 않으셨죠."

한운석은 이렇게 말하며 슬픈 듯이 고개를 숙였다.

"사실 제가 의술을 모르는 건 멍청해서가 아니라 가족들이 가르쳐 주지 않았기 때문이에요. 다행히 어렸을 때 어머니가 남기신 의서를 우연히 발견해 혼자 공부했고, 최근에야 모두 익혔어요. 얼굴에 있던 종기도 사실은 독이어서 제 손으로 치료했고요. 제가 어머니의 의서를 훔친 것을 아버지가 아시면 더더욱 의술을 배우지 못 하게 하실까 봐 지금껏 숨겨 왔던 거예요."

용비야가 반신반의하며 다시 물으려는데 한운석이 재빨리 덧붙였다.

"의서는 불태워 버렸어요. 벌써 다 익혔으니까요."

말을 마친 그녀는 맑은 눈동자를 들고 당당하게 용비야의 시선을 마주보았다.

죽은 사람은 말이 없다고, 죽은 천심부인에게 모두 뒤집어 씌웠으니 설령 용비야가 믿고 싶지 않아도 꼬투리를 잡을 방도가 없었다. 용비야는 아무 말이 없었지만 얼음장 같은 눈빛은 그녀의 몸을 꿰뚫어 버릴 것 같았다…….

돈도 챙기고 자존심도 챙기고

심문하는 용비야의 눈빛은 상당히 무시무시했지만, 한운석도 천성적으로 배짱이 강하고 강단이 있어 겁먹지 않았다. 한참을 노려보아도 한운석이 전혀 움츠러들지 않자, 용비야도 더는 묻지 않고 몸을 돌려 나갔다.

그가 정말 나갔다는 것을 확인한 뒤에야 한운석은 허둥지둥 일어났다.

설마 이렇게 빨리 약재를 구한 건 아니겠지? 또 무슨 해약이 필요하다는 거야?

온천에서 나온 한운석은 갓 피어난 연꽃처럼 티 없이 맑고고와 평소보다 훨씬 더 초탈해 보였고, 특히 커다란 눈동자는 설원의 꽁꽁 언 호수처럼 맑고 투명했다.

그녀를 발견하고 다가오는 용비야의 눈빛이 한층 깊어졌다.

서재로 들어가자 그는 피투성이 천을 꺼내 보였다.

"이 피에 독이 있다. 살펴보아라."

해독시스템도 진작 경보를 울린 참이었다. 한운석은 천을 받아 냄새를 맡아 보았지만 아무 냄새도 나지 않는 것으로 보아 흔히 접하는 독은 아닌 것 같았다.

"냄새가 나지 않는군요. 깨끗한 물 한 그릇 떠 주세요."

한운석이 정색을 하고 말했다. 물론 물 따위는 필요 없지만 용비야를 떨어뜨려 놓을 필요가 있었다. 저 인간은 눈치가 빠른 데다 그녀를 의심하고 있으니, 저 눈을 속이고 혈액을 채취해 해독시스템에 넣는다는 것은 불가능했던 것이다. 간밤에는 그가 중상을 입어 의식이 몽롱한 상태였고, 침실에 가서 침과 해약을 꺼냈기 때문에 발각되지 않았을 뿐이었다.

독을 전혀 모르는 용비야는 두말없이 나갔고, 한운석은 그가 사라진 것을 확인한 다음 금침으로 천에 묻은 피를 채취해 해독시스템에 넣어 검사했다.

검사 결과, 꽃에서 추출한 독이었다. 어떤 꽃이나 많든 적든 독소를 가지고 있는데, 소량으로는 문제를 일으키지 않지만 양이 많아지면 진짜 독약이 될 수 있었다.

얼마 안 있어 용비야가 손수 물을 들고 돌아왔다. 한운석은 천을 물속에 담근 다음 금침에 피를 묻혀 냄새를 맡는 척했다.

"꽃의 독이군요. 미질향迷迭香(로즈마리)이에요."

그녀가 자신 있게 말했다.

"해약을 만들어라, 당장."

용비야가 차갑게 명령했다. 그 말투에 한운석은 몹시 불쾌했다.

이 인간은 내가 버튼만 누르면 되는 약 자판기인 줄 아나?

골이 난 그녀는 느긋하고 우아한 자세로 손을 내밀며 말했다.

"좋아요. 우선 은자 오십 냥을 내시지요. 진맥 값이에요."

용비야는 불쾌한 눈빛을 띤 채 움직이지 않았다. 내게 돈을 내라고?

혐오감에 젖은 용비야의 눈빛을 대하자 한운석도 자신이 너무 돈에 눈이 먼 모리배 같다는 생각을 했지만, 솔직히 돈이 없어도 너무 없었다!

시집올 때 친정에서는 동전 한 닢 주지 않았고, 진왕부 곳간은 의태비가 꽉 틀어쥐고 모용완여가 재산 관리를 하면서 용돈조차 줄 기미가 없었다. 아마 평생토록 주지 않을 것이다.

물론 이곳에서 먹고 자는 데는 돈이 들지 않았지만, 옷을 마련하거나, 하인에게 상을 주거나, 외출을 하거나, 또 해독시스템에 약재를 추가하려면 하나같이 돈이 들었다.

다른 것은 몰라도 하인들에게 줄 돈은 꼭 필요했다. 부잣집 하인들은 콧대가 높고, 뒷말을 좋아하고, 몹시 교활하기로 유명해서, 편안하게 살기 위해서는 제일 먼저 그들을 구슬려 입을 막아 두어야 했다.

용비야는 긴말 하지 않고 은자 주머니 하나를 탁자 위로 툭 던졌다. 소리가 묵직한 걸 보니 오십 냥은 넘는 돈이었다.

한운석은 주머니를 열어 오십 냥만 꺼낸 뒤 남은 돈은 망설임 없이 밀어냈다.

"전하, 말씀드렸지만 진맥 값은 오십 냥이에요. 받아야 할 건 받았으니 나머지는 넣어 두시지요."

비록 가난했지만 구걸하는 거지는 아니니, 아무리 가난해도 자존심은 챙겨야 했다.

말을 마친 그녀는 붓을 들고 해독약방문을 쓰기 시작했다. 지난밤 침으로 해독할 때처럼 조그마한 얼굴에 진지한 표정을 띠고 집중하자 그 아담한 체구에서 표현할 길 없는 매력이 풍겼다. 좀 더 가까이 다가가고 싶고, 그녀의 세상 속으로 들어가 대체 어떤 여자인지 살펴보고 싶은 충동을 불러일으키는 매력이었다.

용비야의 눈동자에서 불쾌함이 차차 가시고, 곰곰이 음미하는 듯한 표정이 그 자리를 대신했다. 그가 말없이 주머니를 받아 넣었다.

진지하게 약방문을 완성한 한운석이 두 손으로 종이를 내밀며 궁금한 듯 물었다.

"전하, 세 가지 약초는 찾으셨나요?"

"아직."

용비야는 자질구레한 설명 없이 딱 두 글자로 대답했다. 한운석은 호기심 어린 눈길로 그런 그를 바라보았다. 자기도 중독되었으면서 다른 사람부터 챙긴다고?

미질향에 중독된 사람은 대체 누구일까?

물론 단순한 호기심이었고, 호기심 많은 고양이가 빨리 죽는다는 것도 잘 알고 있었다.

그녀는 용비야가 약방문을 들고 사라질 줄 알았지만, 뜻밖에도 그는 약방문을 시위 초서풍에게 건네고 방에 남았다.

다른 사람이었다면 밤낮없이 해약을 찾으러 돌아다녔을 텐데, 저 인간은 목숨이 아깝지 않은지 열흘밖에 남지 않았다는데도 서두르는 기색이 없었다.

좋아, 남으라지, 뭐. 아무래도 난 서재에서 잘 운명인가 봐.

그런데 이게 웬일. 용비야는 곧장 온천 쪽으로 걸어가면서 뒤도 돌아보지 않고 차갑게 명령했다.

"그만 나가도록."

아아, 제발. 캄캄한 한밤중에 날더러 어디로 가라는 거야?

가리개만 치면 이 침궁에는 분리된 방들이 숱하게 많았다. 여자인 그녀도 아무렇지 않은데 왜 다 큰 남자가 저렇게 내외를 떨까?

한운석은 쪼르르 그의 뒤를 쫓으며 참을성 있게 웃으며 물었다.

"전하, 신첩을 어디에 묵게 하시려고요?"

첩도 자기만의 원락을 가지는데 정비인 그녀가 몸 둘 곳 하나 없다는 것은 말이 되지 않았다.

"집사가 알아서 할 것이다."

용비야가 무심하게 대답했다.

집사…….

한운석은 입가를 실룩였다. 집사를 찾아가 봤자 모용완여에게 복수할 기회를 줄 뿐이었다. 진왕부 내의 일은 하나같이 모용완여가 의태비를 도와 처리했고, 유일하게 그녀가 손대지 못하는 곳이 바로 용비야가 머무는 부용원이었다. 부용원을 떠나는 순간 온갖 성가신 일들이 벌어질 것이 뻔했다. 이렇게 생각한 한운석은 다시 한 번 배시시 웃으며 말했다.

"전하, 전하께서 침실을 쓰시고 저는 서재를 쓰면서 서로 마주치지 않도록 하면 어떨까요?"

용비야는 걸음을 멈추었지만, 돌아보지 않고 여전히 차가운 목소리로 말했다.

"본 왕이 불편하니 당장 나가라."

이럴 줄 알았으면 괜히 살려 줬잖아, 박정한 인간 같으니라고!

불편해? 난들 뭐 편한 줄 아나?

어쨌거나 부용원은 그의 것이니 나가는 수밖에 없었다.

한운석은 등롱 하나만 달랑 들고 야밤에 부용원을 거닐었다. 시집온 지 이틀째인데 이제야 부용원 곳곳을 둘러볼 수 있었고, 덕분에 전체적인 구조를 대강 알게 되었다.

이 원락은 그리 작지 않았지만 가옥은 침궁 하나와 조그마한 누각 하나가 전부였다. 누각은 하인들용으로 만든 것 같았는데 부용원에는 하인이 없었다. 누각에 아무도 없는 것을 확인하자 한운석은 몹시 기뻐하며 담장에 등롱을 걸었다. 이제부터 이곳은 그녀 차지였다!

누각은 아래층에 서재와 객청이 있고 위층에는 침실이 자리하고 있어, 현대식으로 따지면 복층 원룸인 셈이었다.

그날 밤 한운석은 낮에 대장군부에서 겪은 불쾌한 일을 까맣게 잊고, 은자 오십 냥을 품에 안은 채 이 조그마한 보금자리를 어떻게 꾸밀까 고민하면서 스르르 잠이 들었다.

다음날 아침 용비야는 일찌감치 자취를 감추었다. 어디를 갔느냐고 물어보고 싶었지만 아쉽게도 이 부용원에는 그녀를 빼면 사람이라고는 코빼기도 보이지 않았다.

만나지만 않으면 서로 아옹다옹할 일도 없겠지!

아주 잘됐어. 그 인간은 그 인간대로, 나는 나대로 자유롭게 지내면 되는 거야.

한운석은 침궁으로 건너가 혼수품 두 상자를 누각으로 옮겨 왔다. 모두 낡은 것들이지만 아무것도 가진 게 없는 지금은 보물이나 마찬가지였다.

물건을 정리하다보니 연보라색 조그마한 주머니 하나가 눈에 들어왔다. 자세히 살펴보니 천으로 만든 약 주머니였다. 구멍가게에도 있을 건 다 있다더니, 크기는 조그마해도 안에 칸이 나눠져 종류별로 약초를 넣을 수 있었고, 다양한 침을 꽂아둘 수 있는 침 싸개도 있었다.

새것이고, 뒤판 오른쪽 아래에는 '심心'자가 수놓아져 있는 것을 보면 틀림없이 천심부인이 만든 것으로 딸에게 남긴 물건이 분명했다.

배가 불룩 솟은 천심부인이 뱃속에 든 아이에게 큰 기대를 품고, 조그마한 주머니를 바느질하는 광경을 떠올리자 한운석은 저절로 눈시울이 붉어지고 코끝이 찡해졌다.

열 달이나 뱃속에 품고 있는 동안, 천심부인은 신의라고 하는 자신이 아이의 얼굴조차 보지 못하고 난산으로 죽을 줄 짐작이나 했을까? 뱃속 아기에게 큰 기대를 품었지만, 그 아이가 폐물이 되어 한씨 집안사람들에게 온갖 모욕을 당할 줄 생각이나 했을까?

걱정 마세요, 천심부인. 지금의 운석은 결코 부인을 실망시키지 않을 거예요!

한운석은 해독시스템에서 금침 한 벌과 늘 쓰는 약초 몇 가지, 면포 같은 것을 꺼내 주머니 안에 차곡차곡 넣었다.

이렇게 해서 이 천주머니는 그녀의 진료 주머니가 되었다.

그녀와 늘 함께하는 해독시스템은 보이지 않는 '저장 공간'으로 자유롭게 물건을 넣고 뺄 수 있었다. 하지만 현대에서도 마술처럼 취급되었을 정도이니, 지금 같은 시대에 남들 앞에서 해독시스템을 쓰면 요술을 부린다고 생각할 것이 분명했다.

다행히 이제부터는 이 조그마한 진료 주머니가 남들의 이목을 가려 줄 것이다. 한운석은 진료 주머니를 어깨에 걸쳐 메면서 앞으로는 어딜 가든 들고 다녀야겠다고 생각했다.

물건 정리가 끝나자 그녀는 밖에서 필수품을 사와 조그마한 누각을 깨끗하고 아늑하게 꾸몄다. 완성된 후에는 한숨 잘 생각이었는데 자리에 눕기 무섭게 골칫거리가 찾아들었다.

목청무가 깨어나지 않자 목 대장군이 몸소 그녀를 찾으러 온 것이었다!

한운석은 몹시 놀라고 도무지 믿을 수가 없어 황급히 객청으로 달려갔다. 마침 모용완여가 주인석 왼쪽 자리에 앉아 목 대장군과 이야기를 나누고 있었다.

한운석이 들어오는 것을 보자 목 대장군은 대뜸 노기를 터트렸다.

"한운석, 이 사기꾼! 청무가 곧 깨어날 것이라더니 깨어나기는커녕 다시 열이 오르고 있다! 제대로 돌려놓지 않으면 본 장군이 가만두지 않겠다!"

그간 고북월에게 아들을 맡겼는데, 상황이 나빠진 뒤 그 원인조차 알아내지 못한 고북월이 한운석을 데려오는 것이 어떻겠느냐고 권했던 것이었다. 목 대장군은 더 이상 한운석을 믿을 수가 없어 해독의 전문가를 여럿 불러들였지만 어찌된 노릇인지 누구 하나 목청무가 대체 왜 이러는지 밝혀내지 못했다.

덕분에 목 대장군도 더는 뾰족한 수가 없어 한운석을 찾아올 수밖에 없었다. 어쨌든 이런 일을 맡길 만한 사람은 한운석뿐이었던 것이다.

"그럴 리가! 소장군의 독은 벌써 해독이 되었어요!"

한운석은 다소 창백해진 얼굴로 외쳤다. 자신이 잘못 처치했다고는 믿을 수가 없었다!

앞뒤 사정을 들은 모용완여가 재빨리 일어나 끼어들었다.

"새언니, 언제부터 의술을 배우셨어요? 저는 왜 몰랐을까요?"

대놓고 아픈 곳을 찌르겠다는 속셈이었다. 한운석은 상대하기도 귀찮아 그녀를 무시하고 진지한 얼굴로 말했다.

"목 대장군, 소장군의 복부에 들어간 독은 해독되었어요. 여태 깨어나지 않고 열이 계속되는 까닭은 내가 직접 보아야 알수 있으니 같이 가 보죠."

"흥, 당연히 같이 가야지. 한운석, 잘 들어라. 만약 청무가 깨어나지 못한다면 네 목숨으로 빚을 갚아야 할 것이다!"

목 대장군이 노기충천해서 외쳤다. 모용완여는 깜짝 놀란 얼굴로 한운석을 보호하듯 앞을 막아섰다.

"목 대장군, 사람들이 새언니가 비수를 들고 있는 것을 목격했고 소장군께서 깨어나지 않으셨다고 하셨지만, 그것이 꼭 죄가 있다는 말은 아니에요. 새언니가 의술은 모르지만, 절대로 함부로 굴지는 않았으리라 믿어요."

젠장…… 모용민폐, 입 좀 다물지 않을래?!

뜻밖이야, 병세가 달라지다니

모용완여의 말은 목 대장군을 더욱 화나게 만들었고, 그는 곧 냉소를 터트렸다.

"물론 함부로 굴지는 못할 것이다, 하하하하! 여봐라, 한운석을 끌고 가라!"

한운석은 본래 따라갈 생각이었기 때문에 누가 끌어낼 필요도 없었다. 그런데 모용완여가 그녀를 바짝 뒤로 잡아당기며 날카롭게 외쳤다.

"목 대장군, 비록 의태비와 진왕께서 부재중이시지만 대장군께서 함부로 굴 수 있는 곳은 아니에요!"

그 말은, 진왕부의 높으신 분들이 없으니 실컷 함부로 굴어도 된다는 뜻이었다. 목 대장군은 직접 모용완여를 밀어내고 한운석의 손을 잡아끌었다.

그러자 한운석은 힘껏 손을 뿌리치며 사납게 말했다.

"그만해요! 내 발로 간다고 하지 않았나요? 꾸물거리지 말고 가시죠!"

목 대장군은 어리둥절했지만 곧 정신을 차렸다.

"그래, 가자!"

떠나기 전 한운석은 의미심장한 눈길로 모용완여를 노려보았지만, 뜻밖에도 모용완여는 대문 앞까지 따라와 말했다.

"새언니, 모비와 진왕께서는 언제 돌아오실지 모르지만, 너무 걱정 마세요. 두 분이 돌아오시는 즉시 제가 다 말씀드릴게요."

그 말을 듣자 목 대장군은 한운석을 구할 사람이 없다는 사실에 더욱 안심했다!

하하하, 한운석. 이번에는 반드시 청무가 깨어날 때까지 책임져야 할 것이다!

한운석은 더 이상 모용완여의 목소리를 듣고 싶지 않았다. 듣기만 해도 귀가 따가워 견딜 수가 없었다.

언젠가 기회가 생기면 제일 먼저 저 민폐덩어리에게 독을 써서 벙어리로 만들어 버리고 말 테다!

일행은 금세 대장군부에 도착했다. 오는 동안 한운석은 내내 생각을 거듭했지만 무엇이 잘못되었는지 알아내지 못했고, 대장군부에 도착했을 때는 더더욱 자신이 틀리지 않았다고 확신했다.

방 안에 누운 목청무는 얼굴이 벌겋게 붓고 입술도 비정상적으로 시뻘게져, 한눈에도 고열에 시달리는 것을 알 수 있었다. 한운석이 침상 옆에 앉아 맥을 짚으면서 고운 눈썹을 잔뜩 찡그리자, 그 심각한 분위기에 아무도 가까이 다가가지 못했다. 고북월도 방 한쪽에 서서 끽소리도 못하고 있었다.

맥을 짚고 상처를 살핀 뒤 비로소 한운석이 물었다.

"내가 준 약방문대로 약을 먹였나요?"

"예, 왕비마마. 약을 달이는 것도 소관이 손수 맡았으니 잘못될 리가 없습니다."

고북월은 확신에 찬 목소리로 말하고는, 오늘 약을 달이고 남은 찌꺼기를 가져와 보여 주었다.

한운석은 금세 이상이 없다는 것을 알아보았다. 모든 과정에는 문제가 없었고, 목청무의 몸에 남은 독소도 거의 제거되어 지금 남아 있는 정도로는 몸에 큰 영향을 끼칠 수 없었다. 더욱이 상처에 염증이 생긴 것도 아니었다. 그렇다면 열이 오르고 인사불성이 된 까닭은…….

한운석은 눈을 감고 다시 맥을 짚어 보았다.

맥상에도 아무 이상이 없는데, 어떻게 된 것일까?

한참이 지나도록 한운석이 말이 없자 목 대장군의 화가 폭발했다.

"한운석, 대체 어떻게 된 것이냐!"

한운석은 솔직하게 고개를 저었다.

"확실히는 모르겠어요. 하지만 소장군 몸속의 독은 거의 제거되었으니 독 때문은 아니고……."

"그딴 것은 모르겠고, 당장 청무를 깨워라! 지금, 당장!"

목 대장군이 미친 듯이 펄펄 뛰었다. 한운석에게 희망을 걸고 있지 않았다면 이 자리에서 그녀를 죽일 기세였다.

그런데 한운석은 목 대장군보다 더 사납게 소리소리 질렀다.

"이렇게 날뛰면 진맥을 할 수 없어요! 가만히 좀 있으라고요!"

목 대장군은 당황했지만 곧 정신을 차리고 주먹을 쳐들었다. 다행히 고북월이 제때 나서서 막았다.

"대장군, 너무 초조해 마십시오. 왕비마마의 진맥이 끝난 후에 물으셔도 늦지 않습니다."

그래도 고북월은 믿고 있는 목 대장군이라 별수 없이 숨을 가다듬으며 주먹을 거두고 물러섰다.

"왕비마마, 독 때문이 아니라면 다른 병이 있지 않겠습니까?"

고북월이 진지하게 물었다. 과연 태의원의 수석 어의답게 경험이 풍부했다. 한운석은 그를 흘끗 바라보며 자신 있게 고개를 끄덕였다.

"그래요. 지금으로선 무슨 병인지 알아낼 수 없지만 진작부터 앓고 있었을 거예요."

진작부터 앓던 병이라고?

고북월은 고개를 끄덕였다.

"소관도 왕비마마와 똑같이 진맥하였습니다. 필시 잠복기가 길고 증세가 느지막이 나타나는 병인데, 소장군께서 요 며칠 몸이 허약하시다보니 병을 억누르지 못한 모양입니다. 어쩌면 확산성 독이 병을 야기했을 수도 있지요."

그 말에 한운석이 뭔가 깨달았는지 눈동자를 반짝 빛냈다. 그녀는 고북월을 돌아보며 말했다.

"설마 몸속에 또 다른 독……, 만성독이 들어있는 것인지도……!"

다른 병이라면 이렇게 고열이 오르는데 맥상에 나타나지 않을 리 없었다. 해독을 전공한 한운석은 다른 분야라 알아채지 못할 수도 있지만, 고북월이라면 반드시 알아냈을 것이다.

그렇다면 유일한 가능성은 만성독이었다. 그 독은 몸속 깊이 들어가 오랫동안 발작하지 않았기 때문에 해독시스템도 찾아내지 못한 것이다. 한운석은 또다시 해독시스템을 가동했지만 역시 반응이 없었다. 아무래도 독이 발작하기 전에는 독성치가 해독시스템 인식 범위에 들어오지 않는 모양이었다.

독성치는 낮고 반복적으로 고열을 일으키는 독이라니, 이 독이 발작하면 얼마나 끔찍할지 상상이 가지 않았다.

대체 무슨 독일까?

한운석은 내심 걱정이 되었다. 당장 무슨 독인지 알아낼 수는 없지만, 강력한 발작을 일으키는 만성독에 중독되었다는 것은 확실했다. 오랫동안 해독을 해 왔지만 처음 만나는 독이었다.

이 상황에서 유일한 방법은 하루 종일 환자를 지키다가 독소가 발견되는 즉시 그 부위를 찾아 해독하는 수밖에 없었다. 그냥 두었다가 상태가 점점 악화되면 한운석도 결과를 예측할 수 없었다.

"만성독이라……."

고북월은 생각에 잠긴 듯 목 대장군을 돌아보았다.

만성독에 중독되었다는 것은 곧 누군가 오랫동안 목청무에게 독을 써 왔고, 가까운 사람일 가망성이 높다는 뜻이었다. 목 대장군의 분노에 찬 얼굴이 금방 딱딱해졌다.

가까운 사람이라니, 누가 감히 내 귀한 아들에게 독을 썼을까?

하지만 지금은 독을 쓴 사람을 따질 때가 아니었다. 그가 초조하게 물었다.

"한운석, 이제 어떻게 해야 하느냐?"

"기다리세요."

한운석은 단호하게 말했다.

"독성이 나타날 때까지 기다려야 해독할 수 있어요."

목 대장군은 반신반의한 얼굴로 고북월을 바라보았지만 고북월도 고개를 끄덕였다.

"왕비마마의 말씀대로입니다."

기다림…….

한운석은 하루 안에 독이 발작할 것이라고 생각했으나, 예상 외로 다음날 저녁까지도 해독시스템은 중독 현상을 발견하지 못했다. 은침으로 혈액을 채취해 검사해 보아도 마찬가지였다.

고북월도 함부로 약을 쓸 수 없어 물리적으로 열을 내리기 위해 차가운 수건을 잔뜩 썼다. 다행히 열은 올랐다 내렸다를 반복했는데, 그렇지 않았다면 설령 깨어난다 해도 고열 때문에 뇌가 망가지고 말았을 것이다.

결국 고북월이 간신히 달래고 있던 목 대장군이 폭발하여 와락 침상으로 달려들었다. 주먹이 한운석의 얼굴을 아슬아슬하게 스쳐 기둥을 힘차게 후려쳤다.

"한운석, 또 본 장군을 속여? 감히 내 아들을 독살하다니, 죽고 싶으냐!"

한운석은 겁먹지 않고 진지하게 말했다.

"어떤 의원이 와도 정확히 언제 발병한다고 판단내릴 수는 없어요. 내가 말해 줄 수 있는 것은 아무리 늦어도 사흘 안에는 독성이 드러난다는 것뿐이죠. 결코 사흘은 넘기지 않을 거예요!"

"흥!"

목 대장군은 한마디도 믿지 않았다.

"내가 못 미더우면 다른 사람을 찾아보세요!"

한운석이 싸늘하게 말했다. 목 대장군이 자신을 찾아온 것은 달리 맡길 사람이 없어서임을 그녀도 잘 알고 있었다.

"목 대장군, 적어도 병의 원인은 알아냈으니 하루 이틀 더 기다려 보아도 되지 않겠습니까?"

고북월이 권했지만 목 대장군은 확신이 서지 않는지 심호흡만 하며 대답이 없었다.

바로 그때, 누군가 방문을 거칠게 걷어찼다. 목유월이 씩씩거리며 문가에 서 있었다.

"한운석, 이리 나와! 이 사기꾼, 범죄자야! 오늘은 절대 도망치지 못할걸!"

또 저 성가신 계집아이로군.

한운석은 그녀를 싹 무시했지만, 뜻밖에도 그보다 더 고집스럽고 제멋대로인 목소리가 쩌렁쩌렁 울려 퍼졌다.

"한운석, 본 공주의 명령이니 당장 나와. 감히 다시 한 번 우리 청무 오라버니에게 손을 대면 본 공주가 결코 가만히 있지 않을 거야!"

저건…… 장평공주!

목청무에게 푹 빠진 저 추종자까지 나타나다니? 목유월이 일러바친 것이 분명했다.

한운석은 걱정스레 고북월을 바라보며 속으로 큰일 났다고 중얼거렸다. 그녀가 망설이는 사이 목 대장군이 성큼성큼 걸어 나가 공손하게 예의를 갖추었다.

"소신, 장평공주께 인사드립니다. 공주께서 왕림하신 줄 모르고 멀리 나가 맞지 못했으니 부디 용서하십시오."

"그만 됐어요, 목 대장군. 정말 내 입장을 생각했다면 청무 오라버니에게 이런 큰일이 일어났는데 어찌 소식 한 자 전하지 않았어요?"

장평공주가 불쾌하게 말하더니, 사람들의 시선을 한 몸에 받으며 방으로 걸음을 옮겼다. 고북월이 일어나 공손하게 허리를 숙여 인사했다.

"공주마마께 인사드립니다."

장평공주는 거만한 태도로 일어나라는 손짓을 했다.

그녀가 한운석에게 다가갔으나 한운석은 앉은 자리에서 꼼짝도 하지 않았다. 가까이 다가간 장평공주는 목청무를 보자마자 오만하던 눈빛을 누그러뜨렸지만, 곧바로 흉흉한 표정으로 돌아와 한운석을 홱 밀치며 외쳤다.

"이 천한 것! 감히 우리 청무 오라버니에게 상처를 입혀?"

뜻밖의 상황에 하마터면 바닥에 나동그라질 뻔한 한운석은 몹시 놀랐다.

정말 야만스러운 여자잖아!

곧이어 목청무의 누이 목유월이 들어와 한운석을 손가락질하며 말했다.

"공주마마, 바로 저 여자예요. 저 여자가 비수로 오라버니를 찔러 놓고, 치료하는 거라고 아버지를 속였다고요. 그러더니 결국…… 으흐흑…… 오라버니는 여태 깨어나시지도 못하세요!"

장평공주는 분노를 터트렸다.

"이깟 쓸모없는 폐물이 감히 청무 오라버니를 치료해? 청무 오라버니가 시험용인 줄 알아? 누구 없어? 당장 이 여자를 옥에 가둬!"

장평공주의 말이 떨어지자 문 밖에서 시종 두 명이 후다닥 달려들었다. 그러나 한운석이 사나운 표정으로 차갑게 쏘아보자 시종들은 움찔 놀라 그 자리에 멈추었다.

한운석이 싸늘하게 말했다.

"장평공주, 환자는 정숙이 필요합니다. 할 말이 있거든 나가서 하시죠."

장평공주는 잠깐 당황한 것 같았지만 곧 깔깔 웃음을 터트렸다.

"모두들 저 여자가 한 말 들었지? 호호호, 폐물 주제에 저런 말을 해? 날 웃겨 죽이려나 봐!"

이렇게 비웃어 준 다음 그녀는 다시 얼어붙은 목소리로 말했다.

"청무 오라버니는 아직도 혼수상태인데 네가 무슨 자격으로 그런 말을 해? 네가 청무 오라버니를 해친 자객이잖아! 너희들, 뭘 멍청하게 서 있는 거야, 어서 한운석을 대리시로 끌고 가서 철저히 심문해!"

하는 짓을 보니 마음먹고 트집을 잡으러 온 것이었다! 한운석도 더 이상 예의 차리지 않고 차갑게 대꾸했다.

"장평공주가 언제부터 대리시 대신 사람을 체포했죠? 규칙에 맞지 않는 일이군요."

한운석이 이렇게 당당하게 나오자 장평공주는 살짝 움찔했다. 겁쟁이 한운석이 하루아침에 사람이 변했다는 궁 안의 소문이 사실이었을까?

"그…… 그게…… 본 공주가 일을 대신해주면 대리시도 영광으로 생각할 거야!"

장평공주가 떳떳한 척 대답하자 한운석이 다시 물었다.

"그렇다면 사람을 체포할 때 증거가 있어야 한다는 것도 아시겠지요?"

장평공주는 추호도 망설이지 않았다.

"유월과 이장봉이 증인이고, 청무 오라버니도 증인이야. 그리고……."

더는 듣고 있을 수가 없었던 고북월이 황급히 그 말을 잘랐다.

"공주마마, 소신이 보장하건대 소장군께서는 곧 나으실 겁니다! 우선 나가시지요. 하실 말씀이 있으시다면 소장군께서 깨어나신 뒤에 하십시오."

장평공주가 두 눈을 가늘게 뜨며 차갑게 말했다.

"고 태의! 본 공주가 말하는데 끼어들지 마!"

치욕, 패기 넘치는 가르침

온화하기만 하던 고북월의 얼굴이 시퍼렇게 변했다. 그는 수석 어의로서 황제를 가장 가까이 모시는 사람이었기 때문에 대신들도 얼마쯤 예의를 갖춰 대했는데, 말이 통하지 않는 이 야만스러운 공주 앞에서는 그런 신분도 소용이 없었다.

목 대장군이 대신 중재해 주기를 바랐지만, 안타깝게도 목 대장군은 문가에 서서 지켜볼 뿐 아무 말도 하지 않았다. 한운석은 장평공주에게 해명하고 싶지 않아 계속 물었다.

"그렇다면 공주, 체포령은 있으신가요?"

황족이 죄를 지어도 대리시에서 심리를 담당하게 되어 있지만, 황족을 체포하려면 체포령이 있어야 했다. 한운석은 왕비이고 태후의 관할 아래 있으니 체포령도 태후가 내리게 되어 있었다.

"지금은 없어!"

장평공주는 여전히 떳떳했다.

"그렇다면 지금은 죄인이 아니겠군요?"

한운석이 참을성 있게 물었다. 장평공주가 대답할 말이 없어 우물쭈물하는 사이, 한운석이 버럭 소리를 질렀다.

"없으면서 이곳에는 뭐 하러 왔죠? 썩 나가요!"

체포령도 없으면서 공주 따위가 내 앞에서 제멋대로 소란을 피워? 장평공주가 귀하디귀한 공주라면 그녀도 귀하디귀한 진왕비요, 장평공주의 집안어른인 숙모였다!

장평공주는 펄쩍 뛸 듯이 놀라 한운석의 팔을 움켜쥐며 믿기지 않는 얼굴로 말했다.

"한운석, 아주 간이 부었구나? 감히 본 공주에게 성질을 부려? 감히 본 공주에게 그런 말을 해?"

"못할 까닭이 있나요?"

한운석이 냉랭하게 반문하며 착 가라앉은 눈빛으로 그녀를 바라보았다. 의사로서 그녀가 가장 싫어하는 것이 바로 진료를 방해받아 환자에게 해를 끼치는 일이었다. 그리고 여자로서 그녀가 가장 싫어하는 것이 바로 이렇게 지위를 앞세워 높은 사람인 척 턱짓으로 사람을 부리고 제멋대로 구는 여자들이었다!

한운석의 무서운 눈빛에 놀란 장평공주는 재빨리 그녀의 손을 놓고 주춤주춤 물러났다.

어떻게 된 거야? 이 여자에게 겁을 먹다니?

장평공주는 가슴 깊숙이 솟아나는 이름 모를 두려움을 도저히 인정할 수가 없었다. 오늘은 한운석을 혼내 주러 온 것이지 이런 꼴을 당하러 온 게 아니었다!

부끄러운 나머지 화가 치민 그녀는 한운석에게 바짝 다가서며 욕을 퍼부었다.

"한운석, 네가 뭐라고 소리를 쳐? 너는 폐물이고 신랑도 없이 진왕부에 들어간 여자야! 높은 가지로 날아오른다고 해서 봉황이 될 줄 알았어? 잘 들어, 폐물은 영원히 폐물이고 참새는 영원히 참새야! 네가 정말 봉황이라고 생각하다간 당장 붙잡혀 꼬리털을 뽑히고 바싹 익혀져서 뱃속으로 들어가고 말 거야! 이 천한 것!"

천한 것!

장평공주가 이 단어를 특히 힘주어 말한 것은 의심할 바 없이 한운석을 모욕하기 위해였다.

한운석은 안색이 창백해진 채 두 주먹을 꽉 쥐었다. 자칫하면 정말 폭력을 쓸 뻔했지만, 지금은 소란을 피울 때가 아니라 사람을 구할 때라는 것을 알기에 억지로 냉정을 되찾았다. 의사로서 이곳에 와 있었으니 본분을 지켜야 했다.

사흘 안에 목청무의 몸에서 독이 나타나면 당장 치료를 해야 했고, 그 어떤 실수도 있어서는 안 되었다.

그녀는 심호흡을 해서 마음을 진정시킨 후 차분하게 말했다.

"장평공주, 내가 의술을 모르는 폐물이라고 하는데, 그렇다면 공주는 의술을 잘 아시나요?"

그 말에 장평공주도 말문이 막혔다.

"나…… 나야……."

한운석은 다시 한 번 울분이 솟았지만 참을 수 있는 동안은 참아야 했다. 환자를 위해서라면 무슨 일이든 해내야 했다.

"그러니 귀찮으시더라도 말을 좀 가려서 하시지요. 또한, 어쨌든 본 왕비는 공주의 숙모예요. 어른 앞에서 소리를 지르다니 예의범절을 그렇게 배우셨나요? 마지막으로 말하겠어요, 환자에게 피해 주지 말고 나가세요."

숙모가 집안 어른인 것은 분명했지만 존귀함으로 따지면 공주가 왕비보다 더 귀했다. 다만 천녕국의 상황은 다소 달랐다. 장평공주의 황숙皇叔이 진왕이고, 한운석은 진왕의 정비이기 때문이었다.

진왕은 일반 황족과는 비교할 수 없는 인물, 황제마저 한발 양보해 주는 인물이었다!

지어미는 지아비로 인해 귀해진다고 했으니, 항렬로 따지나 존귀함으로 따지나 한운석은 장평공주를 야단칠 자격이 충분했다.

그러나 장평공주는 약간 당황했을 뿐 다시 깔깔 웃어댔다.

"뭐, 숙모? 정말 부끄러움도 모르나 봐! 황숙께서 너를 원하지도 않으셨는데 낯짝 두꺼운 네가 네 발로 걸어 들어갔잖아. 그런데 감히 숙모를 자처해? 기녀만도 못한 여자 같으니!"

기녀?

그 한마디가 떨어지자 장내의 모든 사람들이 찬 숨을 헉 들이켰다. 그러나 그들이 상황 파악을 하기도 전에 한운석이 팔을 번쩍 들어올려 '철썩!' 소리가 나도록 장평공주의 뺨을 후려갈겼다.

참고 또 참았지만 더는 못 참아! 보자보자 하니까 누굴 보자기로 알아?

장평공주 같은 사람에게 애초에 인내 따위는 먹히지도 않았고 말로 타이르는 것 또한 소용이 없었다. 공연히 입 놀릴 필요 없이 몸으로 보여 주는 것이 옳았다.

한운석은 완전히 폭발하고 말았다!

장평공주는 순간 멍해졌고, 곱고 하얀 뺨에는 빨간 손자국이 남아 한운석이 얼마나 세게 때렸는지 여실하게 드러났다. 주위에 있던 사람들은 물론이고, 옆으로 물러나 구경하고 있던 목유월마저 눈을 휘둥그레 떴다.

세상에, 한운석 저 여자……, 정말로 저런 짓을!

금세 정신이 돌아온 장평공주는 '으앙' 울음을 터트리며 한운석을 향해 두 팔을 마구 휘둘렀다.

"이 천한 것이 감히 본 공주를 때려? 가만두지 않겠어! 모후께서도 날 때린 적이 없는데 네가 뭔데 때려! 한운석! 이 더러운 계집, 더러운 기녀!"

한운석은 정확하게 그녀의 양 손목을 홱 낚아채고, 엄한 목소리로 공주의 욕지거리를 딱 잘랐다.

"그만하지 못해요! 한참 어린 나이에 상스러운 말만 배우다니, 모후가 어떻게 가르쳤기에 이 모양이죠? 그러고도 어미라고 할 수 있겠어요?"

그 말에 장평공주는 또다시 넋이 빠졌다.

세상에나, 이 여자가 공주를 때린 것도 모자라 이제는 황후까지 모욕해?

"한운석, 너 아주 간덩이가 부었구나!"

장평공주는 소리소리 지르며 발버둥 쳤지만, 자물통 같은 한운석의 손아귀에서 벗어날 수가 없었다.

"뭣들 하고 있어! 어서 이 여자를 잡아, 어서!"

장평공주의 외침에 그녀를 따라온 시종들이 앞으로 나서려 했지만 한운석이 노한 눈길로 돌아보았다.

"감히 진왕비를 건드리려 하다니, 진왕 전하께 허락을 받았느냐? 너희가 그렇게 담이 크더냐?"

진왕, 그녀의 지아비. 그 이름은 그 어디에서든 번쩍번쩍 빛나는 방패 구실을 톡톡히 해 주었다. 두 시종이 움찔하자 장평공주는 속이 터져 죽을 것 같았다.

"한운석, 이거 놔! 안 그러면 부황께 이를 거야!"

한운석은 차갑게 코웃음을 치고는 장평공주를 홱 뿌리치며 말했다.

"마음대로 하세요. 나는 진왕 전하께서 데리러 오실 때까지 여기서 기다릴 테니."

장평공주는 힘없이 탁자에 쾅 부딪히며 쓰러졌다. 눈물범벅이 된 얼굴은 분노로 벌겋게 달아올랐지만 부황을 찾아갈 용기따위는 없었다. 부황은 그녀를 목청무에게 시집보내는 것을 반대해 왔고, 목 대장군부에 찾아가는 것도 몹시 싫어했다. 더욱이 이 일이 정말 진왕에게 알려지면, 그녀가 유리하다는 보장도 없었다.

장평공주는 눈물 젖은 얼굴을 가리며 악을 썼다.

"한운석, 내게 손찌검을 한 이상 절대로 가만있지 않을 거야!"

말을 마친 그녀는 거칠게 발을 구르며 달려 나갔다. 두 시종과 목유월도 황급히 뒤를 따르더니 뜻밖에도 나가자마자 문을 닫고 자물쇠를 채워 한운석을 방안에 가두어 버렸다.

이건 또 뭐하자는 거야?

"한운석, 기다려! 꼼짝 말고 기다리라고! 이 방에서 한 발짝도 나갈 생각 마! 본 공주가 반드시 대가를 치르게 할 테니!"

문 밖에서 울리는 장평공주의 악다구니를 들으며, 한운석은 답답한 얼굴로 꼭 닫힌 방문을 쳐다보았다. 대체 언제쯤 되어야 마음 편히 환자를 치료할 수 있을까?

장평공주의 목소리는 곧 잦아들었다. 정말 가 버렸는지는 모르지만 방안은 겨우 안정을 되찾았다.

한운석은 답답한 숨을 내쉬었다. 내려뜬 눈동자가 어둡게 흐려졌다.

고북월도 복잡한 눈빛으로 말을 꺼냈다.

"왕비마마, 방금은……."

"맞을 짓을 했어요!"

한운석이 노해 외쳤다.

하긴, 당연히 불쾌할 수밖에 없는 상황이었다. 기녀라는 욕을 듣고 기분 좋을 사람이 어디 있을까? 화를 자초한 것은 맞지만 그럴 수밖에 없었다. 한운석은 한 번도 스스로를 존귀하다고 생각해 본 적이 없었고, 진왕의 진짜 왕비라고 생각한 적도 없었다. 하지만 그녀에게도 자존심은 있었고, 양심에 비추어 부끄러운 짓이나 천박한 짓을 한 적도 없었다.

그러나 고북월은 걱정스러웠다.

"잘 때리셨습니다. 하지만 장평공주께서는…… '지금'은 체포령이 없다고 하지 않으셨습니까?"

한운석은 움찔했다. 조금 전에는 너무 화가 난 나머지 곰곰이 생각할 틈이 없었던 것이다. 그녀는 다시금 꼭 닫힌 문을 바라보았다. 설마…….

복이 되든 화가 되든 어차피 피할 수 없는 일이라면 신경 써봐야 부질없는 일이었다. 그녀는 물로 목을 축이고 다시 침상 옆에 앉았다.

"고 태의, 당신만 나를 믿어 준다면 충분해요."

그녀는 목청무의 안색과 맥박을 살피고 체온을 잰 뒤 또 한차례 혈액을 검사했다. 앞으로 사흘 안에는 반드시 독성이 드러날 것이다! 그녀는 생각한 것들을 고북월에게 모두 알려 주었다.

그런데 대화가 끝나자마자 방문이 벌컥 열리더니, 대리시경大理寺卿(대리시의 장관)인 북궁하택北宮何澤의 목소리가 들려왔다.

"진왕비, 태후께서 친히 내리신 체포령이 여기 있습니다. 진왕비가 소장군 목청무를 모살하려했다는 고발이 들어왔으니 부디 소관을 따라 오시지요."

대리시 사람이 찾아온 것이었다!

과연 장평공주는 빈손으로 온 것이 아니었다. 진작부터 한운석을 감옥에 처넣기로 마음먹고 준비한 것이 분명했다!

하지만 태후가 친히 내린 체포령이라니, 심해도 너무 심한 처사였다. 체포령이 무엇인가? 체포령이란 이미 죄를 지은 증거가 충분한 사람을 예고 없이 붙잡아 감옥에 가두었다가 천천히 심문하겠다는 의미였다.

누가 뭐라 해도 한운석은 태후의 목숨을 구해 준 은인의 딸인데, 태후는 그녀를 제거하기 위해 혈안이 되어 있었다. 더군다나 목청무 사건에서 한운석이 자객이고 오진을 했다는 증거는 대리시에도 없었다. 이것은 분명히 사사로운 복수였다!

이미 예상했던 고북월도 한숨을 푹 쉬었다.

"참으로 제멋대로군요!"

한운석은 차분한 얼굴로 깊이 숨을 들이쉬었다. 이것이 바로 말이 통하지 않는 권력의 힘이라는 것을 잘 알고 있었다. 이 세상에서 편안히 살아가려면 복종하고, 명에 따라야 한다는 것도 알았다. 하지만 그것만은 도저히 할 수가 없었다.

몸소 문을 열고 나가자 입구에 선 대리시경 북궁하택과 장평공주가 보였다. 그들 뒤에는 관병 대여섯 명이 따르고 있었다.

한운석은 보란 듯이 으쓱대는 장평공주를 무시하고 싸늘한 눈길로 북궁하택을 바라보았다.

"이보시오, 북궁 대인. 본 왕비가 무슨 죄를 지었소?"

"왕비마마께서 소장군 목청무를 암살하려다 실패하자 장군부를 속여 치료한다는 명분으로 소장군을 독살했다는 고발이 들어왔습니다."

북궁하택은 사실이라도 되는 양 큰소리로 대답했다.

"순전히 모함입니다! 북궁 대인, 제가 증명하지만 왕비마마께서는 무고하십니다. 제가 함께 진료하고 있습니다."

고북월이 정의롭게 나섰지만, 북궁 대인은 코웃음을 쳤다.

"아무 말 마시오. 여기 태후마마의 체포령이 있소. 태후마마

154

께서는 이 일에 깊은 관심을 표하시며 친히 체포령을 건네주셨소. 진왕비, 할 말이 있으면 대리시로 가서 조사를 받으십시오. 증인도 대리시에 가서 증언하면 됩니다."

"북궁 대인……."

고북월이 그래도 해명하려 했지만 북궁하택은 필요 없다며 손을 내저었다.

"고 태의, 무슨 말을 해도 소용없소. 태의도 황궁에서 일하는 몸이니 체포령이 무엇인지는 알게 아니오."

고북월은 입을 다물 수밖에 없었다. 말없이 고개를 숙이고 있는 한운석을 보자 그의 따스한 눈도 아픔으로 흐려졌다.

한마음으로 사람을 구하려고 했던 이 여인이 무슨 죄가 있다고!

한운석의 눈동자에 낙담이 어리자, 장평공주와 목유월은 득의양양했다. 이제 곧 실망하고, 난동을 피우고, 억울하다고 외칠 한운석의 모습을 볼 수 있다는 생각에 마음이 들떴다.

사사로운 형벌, 굴하지 않아 (1)

장평공주와 목유월은 한운석이 웃음거리가 되기만을 기다렸다.

그런데 예상 외로 한운석은 당당하게 고개를 들고 맑고 태연한 눈빛으로 고북월, 그리고 내내 어두운 얼굴로 침묵을 지키던 목 대장군을 바라보며 말했다.

"대장군, 고 태의. 두 분은 소장군의 상태를 알고 있어요. 내가 죽으면 소장군도 죽는다는 것도 분명히 알 거예요!"

고북월은 당연히 한운석의 말을 알아들었지만, 목 대장군은 그녀의 시선을 피했다.

이 모습을 본 한운석은 빙그레 웃으며 눈썹을 치키고 북궁 하택을 돌아보았다.

"갑시다, 북궁 대인."

그녀는 마치 아무 일도 없는 듯 태연한 표정으로 누군가 잡아끌기 전에 제 발로 걸어 나갔다.

어떻게 저럴 수가……

이 뜻밖의 상황에 사람들은 어리둥절한 얼굴로 서로를 마주 보았다. 그녀의 기를 꺾고 싶었던 장평공주와 목유월은 복수다운 복수를 하지 못하자 잔뜩 실망했다.

이 여자는 뭔가 달랐다. 그녀에게는 도성의 여자들에게는 없는 기개가 있었고, 당당하고 책임감이 넘쳤다. 그런 그녀를 모욕하거나 기를 꺾기란 그리 쉬운 일이 아니었다.

아무도 따라오지 않는 것을 본 한운석이 걸음을 멈추고 태연하게 돌아보았다.

"다들 왜 그렇게 서 있는 것이오? 갑시다!"

북궁하택과 그 부하들은 믿을 수가 없어 우물쭈물하다가 한참만에야 정신을 차렸다. 한운석의 꼿꼿한 뒷모습을 보는 북궁하택의 눈동자에도 감탄의 빛이 어렸다. 죄 지은 황족들을 여럿 체포해 보았지만 하나같이 울고불고 애원했지, 저렇게 오만한 여자는 처음이었다. 정말이지 남자 못지않은 여자였다.

안타깝게도 이 여자의 운명은 태후의 손아귀에 들어 있었다. 대리시에 한 번 들어가면 벗어나기가 결코 쉽지 않을 것이다.

한운석이 사라지자 장평공주는 고북월을 흘겨보고는 차갑게 말했다.

"목 대장군, 대체 왜 저런 돌팔이를 불렀어요? 내가 신의들을 불러왔으니 당장 쫓아내요!"

그 말이 떨어지자 시종이 의원 몇 사람을 데리고 들어왔다. 목 대장군은 전혀 모르는 사람들이었지만 아들을 구하고자 하는 마음에 고북월을 밀어내고 서둘러 그들을 안으로 들였다.

물론 고북월은 그들이 누구인지, 그들의 재주가 어떤지 훤히 알고 있었다. 그 자신도 다스리지 못하는 병을 저들이 무슨 수로 치료할 수 있을까?

하지만 목 대장군과 장평공주에게는 말해 보아도 소용이 없었기 때문에 그 역시 서둘러 그곳을 떠났다. 목청무를 구할 사람은 한운석뿐이었고, 한운석을 대리시에서 빼낼 수 있는 곳은 진왕부가 유일했다.

입궁하여 황제를 뵐까 싶었으나, 황제에게 이런 일을 고할 만한 신분이 아닌 데다 황제가 어떻게 나올지도 확실치 않았다.

목청무의 상태는 몹시 위급했다. 만에 하나 한운석이 없을 때 독이 발작하면, 분명히 목숨도 부지하지 못할 것이다. 그렇게 되면 목 대장군과 장평공주는 한운석에게 독살했다는 누명을 씌울 게 뻔했다.

결심을 한 고북월은 대장군부를 나와 곧바로 진왕부를 찾았다. 하지만 이 일을 알려야 할 의태비와 진왕은 그곳에 없었다.

"모용 낭자, 의태비께서 어디로 가신다는 말씀은 없으셨습니까?"

고북월이 초조하게 물었다. 진왕의 행적이야 모용완여가 모를 수도 있으니 물어봤자 소용없지만, 의태비는 찾아낼 수 있지 않을까 싶어서였다.

모용완여는 '모용 낭자'라고 불리는 것을 몹시 싫어했지만, 도성 사람들 대부분이 그녀를 그렇게 불렀다. 모용이라는 성은 그녀가 단순한 양녀라는 사실을 시시각각 일깨워 주었다.

죽을 만큼 싫으면서도 그녀는 감정을 꼭꼭 숨기고 사랑스러운 얼굴에 수심을 띄우며 말했다.

"아직 신혼인데 그런 끔찍한 일이 일어나다니 어쩜 좋아요. 모비께서 아시면 분명 화를 내실 거예요. 더구나 새언니는 의술도 모르는데 어떻게……."

"모용 낭자, 진왕비께서 무고하시다는 것은 소관이 보장할 수 있습니다. 다만……."

고북월은 모용완여에게 상황을 사실대로 이야기했다. 항상 온화하고 차분한 고 태의가 이렇게 초조해할 때도 있다니 모용완여도 뜻밖이었다. 그는 황제를 진맥할 때도 무척 태연자약하다고 알려져 있었다.

그녀는 일부러 화를 내는 척했다.

"그런! 목 대장군부가 어떻게 그럴 수가? 태후마마까지 끌어들이다니요! 이걸 어쩐담……."

"사람 목숨이 달려 있으니 한시 바삐 의태비께 전해 주십시오. 대리시 같은 곳은 한 번 들어가면 나오기가 몹시 어렵습니다."

참다못한 고북월이 재촉했다. 이 모용완여라는 여자는 안타까워하는 것 같으면서도 도무지 움직일 기미가 없었다.

그가 그렇게 말하자 모용완여도 그제야 반응을 보였다.

"모비께서는 휴식을 방해하는 것을 싫어하세요. 이렇게 하시지요. 고 태의께서는 돌아가서 계속 상황을 주시하시고, 저는 곧바로 모비를 찾아가 어떻게 할지 상의를 드리겠어요."

고북월은 고개를 끄덕이며 겨우 한숨을 돌렸다. 혹시라도 모용완여를 지체하게 할까 봐 그는 곧바로 작별 인사를 하고 진왕부를 떠났다. 그러나 모용완여는 바로 출발하지 않았다. 한가롭게 객청 주인석에 앉은 그녀의 입가에 경멸에 찬 비웃음이 피어올랐다.

잠시 우쭐한 마음을 음미한 다음, 그녀는 그곳에 있는 하녀들을 느긋하게 둘러보았다. 부드럽고 선량하던 눈빛이 단박에 차갑게 얼어붙었다.

"오늘 일에 대해 입만 벙긋했다가는…… 알아서 해라!"

하녀들은 벌벌 떨며 엎드렸다.

"걱정 마세요, 소저! 잘 알겠습니다!"

모용완여가 바라는 것은 한운석이 영원히 돌아오지 않는 것이니 구태여 의태비를 찾아갈 까닭이 없었다.

목 대장군이 몸소 찾아왔을 때만 해도 한운석이 무사히 빠져나올까 가슴이 조마조마했는데, 이제 걱정을 덜었으니 이렇게 좋을 수가 없었다. 나른하게 기지개를 켠 그녀는 계속 잠을 자기 위해 방으로 향했다. 밤중에 두 번이나 깼으니 푹 자야 할 필요가 있었다.

그때쯤 하늘은 희뿌옇게 밝아 왔고, 한운석은 대리시의 감옥에 도착했다. 감옥이란 본래 습하고 썰렁한 곳인데 겨울이다 보니 끔찍할 정도로 추웠다. 진왕부에서 급히 나오느라 두껍게 입지도 못한 한운석은 감옥에 들어가자마자 재채기를 했다. 안으로 들어갈수록 냉골이 따로 없어 몸이 부들부들 떨렸다.

남다른 신분 때문에 그녀는 독방에 갇혔다. 감옥의 삼면은 돌벽이고 나머지 한 면은 철책이 질러져 있었는데, 그나마 깨끗한 편이라 견딜 만했다. 감옥 문이 '쾅' 하고 닫히자 한운석은 온돌에 웅크리고 앉아 몸을 덥혔다.

이렇게 추울 줄이야!

그녀는 추운 것을 제일 싫어했는데 온돌이라도 있어 다행이었다. 얼마쯤 웅크리고 있었더니 서서히 몸이 따뜻해졌다. 이곳에 얼마나 있어야 할까? 설사 목성무가 깨어난다 해도 대리시에서 사건을 맡은 이상, 조사하고 증거를 수집하고 심문하는 과정이 얼마나 걸릴지 모를 일이었다. 결과적으로 이곳에 한번 들어오면 나가기란 몹시 어려웠다.

곰곰이 생각해 보면 그녀를 구할 수 있는 사람은 의태비와 용비야뿐이었다. 용비야는 며칠 안에 해약을 지어 달라며 그녀를 찾을 것이고, 의태비도 비록 그녀를 마음에 들어 하지는 않지만 쉽사리 태후에게 당하고 있지는 않을 것이다. 태후가 친히 체포령을 내렸다는 것은 이번 일로 의태비와 겨뤄 보겠다는 뜻이기도 했다.

아아, 내가 어리석었어. 용비야와 함께 입궁해서 그렇게 거드름을 피웠으니 태후가 가만둘 리 없다는 것을 진작 알았어야 했는데.

태후는 한운석이라는 추녀를 이용해 의태비를 욕보이려 했지만 그녀가 예뻐지는 바람에 실패했다. 그 다음에는 낙홍파를 가지고 한씨 집안의 죄를 물으려 했지만 용비야가 그녀를 구했다. 그러니 한운석이 얼마나 미울까?

이런 생각을 하자 한운석은 오싹 소름이 끼쳤다. 천녕국에서 가장 무서운 두 여자, 태후와 의태비에게 미움을 사다니, 끝장이었다.

어쨌든 죄가 확정된 것은 아니고, 진왕비라는 신분 탓에 대리시에서도 자백을 하라고 함부로 형을 가하지는 못할 것이니, 아직은 안심해도 되는 상황이었다. 가장 걱정스러운 것은 목청무였다. 앞으로 사흘 안에 목청무가 깨어날 것이라고 확신했지만, 제때 독을 치료하지 못하면 상황은 더욱 나빠질 것이다.

제때 해독하지 못하면 목청무는 목숨을 잃을 것이고, 그때는 용비야가 와도 그녀를 구해 낼 수 없었다. 목청무의 생사는 그녀의 생사와 단단히 연결된 셈이었다.

사흘, 길다면 길지만 눈 깜짝할 사이 지나가 버리는 시간이었다! 고북월은 분명히 그녀를 만나러 올 것이고, 그녀의 모든 희망은 그에게 달려 있었다.

하루 종일 정신없이 보낸 한운석은 이런저런 생각을 하면서 저도 모르게 잠이 들었으나, 얼마 지나지 않아 추위에 떨며 깨어났다. 발이 꽁꽁 얼어 아무리 이불을 덮고 몸을 옹송그려도 따뜻해지지가 않았다. 그제야 아궁이에 장작이 다해 온돌이 식었고, 감옥 안에 예비 장작이 하나도 없다는 사실을 알 수 있었다.

너무하잖아!

한운석은 얇디얇은 이불을 둘러쓰고 기침을 해 대며 온돌에서 내려섰다.

"여봐라! 아무도 없느냐, 여봐라!"

당직 서는 사람들이 반응이 없자 한운석은 아예 거짓말까지 해 보았다.

"자객이다! 살려 주세요……!"

하지만, 뭐라고 외쳐도 들려오는 것은 벽에 메아리치는 자신의 목소리뿐이었다.

한운석은 분노를 터트렸지만 공연히 힘을 빼기 싫어, 소리 지르는 대신 열심히 손을 비비고 콩콩 뛰며 몸을 덥혔다. 이곳 대리시는 흔적 없이 사람을 죽이고 드러나지 않게 상처를 입히기로 유명해서, 멀쩡한 사람도 순식간에 병자로 만들거나 죽일 수 있었다. 그런 대리시의 어두운 면을 너무 얕보았던 것이다.

열을 내기 위해 콩콩 뛰고 있는데 갑자기 발소리가 들려왔다. 누군가 하고 돌아보았더니, 별안간 찬물 한 바가지가 냅다 얼굴로 날아들었다!

한운석은 머리부터 발끝까지 흠뻑 젖고 말았다. 뼛속까지 스미는 차가움이 두피에서부터 차츰차츰 내려와 사지로 퍼져 나가자 그녀는 온몸이 꽁꽁 언 것처럼 한참 동안 꼼짝도 할 수가 없었다.

감옥 밖에는 장평공주가 따뜻한 솜옷을 걸치고 생글생글 웃으며 득의양양하게 그녀를 바라보고 있었고, 그 옆으로 북궁하택과 물통을 든 옥졸들이 공손히 서 있었다.

"장평공주, 감히 본 왕비에게 사사로이 형벌을 가하려 하는 건가요?"

한운석은 싸늘하게 물었다. 온몸이 축축하게 젖어 낭패한 몰골이었지만 맑고 투명한 눈동자는 주위 온도보다 한층 더 차가웠다. 이 여자가 반항하지 못한다는 것을 알면서도 그런 눈빛을 대하자 장평공주는 더럭 겁이 났다.

아니야! 황조모와 모후가 뒤에 버티고 계시니 이곳에서 일어난 일은 아무도 밖에 알리지 못할 테고, 한운석에게도 증거가 없잖아.

이렇게 마음을 다잡자 장평공주는 다시 느긋해져 냉소를 지으며 말했다.

"한운석, 본 공주를 너무 과대평가하는군. 네가 숙모인 걸 아는데 예의를 차리면 차렸지 형벌을 가하다니? 그러잖아도 북궁 대인께 감옥을 청소하라고 재촉하던 참이었어. 이곳에서 병사한 사람이 많아서 감옥이 아주 더럽다고 들었거든."

한밤중에 청소? 참 대단한 변명이군!

"필요 없어요."

한운석은 거절했지만 북궁대인은 지체 없이 명을 내렸다.

"여봐라. 당장 청소하지 않고 뭘 하느냐? 진왕비를 박대했다가 험한 꼴이라도 당하고 싶으냐?"

그의 말이 떨어지기 무섭게 너덧 명의 옥졸이 물통을 들고 들어왔다. 수면에는 살얼음이 동동 떠 있었다.

"깨끗하게 청소해!"

장평공주가 추호의 망설임도 없이 차갑게 명했다. 옥졸들이 살얼음이 뒤섞인 냉수를 이리저리 뿌려 대는 통에 한운석은 다급히 피하는 수밖에 없었다. 이런 상황에서는 뭐라고 경고를 해도 먹힐 턱이 없었다. 그녀는 온돌로 뛰어올라 제일 안쪽으로 몸을 물렸다. 요리조리 피했지만 옥졸들은 훈련을 아주 잘 받았는지 하나같이 그녀를 노리고 정확하게 물을 뿌려 댔다!

사사로운 형벌, 굴하지 않아 (2)

옥졸들은 물통을 바꿔가며 마구잡이로 냉수를 뿌렸다. 얼음 같은 물방울이 목을 타고 흘러내리자 그러잖아도 흠뻑 젖은 한운석은 손발을 덜덜 떨고 이를 딱딱 부딪치기까지 했다.

"어머나, 조심성이 없구나. 진왕비께 뿌리면 어째? 아유, 가엾어라."

장평공주가 큰 소리로 웃음을 터트렸다.

"한운석, 어서 옥졸들에게 빌어. 호호호, 그게 싫으면 나한테 빌던가. 꼬리를 살랑살랑 흔들면 놓아줄게."

역시 장평공주는 복수를 하러 온 것이다.

한운석 따위가 뭐라고 감히 청무 오라버니를 건드리고, 어른인 척 야단을 쳐? 오늘밤 저 천한 것에게 톡톡히 대가를 치르게 해 줘야지!

"더! 더 뿌려! 저 여자가 용서를 빌 때까지 계속 뿌리라고!"

바닥에 흥건한 물을 보며, 장평공주는 한운석이 곧 엎드려 빌 것이라 믿어마지 않았다.

그러나 결과는 실망스러웠다. 한운석은 빌기는커녕 피하지도 않고 온돌 위에 꼿꼿이 서서 벽에 등을 기대고 가만히 그녀를 노려보기만 할 뿐이었다. 모습은 물에 빠진 생쥐 꼴이었지만, 그 몸에서는 아무도 범접할 수 없는 아름다움과 비할 데 없는 위엄이 흘러넘쳤다. 그녀는 새파래진 입술을 살짝 휘고, 맑고 투명한 눈동자에는 비웃음을 떠올린 채, 고귀한 여왕처럼 높은 곳에서 장평공주를 내려다보았다.

"왜 웃는 거야? 그런 눈으로 보지 마!"

장평공주는 펄펄 뛰며 화를 냈다. 놀림을 당하는 쪽은 분명히 한운석인데 어째서 자신이 부끄러워지는지 모를 노릇이었다.

"한운석, 보지 말라고 했지! 당장 눈을 감아! 빌지 않으면 내가 절대 가만두지 않을 거야! 북궁 대인, 문 열어요."

화가 나서 미칠 지경이 된 장평공주는 안으로 들어가 손수 저 천한 여자를 혼내 주기로 마음먹었다.

"공주, 안 됩니다. 아무리 그래도 진왕부의 사람입니다."

북궁하택은 아무래도 마음에 걸렸다. 진왕부만 아니었다면 진작 한운석에게 형을 가했을 것이다.

"지금은 죄인일 뿐이에요! 명령이니 당장 열어요."

장평공주는 씩씩거리면서도 잊지 않고 옥졸들에게 물을 더 뿌리라고 재촉했다. 미친개처럼 날뛰는 그녀를 싸늘하게 바라보는 한운석의 눈동자에는 경멸의 빛이 한층 짙어졌고, 그것이 장평공주를 더욱 미치게 했다.

"북궁하택, 감히 본 공주의 명령을 어겨? 어서 문을 열란 말이야!"

북궁하택은 문을 열어야 할지 말아야 할지 몰라 한겨울에 땀을 뻘뻘 흘리며 갈팡질팡하다가, 결국 장평공주의 협박을 견디지 못하고 문을 열었다. 옥졸들이 먼저 달려들어 한운석이 움직이지 못하도록 꽉 붙잡았다. 한운석은 반항하지 않고 가소로운 눈길로 그들을 바라보았다.

아무리 그래도 설마 내가 장평공주를 어찌할까 봐? 어차피 추위에 지쳐 반항할 힘도 없었다.

장평공주가 팔짱을 끼고 나릿나릿 다가왔다.

"한운석, 다시 보시지! 용기가 있으면 날 똑바로 봐!"

한운석은 고개를 숙인 채 죽은 사람처럼 꼼짝도 하지 않았다.

이 반응에 장평공주는 무척 만족스러웠다. 그런데 그녀가 한운석의 턱을 잡아드는 순간, 한운석이 공주의 얼굴에 대고 입에 머금고 있던 찬물을 확 뿜는 것이었다!

"앗……!"

장평공주가 비명을 지르면서 물러나 재빨리 얼굴을 닦았다.

"이 천한 것! 간덩이가 단단히 부었잖아!"

"본 왕비는 항렬이 높은 집안 어른이에요. 장평공주, 공주가 무슨 짓을 하든 그 사실은 영원히 바꿀 수 없어요."

한운석은 입가에 조소를 띠며 말했다. 죽음이 두렵지 않은 것은 아니지만, 빌면 빌수록 장평공주가 더 물고 늘어질 거라는 사실을 알고 있었다. 빌어보았자 치욕만 더해지고 장평공주를 만족시킬 뿐이었다.

묻은 물을 닦아내느라 화장이 지워진 얼굴로 흉악한 표정을 짓는 장평공주는 그야말로 사나운 암호랑이 같았다.

"집안 어른? 좋아, 집안 어른이면 잘 모셔야지!"

말을 마친 그녀는 손수 물을 한 바가지 떠서 한운석의 머리에 쏟아부었다. 한운석은 몸을 움츠렸다. 차가움이 머리에서부터 손끝발끝까지 천천히 퍼져 나갔고, 뇌세포마저 꽁꽁 얼어붙어 머리가 텅 비는 것 같았다.

하지만 악몽은 이제 시작이었다.

장평공주는 다시 한 번 물을 떠서 똑같이 쏟아부었다. 그렇게 물통이 빌 때까지 멈추지 않고 연거푸 물을 부어 대자, 양쪽에서 한운석을 붙잡고 있던 옥졸들의 손마저 꽁꽁 얼어붙었다. 그러니 한운석의 상태는 말할 것도 없었지만, 그녀는 여전히 얼음 조각상처럼 꼼짝도 하지 않고 장평공주를 노려볼 뿐이었다. 장평공주의 마음속 허영심과 더러움마저 꿰뚫어 볼 것 같은 눈빛이었다.

그 눈빛은 장평공주뿐만 아니라 옥졸들까지 놀라게 했다. 옥졸들이 흠칫하며 손을 놓자 한운석의 얼어붙은 몸은 그대로 바닥으로 쓰러지며 '쿵' 하고 큰소리를 냈다.

죽었나?

북궁하택은 가슴이 철렁 내려앉아 허둥지둥 코에 손을 가져갔다. 아직 숨이 붙어 있는 것을 확인하자 떨어졌던 심장이 겨우 자리를 되찾았다.

장평공주는 쓰러진 한운석을 보고도 복수의 쾌감이 들기는커녕 말로 표현하기 힘든 두려움만 밀려들었다. 이 여자는 아무것도 할 수 없다는 것을 잘 아는데도 이상하게 겁이 났다. 그래서 그녀는 차마 한운석의 얼굴을 자세히 보지 못하고 슬그머니 물러날 채비를 했다.

"흥, 한운석, 또 한 번 무례하게 굴면 설사 청무 오라버니가 깨어난다 해도 대리시에서 절대 나오지 못하게 만들 테니 명심해! 넌 죽었어!"

말을 마친 그녀는 급히 돌아섰지만, 몇 발짝 옮기기도 전에 발이 미끄러져 휘청하더니 우당탕 쓰러지며 바닥에 얼굴을 처박고 말았다.

"아악……!"

귀청이 터질 것 같은 비명이 터져 나왔다.

북궁하택과 옥졸들이 허둥지둥 달려와 부축해 일으켰다. 하나같이 놀라서 얼굴이 새파랗게 질려 있었다.

일어나 앉은 공주가 소리소리 질렀다.

"아야, 허리! 내 허리! 잠깐, 움직이지 마……. 허리가 아프단 말이야!"

"공주마마, 허리를 삔 것은 아니시겠지요?"

북궁하택이 불안하게 물었다. 허리를 삐면 쉽게 낫지도 않고 후유증도 남아 심하게 움직이면 다시 뼈가 어긋날 가망성도 높았다.

장평공주도 기겁했다. 허리는 아픈데 차가운 바닥에 앉아 있자니 춥고, 그렇다고 일어날 수도 없자 애꿎은 북궁하택에게 버럭 화를 냈다.

"어서 태의를 불러요!"

그러는 동안 갑자기 얼굴이 간질간질해서 아무 생각 없이 손으로 마구 긁었다.

"공주마마, 소신이 들어다 모시는 것이 어떻겠습니까? 태의를 이곳으로 불러서는 안 됩니다."

북궁하택은 목 놓아 울고 싶은 심정이었다. 태의를 부르면 진왕비에게 사사로이 형을 가한 사실을 만천하에 알리는 꼴이니 그럴 수는 없었다.

허리 통증 때문에 바닥에 주저앉은 상태에서 움직일 수 없는 장평공주는 냉수가 속바지까지 축축하게 적시자 온몸이 오슬오슬 떨려 왔다. 아프기만 한 게 아니라 추워 죽을 것 같다고 투정을 부리고 싶었지만, 이 냉수를 뿌린 것이 다름 아닌 자신이었으니 투덜거릴 낯이 없었다.

"그럼 어서 일으키지 않고 뭘 해요? 밥통들도 아니고, 정말 쓸모없다니까!"

장평공주는 얼굴을 붉히면서 크게 소리쳤다. 화풀이를 할 곳이 북궁하택 밖에 없었고, 덕분에 북궁하택은 얼굴이 잿빛이 된 채 옥졸들을 시켜 들것을 가져오게 한 뒤 조심조심 장평공주를 옮겼다.

떠나기 전, 장평공주는 다시 한 번 감옥을 돌아보았는데, 놀랍게도 꼼짝없이 바닥에 엎드린 한운석이 얼음장 같은 눈동자로 그녀를 빤히 쳐다보고 있었다!

으악!

장평공주는 더럭 겁이 나 홱 고개를 돌렸다. 저런 감옥에 들어가는 것이 아니었는데, 이제야 후회가 밀려왔다.

한운석은 입술 끝을 살짝 올리며 차갑게 웃었다. 그 웃음은 위풍당당했고 나라를 온통 기울일 만큼 아름다웠다.

장평공주, 네 얼굴은 끝장이야!

조금 전 바닥에 쓰러지는 순간 장평공주의 발치에 독약을 뿌렸는데, 장평공주가 미끄러진 것도 그 때문이었다. 미끄러져 허리를 다친 것은 사소한 사건에 불과했고, 그보다 중요한 것은 독약이 장평공주의 다리와 얼굴에 독 버짐을 피우게 한다는 사실이었다. 피부가 까슬까슬하고 딱딱해지는 그 독 버짐은 지난날 한운석의 얼굴을 덮었던 종기보다 더 혐오스러울 것이다.

사람들이 사라진 것을 확인하자 한운석은 더는 참지 못하고 온몸을 오들오들 떨고 이를 딱딱 부딪쳤다. 코가 시큰시큰하고, 지독한 추위, 그리고 지독한 무력감에 눈물이 쏟아질 것 같았다.

바닥을 적신 냉수는 어느새 얇은 얼음판이 되었고, 심지어 몸 곳곳에도 얼음이 얼었다. 체온이 어디까지 떨어질지 걱정스러웠다. 한운석에게는 일어날 힘도 없었지만, 일어나도 소용이 없었다. 감옥 전체가 축축하고 꽁꽁 얼어붙었기 때문에 어디로 움직여도 다르지 않았다. 여기서 더 추워지면 몸의 모든 기능들이 느려지고 무뎌질 것이다.

이 순간, 의사가 나타나 침 몇 방으로 심장 박동을 빠르게 해 준다면 얼마나 좋을까. 그녀도 의사였지만 일반적인 의사가 아니었기에 가진 것이라곤 독약과 해약뿐이었다.

한운석은 별수 없이 해독시스템에서 독약 한 알을 꺼냈다. 몸에 열을 내게 하는 독으로, 얼어붙은 몸을 녹이고 체온도 높일 수 있었다. 몸에는 상당히 나쁘지만 이 방법밖에 없었다.

독약을 복용하고 나자 그녀는 힘이 쭉 빠져 바닥에 엎드렸다. 곧 독이 발작했고, 몸속에서 열기가 요동치며 바깥의 한기를 가로막았다. 열기와 한기와 서로 충돌해 싸우는 동안 한운석은 깊이 잠이 들었다.

누군가 감옥의 물을 닦아 내는 것 같더니, 코앞에 손을 가져와 생사를 확인하는 느낌이 들었다. 한운석은 어렴풋이 정신이 들었지만 눈을 뜰 힘이 없었다.

완전히 깨어났을 때는 이미 이튿날 저녁이었고, 열을 내는 독약은 해약 없이도 한기에 져서 물러간 상태였다. 이제 생명의 위험에서는 벗어났지만 여전히 추워서 몸이 덜덜 떨렸다. 독약 한 알을 더 먹고 싶었지만, 두 알이면 반드시 목숨을 잃게 된다는 사실을 누구보다 잘 알기에 그럴 수는 없었다.

주위를 둘러본 그녀는 어젯밤의 흔적이 깨끗이 치워진 것을 알 수 있었다. 아궁이에는 불이 붙었고 옆에는 따뜻한 음식과 깨끗한 옷까지 있었다.

이건…… 무슨 뜻일까?

한운석이 멍하니 생각에 잠겨 있는데, 고북월이 무언가를 들고 감옥 문 앞에 나타났다.

그랬구나!

고북월이 사사로이 형벌을 가한 증거를 찾아낼까 봐 두려웠던 북궁하택이 흔적을 말끔히 지우고 부족한 것 없이 대접한 것처럼 보이도록 꾸민 것이었다. 안내한 옥졸이 사라지자, 고북월은 한운석에게 급히 손짓을 했다.

"왕비마마, 어서 이쪽으로 와 주십시오."

그는 재빨리 웅크리고 앉아 가져온 냄비를 열고 뜨거운 탕을 조심조심 그릇에 따라 철책 틈을 통해 한운석에게 내밀었다.

"소관이 손수 끓인 것이니 따뜻할 때 어서 드십시오. 이곳은 너무 춥고 습하지만 이 탕이 추위를 쫓아 줄 겁니다."

고북월은 무척 단정한 사람으로, 입은 백의는 티 없이 깨끗하고 기질도 우아하여 이 어둡고 추운 감옥과는 전혀 어울리지 않았다. 하지만 한운석은 그를 보자 이루 말할 수 없는 친밀감이 솟구쳤다.

가까이 다가간 한운석은 고북월의 얼굴에서 마음에서 우러나는 관심과 연민을 느꼈다. 게다가 모락모락 하얀 김이 피어오르는 탕을 보자, 별안간 심장이 옥죄며 까닭 없이 괴로움이 밀려왔다. 어젯밤의 괴로움은 이제 다 지나갔다고 생각했는데, 어찌된 셈인지 갑자기 억울함을 이길 수가 없었던 것이다.

누군가 관심을 보여 주면 단단하던 마음도 나약하게 무너지는 것일까?

이곳이 춥고 습하다고? 단순히 춥고 습한 것이 아니라 죽을 만큼 추웠다! 추위를 쫓아 준다고? 뜨거운 탕 한 그릇으로 한 통 한 통 머리 위로 쏟아진 냉수를 막을 수 있을까?

그렇지만 여태 아무 교분도 없었던 이 남자의 한마디는 한운석의 마음을 따스하게 만들기에 충분했다. 어려서부터 아무도 그녀에게 이렇게 관심 어린 말을 해 준 적이 없었다. 그녀를 위해 추위를 물리치는 탕약을 끓여 준 사람은 더더욱 없었다.

따스함, 당신만 믿어요

고북월의 웃음은 사월의 봄바람처럼 따스했고, 그 얼굴을 바라보던 한운석은 문득 그의 눈동자가 무척 아름답다는 생각을 했다. 특히 웃을 때는 매력이 넘쳤다. 그는 이웃집 오라버니처럼 친절하고 다정했다.

"고 태의, 신경 써 줘서 고마워요."

한운석은 탕을 받아 한 모금 한 모금 계속 마셨다. 약탕이 정말 효과가 있었는지 금방 몸이 따뜻해지기 시작했다.

고북월은 한운석의 창백해진 얼굴과 마파람에 게 눈 감추듯 줄어드는 탕을 보자 어젯밤 있었던 일을 대강 눈치챘지만 캐묻지 않고 가엾은 눈빛을 띤 채 가만히 한숨만 쉬었다.

면회 시간의 제약 때문에 고북월은 한운석이 탕을 다 먹기를 기다리지 못하고 소리 죽여 말했다.

"왕비마마, 소관이 어젯밤에 직접 진왕부를 찾아갔습니다. 의태비께서는 부재중이셨지만 모용 낭자가 의태비께 알린다고 했으니 곧 풀려나실 겁니다. 제가 정해진 시간마다 사람을 보내 상황을 지켜보게 할 테니……."

여기까지 말한 그는 더욱 소리를 낮추었다.

"그들도 감히 사사로이 형을 가하지는 못할 겁니다."

한운석은 영문을 모르겠다는 듯이 고북월을 바라보았다.

"어째서?"

이 남자는 어째서 이토록 애쓰는 걸까? 솔직히 모르는 척 물러나도 아무 상관이 없는 사람이었다. 자꾸만 개입하면 공범으로 몰릴 수도 있다는 것도 모르는 걸까?

"어째서라니요?"

고북월도 어리둥절했다.

"어째서 이렇게 나를 돕느냐는 거예요. 당신과 아는 사이도 아닌데."

한운석이 담담하게 말했다. 뜻밖에도 고북월의 대답은 몹시 진지했다.

"왕비마마, 의원이 사람을 구하는 방법은 의술이 전부가 아닙니다. 소장군의 목숨이 왕비마마의 손에 달려 있고……."

고북월은 한층 부드러운 목소리로 담담하게 말을 이었다.

"더욱이 왕비마마의 목숨도 달려 있지요."

한운석은 잠시 멈칫했지만, 곧 감탄을 터트리며 같은 의원으로서 이런 생각을 하지 못한 스스로를 꾸짖었다. 모용완여가 의태비에게 보고할 리는 없었지만, 그녀는 고북월을 실망시키고 싶지 않아 그 이야기는 묻어 둔 채 차분하게 물었다.

"대장군부의 상황은 어떤가요?"

"어젯밤 장평공주께서 신의들을 불러왔으나 도움이 되지 않았지요. 오늘 아침에 목 대장군이 청해 가 보니 소장군의 상태는 여전했습니다. 소관이 목 대장군께 말씀을 드려 보았습니다만……."

"소장군의 상황은요?"

한운석이 가장 관심 있는 것은 그쪽이었다.

"여전합니다. 다만…… 만에 하나 독성이 영영 드러나지 않으면 왕비마마께서는……."

고북월은 말을 끝맺지 못했지만 한운석은 그가 무엇을 걱정하는지 알고 있었다. 만에 하나 목청무의 몸에 든 독성이 영영 드러나지 않으면, 용비야가 온다 해도 그녀가 누명을 벗을 수 있다는 보장이 없었다.

잠시 침묵하던 그녀가 진지하게 물었다.

"고 태의, 당신마저 나를 믿지 않는군요, 그렇죠?"

고북월은 그녀를 믿지 않는 것이 아니라 만에 하나 실수가 있을까 봐 걱정하는 것이었다.

"벌써 하루가 지났어요. 이틀 안에 반드시 독성이 나타날 것이고 그 독만 제거하면 소장군은 곧 깨어날 거예요! 계속 지켜보다가 독이 드러나기만 하면 곧바로 내게 알려 줘요."

한운석의 반짝이는 눈동자가 단호한 눈빛을 띠었다. 그녀는 고북월의 손을 잡고 몹시 진지하게 말했다.

"내 목숨을 갖고 장난치지는 않아요. 지금 날 도울 수 있는 건 당신뿐이에요!"

고북월은 뜻밖인 듯 무의식적으로 고개를 숙이고 그 손을 바라보았다. 그리고는 다시 그녀의 맑은 눈빛을 마주하며 빙그레 웃어 보이더니, 따뜻하고 큰 손으로 얼음장 같은 한운석의 조그마한 손을 덮으며 똑같이 진지하게 말했다.

"알겠습니다. 반드시 최선을 다하겠습니다."

한운석은 몹시 기뻤다. 다른 사람도 아닌데 못 미더울 까닭이 없었다. 그녀는 그제야 손을 놓고 자연스레 내려뜨렸다.

"반드시 자주 검사하고 독성이 드러나기만 하면 피를 채취해 내게 전해 주어야 해요."

"피를 채취하란 말씀입니까?"

고북월은 이해가 가지 않았다.

한운석이 금침 하나를 꺼내 보이며 말했다.

"받으세요. 이 금침에 피를 묻혀 오면 돼요. 배꼽 위 상처에 있는 피."

피를 채취해 독을 검사하는 것은 고북월도 당연히 알고 있었다. 하지만 이 감옥에는 도구도 없고 다른 약물도 없는데 무슨 수로 검사를 한다는 것일까?

고북월의 의아한 표정을 보자 한운석은 빙그레 웃었다.

"고 태의, 이제 이틀 남았어요. 내가 무사히 풀려나면 어떻게 독을 알아낼 수 있는지 알려 주겠어요."

고북월은 이런 상황에서도 웃음을 짓는 그녀에게 크게 탄복하여 따라 미소를 지으며 새끼손가락을 내밀었다. 한운석은 어리둥절했다. 설마 손가락을 걸고 약속하자는 건가?

"정말 궁금하군요."

고북월의 미소는 정말이지 근사했다. 한운석은 새끼손가락을 그의 손가락에 걸며 말했다.

"좋아요, 약속은 꼭 지키겠어요!"

고북월은 그녀가 커다란 수수께끼처럼 느껴졌다. 이 여인의 의술은 아버지인 한 신의만큼 대단하지 않지만, 해독 방면에서는 훨씬 뛰어났다.

한씨네 사람들도 이 사건을 알고 있을까? 오늘 아침 대장군부를 나올 때 하인들이 하는 이야기를 들으니, 장평공주와 목대소저가 한 나리를 청하러 한씨네로 갔다고 했다.

고북월이 급히 대장군부로 돌아갔을 때, 장평공주와 목유월은 한씨 집안의 주인이자 한운석의 아버지인 신의 한종안韓從安과 함께 와 있었다.

고북월이 방으로 들어가자 목청무를 진맥하던 한종안은 그를 보고 일어나 두 손을 맞잡고 읍을 했다.

"고 태의."

비록 고북월이 한종안보다 후배였지만, 수석 어의라는 신분 때문에 일개 평민인 한종안이 예의를 갖춘 것이었다.

한종안은 의술이 뛰어나 운공대륙 의학원에서 공부한 뒤 작년에 의학원 이사가 되었다. 본디 수석 어의라는 자리는 그의 차지가 되었어야 했지만, 몇 년 동안 태자의 괴병怪病을 치료하지 못하는 바람에 결국 태의원에도 들지 못하고 역사상 황족으로부터 가장 대우받지 못한 의학원 이사가 되고 말았다.

반면 고북월은 어려서 부모를 잃고 할아버지 손에 자랐는데, 할아버지가 바로 전임 수석 어의이자 운공대륙 의학원 이사였다. 고북월은 어렸을 때부터 천부적인 재능을 갖춘 데다 할아버지의 가르침까지 받아 수석 어의직을 맡을 자격이 있었다.

"한 백부님, 예의가 지나치십니다."

고북월은 두 손을 모아 마주 예를 갖추었다. 겸손하면서도 비굴하지 않고 기품 있는 태도였다.

한종안은 사양하지 않고 자리에 앉으며 물었다.

"마침 잘 왔네. 구체적인 상황을 들려주게나."

"한 백부님 의견부터 말씀해 주시면 어떻겠습니까? 제 설명을 들으면 판단에 영향을 줄 수도 있으니까요."

고북월은 온화하고 순해 보였지만 이 한마디로 단숨에 입장을 바꿔놓았다. 그가 이렇게 나오자 한종안도 우기지 않고 턱에 난 염소수염을 어루만지며 진지하게 말했다.

"대강의 상황은 목 대장군께 들었네만, 중독인지는 좀 더 논의해 볼 필요가 있네."

고북월은 곧바로 의견을 내지 않고 차분하게 물었다.

"어떤 논의 말씀입니까?"

한종안은 의혹 어린 눈길로 떠보듯 물었다.

"듣자니…… 운석이 중독이라고 진맥했다지?"

사실은 장평공주가 한씨네로 가기 전에 태후가 벌써 그를 부르러 사람을 보냈다. 비록 무엇을 어찌하라고 명하지는 않았지만, 그는 이미 눈치를 채고 있었다.

한운석은 감옥에 갇혔고, 목청무가 혼수상태에 있는 동안에는 혐의를 벗지 못하니 감옥에서 기다리는 수밖에 없었다. 그것이 바로 태후가 원하는 바였다. 게다가 병권을 쥔 목청무는 둘째 황자의 신하이자 벗으로, 철저한 둘째 황자파였고 둘째 황자는 바로 태자의 가장 강력한 적이었다. 목청무가 혼수상태에서 깨어나지 못하거나 아예 죽어 버리면, 가장 기뻐할 이들은 다름 아닌 태자파였다.

친딸의 목숨이 걸린 일이었지만, 한종안은 한씨 집안을 지키고 태후와 태자에게 공을 세우기 위해서라면 태후를 도와 한운석에게 누명을 씌우는 것쯤은 개의치 않았다.

그는 한참 동안 맥을 짚어 보았지만 병증을 알아내지도 못했고 중독 증상도 발견하지 못했다. 하지만 이미 한운석의 손을 거쳤다면 목청무가 어떻게 죽든 간에 모두 그녀의 책임이었다!

"한 백부님께서는 어찌 생각하십니까?"

고북월은 여전히 입장을 명확히 밝히지 않고 물었다. 황제 곁에서 일하는 동안 조정과 후궁의 이해관계를 훤히 알게 된 그는 갈수록 한운석과 자기 자신이 불리해지고 있다는 것을 알아차렸다.

늙은 여우인 한종안도 의견을 밝히지 않고 꾸짖기부터 했다.

"허어, 그 계집애는 어려서부터 아무것도 배운 적이 없는데 알면 뭘 안다고 나섰는지! 이 상처도 그 계집애가 칼로 배를 갈라 해독했던 것이라지?"

상처는 뒤처리가 무척 잘되어 있어 보통 사람의 솜씨가 아니었다. 장평공주가 말해 주지 않았다면 무슨 일이 있어도 한운석의 솜씨라고는 절대 믿지 못했을 것이다.

그 계집애가 어떻게? 약재조차 구분 못하는 폐물이었는데!

"한 백부님께서 상처를 살펴보셨다면 소장군의 병과 이 상처가 직접적인 관련이 없다는 것은 알아보셨겠지요?"

고북월이 대답하지 않고 반문했다.

한종안은 염소수염을 매만지며 잠시 망설이다가 태연하게 말했다.

"그건…… 꼭 그렇지는 않네. 아무튼 지금으로서는 병증을 알아낼 방도가 없으니 말일세."

그 순간, 물처럼 고요하던 고북월의 눈동자에 경계의 빛이 스쳤다.

목청무의 몸에 난 상처는 이 사건의 관건이었다. 한운석이 직접 치료한 것이니 이 상처가 지금의 병과 관련이 없다는 것을 증명하면 한운석은 무죄였다. 반면 이 상처 때문에 문제가 생겼거나 이 상처 때문에 목청무가 목숨을 잃는다면, 한운석은 감옥에서 평생을 보낼 운명이었다. 한종안은 한운석의 친아버지인데도 뜻밖에 한운석의 치명적인 약점을 물고 늘어진 것이었다.

"한 백부님께서 그리 말씀하시니, 진왕비께 죄가 있는지 아닌지는 좀 더 기다려 보아야겠군요……."

고북월의 말투는 여전히 부드러웠지만 이 한마디는 한종안의 음흉한 속내를 정확히 찌르고 있었다. 고북월은 목청무의 상처를 살피고 맥을 짚어 한종안이 아직 수작을 부리지 않았다는 것을 확인한 뒤 차분하게 말했다.

"목 대장군, 보아하니 한 신의께서는 태자뿐 아니라 소장군도 치료하지 못하실 것 같습니다. 다행히 소장군의 상태는 아직 괜찮습니다. 하루 이틀 안에 깨어나실 테니 제가 곁에서 지키지요!"

한참 동안 침묵을 지키던 목 대장군은 이 말을 듣자 대뜸 주먹을 휘두르며 버럭 소리를 질렀다.

"나가! 모조리 썩 꺼지란 말이다! 아무짝에도 쓸모없는 것들!"

대장군의 불같은 성질은 조정에서도 정평이 나 있었고, 그에게 맞아 몸이 망가진 문관도 있었다. 한종안은 죽음이 두려워 허둥지둥 달아났지만, 고북월은 자리에서 일어나 격노한 목 대장군을 똑바로 바라보며 종이 한 장을 내밀었다. 흰 바탕에 검은 글씨로 쓰인 그것은 바로 목숨을 바치겠다는 각서였다!

"목 대장군, 제 목숨을 걸고 말씀드리겠습니다. 소장군은 이틀 안에 깨어나실 것이고 제가 구할 수 있습니다. 그렇지 못하면 제 목숨으로 갚지요!"

문약한 학자 같은 고북월이었지만 한마디 한마디에 힘이 넘치고 죽음조차 두려워하지 않는 용기가 담겨 있었다. 격노한 목 대장군의 주먹은 허공에 못 박혔다가 한참, 아주 한참이 지난 다음에야 마침내 아래로 내려갔다. 목 대장군은 이를 악물고 말했다.

"좋네. 한 번 더 기회를 주지!"

그때, 한종안은 이미 멀리 달아나 고북월이 한 말이 무슨 뜻인지 곰곰이 생각하고 있었다. 그 자는 뭘 의심하는 것일까? 고북월이 있는 한 목청무에게 손을 쓰기는 쉽지 않았다. 만에 하나 목청무가 깨어나면 모든 것이 끝이었다.

한종안이 골머리를 앓으며 원락을 나서는데 마침 장평공주와 목유월이 맞은편에서 걸어왔다. 아침에 만났을 때만 해도 멀쩡하던 장평공주가 지금은 면사로 얼굴을 가리고 있었다.

"공주마마, 무슨……?"

한종안이 의아한 목소리로 물었다.

"별일 아니에요. 그런데 왜 나왔죠? 청무 오라버니는 어쩌고?"

장평공주가 다급히 물었다.

어젯밤 감옥에 다녀왔다가 무슨 더러운 것이 옮았는지, 아침부터 장평공주의 얼굴과 다리가 근질근질하기 시작하더니 곧 두드러기가 난 것처럼 붉은 점이 나타나기 시작했다. 얼굴은 그녀에게 가장 소중한 보물이었기 때문에 남몰래 태의를 불러 보였는데, 태의가 두드러기이니 하루면 나을 것이라고 하기에 안심하고 약만 바른 채 급히 나왔다가 한종안과 마주친 것이었다.

달아날 기회를 주마

"휴⋯⋯."

한종안은 고개를 설레설레 저었다.

"소장군의 증세가 참으로 복잡하여 며칠 기다리면서 상황을 지켜보아야 말씀드릴 수 있겠습니다."

그 말에 장평공주는 버럭 화를 냈다.

"한종안, 대체 어찌된 거예요! 어쩜 이렇게 무용지물인지! 태자 오라버니도 치료하지 못하고, 청무 오라버니도 치료하지 못하는데 신의는 무슨 신의! 형편없는 돌팔이 같으니, 당장 황조모께 말씀드릴 거예요!"

이 어리석은 공주는 오로지 목청무를 살려 내고 한운석을 해칠 생각만 할 뿐, 자신이 태후의 바둑돌에 불과하다는 사실은 전혀 알지 못했다.

한종안은 끓어오르는 노기를 꾹꾹 누르며 참을성 있게 설명했다.

"노여움을 푸십시오. 고 태의도 밝혀내지 못하는 병이 아닙니까. 이것 참⋯⋯ 고 태의는 언제까지 기다리려는지 모르겠군요. 만에 하나 시기를 놓치면⋯⋯."

직접적으로 고북월을 겨냥한 말이었다. 그가 일부러 뒷말을 흐리자 장평공주와 목유월은 더럭 겁이 났다. 목유월은 장평공주보다 훨씬 영리했기 때문에 단번에 그 말을 알아듣고 초조하게 말했다.

"공주, 고 태의는 한운석과 같이 치료를 했던 사람이에요. 한운석에게 죄가 있으면 고 태의에게도 죄가 있다고요! 아버지는 뭐 하러 그런 사람에게 오라버니를 맡기셨담!"

"맞아! 고 태의도 공범이지!"

장평공주가 무릎을 탁 치는데, 갑자기 움직이는 바람에 하마터면 다시 허리를 삐끗할 뻔했다. 아직 미끄러진 상처가 다 낫지 않은 탓이었다.

그녀는 허리를 주무르면서 말했다.

"곧장 대리시에 가서 그 자를 고발해야겠어!"

한종안은 고개를 끄덕였다.

"공주마마, 그럼 소인은 돌아가서 의학원 이사들과 상의한 뒤 내일 다시 오겠습니다."

의학원 사람들은 보통 사람이 아니었다. 운공대륙 의학원은 의술에 몸담은 모든 이들이 동경해 마지 않는 곳으로 온 대륙의 의학 정예들이 모여 있었고, 특히 백 살이 넘은 늙은 이사는 운공대륙 의학계의 대부나 마찬가지였다!

이 때문에 그 말을 들은 장평공주와 목유월은 몹시 기뻐했다.

"좋아요, 좋아! 좋은 소식을 기다릴게요!"

"이제야 오라버니가 살아나게 됐군요! 때가 되면 아버지께 말씀드려 고 태의를 쫓아내라고 해야겠어요!"

"잘됐다. 가자, 유월. 대리시에 가서 고발해야지!"

장평공주는 영원한 우상 청무 오라버니가 무사하리라는 생각에 기분이 좋아져 당당하게 돌아섰고, 목유월은 찰거머리처럼 그녀의 뒤를 졸졸 따라갔다. 의학원의 이사가 대단하기는 하지만 신선은 아닌 데다 수차례 태자를 진맥하고도 여태 치료하지 못했다는 사실을, 두 사람은 전혀 염두에 두지 않았다. 멀어지는 두 사람의 뒷모습을 바라보는 한종안의 입가에 한줄기 냉소가 피어올랐다. 세상에 낫지 못하는 병은 많고도 많은데, 태자의 병 때문에 그것조차 모르는 멍청한 자들에게 질릴 정도로 무시를 당했던 그였다. 또다시 그런 꼴을 당할 수는 없었다.

고북월이 쫓겨나고 다른 태의가 불려오면, 목청무를 영영 깨어나지 못하게 하는 것쯤 손바닥 뒤집듯 쉬운 일이었다. 그렇게만 된다면 그 더러운 물에 직접 손을 담글 필요도 없었다.

쯧쯧쯧, 한운석, 너는 네 어머니를 죽이고 우리 집안이 태후와 진왕부 사이에 끼어 옴짝달싹 못하게 만들었다. 그러니 이번에는 집안을 위해서 뭐라도 해야지.

멀리 감옥에 있는 한운석은 자신의 이런 위험한 처지를 알리가 없었다. 고북월이 감시자를 보냈고, 북궁하택도 어제 일로 가슴이 철렁하여 다시는 그녀에게 형을 가하지 못했기 때문이었다.

그런데 오후가 되자 예상 밖의 사람이 찾아왔다.

그때 한운석은 온돌 위에 웅크려 손가락을 꼽으며 시간을 셈하던 중이었다. 오늘밤이나 내일쯤이면 반드시 목청무의 몸에 있는 독이 드러날 것이고, 고북월이 제때 피를 가져오기만

한다면 당장 해독하지는 못해도 잠시 목숨을 부지할 정도의 약은 지을 수 있었다.

그녀는 언제쯤 고북월이 찾아올까 하며 기다리고 또 기다렸다.

그런데 간수 하나가 다가와 입구를 지키던 옥졸에게 뭐라고 속닥이자, 옥졸들이 우르르 물러갔다. 한운석은 눈썹을 살짝 올리며 무시하려 했지만 뜻밖에도 그 간수가 감옥 문을 열고 들어왔다.

누가 뭐라 해도 중범重犯인 한운석이 갇힌 곳에 일개 간수가 들어오다니!

그 간수는 쉰 살 정도에 온화한 얼굴을 하고 있었다. 그는 불안한 듯 주위를 휘휘 둘러보고 아무도 없다는 것을 확인하고서야 서둘러 그녀에게 다가왔다. 한운석은 경계의 눈초리로 그를 바라볼 뿐 아무 말도 하지 않았다.

그런데 간수는 가까이 오자마자 바닥에 털썩 엎드리는 것이었다.

"은인 아기씨, 아아, 은인 아기씨! 이 늙은이가 결국 아기씨를 뵙게 되는군요! 평생 못 보는 줄만 알았습니다."

어라……?

한운석의 머리는 몸의 본래 주인의 기억을 완벽하게 가지고 있었다. 문 밖으로 한 발짝도 나가지 않고 종일 괴롭힘만 당하던 그 폐물 추녀는 천하의 몹쓸 짓을 한 적도 없지만, 그렇다고 좋은 일을 한 적도 없었다.

"노인장, 할 말이 있으면 이러지 말고 일어나서 하시오."

한운석이 온돌에서 내려와 그를 부축했지만 간수는 감격에 겨워 일어나려 하지 않았다.

"은인 아기씨, 아기씨는 제가 누구인지 모르실겁니다. 하지만 저는 알지요. 아기씨는 천심부인의 따님이 아니십니까? 이제 진왕께 시집가시어 진왕비가 되셨지요."

천심부인……

한운석은 본래 주인의 기억만 이어받았을 뿐 진짜 그녀는 아니었지만, 그래도 천심부인이라는 이름은 항상 무시할 수 없는 따스함으로 마음속에 남아 있었다. 천심부인은 그녀의 어머니이자, 뛰어난 의술을 가진 진정으로 어진 의원이었다. 그리고 그녀를 낳다가 난산으로 죽었다.

"은인 아기씨, 아기씨 어머니께서는 저희 가족의 목숨을 살려 주신 은인이십니다. 그해 섣달 말, 서쪽 교외의 낙하촌에 역병이 창궐해 저희 가족이 모두 병에 걸렸는데, 아기씨 어머니께서 치료해 주셨지요. 그분이 아니었다면……, 그분이 안 계셨다면 저희는 산 채로 불에 태워졌을 겁니다!"

간수는 그렇게 말하며 목멘 소리로 말을 이었다.

"좋은 사람은 어찌 그리 목숨이 짧은지……. 이 늙은이가 은혜를 갚기도 전에 천심부인께서는 그만……."

그는 정말로 마음이 아픈 듯 늙은 눈에서 눈물을 뚝뚝 흘렸다.

"노인장, 의원이 세상을 구하는 것은 당연한 일이오. 그것이 어머니의 본분이었으니 너무 마음에 두지 마시오. 노인장이 행복하게 사는 것이 어머니께 보답하는 가장 좋은 방법이오."

한운석은 그렇게 말하며 간수를 일으키려 했지만 간수는 끝내 고집을 부렸다.

"은인 아기씨, 이 늙은이는 아기씨께 은혜를 갚으러 왔습니다. 아기씨가 이 감옥에서 돌아가시는 것을 두 눈 시퍼렇게 뜨고 보고 있을 수는 없습니다!"

그 말에 한운석은 깜짝 놀랐다.

"내가 이곳에서 죽다니?"

간수는 긴장한 채 뒤를 돌아보고 사람이 없는 것을 확인한 뒤에야 한운석의 손을 꼭 잡으며 소리 죽여 말했다.

"은인 아기씨, 이 늙은이는 아기씨가 들어오실 때부터 찾아오려고 했습니다. 그런데 어젯밤 당직을 서면서 북궁 대인이 하시는 말씀을 몰래 들었는데 높은 곳에 계시는 분이 아기씨의 목숨을 원한다고 하시지 뭡니까!"

"나도 아오."

한운석은 살며시 간수의 손을 뿌리치며 태연하게 웃었다. 그녀가 죽기를 바라는 높은 사람이야 한둘이 아니었다. 그러나 간수는 바짝 긴장해서 말했다.

"은인 아기씨, 태후마마께서 아기씨의 목숨을 원하신답니다. 목 소장군을 죽이고 아기씨에게 죄를 씌우려고 한다는 겁니다."

한운석이 별 반응이 없자 간수는 다급하게 채근했다.

"아기씨는 목 소장군이 둘째 황자의 사람이라는 것을 모르실 겁니다. 태후마마께서는 이 참에 태자를 위해 목 소장군을 제거하시려는 겁니다!"

그제야 한운석도 깜짝 놀랐다. 하지만 그녀가 놀란 부분은 태후의 의도가 아니라 이 간수가, 감옥에 갇힌 죄인들을 지키는 한낱 간수가 너무 많은 것을 알고 있다는 사실이었다.

간수는 긴장한 듯 문가로 달려가 바깥을 살핀 뒤, 아무도 없는 것을 확인하고 다시 돌아와 겁먹은 목소리로 말했다.

"은인 아기씨, 오늘밤에도 제가 당직을 섭니다. 아랫사람들도 잘 구슬려 놓았고, 제가 알고 있는 비밀 통로도 있으니 아무 걱정 말고 저만 따라오십시오. 여기서 이제나저제나 기다리시면 안 됩니다. 그들은 내일 소장군이 죽자마자 당장 달려와 아기씨를 죽이고 자살로 가장할 것이라고 했다니까요."

"나를…… 풀어 주려는 것이오?"

한운석은 의아한 듯 물었다.

"맞습니다. 밤을 틈타 몰래 달아나는 겁니다. 은인 아기씨를 모실 마차도 이미 준비해 두었으니 가능한 멀리멀리 떠나서 영원히 돌아오지 마십시오."

간수가 간곡하게 말했다.

"지금 달아나면 죄를 지었다고 인정하는 꼴이고, 평생 누명을 쓰고 살아야 하오."

미안하지만, 어려서부터 고아였던 한운석은 인심이 얼마나 무서운지, 세태가 얼마나 야박한지 숱하게 겪었다. 그런 그녀가 낯선 사람을 쉽사리 믿는다는 것은 불가능한 일이었다. 더욱이 달아나는 것은 오진誤診을 인정한다는 의미였고, 이는 의원에게 있어 치욕 중에서도 지독한 치욕이었다. 그리고 백번 양보해도 태후가 그렇게 쉽게 목청무를 죽일 것이라고는 믿을 수가 없었다. 이 간수는 그녀를 아직도 세상 물정 모르고 바깥 경험 한번 못한 예전의 한운석이라고 생각하는 걸까?

"은인 아기씨, 지금은 누명 같은 것을 걱정하실 때가 아닙니다. 목숨부터 살려야지요, 목숨부터요!"

간수는 몹시 초조해했다.

"내가 달아나면 당신은 어쩔 것이오? 남을…… 해치는 일은 할 수 없소."

한운석이 일부러 '남을 해치는 일'이라는 말을 강조하자, 간수는 슬그머니 시선을 피하면서 다시 간곡하게 말했다.

"이 늙은이의 목숨이 무슨 값어치가 있겠습니까? 천심부인께서 일가족의 목숨을 살려 주셨으니, 제 목숨을 바쳐 보답해도 지나치지 않습니다!"

간수는 몹시 격앙되어 뜨거운 눈물을 글썽였다. 그런데 한운석이 불쑥 물었다.

"내가 뭘 보고 당신을 믿겠소?"

응……?

순간, 간수는 당황해서 그 자리에 뻣뻣하게 굳었다.

"으…… 은인 아기씨, 그…… 그게 무슨……, 제…… 제가……."

켕기는 데가 있는지, 그는 우물쭈물하며 한참 동안 제대로 해명하지 못했다. 이 모습을 보자 한운석은 짚이는 것이 있어 입가에 쌀쌀한 웃음을 떠올렸다.

"노인장은 연세가 지긋해 버티기 힘들 것이오. 그만 가 보시오."

한운석은 그렇게 말하며 다시 온돌 위로 올라갔다. 컴컴한 어둠 속에서 맑고 환하게 반짝이는 눈빛이 불꽃처럼 자신을 바라보자, 간수는 그녀를 똑바로 마주보지도 못했다.

"그…… 그럼 은인…… 은인 아기씨, 부디 몸…… 몸조심하십시오."

간수는 억지로 정신을 가다듬으며 허둥지둥 물러났다. 한운석은 물끄러미 그 뒷모습을 바라보면서, 저 말에 속아 달아났다면 대리시를 나서기 무섭게 죽임을 당했을 것이라고 생각했다.

대체 누구지? 누가 이런 간교한 수작을 생각해 냈을까?

감옥에서 나간 간수는 곧바로 옥졸 두 명에게 붙잡혀 밀실로 끌려갔다. 밀실에는 장평공주와 목유월, 그리고 북궁하택이 잡담을 나누고 있었다. 돌아오는 그를 보고 장평공주가 재빨리 몸을 일으키며 물었다.

"어떻게 됐어? 그러겠다고 해?"

그녀는 고북월을 고발하러 찾아온 김에 북궁하택에게 한운석을 꼬드겨 달아나도록 하는 묘책을 내준 것이었다. 어젯밤 한운석의 기를 꺾기는커녕 허리를 삐고 두드러기까지 얻은 장평공주는 어서 빨리 한운석에게 살인죄를 뒤집어씌우고 싶어 몸이 달아 있었다.

간수가 황급히 꿇어앉으며 말했다.

"공주마마, 진왕비는 너무 눈치가 빨라 그만…… 그만 실패하고 말았습니다!"

기대에 가득 찼던 장평공주는 잔뜩 실망해 홧김에 발길질을 해 댔다.

"쓸모없는 놈 같으니라고, 저리 꺼져!"

북궁하택이 옆에 있던 옥졸에게 눈짓을 하자 옥졸들이 간수를 데리고 나갔다.

장평공주는 두 눈을 가늘게 뜨고 흉흉한 눈빛으로 북궁하택을 향해 목을 긋는 시늉을 해 보였다. 죽이라는 뜻이었다.

"안 됩니다!"

북궁하택은 즉각 거절했다.

"공주마마, 절대 안 됩니다. 할 수 있었다면 어젯밤에 벌써 했겠지요……. 아무튼 이곳에서 죽으면 대리시는 감당할 수가 없습니다. 더욱이…… 태후마마께는 뭐라고 하실 겁니까?"

"내가 있는데 무슨 걱정이에요? 황조모皇祖母께서도 어서 빨리 저 여자가 죽기를 바라신다고요!"

장평공주는 입술을 삐죽거리며 차갑게 말했다.

"그렇다고 해도 이곳에서 죽게 할 수는 없습니다. 진왕부에서……."

북궁하택이 말을 끝맺기 전에 목유월이 퍼뜩 생각난 듯 말했다.

"공주마마, 북궁 대인. 제게 좋은 생각이 있는데 한 번 들어보시겠어요?"

시작했으면 끝장을 봐야지

목유월이 나지막이 뭐라고 속삭이자, 장평공주와 북궁하택의 얼굴이 환해졌다. 북궁하택은 즉시 엄지를 치켜세웠다.

"묘계로군요! 목 대소저는 과연 총명하십니다!"

"잘했어, 유월. 성공하면 큰 상을 줄게!"

장평공주는 음흉한 웃음을 띠며 북궁하택에게 가서 준비하라고 분부했다.

한운석, 이번에는 진짜 죽지 않고는 못 배길걸!

한운석은 오후 내내 초조하게 기다렸지만, 끝내 목청무의 소식은 없었다.

어느새 하늘이 캄캄해졌다.

또 하루가 지났으니 내일이 마지막 날이었다. 기다리다 지친 한운석은 고북월이 피를 채취해 달려오는 중이라고 착각하기까지 했다. 하지만 저녁 식사 시간이 되어 나타난 것은 한기를 없애주는 탕약을 들고 온 동자였다. 고북월이 달인 약탕임을 한눈에 알아본 한운석은 마음 한쪽이 따스해지는 것을 느꼈다. 고북월은 확실히 세심한 사람이었다.

"소장군의 상태는 어떠니?"

한운석이 소리 죽여 물었지만 동자는 고개를 저었다.

"오늘은 왕비마마의 아버지께서 다녀가셨는데, 그분이 떠나신 뒤로 고 태의께서는 줄곧 소장군의 곁에서 한 발짝도 떨어지지 않으셨어요."

"아버지께서 다녀가? 뭐라고 했니?"

그를 염두에 두지도 않았던 한운석은 다소 긴장했다. 한종안이 태후의 개라는 것은 도성에서 모르는 사람이 없었다.

"저도 잘 몰라요. 따뜻할 때 드세요, 왕비마마."

동자도 오래 머물 수는 없었기 때문에 한운석은 재빨리 탕을 받아 마셨다. 동자가 소리 죽여 말했다.

"한 신의가 병을 밝혀내지 못해 목 대장군이 펄펄 뛰셨어요. 고 태의께서도 틀리면 목숨을 내놓겠다는 각서를 썼기 때문에 겨우 남아 계실 수 있었고요."

그 말에 한운석은 움찔했다. 어쩐지 눈시울이 뜨거워졌다.

"왕비마마, 고 태의께서 이렇게 전하라 하셨어요. 아무 걱정하지 않으셔도 되니 마음 푹 놓으시고 몸조리 잘 하시면서 기다리시라고요."

한운석의 머릿속에 물처럼 부드러운 고북월의 눈동자가 자연스레 떠올랐다. 초조하고 불안하던 마음이 까닭 없이 차분하게 가라앉았다. 고북월, 오늘밤이면 그가 올까?

이런 밤에 마음 편히 잠들 수 있다면 이상한 일이었다.

한밤중이 되었지만 한운석은 여전히 정신이 말똥말똥했다. 그녀는 자신의 판단이 틀리지 않았다고 굳게 믿었고, 오늘밤이나 내일 아침, 그 하룻밤 안에 자신과 목청무의 운명이 판가름

날 것이라고 생각했다.

고북월만이 두 사람의 유일한 희망이었으니, 고북월에게 아무 일도 없기를 바랄 뿐이었다.

한운석은 기다리고 또 기다렸다. 이윽고 하늘이 어슴푸레하게 밝아 올 무렵, 감옥 밖에서 몹시 다급한 발소리가 들려왔다. 어둠 속이라 누구인지 알아볼 수가 없어, 한운석은 몹시 흥분하면서도 마음을 가다듬고 묵묵히 기다렸다.

곧 환하게 빛이 흘러들어왔다. 정말 고북월이었다!

한운석은 뛸 듯이 기뻐하며 온돌에서 뛰어내렸지만 옥졸이 있어 큰 소리를 낼 수는 없었다.

고북월은 옥졸들에게 은자를 쥐어 주며 밖으로 내보냈다. 면회 시간이 아니었으니 적잖은 은자를 썼을 것이 분명했다. 옥졸들이 사라지자 고북월은 한운석보다 더 안달하며 금침을 내밀었다.

"말씀하신 것을 가져왔습니다! 자, 어서 받으십시오!"

"독이 발작했나요?"

한운석이 나지막이 물었다.

"예, 정말 말씀대로였습니다. 고열이 계속되고 입술과 혀가 퍼렇게 되기에 피를 채취해 곧바로 달려오는 길입니다. 목 대장군도 이제 겨우 저희를 믿게 되어 지금 소장군 곁을 몸소 지키고 계시지요."

고북월은 비록 독을 잘 알지 못했지만, 목청무의 맥상이나 안색으로 보아 극독이라는 것은 알 수 있었다. 극독에 당하면 시간과의 싸움이라는 것은 누구나 아는 상식이고, 한시 바삐 해약을 가지고 가서 구하지 않으면 며칠간의 노력이 수포로 돌아갈 것이 뻔했다.

한운석은 두말없이 돌아서서 금침을 해독시스템에 넣고 검사했다. 그 결과는 너무 놀라 자지러질 정도였다.

"만사독萬蛇毒이군!"

"만사독?"

고북월은 들어보지도 못한 이름이었다.

"세상에서 제일 독성이 강한 뱀독 열 가지를 뽑아내 혼합한 거예요. 이런 독은 몸속 아주 깊숙이 잠복해 있는데 일단 발작하면 한 시진 안에 목숨을 잃어요!"

한운석은 더 자세히 설명할 겨를이 없어 당장 해독시스템에서 해약 몇 첩을 지어 냈다.

"받아요, 이 약은 독이 발작하는 속도를 잠시 늦출 뿐이니 일단 그에게 먹인 뒤 해약을 만들도록 해요. 반드시 반 시진 안에 해약을 만들어야 해요. 그렇지 않으면……."

한운석은 그 '만약'에 대해서 말할 틈도 없어 부랴부랴 고북월에게 약방문을 알려 주고 내보냈다.

이곳에서 나갈 수만 있다면 직접 침술로 배독을 했겠지만, 그럴 수가 없었기 때문에 약으로 화독을 하는 수밖에 없었다. 다행히 약을 짓는데 필요한 약재는 고북월이 어렵지 않게 구할 수 있는 것들이었다.

대리시에서 대장군부까지 가려면 시간이 필요하고, 약을 달이는데도 시간이 걸리니 모든 것은 시간과의 싸움이었다. 이 싸움에서 이기면 모든 것이 만사형통이었다.

반대로 이 싸움에서 지면 두 사람의 목숨이 사라질 것이다!

그렇잖아도 안절부절못하던 고북월은 그 말을 듣자 인사조차 못한 채 약을 받아 달려갔다.

그런데!

뜻밖에도 그가 몇 걸음 옮기기도 전에 북궁하택이 옥졸 몇 명을 거느리고 몸소 나타났다.

"고 태의, 어쩐지 댁에 안 계신다 했더니, 이 깜깜한 밤중에 이리 와 계셨구려."

고북월은 속이 타들어가는 것 같았지만 겉으로는 평온한 표정을 지어 보였다.

"무슨 일로 이 몸을 찾으셨습니까, 북궁 대인?"

뜻밖에도 북궁하택이 손을 들자 옥졸들이 달려와 고북월을 붙잡았다.

"북궁하택, 이게 무슨 짓이오?"

고북월이 차갑게 물었지만 북궁하택은 큰소리로 대답했다.

"목청무 오진 사건에서 네가 한운석과 결탁했다는 의심이 들어 붙잡아 심문하려는 것이다."

감옥에 있던 한운석은 그 말을 듣고 기가 막혀 죽을 것 같았다. 저자들은 일부러 저러는 게 분명해!

"폐하께서 임명하신 태의를 잡아 가두다니, 누가 그런 권한을 주었소?"

고북월은 전혀 흔들리지 않고 매서운 눈빛으로 노려보았지만, 북궁하택은 두 손을 높이 들어 하늘을 향해 읍을 하는 자세를 갖추며 말했다.

"태후마마이시다!"

"증거는 있소? 목 대장군은 이미 이 몸을 믿고 있소. 지금 당장 소장군을 해독하러 가야 하는데 감히 내 앞을 막으면 뒷일을 보장하지 못할 것이오!"

언제나 온화하던 고북월이 마침내 분노를 터트렸다. 지금, 목청무와 한운석의 목숨이 그의 손에 달려 있기 때문이었다!

그러나 북궁하택은 코웃음을 쳤다.

"하하하, 터무니없는 소리! 한 신의가 의학원 이사들을 청해 대진하려는 중이니 포기해라!"

"놓아라! 놓지 않으면 소장군이 죽는다! 폐하를 뵙겠다! ……북궁하택, 최근 폐하의 용체가 미령하시어 반드시 내가 곁에 있어야 하오. 잘 생각해 보시오!"

고북월은 포기하지 않고 발버둥을 쳤지만 닭 한 마리 죽일 힘도 없는 일개 의원이 건장한 옥졸을 이겨낼 리 만무했고, 그의 목소리는 금세 음산한 복도 속으로 사라졌다.

장평공주는 일찍부터 북궁하택에게 부황이 진노하시면 자신이 책임지겠다며 당장 고북월을 잡아들이라고 재촉해 왔다. 하지만 북궁하택은 고북월의 신분이 마음에 걸려 우물쭈물 미루고 있다가, 조금 전에야 황제가 건강이 좋아져 고북월의 휴가 신청을 허가했다는 것을 확인하고 한밤중에 나타나 그를 체포한 것이었다.

"여봐라, 공주마마께 아무 소란 없이 일이 잘 끝났다고 보고 드려라."

북궁하택은 하품을 하며 말하고는, 눈빛을 번쩍이며 물러가라는 손짓을 했다. 사람들은 금세 흩어졌고 불빛도 사라졌다.

한운석도 더 이상 참지 못하고 철책을 힘껏 걷어찼다. 말로는 이 분노와 초조함을 표현할 길이 없었다. 그녀는 마음을 가라앉히기 위해 계속 심호흡을 하며 이리저리 왔다 갔다 했다.

딱 한 시진, 즉 두 시간밖에 남지 않았는데 어떻게 해야 하지?!

고북월이 돌아오지 않으면 목 대장군이 이상하게 여기지 않을까? 무슨 일인가 싶어 사람을 보내지 않을까? 언제쯤 보낼까? 대장군부의 사람이 와서 약을 받아 가면 시간에 맞출 수 있을까?

고북월 없이도 해약에 필요한 약재를 단시일 내에 구할 수 있을까? 만에 하나 목 대장군이 고북월에게 속았다고 생각한다면 어떡하지?

냉정함은 의사의 가장 기본적인 소양으로, 의사라면 죽음 앞에서도 냉정할 줄 알아야 했다. 하지만 지금 이 순간 한운석은 완전히 폭발해 버렸다!

기다릴 수는 없었다. 목숨을 두고 도박을 할 수도 없었다.

시간은 조금씩 조금씩 흘러가고 있었다. 양손으로 철책을 움켜쥔 한운석의 심장은 쿵쿵쿵 자꾸만 속도를 더해갔다. 지금 그녀의 모습은 우리에 갇힌 짐승이나 다를 바 없었다.

그런데 바로 그 순간, 검은 그림자가 그녀 앞으로 툭 떨어졌다.

한운석은 처음에는 어리둥절했지만, 곧 흑의에 복면을 쓰고 큰 칼을 쥔 사람을 발견하고 황급히 뒤로 물러났다.

"누구냐?"

"한운석, 누군가 돈을 주며 너를 꺼내 달라고 했다. 잔소리 말고 따라 나와라."

그렇게 말한 흑의인이 큰 칼을 휘둘러 커다란 자물쇠를 싹둑 잘라 버리더니 감옥 안으로 들어왔다.

자객일까? 아니면 정말 탈옥시켜 주러 왔을까?

원수들은 그녀를 영원히 감옥에 처박아 두려고 안달인데 돈을 쓰면서까지 탈옥을 시키려 할 리 없었다.

하지만 오전에 찾아왔던 간수가 떠올라 아무래도 더럭 의심이 일었다. 이렇게 달아나면 죄를 짓고 달아났다는 오명을 뒤집어써야 했다.

그녀는 피하려고 했지만 흑의인이 재빨리 어깨를 붙잡았다. 한운석은 발버둥치고 소리를 지르려다가 갑자기 좋은 생각이 들어 입을 다물었다.

이건 기회야! 감옥을 벗어나 목청무를 구할 기회!

"대협, 죽이지 마세요. 따라갈 테니 제발 죽이지 말아 주세요!"

한운석은 일부러 겁먹은 척해 보였다.

"순순히 따라오면 죽이지 않겠다."

흑의 자객 역시 한운석이 소란 피우지 않기를 바랐다. 한운 석은 연신 고개를 끄덕였고, 자객은 그녀를 데리고 감옥을 나와 대문으로 향했다. 걸어가는 동안 한운석은 옥졸과 우두머리 간수들이 수없이 쓰러져 있는 것을 보았다. 이 흑의 자객이 앞 길을 막는 족족 죽여 버린 것 같았다.

대문에 도착했을 때 옥졸 몇 명과 마주쳤지만, 무공이 고강 하고 용감하기 짝이 없는 흑의 자객은 그들을 하나하나 쓰러뜨 린 다음 한운석을 데리고 대리시 대문을 통과했다.

의사의 눈은 몹시 날카로워 사소한 흔적도 놓치는 법이 없 었다. 처음부터 의심쩍게 생각하던 한운석은 여기까지 오는 동 안 이 자객이 북궁하택의 사람이라고 확신했다. 그녀가 탈옥하 도록 유도하여 죄를 짓고 달아났다는 누명을 씌우기 위해서 보 낸 것이었다.

흑의 자객은 대문을 벗어난 뒤에도 멈추지 않고 한동안 달 리다가 대리시에서 멀리 떨어진 골목에서 멈추었다.

"나를 어디로 데려가려는 거죠?"

한운석이 두려워하는 목소리로 물었다.

자객은 냉소를 흘렸다.

"진왕비, 나를 보낸 분이 너를 죽이고 싶어 하신다. 하지만 반드시 감옥 밖에서 죽어 줘야 했지. 하하하, 미안하구나."

말을 마친 그는 다짜고짜 한운석의 목을 향해 칼을 휘둘렀 다. 한운석이 황급히 피하자 자객은 가소로운 듯이 웃었다.

"날이 곧 밝을 것이다. 그만 저승길로 가거라!"

그러나 다시 칼을 쳐들었을 때, 별안간 손이 바르르 떨리고 순식간에 힘이 빠지면서 들고 있던 큰 칼이 '땡그랑' 소리를 내며 바닥에 떨어졌다. 그와 동시에 다른 쪽 손과 두 다리 역시 근육이 오그라들면서 힘이 빠졌고, 용감하던 흑의의 자객도 그 자리에 쿵 쓰러지고 말았다.

　"너…… 너……."

　바닥에 널브러진 흑의의 자객은 너무 놀란 나머지 말조차 제대로 잇지 못했다.

응급 상황, 일분일초를 다투는 일

한운석의 얼굴에서 겁먹은 표정이 싹 사라지고 표현할 길 없는 분노가 그 자리를 대신했다. 그녀는 자객의 얼굴을 힘껏 짓밟으며 외쳤다.

"너는 무슨 너? 저승에나 가라지! 북궁하택에게 가서 이 빚은 반드시 갚겠다고 전해!"

그녀는 의사, 그것도 해독 전문 의사였다. 듣기 좋으라고 의사라고 부르지만 사실은 독 전문가로, 누군가를 해독할 수도 있지만 누군가를 중독시키는 것 또한 손쉽게 할 수 있었다. 흑의 자객은 그녀를 끌고 이곳까지 오면서 전혀 경계를 하지 않았으니, 그 틈에 독을 쓰지 않았다면 이 직업에게 미안한 일이었다.

일단 대리시 감옥에서 나온 이상 죽든 살든 죄를 짓고 달아났다는 오명을 쓰는 것은 이미 정해진 결과였지만, 시간이 촉박하니 무슨 짓이라도 해야 했다. 어차피 뒤집어 쓸 죄목이라면 사실로 만들어 주는 수밖에!

한 시간 가까운 시간을 버렸으니 이제 한 시간밖에 남지 않았다. 한운석은 골목을 벗어나자마자 목 대장군부를 향해 필사적으로 달렸다. 가녀린 몸으로 새벽녘 희뿌연 안개 속을 질주하는 모습이 꼭 어린 사슴 같았다.

"전하, 아…… 아무래도 왕비마마이신 것 같습니다."

초서풍이 쭈뼛거리며 말했다.

그와 진왕은 약재를 구하러 떠났다가 막 도성으로 돌아오는 길에 미친 듯이 달려오는 진왕비와 딱 맞닥뜨린 것이었다. 다행히 재빨리 몸을 숨겨 그녀와 부딪히는 일은 없었다.

지금 두 사람은 길가 지붕 위에 숨어 있었다. 용비야는 움직이기 편한 하얀 비단 옷을 입었는데, 그렇게만 꾸며도 멋이 줄줄 흐르고 도도한 매력이 흘러 넘쳤다. 그는 매끈한 눈썹을 살짝 모으며 두말없이 뒤를 쫓았다.

저 여자가 이 꼭두새벽에 무슨 일로 저렇게 달리고 있지? 누군가에게서 달아나기라도 하는 중인가?

한운석은 온힘을 다해 달리고 또 달렸다. 사람 목숨을 구하러 가는 길이니 단순히 달아날 때보다 더 빨리 달려야 했다.

젠장, 대리시는 왜 이렇게 대장군부에서 먼 거야?

그녀 스스로도 자신이 얼마나 무시무시하게 질주하고 있는지 알지 못했다. 겨우 대장군부 대문 앞에 다다른 그녀는 숨이 찬 나머지 소리 내어 부를 수도 없어 문고리를 잡고 마구 흔들어 댔다.

곧바로 문을 연 문지기가 그녀를 알아보고 기겁을 했다.

"진왕비마마……, 어떻게? 고 태의는 어떻게 되었습니까?"

한운석은 여전히 숨만 쌕쌕거렸다. 어차피 말을 할 수도 없으니 차라리 하지 말자 싶어 문지기를 밀어내고 안으로 달려들어가는데, 그 순간 뒤에서 끔찍한 고함소리가 들려왔다.

"한운석, 네가 어떻게 여기 있지? 거기 서!"

저 듣기 싫은 목소리, 장평공주말고 또 있을까?

한운석은 움찔했지만 뒤돌아보지 않고 냅다 달렸다. 장평공주가 냅다 소리를 질렀다.

"너희들, 어서 저 여자를 쫓아! 한운석이 탈옥했다!"

따르던 시종 몇 명이 허둥지둥 쫓아 들어갔고, 장평공주도 치맛자락을 걷어 올리고 달렸다.

그녀는 방금 북궁하택에게 고북월을 잡아 가두었다는 소식을 듣고 한종안을 찾아갔다가, 한종안이 아직 의학원 이사들의 소식을 기다리는 중이라며 그사이를 맡아 줄 태의 한 명을 추천했기에 그 자를 데리고 장군부를 찾아온 참이었다.

한운석은 다시 한 번 젖 먹던 힘을 발휘하여 목청무의 방으로 질주했고, 시종들과 장평공주가 뒤를 쫓느라 고요하던 대장군부는 왁자지껄 소란스러워졌다.

한운석은 지금껏 살아오면서 이렇게 빨리 달려 본 적이 없었다. 어찌나 힘껏 달렸는지 목청무의 방문 앞에 이르러서도 멈출 수가 없어 하마터면 문에 들이박을 뻔했다.

다행히 손이 닿을 정도의 거리에서 멈출 수 있었다.

쾅쾅쾅! 쾅쾅쾅!

그녀는 숨을 헐떡이며 미친 듯이 문을 두드렸다.

몸소 아들 곁을 지키고 있던 목 대장군이 황급히 문을 열더니 한운석의 모습을 보고 소스라치게 놀랐다.

"아니……, 한운석 네가 어떻게? 고북월은 어찌 되었느냐?

널 찾아 가지 않았느냐?"

그는 고북월이 돌아오지 않아 사람을 보냈으나 찾으러 간 사람까지 돌아오지 않기에 애를 태우면서도 차마 아들 곁을 뜰 수가 없어 어쩔 줄 모르고 있었다. 그런데 갑자기 한운석이 나타났으니 어리벙벙해지는 것도 당연했다.

한운석은 도저히 말을 할 만한 상태가 아니었기 때문에 안을 가리키며 들여보내 달라는 손짓을 했다.

그때, 뒤에서 장평공주의 외침이 들려왔다.

"한운석……, 한운석 거기 서지 못해? 목 장군, 들여보내지 마세요! 그 여자는 감옥에서 달아났다고요! 어서 붙잡아요!"

도대체 무슨 일이지?

하지만 무슨 일이든 간에 제일 중요한 것은 아들의 해독이었다.

목 대장군은 고북월이 목청무의 상처에서 새까만 독혈을 채취하고, 목청무의 입술이 새까매지는 것을 직접 목격했다. 비록 의술이나 독에는 일자무식이었지만 독이 발작했다는 것은 그 역시 알 수 있었다. 설사 한운석에게 믿음을 잃었다 해도, 이 순간에는 그녀를 믿어 볼 수밖에 없었다.

한운석이 중독이라고 하자 진짜 중독 증상이 나타났고, 한운석이 며칠 안에 독성이 드러날 것이라고 하자 진짜 독이 발작했다. 지난번 아들의 몸속에 있던 독침도 한운석이 뽑아내지 않았던가?

생각할수록 이상한 일이었다. 한운석이 진맥한 증상을 한종안은 전혀 알아보지 못했고 의학원 이사들과 대진을 하자니 어쩌니 하면서 여태껏 얼굴을 들이밀지 않으니 그럴 만도 했다.

독을 제거하는 것은 몹시 시급한 일이었다!

누구든지 아들의 독만 없애 준다면 조상처럼 떠받들어 모셔도 억울하지 않았다!

이렇게 생각한 목 대장군은 고북월이 떠나기 전 남겼던 경고를 떠올렸다. 태후가 친히 체포령을 내려 한운석을 잡아 가두었으니 무슨 수를 쓰더라도 증거를 만들어 낼 것이라는 경고!

그 증거란 다름 아닌 목청무였다!

조정의 당파 싸움은 몹시 치열했다. 목 대장군이 바보 멍청이가 아닌 이상, 태자 일당이 아들이 쥐고 있는 병권을 노린 지 오래라는 사실은 이미 알고 있었다. 쫓아오는 장평공주와 그녀의 사람들을 보면서 여기까지 생각이 미친 목 대장군은 즉각 결단을 내려 한운석을 방안으로 휙 끌어당긴 뒤 밖으로 나가 문을 쾅 닫고 자물쇠까지 철컥 채웠다!

문이 잠긴 뒤 장평공주의 시종들이 도착했지만, 목 대장군이 흉신 악귀같이 사나운 눈빛으로 문 앞에 떡 버티고 선 것을 보자 평소 공주만 믿고 거드름을 부리던 시종들마저 겁을 집어먹고 서로서로 미루며 머뭇거렸다.

장평공주는 숨이 차서 더는 뛰지 못하고 헐떡거리며 힘겹게 걸어왔다. 한참 동안 심호흡을 한 다음에야 겨우 숨을 고른 그녀가 명령했다.

"목 장군, 당장 문을 여세요!"

"공주마마, 이곳은 아들의 침실입니다. 이렇게 아침 일찍 무슨 일이십니까?"

목 대장군이 불쾌한 목소리로 묻자 장평공주는 깜짝 놀랐다.

대체 왜 저래? 한운석을 찢어 죽이고 싶을 만큼 미워했잖아? 청무 오라버니를 저 꼴로 만든 게 누군데!

"목 대장군, 미쳤어요? 한운석 같은 죄인을 들여보내다니, 대체 뭘 하려는 거죠?"

장평공주가 분노하며 외쳤다.

"고 태의가 치료하고 있으니 방해하지 마시지요!"

목 대장군도 예의 차리지 않고 외쳤다.

장평공주는 아연실색하여 마구 고함을 쳤다.

"목 대장군, 눈이 삐었어요? 아닌 척해 봐야 장군이 한운석을 들여보내 주는 것을 내가 똑똑히 봤어요. 말해 두지만 한운석은 탈옥한 죄인이에요. 그런 자를 숨겨 주겠다는 거예요?"

"공주께서 잘못 보셨습니다. 진왕비는 감옥에 갇혀 있는데 어떻게 이곳에 나타날 수 있겠습니까?"

목 대장군은 뻔뻔하게 거짓말을 했다. 아들을 위해서라면 이런 거짓말쯤은 밥 먹듯이 할 수 있었다. 아들만 깨어난다면 못할 일이 없었다.

"이⋯⋯!"

장평공주는 기가 막혔다.

"내가 분명히 봤다니까요! 거짓말하지 말아요!"

"맞습니다. 일품의 고관이신 장군께서 그렇게 뻔한 거짓말을 하시면 안 되지요!"

시종들도 황급히 맞장구를 쳤다.

목 대장군은 눈을 부라리며 외쳤다.

"본 장군이 일품의 고관이라는 것을 알면서 감히 입을 놀려? 썩 물러가지 못할까!"

시종들 얼굴이 잿빛이 되어 장평공주 뒤로 물러났다.

장평공주는 입을 삐죽였다.

"흥, 어쨌거나 나는 똑똑히 봤어요. 당장 들어가야겠어요!"

말을 마친 그녀가 정말 억지로 밀고 들어가려 하자 목 대장군은 방문에 바짝 붙어 서서 양팔을 쫙 벌렸다.

"청무는 병이 무거워 휴식이 필요한데 누가 감히 들어가려는 것입니까? 폐하께서 명하신 것이 아니라면, 내 이곳에서 죽을망정 아무도 문을 열 수 없습니다!"

방 안에서는 한운석이 다시 한 번 목청무의 몸을 스캔하여 독성의 깊이와 위치를 확인하고 있었다. 바깥에서 들려온 목 대장군의 이 말에 그녀도 겨우 마음이 놓였다.

다행히 저 늙은이가 아주 노망이 나지는 않았군.

이제 남은 시간은 겨우 30분, 약을 달여 먹이고 약재를 구해 해약을 만들기엔 늦은 시간이었다. 한운석이 직접 왔으니 당연히 침술로 배독을 해야 했다. 해독시스템으로 이리저리 스캔을 하니 금방 독소의 위치를 파악할 수 있었다.

"목 대장군, 이러다가 청무 오라버니가 죽는다고요!"

문 밖에서는 장평공주가 소리를 지르며 목 대장군의 팔을 붙잡아 끌어내려고 낑낑거렸지만 아무리 애를 써도 목 대장군의 몸은 꼼짝도 하지 않았다.

"아무리 그래도 한운석 혼자 두면 안 돼요. 내가 태의를 불러왔으니 어쨌거나 태의라도 들여보내세요! 한운석이 두 번이나 치료했지만 두 번 다 효과가 없었잖아요. 분명히 깨어난다고 했지만 지금껏 눈도 못 뜨고 있어요! 저 여자는 절대, 절대로 믿으면 안 돼요! 목 대장군, 제발, 이렇게 부탁할게요. 태의라도 들여보내 주세요!"

'태의? 태후마마께서 보내신 태의겠지.'

목 대장군은 속으로 냉소를 터트리며 산처럼 꿈쩍도 하지 않았다.

힘으로도 말로도 그를 움직일 수 없어 초조해진 장평공주가 발을 동동 구르고 있는데, 때마침 목유월이 사람들을 이끌고 달려왔다. 사람들이란 다름 아닌 북궁하택 일행이었다.

자객을 보내자는 묘계를 낸 것은 그녀였다. 자객을 시켜 한운석을 탈옥시키고 죽인 다음 병사들을 이끌고 쫓아가 한운석의 시신을 찾아내면 한운석이 벌이 두려워 달아나려다가 불행하게 목숨을 잃은 것으로 만들 수 있었는데, 뜻밖에도 연약한 여자인 한운석이 자객의 칼을 피해 달아난 것이었다. 목유월이 소식을 전하지 않았다면 북궁하택은 어디서 한운석을 찾아야 할지 전혀 몰랐을 것이다.

북궁하택이 관병들을 데리고 나타나자 장평공주는 몹시 기뻐 다급히 소리를 질렀다.

"북궁 대인, 한운석은 바로 저 안에 있어요! 당장 잡아요!"

목 대장군도 북궁하택을 보자 상황이 좋지 않다는 것을 알았다. 할 수만 있다면, 쓸데없는 짓을 한 목유월을 천장에 매달아 놓고 매질을 하고 싶을 지경이었다!

난세는 무신의 천하이지만, 태평성대는 문신들의 천하였다. 무신은 그 상대가 되지 않았고, 자칫하면 모반을 꾀한다는 누명을 쓸 수도 있었다!

그사이 방 안에서는 한운석이 만사독의 정확한 위치를 찾아냈다. 독은 가슴 부위에 모여 있었고, 몸속 깊은 곳에서 발작을 일으킨 상태였다. 심장과 무척 가까운 위치였기 때문에 당장 침을 쓰지 않고 조금이라도 지체하면 끝장이었다.

그래도 늦지 않게 도착했다는 사실에 한운석은 무척 기뻤다.

문 밖에서 나는 소리는 무시하려 애쓰면서, 그녀는 마음을 가라앉히고 정신을 집중하여 필요한 크기의 금침들을 꺼내 한쪽에 늘어놓고, 곧바로 목청무의 옷을 벗기고 혈도를 찾았다.

"목 대장군, 이 몸은 죄인을 체포할 책임이 있으니 부디 자리를 비켜 주시지요."

북궁하택이 예의 바르게 말했다.

"죄인은 이곳에 없소. 그만 돌아가시오."

목 대장군은 그의 체면도 무시한 채 꼼짝하지 않았다.

"장평공주께서 죄인이 들어가는 것을 똑똑히 보셨다고 하셨는데, 설마하니 장평공주께서 거짓말을 하신다는 말씀입니까?"

북궁하택이 다시 물었지만, 목 대장군은 대답하지 않고 다른 쪽으로 고개를 돌렸다.

"목 대장군께서 비협조적이시니, 무례를 저지를 수밖에 없구려!"

예의를 갖추던 북궁하택의 목소리가 단박에 차가워졌다.

"여봐라, 목 대장군을 비켜서시게 하고 안으로 들어가 수색하라!"

그의 명령이 떨어지자 관병들이 우르르 달려가 목 대장군을 끌어내려 했다. 북궁하택은 장평공주와는 달랐다. 그에게는 달아난 죄인을 체포할 권리가 있었고, 관병을 동원할 명분도 있었다.

"감히!"

목 대장군이 분노에 찬 소리를 지르자 사람들은 움찔 놀라 함부로 다가가지 못했다. 그는 대장군이고, 휘하에 수십만 명의 병사를 거느린 사람이었다!

"태후의 명을 받들어 죄인을 체포하러 왔는데 대체 무엇들 하느냐?"

북궁하택도 노발대발했다.

구세주 등장, 고분고분 기다려라

방 안에서는 한운석이 첫 번째 침을 놓고 있던 참이었다. 무시하고 싶었지만 바깥의 말다툼 소리가 계속 귓가를 어지럽혔다. 이 결정적일 때에 저들이 뛰어들기라도 하면 상황은 더욱 나빠질 것이다. 저들은 어김없이 그녀가 두 차례나 목청무를 해치려 했다고 주장할 것이 뻔했다!

설상가상으로 침술을 사용한 배독은 서두르지 않고 혈도 하나하나에 순서대로 침을 놓아야 하는 작업이라 절대 방해를 받으면 안 되었다.

목 대장군, 무슨 일이 있어도 버텨야 해요!

귀밑머리가 식은땀으로 촉촉이 젖는 것도 모른 채, 한운석은 이를 악물고 다시 한 번 정신을 집중해 두 번째 침을 놓았다.

북궁하택의 위세에 관병들이 분분히 다가들자 목 대장군은 눈살을 잔뜩 찌푸렸다. 참다못한 그는 충동적으로 차고 있던 검을 쑥 뽑으며 외쳤다.

"게 있느냐, 소장군을 보호하라!"

그 말이 떨어지자 방 옆쪽에서 병사 한 무리가 우르르 달려왔다. 모두 긴 창을 들고 있었다.

이를 본 북궁하택은 '헉' 하고 놀란 숨을 들이키더니 화를 내며 물었다.

"목 장군, 이건 무슨 뜻이오? 병사를 움직일 생각이오?"

목 대장군이 이렇게 나올 줄은 아무도 몰랐기 때문에 주위에 있던 모든 사람들이 놀라 입을 떡 벌렸다.

'장수가 바깥에 나가 있을 때는 군주의 명도 받지 않는다'는 말이 있지만, 목 대장군은 지금 도성에 있었고 황제의 명령 없이는 병사를 움직일 수 없었다. 게다가 그 휘하의 병사들은 대부분 도성 밖에 주둔해 있었고, 호위를 위해 저택에 남은 병력은 극히 일부였다. 그 병사들이 관병에 대항할 수 있을까? 더군다나 북궁하택은 체포 명령을 받았으니 명분이 있지만, 목 대장군은 태후의 명을 거역했으니 공공연히 모반을 하는 셈이었다. 목 대장군도 이런 행동이 뒤탈을 가져올 것은 알았지만, 아들의 목숨을 살리려면 그 어떤 희생도 치를 각오가 되어 있었다!

"목 대장군, 나는 명을 받고 죄인을 체포하러 온 사람이오. 그런데 감히 병사를 움직여 대항하다니, 정말 모반이라도 할 셈이오?"

북궁하택이 매섭게 다그쳤다.

"아버지!"

갑자기 목유월이 소리쳤다.

"아버지, 제발 냉정해지세요!"

다른 쪽에서는 집사와 하인들이 어쩔 줄 모르는 얼굴로 서 있었다. 상황이 이 지경까지 될 줄은 그 누구도 예상하지 못했다. 아무리 소장군을 위해서라지만 병사를 움직여 상대방에게 트집잡을 구실을 내주는 것은 잘못되어도 한참 잘못된 일이었다!

이 일이 황제에게 전해지면 어떻게 될까? 모반죄, 특히 장수의 모반은 구족을 몰살시키는 중죄였다! 조정에 대장군에게 꼬투리를 잡으려는 자들이 어디 한둘인가?

가족이 이렇게 말하자 화가 머리끝까지 났던 목 대장군도 마침내 냉정을 되찾고 흉흉하게 북궁하택을 노려보았다. 마음속에 착잡한 슬픔이 번졌다. 신하된 자의 슬픔, 이것이 바로 그의 최대 약점이었다. 황제가 아무리 그를 신임하더라도 이유 없이 병사를 움직이거나 관부에 대항하면 그의 앞에 펼쳐지는 것은 오직 죽음뿐, 해명할 여지조차 없었다. 따지고 보면 태평성대에 무장이란 이 도성에서 가장 쓸모없는 사람이었다.

목 대장군은 이를 갈며 검을 내려놓았고 병사들도 별수 없이 물러났다.

이 상황을 보자 북궁하택은 몹시 기뻐하며 눈짓을 했다. 사납고 건장한 관병 몇 명이 목 대장군을 붙잡자, 목 대장군은 힘이 부쳐서가 아니라 무장이라는 이유만으로 반항하지 못했다.

목 대장군을 끌어낸 북궁하택은 소인배처럼 득의양양했다.

"안심하시오, 목 대장군. 한운석을 찾아내더라도 죄인을 숨겨 준 죄를 묻지는 않을 것이오. 오히려 체포에 공을 세웠다고 보고하겠소! 하하하!"

목 대장군은 분노가 치밀어 으드득 소리가 나도록 이를 악물며 북궁하택을 노려보더니, 장평공주를 향해 슬피 외쳤다.

"공주마마, 청무는 정말로 중독되어 서둘러 해독해야 합니다. 한운석이 틀린 것이 아닙니다. 지금 그녀는 청무의 목숨을 구하고 있는 중입니다!"

하지만 장평공주는 한운석 같은 폐물을 믿지 않았다.

"귀신에 단단히 홀렸군요! 그런 허튼소리를 하다니!"

그녀는 이렇게 대답하고 다급히 외쳤다.

"태의! 어서 태의를 데려와, 어서!"

북궁하택의 눈동자에 그림자가 졌다. 태후가 이 기회에 목청무의 목숨을 거두어야 한다는 밀명을 내렸는데 마침 한운석이 이곳에 있으니 죄인으로 몰아붙이기에 딱 좋았다.

"여봐라, 자물쇠를 끊어라!"

북궁하택이 매섭게 외쳤다.

쾅!

거대한 충돌음에 한운석은 깜짝 놀라 생전 처음 침을 잡은 손을 떨었다.

아직 금침 몇 개가 손에 남아 있었지만, 손은 심장과 마찬가지로 바르르 떨리고 있었다. 문 밖에서 사각사각 소리가 나는 것을 보니 저들이 자물쇠를 자르고 있는 모양이었다. 조금 있으면 문을 열고 뛰어들 것이다!

바로 그 순간, 한운석의 눈빛이 차분하게 가라앉고 사랑스러운 입술이 단호하게 닫혔다. 곱고 작은 얼굴에서는 그 누구도 함부로 대할 수 없는 차가운 위엄이 흘러나왔다.

그녀는 한 손으로 계속 침을 놓으면서 다른 손으로 목청무가 지니고 있던 비수를 뽑아 쥐었다.

10분만 더 있으면 독소를 모두 빼낼 수 있었다. 그 10분을 위해서라면 무엇도 아깝지 않았다. 누군가 방해하려 하면 목청무를 인질로 삼을 것이다. 그래도 방해하려는 자가 있는지 어디 두고 보자!

시간은 째깍째깍 흘렀다. 하지만 한운석은 사각사각 소리가 끝난 뒤 문 밖이 조용해진 것을 깨달았다. 밖에서는 아무 소리도 들리지 않았고, 아무도 안으로 들어오려 하지 않았다.

이게…… 어떻게 된 일일까?

문 밖은 조용하기만 할뿐 아니라 아무 소리도 기척도 없었다. 무슨 일이라도 벌어진 것 같았지만, 짚이는 데가 전혀 없어 차라리 무시하기로 했다. 어쨌든 기척이 없는 편이 기척이 있는 것보다는 나으니, 이틈에 독을 빼내야 했다.

방해가 사라지자 전보다 훨씬 집중할 수 있어 속도도 빨라졌다. 금침을 순서대로 알맞은 혈도에 꽂았더니 얼마 지나지 않아 목청무의 심장 부위는 스무 개가 넘는 금침이 빽빽하게 들어섰다. 하얗던 피부가 차츰차츰 불그스름해졌다가 점점 색이 짙어지고, 마지막에는 시뻘겋다 못해 검붉게 물들었다.

이를 본 한운석은 몹시 기뻤다. 독이 빠져나오기 시작한 것이다. 그녀가 다른 금침을 손에 드는 순간, 뜻밖에도 문 밖에서 일제히 외치는 소리가 들려왔다.

"진왕 전하, 천세, 천세, 천천세!"

어라……?

한운석의 손이 우뚝 멈추었다. 언제나 집중력이 높고 침착한 한운석이었기 때문에 무척 특수한 상황이 아니고서는 그녀를 방해하기란 쉽지 않았다. 그런데 저 외침을 듣는 순간 무의식적으로 고개를 돌린 것이다.

진왕?

한운석의 새신랑, 용비야?

세상에, 그 남자가 왔다고? 그래서 갑자기 조용해졌던 거야?

그가 왜 왔을까? 무슨 일로 왔을까? 이렇게 빨리 약재를 구해 해약을 만들어 달라고 온 걸까?

아무려면 어떤가, 그건 중요하지 않았다. 중요한 것은 신과 같은 저 우월한 존재가 나타난 이상 그녀는 안전하다는 사실이었다. 절대적으로 안전했다.

한운석은 '용비야, 당신은 운명이 맺어 준 나의 구세주예요!'라고 소리치고 싶은 것을 꾹 참았다.

용비야가 왔고 안전을 확신한 그녀는 밖에서 나는 소리들을 완벽하게 물리치고 전심전력으로 목청무의 독을 빼냈다.

그때 문 밖에서는 모든 사람들이 무릎을 꿇었고, 장평공주마저 몸을 숙인 채 마음대로 일어나지 못하고 있었다. 오랫동안 진왕을 애모해 온 목유월은 제일 뒤에 꿇어앉아 넋 나간 사람처럼 눈 한 번 깜빡하지 않고 용비야를 바라보았다. 마치 이 세상에 자신과 용비야만 남겨진 것처럼, 모든 일, 모든 사람들이 그녀의 머릿속에서 까맣게 지워져 버렸다.

이 자리에 있는 관병과 시종들은 대부분 용비야를 직접 마주한 적이 없었기 때문에 저도 모르게 간담이 서늘해져 고개를 푹 숙였다. 두렵기도 하지만 한편으로는 감격스럽기도 해서 고개를 들어 자세히 보고 싶었지만 차마 그럴 용기가 나지 않았다.

그는 신과 같은 존재였다!

빙문 앞에 아무렇게나 선 용비야의 훤칠한 몸은 산처럼 우뚝했고, 차갑고 단단한 윤곽선과 칼로 깎은 듯한 이목구비는 손 닿지 않는 높은 곳에 있는 제왕처럼 느껴졌다. 세상의 모든 위엄이 그의 눈동자에 모여든 것 같았다.

"모두 일어나라."

그의 목소리는 여느 때처럼 차갑고 강인했다. 사람들이 분분히 일어났지만 대부분 고개조차 들지 못했다.

한운석을 쫓아온 용비야는 줄곧 지붕 위에서 상황을 지켜보며 대강의 사태를 파악한 후였다. 싸늘한 시선이 북궁하택에게 떨어졌다.

"북궁 대인, 진왕비가 언제 탈옥한 죄인이 되었는가? 어째서 본 왕은 모르고 있지?"

북궁하택은 몸을 부르르 떨었다. 용비야의 얼음장 같은 시선을 받자 절로 고개가 푹 숙여지고 얼음굴에 떨어진 것처럼 몸이 떨렸다. 탈옥했다는 것은 곧 한 번 감옥에 갇혔다는 뜻인데, 지금 진왕은 어째서 자신의 허락도 없이 진왕비를 체포했는지 묻고 있는 것이었다.

"아…… 아룁니다, 진왕 전하. 그것이……, 그러니까……, 태후마마께서 친히 체포령을 내리셨습니다."

장평공주를 내세워 보았자 충분치 않았기 때문에 진짜 배후자를 밝힌 것이었다.

"그래서, 지금 태후마마로 본 왕을 위협하는 것인가?"

용비야의 싸늘한 목소리에 차가움이 좀 더 짙어졌다.

북궁하택은 놀라서 바닥에 엎드리며 말했다.

"아닙니다, 오해이십니다! 진왕 전하, 소신에게 머리가 백 개라 한들 어찌 감히 그런 짓을 하겠습니까? 사실은 소장군께서 자객을 만났는데 시위들이 쫓아갔을 때 소장군은 이미 인사불성이었고 진왕비마마께서 비수를 들고 소장군의 배를 겨누고 계셨습니다! 진왕비마마께서는 치료하던 중이라 하셨지만, 안타깝게도 수차례 치료를 해도 소장군은 끝내 깨어나지 못하셨지요."

"목 대장군, 그런 일이 있었는가?"

용비야의 차가운 눈빛이 목 대장군에게 옮아갔다. 성질 급한 목 대장군도 진왕 앞에서는 기가 죽어, 낮은 소리로 '맞습니다' 하고 대답한 것이 전부였다.

"지금 이 소란은 또 무엇인가?"

용비야가 다시 물었지만 목 대장군은 뭐라고 설명해야 좋을지 몰라 망설였다.

"말하라!"

용비야가 가차 없이 화를 냈다. 모든 사람들이 깜짝 놀랐고, 특히 목 대장군은 후들후들 떨면서 연신 머리를 조아리며 목청무의 독이 발작한 이야기를 포함해 그간의 일을 낱낱이 고했다.

"그렇다면 아무 증거도 없이 잡아 가두었다는 말이군. 더욱이 오늘도 치료를 하러 온 것 같은데 어찌 방해하는가?"

"아, 아닙니다! 태후마마께서도 신중하게 고려하셨습니다만, 아무래도…… 아무래도 진왕비마마께 혐의가 있다 보니 우선 소신에게 왕비마마를 가두고 다른 태의를 불러 진맥하기로 하신 것입니다."

북궁하택이 서둘러 변명했다.

"그럼요, 맞아요! 황숙, 황조모께서도 황숙모를 정말 예뻐하시지만 공연히 트집을 잡힐 수도 있어 공사公事를 공사답게 처리하신 거예요. 하물며 황숙모는 아직도 청무 오라버니를 깨어나게 하지 못했어요. 황숙모가 한씨 집안의 폐물이라는 것은 모르는 사람이 없는데, 그 솜씨를 어떻게 믿어요? 황숙, 일단 저희가 들어가서 볼게요. 만에 하나……."

말이 끝나기도 전에 용비야가 시선을 던지자, 장평공주는 겁을 먹고 입을 다물었다.

용비야는 뒷짐을 지며 뜻밖에 고개를 끄덕였다.

"음, 확실히…… 공사는 공사답게 처리해야지."

그 말을 듣자 북궁하택과 장평공주는 크게 안도했다. 장평공주는 진왕의 눈에 한운석은 하녀보다 못한 여자라는 사실을 잘 알고 있었다. 싫어해도 모자랄 판국에 보호할 까닭이 없었다.

분위기가 다소 풀어지자 북궁하택이 겁먹은 목소리로 입을 열었다.

"진왕 전하, 그렇다면 만에 하나를 대비해 태의를 들여보내는 것이……."

뜻밖에 진왕이 냉랭하게 그 말을 끊었다.

"만에 하나 치료를 방해하여 해독에 문제가 생기면 북궁 대인이 책임지겠나?"

그 말은…… 소장군의 목숨을 책임지라는 것일까, 진왕비가 죄인이 되는 것을 책임지라는 것일까?

북궁하택은 너무 놀라 심장이 철렁 내려앉는 것 같았다. 그때 목 대장군이 진지하게 외쳤다.

"진왕 전하, 소신은 왕비마마를 믿습니다! 왕비마마 혼자 치료하시도록 하시지요!"

고북월이 일깨워 준 덕택에 장평공주가 데려온 태의에게 믿음이 가지 않았던 것이다.

용비야는 문 앞에서 비켜서며 싸늘하게 사람들을 훑어보았다.

"또 들어가려는 자가 있는가?"

북궁하택과 목유월은 두려운 눈빛으로 장평공주를 바라보았다. 장평공주도 들어가고 싶은 마음은 굴뚝같았지만 그럴 용기는 없었다!

"아무도 없는 듯하니 북궁 대인도 기다려 주게."

용비야가 담담하게 말했다.

긴장, 그 결과는?

"아닙니다, 그 무슨 말씀이십니까."

'기다려 주게' 라니, 북궁하택으로서는 감당하기 힘든 대우였다.

그러나 용비야가 다시 말했다.

"진왕비가 목청무를 구하지 못한다면 내가 데려가 공사답게 처리할 것이고, 만약 목청무를 구한다면……."

그는 여기서 잠시 멈춘 뒤 확 차가워진 목소리로 말을 이었다.

"충분한 증거 없이 본 왕의 왕비를 가두었으니 공사답게 처리하더라도 원망 말게!"

북궁하택은 깜짝 놀라 정신이 명해졌다. 한운석이 목청무를 해치려 하는지 구하려 하는지는 그 역시 정확히 알지 못했고, 오로지 장평공주와 태후의 명에 따랐을 뿐이었다!

장내에 모인 사람들은 모두 놀란 가슴을 안고 기다렸다. 아무도 확신이 없었다. 장평공주와 목유월은 목청무가 무사하길 바라면서도 한운석이 혐의를 벗는 것이 싫어 갈등하고 긴장한 나머지 손수건이 찢어질 듯이 주먹을 움켜쥐었다.

하인들이 의자를 가져오자 용비야는 패기만만하게 문 앞에 앉았다. 만물을 지배하는 신처럼 거만한 자세였다. 그가 기다리겠다고 하면, 삼일밤낮이 흘러도 그를 건드릴 사람은 없었다.

북궁하택은 생각할수록 두려웠다. 그는 일개 대리시경이었고 다른 사람들과 달리 목청무의 생사는 그에게 아무 의미도 없었다. 이대로 있다가 만에 하나 목청무가 살아나면 끝장이었다.

안 돼, 어떻게든 들어가야 한다!

그런데 바로 그때, 용비야의 뒤에서 문 두드리는 소리가 났다.

안에서…… 문을 두드려?

순간 장내가 조용해지고, 모든 사람의 눈빛이 한곳으로 모였다. 문 두드리는 소리가 마치 그들의 심장을 '쿵, 쿵, 쿵' 하고 두드리는 것 같았다.

방안에는 목청무와 한운석 둘 뿐인데 누가 문을 두드리고 있을까?

용비야는 나른하게 일어나 손수 의자를 치웠다. 바깥으로 열게 되어 있는 방문 손잡이에는 아직도 망가진 자물쇠가 걸려 있었다.

한운석이 목청무의 독을 제거했을까? 목 대장군은 흥분과 긴장이 뒤섞인 마음에 당장 달려가 문을 활짝 열고 싶었지만, 진왕이 비킬 생각을 하지 않으니 초조한 마음을 억지로 달랠 수밖에 없었다.

용비야는 서둘러 문을 열기보다 의미심장하게 북궁하택을 바라보았다. 북궁하택은 심장이 밖으로 튀어나올 것처럼 쿵쿵 뛰었고, 두 다리에 힘이 빠지고, 눈앞은 새까매졌다. 결과가 무엇인지 모르지만 눈을 꼭 감고 외면하고 싶었다.

용비야는 쇠사슬을 풀고 빗장을 빼냈다. 모든 사람들의 시선이 그의 손에 꽂혔고, 그의 동작이 하나하나 진행됨에 따라 간담이 서늘해지는 느낌에 숨을 죽였다.

안에 있는 사람은 빗장 여는 소리를 들었는지 문 두드리기를 멈추었다. 덕분에 장내는 더욱 조용해졌고 사람들의 심장은 '쿵쿵, 쿵쿵' 하고 더욱 속도를 냈다.

용비야가 문을 당겨 활짝 열었다.

쾅!

그 순간, 북궁하택의 심장은 밖으로 튀어나올 뻔했다. 문 앞에는…… 건장한 몸에 짙은 눈썹과 커다란 눈, 이목구비가 깊고 뚜렷한 사람이 서 있었다. 얼굴은 종이처럼 하얬지만 두 눈에는 위풍이 남아 있고 정정당당한 빛이 흘렀다.

다름 아닌 소장군 목청무였다!

그가 깨어났다! 단순히 깨어나기만 한 것이 아니라 형형한 눈빛으로 입구에 서서 분노 어린 표정으로 북궁하택을 쏘아보고 있었다. 조금 전 해독이 끝나고 그가 정신을 차리자, 한운석은 상처를 싸매면서 그간 있었던 일을 모두 이야기해 주었다.

이 놀라운 광경에 사람들이 정신을 차리지 못한 사이, 목청무가 노성을 터트렸다.

"북궁하택, 이게 무슨 짓이오? 진왕비께서는 내 은인이신데 무슨 증거로 자객으로 몰고 오진을 했다고 모함했소? 무슨 증거로 그분을 잡아 가두었소? 그분이 계시지 않았다면 내 목숨은 진작 끊겨졌을 것이오. 그래, 그렇게 내가 죽었으면 좋겠소?"

세상에, 목청무가 깨어나다니! 한운석이 정말로 그를 치료하다니! 끝장이다, 끝장이야. 모든 것이 끝났다!

북궁하택은 다리가 후들거려 쓰러질 뻔했다.

"오해요! 소장군, 나는 억울하오. 진왕비마마께서 소장군을 치료하실 수 있는 줄은 정말 몰랐소!"

목청무는 화난 눈길을 목 대장군에게 돌렸다.

"아버지! 진왕비께서는 소자와 아무런 원한도 없는데 무엇하러 소자를 해치겠습니까? 그날 소자가 자객에게 독을 당했을 때 진왕비께서 도움의 손길을 내미셨습니다. 소자는 그분을 본 뒤 곧바로 정신을 잃었습니다!"

목 대장군은 부끄러움에 얼굴이 시뻘겋게 달아올랐다.

"이 아비가 걱정이 되어 그만……."

"어째서 그리 어리석으십니까! 하마터면 왕비마마와 소자를 모두 해칠 뻔하셨습니다!"

목청무가 나무라자, 진작 잘못을 깨달은 목 대장군은 황급히 바닥에 꿇어앉았다.

"내 잘못이다! 내가 틀렸구나!"

목청무는 정의감에 불타 몹시 분노했다. 상처를 누르고 문지방을 넘으며 계속 질책하려는데, 그제야 진왕 용비야가 서 있는 것을 보고 깜짝 놀라 급히 무릎을 꿇었다.

진왕이 있는 자리에서 그가 무슨 자격으로 큰 소리를 낼 수 있겠는가!

"됐다. 왕비는 어찌 되었느냐?"

용비야가 차갑게 물었다.

그때 한운석은 도구를 정리하고 손을 깨끗이 씻은 후 나오다가 용비야가 자신의 이름을 부르는 것을 들었다. 그 목소리가 낮고 듣기 좋기 때문인지, 아니면 자신의 이름이 듣기 좋기 때문인지 모르지만, 아무튼 그 소리를 듣자 유난히 마음이 편해졌다.

"신첩, 여기 있습니다."

한운석은 착한 왕비인 척 순종적인 얼굴로 걸어가 그의 곁에 고분고분 섰다.

모든 사람들의 시선이 목청무를 떠나 용비야와 한운석에게 쏠렸다. 알다시피 여기 있는 모든 이들이 혼례를 올린 후 함께 있는 두 사람을 본 적이 없었다. 특히 그들의 관계가 어떤지는 더더욱 아는 사람이 없었다. 조그마한 몸이지만 남다른 분위기의 한운석이 용비야 옆에 서니 마치 듬직한 나무에 기댄 자그마한 새처럼 보였다.

한운석이 진왕부에 들어가자 바깥에서는 온갖 나쁜 소문이 퍼졌고, 숫제 한운석이 진왕의 얼굴도 보지 못할 것이라 예측한 사람도 있었다. 그런데 의태비도 아닌 진왕이 친히 이곳에 나타났으니 확실히 깜짝 놀랄만한 일이었다.

혹시 한운석이 저 미모로 상황을 뒤집은 것일까? 진왕은 대체 한운석을 어떻게 생각하고 있을까?

"어째서 탈옥했느냐?"

용비야가 차갑게 물었다.

"탈옥이요? 탈옥은 죄인이나 하는 것이랍니다! 저는 죄가 없으니 탈옥은 아닐 테지요?"

한운석은 천진난만한 얼굴로 고개를 돌려 간절하게 물었다.

"북궁 대인, 명확히 말해 보시오. 내가 탈옥한 죄인이오?"

목청무는 정신이 든 후 한운석에게 모든 이야기를 들었고, 당사자인 그가 증인이 되면 황제라 해도 한운석에게 죄를 물을 수 없었다. 더군다나 용비야가 왔으니 억울하게 누명을 쓸 일도 없었다. 그가 제 얼굴에 먹칠하도록 가만두지는 않을 테니까. 덕분에 지금 한운석은 믿는 구석이 충분했다!

탈옥은 무슨?

질문을 받은 북궁하택은 머리를 박고 죽어 버리고 싶은 심정이었다.

"아닙니다, 아닙니다. 왕비마마께는 죄가 없으니 당연히 탈옥한 죄인이 아니지요."

"죄가 없는데 어째서 나를 가두었소?"

한운석은 진지하게 추궁했다.

북궁하택은 당황한 나머지 대답할 논리도 없고 해명할 말도 생각나지 않아, 그저 털썩 엎드려 머리를 조아렸다.

"오해였습니다. 모두가 오해입니다. 소관이 이렇게 절을 올리며 사죄를 드릴 테니 부디 목숨만은 살려 주십시오, 왕비마마!"

한운석은 아무것도 모르는 척 커다란 두 눈을 깜빡이며 말했다.

"전하, 북궁 대인의 말씀이 저를 모함했다는 뜻일까요?"

오해와 모함은 천지차이였다! 진왕의 정비를 모함한 죄는 어마어마한 대죄였다!

북궁하택은 머리를 조아리는 동작조차 뻣뻣해졌다. 울고 싶었지만 울고불고 난리를 쳐도 소용이 없으니 그저 계속 머리를 조아리며 빌 뿐이었다.

"진왕 전하, 살려 주십시오. 왕비마마, 살려 주십시오. 소관이 잘못했습니다, 정말 잘못했습니다!"

한운석의 눈동자에 증오가 떠올랐다. 그녀에게 찬물을 퍼붓고, 자객을 보내 죽이려 할 때 오늘 같은 날이 올 줄 생각이나 했을까?

오늘도 용비야가 때맞춰 나타나 막아 주지 않았더라면, 지금쯤 목청무는 독으로 죽었을 것이고 그녀 자신은 빼도 박도 못하고 죽어 마땅한 죄를 지었다는 판결을 받았을 것이다.

북궁하택이 아무리 머리를 조아려도 한운석은 전혀 동요하지 않았다. 남이 하나를 잘해 주면 열 개로 갚아 주고, 남이 되로 괴롭히면 말로 갚아 준다는 것이 그녀의 신조였다.

그녀는 의사이지 성모 마리아가 아니어서 좋은 사람 나쁜 사람 가리지 않고 모두 구해 줄 수는 없었다. 게다가 그녀는 여인이지 대장부가 아니어서 자신을 해친 사람을 마음 넓게 용서할 수도 없었다. 이제 용비야라는 강력한 후원자가 있으니 복수할 기회가 찾아온 것이다.

그녀는 차분한 얼굴로 장평공주를 바라보았다. 장평공주는 찔끔하여 목청무가 깨어난 것을 기뻐할 겨를도 없이 고개를 푹 숙였다.

하지만 속으로는 부득부득 이를 갈고 있었다! 그녀는 눈앞에 펼쳐진 사실을 도저히 받아들일 수가 없었다.

폐물 한운석이 나의 청무 오라버니를 구해 내? 한운석의 아버지도 못한 일인데, 한운석에게 그런 실력이 있을 리가 없어! 못 믿어!

청무 오라버니가 가슴을 붕대로 둘둘 말고 있는 것을 보니, 저 여자가 방 안에서 무슨 짓을 했는지는 상상조차 하기 싫었다.

여자가 남자의 맨몸을 보다니 부끄러운 줄 알아야지!

가장 받아들이기 힘든 일은 청무 오라버니가 깨어나자마자 침상에서 내려와 화를 냈다는 사실이었다. 이는 그가 한운석을 보호하기 위해 증인이 되어 주겠다는 말이 분명했다.

평소 청무 오라버니가 친누이동생인 목유월을 보호하는 것만 봐도 질투를 하던 장평공주였으니 다른 여자를 보호하는 모습이 눈에 찰 리 없었다.

장평공주가 고개를 숙일수록 그녀의 심장 역시 깊이를 모르고 가라앉았다. 생각하면 할수록 화가 치밀었다. 하지만 용비야는 살려달라는 애원이나 들으며 오래 머물 만큼 한가하지 않았다.

그는 북궁하택을 흘낏 노려본 후 차갑게 말했다.

"본 왕이 앞서 말했듯 공사답게 처리해야겠지. 누구 없느냐? 이 자를 이부로 호송하여 엄히 처벌하게 하라!"

그 말이 떨어지자 북궁하택 휘하의 관병들이 우르르 달려 나왔다. 단 한 번이라 해도, 진왕의 명령을 수행하는 것은 평생 다시없을 영광이기 때문이었다. 하지만 이 상황은 북궁하택의 뺨을 사정없이 후려갈기는 것이나 마찬가지였다.

북궁하택은 체면불구하고 장평공주에게 냅다 달려가 무릎 꿇고 애원했다.

"공주마마, 소관은 오직 공주마마의 명을 따랐을 뿐입니다. 소관 대신 해명해 주시고 용서를 청해 주셔야지요!"

진왕이 끼어들고 가장 중요한 인물인 목청무가 깨어났으니 태후 쪽은 알아서 발을 빼고 모든 책임을 나 몰라라 할 것이 분명했다. 일단 이부가 사건을 맡으면 북궁하택은 관직도 잃고 중형을 받게 될 것이다.

장평공주는 북궁하택을 뻥 걷어차며 호통쳤다.

"그래도 입은 살았나 봐! 네가 나를 부추기지 않았어? 어서 잡아가지 않고 뭘 해!"

북궁하택은 억울하다 외쳐 댔다.

"아닙니다, 제가 그런 것이 아닙니다! 목유……."

북궁하택의 말이 끝나기도 전에 목유월이 나서서 막았다.

"이 더러운 놈! 네 놈이 장평공주를 부추겨 오라버니의 목숨을 해칠 뻔했다! 진왕께서 명명백백히 밝히실 테니 억지를 써 봐야 소용없어!"

겉으로는 정의로운 척했지만 목유월의 속은 초조하게 타들어가고 있었다. 진왕이 진상을 알게 되면 자신을 나쁘게 볼까 봐 두려웠던 것이다. 하지만 그녀가 아무리 전력을 다해 연기를 해도 용비야는 마치 몸을 스치는 공기를 대하듯 그쪽을 쳐다보지도 않았다.

목유월의 연기에 불같이 화가 난 사람은 한운석이었다. 설사 그녀와 저 얼음장 같은 남자가 유명무실한 관계라고는 해도 어쨌거나 부부는 부부였는데 저렇게 대놓고 저 남자에게 잘 보이려 들다니, 숫제 그녀를 없는 사람 취급하는 것이나 다름없었다.

이렇게 생각한 한운석은 생긋 웃으며 끼어들었다.

"목 소저, 지금껏 내가 나쁜 마음을 품고 소장군을 해치려 했다고 우긴 것은 그쪽 아니었나?"

처벌이다, 호랑이 위세 빌리기

사람들 앞에서 허물이 들통 나자 목유월은 어쩔 줄을 몰랐다.

"그…… 그게…… 난 그냥 오라버니의 안위가 걱정되었던 거예요. 그런 상황에서 당신이 좋은 마음인지 나쁜 마음인지 누가 알아요……. 그런 손톱만한 허물을 갖고 치사하게!"

"이 고얀 것, 입 다물지 못해!"

'짝' 하는 날카로운 채찍 소리가 목유월의 말을 단단히 틀어막았다.

"아얏…… 아버지! 왜 때리세요!"

목유월의 손등에 난 상처에서 피부가 찢기고 살점이 떨어져 나갔다. 지난번 한운석이 입은 것보다 훨씬 심각한 상처였다.

목 대장군은 노기충천했다.

"아비가 때리는데 이유가 필요하냐? 조그만 것이 못된 것만 배워서, 오로지 사람을 구할 생각만 하신 진왕비를 함부로 판단하고 사사건건 적대시하더니 하마터면 네 오라비의 목숨을 해칠 뻔했다! 그런 못된 자식은 맞아야 해!"

말이 끝나기 무섭게 또다시 채찍이 날아들었고, 목유월의 몸에도 또다시 상처가 났다. 목유월은 깜짝 놀라 두 팔로 머리를 감싸 안고 엉엉 울었다.

"때리지 마세요! 아버지, 제가 잘못했어요! 흑흑…… 다시는 안 그럴게요, 다시는요!"

목 대장군은 채찍을 내던지고 한운석 앞에 무릎을 꿇었다.

"왕비마마, 아들을 구해 주셔서 감사드립니다!"

말을 마친 그는 쿵쿵 소리가 나도록 힘껏 머리를 조아리며 다시 말했다.

"노신이 마마께 억울한 죄를 씌웠으니 벌을 달게 받겠습니다. 부디 벌을 내려 주십시오, 진왕 전하, 왕비마마."

거칠고 야만스럽고 단순한 그였지만 자신이 한 일 앞에서는 당당했다. 시원스레 잘못을 인정하는 그의 모습은 변명만 일삼는 북궁하택이나 목유월과는 판이하게 달랐다.

하지만 그 정도로는 죄를 씻을 수 없었다. 이 사건의 발단은 바로 목 대장군이었고, 한운석은 그렇게 마음씨 착한 사람이 아니었다.

용비야가 미적미적 말이 없자 참다못한 그녀가 대담하게 나섰다.

"목 대장군, 장군은 나이가 지긋하고 나보다 세상살이도 훨씬 오래 했는데 어째서 잘잘못을 구분하지 못하고 말썽을 몰라보시나요?"

'말썽'이란 곧 장평공주와 목유월을 암시하는 것은 누구나 알 수 있었다. 장평공주는 홧김에 주먹을 움켜쥐며 따지려 했지만, 확실하게 이름을 거론한 것도 아니어서 따질 수도 없었다.

목 대장군은 연신 고개를 끄덕였다.

"예, 노신이 어리석어 아무것도 몰랐습니다."

"앞으로는 사람과 일을 대할 때 좀 더 똑바로 보세요. 장군은 명망이 높은 분이니 본 왕비도 벌을 내리지는 않겠어요. 다만 본 왕비가 폐물이 아니라는 것은 명심하세요."

한운석이 이렇게 말하자 차갑던 용비야의 눈빛이 그윽하게 깊어졌다.

이 여자는 제법 총명했다. 목 대장군은 북궁하택과는 달리 병권을 쥔 장군이었다. 하물며 그녀를 고발한 사람도, 감옥에 가둔 사람도 목 대장군은 아니었다. 이렇게 그녀의 잔소리를 들어주는 것도 충분한데 진짜 벌을 내리기는 쉽지 않았다. 지금 한운석의 행동은 이 상황을 잘 파악하고 목 대장군의 체면을 세워 준 것이었다.

덕분에 대장군부는 한운석에게 빚을 진 셈이 되었다.

"예! 명을 받들겠습니다."

목 대장군도 감탄하는 눈빛을 띠며 시원스레 대답했다.

목 대장군과 대화가 끝나자 한운석은 장평공주를 돌아보았다. 이 사건이 벌어진 후 그녀가 당한 괴로움은 모두 이 야만스럽고 사나운 공주의 짓이었다. 공주를 따끔하게 야단치지 않고서는 화가 풀릴 것 같지 않았다. 하지만 장평공주는 공주였고 그녀를 벌하는 것은 숙모인 한운석이 할 일이 아니었다.

한운석은 저 얼음장 같은 남자가 몇 마디 해 주지 않을까 생각하며 용비야를 흘끔거렸다.

장평공주 역시 살그머니 용비야의 안색을 살폈는데, 그의 안색이 썩 좋지 않아 마음이 불안했다. 그녀가 조심조심 앞으로 나아가 허리를 숙이며 말했다.

"황숙, 저는 청무 오라버니가 걱정되어 제정신이 아니었어요. 그래서 그런 참언을 믿고 북궁하택을 따른 거예요. 부디 한 번만 용서해 주세요."

"네가 잘못한 사람은 본 왕이 아니라 네 숙모다."

용비야가 차갑게 대답했다.

한운석은 몹시 뜻밖이었다. 저 인간은 여기까지 와 놓고도 아무것도 직접 처리하지 않고 남들에게 미루기만 했다. 이 불분명한 태도 때문에 그 누구도 그가 여기까지 온 진짜 이유를 짐작할 수가 없었다.

저 얼음장 같은 남자가 그녀를 구하러 온 것은 진왕부의 명예를 지키고, 자신의 독을 해독하기 위해서였다. 이 점만큼은 한운석도 분명히 알고 있었다.

장평공주도 용비야의 말뜻을 알아차리기 힘들었다. 그녀 역시 황숙이 한운석을 구하기 위해 왔다고는 도저히 믿을 수가 없어, 진왕부의 명예를 지키기 위해 왔을 것이라고만 생각했다. 그래도 진왕 앞에서는 제멋대로 굴 수 없어, 속으로는 백 번 천 번 싫다고 외치면서도 결국 고개를 숙이며 말했다.

"황숙모, 제가 오해했어요……."

사과하는 목소리가 모기소리처럼 조그마했다. 도저히 내키지 않아 소매 속에 숨긴 두 주먹을 불끈 쥐는 바람에 손톱이 손바닥을 찔러 들어갈 정도였다. 남몰래 옆에 있는 목청무를 살폈더니 목청무는 혐오스러운 눈길로 그녀를 바라보고 있었다.

장평공주는 화가 나서 미칠 것 같았다.

한운석, 이게 다 네 탓이야! 이번에는 운이 좋았지만 다음번에는 절대 도망치지 못할 줄 알라고!

그녀는 속으로 이를 갈며 다짐했다.

그때 목청무가 상처를 감싼 채 무릎을 꿇었다.

"목숨을 살려 주신 진왕 전하와 왕비마마의 은혜에 감사드립니다!"

한운석이 황급히 그를 부축했다.

"소장군, 상처가 아직 낫지 않았으니 어서 일어나세요. 상처가 벌어지면 열흘은 누워 있어야 할 거예요!"

목청무는 한운석의 손길을 받을 수 없어 황급히 일어났지만, 마음 같아서는 할 수만 있다면 이 여인과 좀 더 이야기를 나눈 후에 들어가고 싶었다.

그날, 이 여인이 제 발로 진왕부의 대문으로 들어가는 장면을 보았을 때부터 그는 깨달았다. 이 여인은 남들과 다르다는 것을!

그런데 상처가 워낙 무거워 몸을 움직이자마자 눈앞이 까매지며 힘없이 한운석 쪽으로 휘청 쓰러졌다.

"청무 오라버니!"

장평공주가 비명을 지르며 화살처럼 쌩 달려와 때맞춰 목청무를 붙잡은 뒤 힘껏 자기 쪽으로 끌어당겼다. 목청무는 이미 완전히 정신을 잃은 상태였다.

장평공주는 분노에 찬 얼굴로 한운석을 노려보았다.

"한운석……, 청무 오라버니가 또 혼절하셨어. 무슨 짓을 한 건 아니겠지?"

한운석은 장평공주를 무시하고 목 대장군을 불러 그를 부축하여 침상에 눕히게 했다. 그리고 맥을 짚어 본 후 말했다.

"며칠 동안 혼수 상태였기 때문에 체력이 많이 떨어졌으니 푹 쉬게 하세요. 깨어나거든 좁쌀죽을 먹이고 사흘 후에 보약을 먹이면 점차 좋아질 거예요. 보약을 크게 쓸 필요는 없어요."

목 대장군은 연신 고개를 끄덕였다

"감사합니다, 왕비마마. 이 구명지은은 목씨 집안 모두가 꼭 기억할 겁니다."

이 장면을 본 장평공주는 화가 부글부글 끓어올라 외쳤다.

"목 대장군, 어째서 무조건 저 여자 말만 듣는 거예요? 조금 전까지 멀쩡하던 청무 오라버니가 갑자기 혼절했으니 분명 무슨 문제가 있는 거라고요!"

그 말에 목 대장군은 목유월에게 그랬듯 장평공주를 채찍으로 때려 주고 싶어 손이 근질근질했다. 그러나 안타깝게도 그녀는 공주였고 그가 혼낼 수 있는 사람이 아니었기 때문에 꾹 참는 수밖에 없었다. 대신 이번 일로 장평공주의 제멋대로인 성품을 익히 겪은 그는 이런 여자가 있는 한 집안이 조용할 나날이 없다는 것을 깨닫고 무슨 일이 있어도 그녀를 며느리로 맞아들이지 않겠다고 결심했다!

목 대장군은 몇 번 심호흡을 하며 마음을 가라앉힌 후 차갑게 말했다.

"공주마마, 청무는 괜찮으니 그만 돌아가십시오."

장평공주는 고개를 저었다.

"아뇨, 난 청무 오라버니 곁을 지킬 거예요. 청무 오라버니가 깨어날 때까지 돌아가지 않고 보살필 거라고요!"

"공주마마, 마마께서는 금지옥엽이시니 마마의 한마디로 우리 청무가 목숨을 잃을 수도 있습니다. 청무는 마마의 보살핌을 감당할 수 없습니다."

목 대장군은 할 말을 하지 않고서는 견딜 수 없는 사람이었다. 공주를 때릴 수는 없으니 말이라도 옳게 해야 속이 시원했던 것이다.

장평공주도 바보가 아니어서 그 말을 알아듣고 울음을 터트릴 것처럼 입을 삐죽였다.

"목 대장군, 지금 저를 탓하시는 거예요? 일부러 그런 건 아니었다고요!"

"오해이십니다. 신이 어찌 마마를 탓하겠습니까? 다만 남녀가 유별한데 공주마마께서 남아 계시면 사람들이 말을 지어낼 수도 있으니 돌아가시라고 한 것입니다."

목 대장군의 대답은 쌀쌀했다.

옆에서 지켜보던 한운석은 웃음이 나올 것 같았다. 사람이라면 누구나 장평공주가 목청무에게 연심을 품고 있는 것을 알 수 있었다. 신분 높은 공주인만큼 이 혼사는 거의 결정된 것이나 마찬가지였는데, 이번 소동으로 목 대장군이 그녀에게 유감을 품은 것이다. 그가 동의하지 않으면 황태후라 해도 억지로 혼사를 밀어붙일 수는 없으니, 목씨 집안에 시집가려는 장평공주의 꿈은 헛된 망상으로 끝나고 말 터였다.

하지만 이게 모두 장평공주가 자초한 일이니 가엾게 여길 생각은 추호도 없었다.

목 대장군은 본래부터 이 혼사를 그리 찬성하지 않았으나 아무리 그래도 지금까지는 이렇게 대놓고 말한 적이 없었다. 장평공주는 뭐라고 말을 하고 싶었지만 목 대장군의 차가운 얼굴을 보자 눈시울만 시큰해졌다. 하필이면 그때 한운석의 생글거리는 눈빛이 느껴져 화가 머리끝까지 났다.

"웃긴 뭘 웃어! 언젠가 네 눈에서도 눈물이 날 때가 올 거야!"

장평공주는 악독하게 소리치고는 홱 돌아서서 울며 떠나갔다.

한운석은 전혀 개의치 않고 장평공주의 뒷모습을 바라보며 즐거운 미소를 지었다.

장평공주, 네가 언제까지 제멋대로 굴 수 있을까? 그날 밤 대리시에서 옮은 독이 곧 발작할 거야. 그 독소는 현대에서 만들어진 것이니 지금 사람들은 절대 치료하지 못할 걸! 그때 눈물을 쏟을 사람은 과연 누구일까?

한운석은 두말 않고 돌아서서 목 대장군에게 약초를 건네고 약을 갈아 붙이는 법과 피해야 할 일을 상세히 설명해 주었다. 목 대장군은 하나하나 확실하게 외웠다.

입구에서는 용비야가 이 모든 것을 보지 못한 척 서 있다가 마침내 입을 열었다. 온도라고는 전혀 느껴지지 않는 목소리였다.

"한운석, 이제 돌아가야 한다."

어라……?

바쁜 나머지 이 신처럼 존귀한 남자를 입구에 세워 둔 채 나 몰라라 했던 것이다.

"네, 돌아가시지요."

그녀는 비위를 맞추듯이 달려 나와 생글생글 웃어 보였지만, 어쩐지 이 인간은 썩 기분이 좋은 것 같지 않았다.

뭐, 좋아. 혼례를 올리고 며칠 만에 감옥에 갇혔으니 남편이라면 당연히 기분이 좋지 않겠지.

목 대장군 일행이 황급히 배웅을 나왔지만 용비야는 두말없이 돌아서서 나갔다.

그의 이런 차가운 성품은 얼음이 꽁꽁 언 산 같기도 하고 수수께끼 같기도 해서 누구나 두려워하면서도 호기심을 느꼈다. 한운석은 고분고분 그 뒤를 따르면서 장평공주에게 했던 경고를 떠올리고 속으로 쿡쿡 웃었다. 정말 그 말대로 용비야 저 인간이 와서 날 데려가게 될 줄이야.

용비야는 다리가 길어 보폭이 몹시 넓었기 때문에 한운석은 뛰다시피 해야 했다. 겨우겨우 대장군부의 대문 앞에 이르렀을 때 그녀의 머릿속에 퍼뜩 떠오르는 것이 있었다.

고북월!

고북월은 아직 감옥에 갇혀 있을 것이고, 북궁하택이 그를 은밀히 가둔 것을 아는 사람은 아무도 없었다. 혹시 형을 가하지는 않았겠지?

용비야가 마차에 오르는 것을 보자 한운석은 쭈뼛거리며 말을 꺼냈다.

"전하, 저…… 한 가지를 깜빡했어요. 조금만 기다려 주시겠어요?"

그 말을 하자마자 그녀는 몹시 후회했다. 용비야 같은 사람이 어떻게 그녀를 기다린단 말인가? 그래서 용비야가 입을 열려는 순간 재빨리 먼저 말했다.

"아니면 먼저 돌아가 계세요. 저도 곧 돌아갈게요."

뜻밖에도 용비야는 그녀에게 눈길도 주지 않고 마차 가리개를 내리며 차갑게 말했다.

"반 시진 뒤에 부용원에 오지 않는다면 알아서 해라!"

하다못해 무슨 일이냐고 묻는 법도 없었고, 말이 끝나자마자 마차가 출발했다.

어휴, 쌀쌀해라!

한운석은 몸을 부르르 떨고는 서둘러 돌아가 목 대장군에게 고북월의 각서를 돌려받은 후 대리시로 사람을 보내 고북월을 풀어 주라고 청했다.

실컷 구경하세요

할 일을 마친 한운석은 시간에 꼭 맞게 진왕부에 도착했다.

침궁에는 용비야가 벌써 옷을 갈아입고 서재의 흔들의자에 앉아 있었다. 금실로 짠 부드러운 장포를 걸친 덕에 나면서부터 가지고 있던 귀티가 철철 흐르는 것 같았다. 한운석은 남자가 호화로운 금색 옷을 입어도 저렇게 보기 좋을 수 있다는 것을 처음으로 깨달았다. 그의 앞에서는 열등감을 느끼기가 너무 쉬웠다.

그녀는 숨을 고른 뒤 그의 앞으로 다가갔다.

"전하."

"세 가지 약초는 탁자 위에 있다. 해약을 만들어라."

용비야는 그녀에게 눈길도 주지 않고 무심하게 말했다.

한운석이 앉은뱅이 탁자를 돌아보니 약재가 무더기로 쌓여 있었다. 자하와 자추, 자동이 분명했다. 분명 구하기 힘든 약초였을 텐데 이렇게 한가득 구해 오다니, 역시 대단한 남자였다.

한운석은 뛸 듯이 기뻤다. 해약을 만드는 데는 조금만 쓰면 충분하니, 나머지는 해독시스템의 창고를 살찌우는 데 쓸 수 있을 것이다. 이 약초들을 다른 비율로 배합하면 다양한 독을 해독할 수 있었다.

"잠시만 기다리세요, 전하. 바로 약을 지어드릴게요."

한운석은 이렇게 말하고 약재들을 진료 주머니에 넣었다.

그런데 뜻밖의 일이 벌어졌다. 용비야가 서슬 퍼런 눈동자로 그녀를 바라보며 말한 것이다.

"여기서 만들어라. 구경하고 싶군."

뭐……? 저 인간이 지금 날 의심하는 거야?

한운석은 몰래 눈을 흘겼다.

의심하려면 하라지. 아무리 그래도 절대 알아내지 못할 테니까.

"전하, 지금 신첩에게는 다른 약재가 없으니 운한각雲閑閣에 가서 만들어야 한답니다. 전하께서 그렇게 관심이 있으시면 신첩과 함께 가시지요."

그녀가 웃으며 말했다.

"운한각?"

용비야는 궁금한 듯 되물었다. 진왕부에 그런 곳이 있다는 것은 처음 듣는 이야기였다.

"신첩이 서북쪽 구석에 있는 버려진 누각을 정리하고 운한각이라고 이름 지었어요. 앞으로 신첩은 전하를 방해하지 않도록 그곳에 묵겠습니다."

한운석은 사실대로 말했다. 물론 약간 긴장되기는 했다. 그가 끝내 부용원에서 쫓아내 의태비와 모용완여에게 보내면 어떡하나 했는데, 뜻밖에도 그는 별다른 반응 없이 고개를 끄덕이며 일어났다.

한운석은 속으로 안도하며, 진료 주머니에 약재를 차곡차곡

담았다. 용비야는 이 움직임에 전혀 신경 쓰지 않았다. 이것이 눈속임일 뿐, 그 틈에 한운석이 약재를 해독시스템에 넣은 다음 다른 약초들과 알맞은 비율로 배합하고 달이는 시간을 조절하고 있다는 사실은 전혀 알지 못했다.

용비야의 침궁에서 한운석의 운한각까지 가려면 꽃밭을 지나야 했다. 해독시스템이 완성품을 만들어 내기에 충분한 시간이었기에 한운석은 몰래 약을 꺼내 진료 주머니에 숨겼다.

운한각 입구에 이르자 용비야가 물었다.

"어째서 운한각이라 부르느냐?"

"운자무심수자한雲自無心水自閑(당나라 때의 시인 백거이의 《백운천(白雲天)》 한 구절. '구름은 무심하니 지나고 물은 한가로이 흐르니'라는 뜻으로, 억지를 부리지 말고 자연스러운 흐름에 따르라는 의미)에서 따왔답니다."

한운석은 담담하게 대답하며 그를 돌아보았다.

"전하, 신첩은 진왕부에 시집온 뒤로 그저 조용히 지내기만을 바랄 뿐이에요."

사실 한운석이 용비야에게 하고 싶은 말은 이런 것이었다.

'여보, 제발 의심하지 말아요. 나도 어쩔 수 없이 진왕부에 시집온 몸이고 노리는 것도 없어요. 그저 혼자 조용히 살고 싶을 뿐, 당신들을 귀찮게 할 생각 없다고요. 그러니 당신들도 날 가만 놔둬 줘요!'

하지만 이렇게 직접적으로 말하면 용비야의 저 눈빛이 죽일 듯이 노려볼 것이다. 옛 사람들은 본래 시로 감정을 표현하는 것을 좋아했다고 하니, 로마에 가면 로마법을 따르라는 말처럼 그들이 좋아하는 방식대로 전달한 것이었다.

'운자무심수자한'은 백거이의 유명한 구절이었다. 한운석은 용비야가 크게 감탄하리라 생각했지만 예상외로 그는 아무 표정 없이 그녀를 잠깐 바라보다가 아무 말도 하지 않고 누각으로 들어갔다.

저 인간은 얼굴만 딱딱한 게 아니라 심장도 딱딱할 거야.

한운석이 따라 들어가 보니, 용비야는 차를 마시는 곳 옆에 앉아 그녀의 조그만 보금자리를 둘러보고 있었다. 산처럼 우뚝한 저 인간 때문에 그녀의 조그만 객청도 몹시 위압적으로 느껴졌다.

그녀가 들어오는 것을 보자 용비야는 시선을 거두고 차갑게 말했다.

"이제 약을 만들 수 있겠지?"

"네, 약재를 가져올게요."

한운석이 공손하게 말했다.

그렇게 궁금하다면 오늘 실컷 구경시켜 주지!

용비야의 싸늘한 눈빛을 받으며 한운석은 객청 옆 조그만 서재에서 몇 가지 약초와 약을 찧는 공이를 가져온 다음, 진료 주머니에서 포장된 약과 세 가지 약재를 꺼냈다.

이 약들은 방금 해독시스템에서 만들어 낸 해약으로, 약재의 분량과 배합 비율은 물론이고, 달이는 불의 세기와 시간, 정확성까지 아주 완벽했다. 사람 손으로는 결코 이런 지능형 시스템의 솜씨를 따라갈 수 없었다.

서양 의학은 약을 만들 때 정확하고 세밀한 것을 중요시했으나, 그에 비해 한의학은 약 제조 방법이 부정확한 편이었다. 만약 서양 의학의 정확함을 한의학에 적용한다면, 그 효과는 전통적인 수작업으로 만든 것과는 비교할 수도 없을 것이다.

바꿔 말하면, 같은 한약이라도 한운석이 만든 것은 이 시대 그 어떤 의원이 만든 것보다 약효가 훨씬 뛰어났다. 그런 사실을 용비야가 알 리 없었다.

그러게 누가 현대 전문의에게 시비를 걸래?

한운석이 서재에서 가져온 약재들은 모두 소염 작용을 하는 흔한 것들이었고, 해약에 섞어도 아무 영향이 없었다.

"전하, 약을 배합하는 것은 사실 아주 간단해요."

한운석은 일부러 예쁘게 웃으며 말하고는 해약과 소염 약재를 섞어 한꺼번에 공이에 넣었다.

"결과적으로는 약방문이 가장 중요한 것이지요. 약재만 구비된다면 이렇게 함께 넣어 찧으면 거의 끝난답니다."

한운석은 약을 찧으면서 아주 전문적으로 설명했다.

"물론, 약을 찧는 데도 방법이 있지요. 가장 중요한 것은 힘인데, 너무 세게 찧어도 안 되고 너무 약하게 찧어도 안 돼요."

그녀는 이렇게 말하면서 돌공이를 용비야에게 내밀었다.

"한번 해 보실래요, 전하?"

벌써 인내심이 바닥을 드러낸 용비야가 싸늘하게 물었다.

"얼마나 걸리느냐?"

한운석은 진지한 얼굴로 약재들을 손바닥에 펼쳐 놓고 냄새를 맡아 본 다음 대답했다.

"한 시진 정도 걸리겠군요."

한 시진은 곧 두 시간이었다.

용비야는 곧바로 몸을 일으켰다.

"다 되면 침궁으로 가져오도록."

이렇게 명령을 내린 그는 한운석의 대답도 듣지 않고 밖으로 나가 버렸다.

"알겠어요. 조심히 가세요, 전하!"

한운석은 몹시 기뻐 입구까지 쪼르르 따라가 배웅했고, 그가 멀리 사라지는 것을 확인한 다음 마침내 푸하하 웃음을 터트렸다.

다시 한 번 더 의심해 보라지. 다음에도 이러면 아주 확실하게 재미없게 만들어 줄 테니.

문을 닫은 한운석은 찧던 것을 멈추고 약재를 모조리 해독 시스템에 넣어 맡겼다. 두 시간이면 목욕하고 한숨 자기에는 충분했다. 대장군부 사건으로 며칠 동안 마음 졸이고 고생을 했으니 쉬지 않으면 이 연약한 유리몸이 더는 버텨 내지 못할 것 같았다.

두 시간 후, 한운석은 훨씬 기운을 차린 얼굴로 용비야의 서재 밖에 나타났다.

용비야는 책을 읽고 있었다. 따뜻한 긴 의자에 나른하게 누워 책을 쥐고 잔뜩 눈을 찡그린 그의 모습은 마치 그림에 나오는 신선 같아서 도무지 현실적이지 않았다.

어떻게 된 일인지, 한운석의 머릿속에 저도 모르게 어두컴컴했던 첫날밤이 떠올랐다. 등불에 비친 그의 고동색 가슴, 그 선명한 살빛과 야성미 넘치는 시각적 충격은 보는 사람의 넋을 빼앗고 심장을 뒤흔들어 놓기에 충분했다.

이 바보, 난 약을 가져다주러 온 거야. 할 일도 까맣게 잊고 이 무슨 허튼 생각이람?

그녀는 입술을 깨물고 안으로 들어갔다.

"전하, 약을 가져왔습니다."

용비야는 책을 내려놓고 일어나 앉더니 그제야 그쪽을 돌아보았다. 칠흑같이 깊은 눈동자가 똑바로 그녀를 찔렀다. 한운석은 아무 이유 없이 가슴이 철렁 내려앉는 것 같아 무의식적으로 그 시선을 피했다.

어째서 겁이 날까?

사실 이 느낌은 두려움이 아니라 긴장이었다.

그냥 약을 바르는 것뿐이잖아? 눈을 감고도 할 수 있는 일인데 무엇 때문에 긴장하지?

한운석은 속으로 자신을 나무라며 고개를 숙인 채 앞으로 나아갔다. 그러면서 진료 주머니에서 약재와 도구들을 꺼내는 한편 마음을 가다듬었다. 곧 본래대로 냉정을 되찾자, 그녀는 고개를 들고 용비야의 깊고 패기 넘치는 눈빛을 마주보며 진지하고 전문가다운 말투로 말했다.

"옷을 벗으시지요."

금실로 짠 부드러운 장포와 순백색 속옷이 몸에서 떨어졌다. 이 인간은 옷을 벗는 동작마저 우아하고 존귀했다.

탄탄한 근육과 살결로 이루어진 섹시한 가슴팍에 눈에 확 들어오는 기다란 상처가 나 있었다. 고동색 가슴에 똬리를 튼 지네 같은 그 상처는 흉측하면서도 거친 야성미를 내뿜고 있었다.

며칠 사이 이 인간의 상처가 거의 아물었다니 뜻밖이었다. 중독된 상처는 일반적인 상처보다 훨씬 회복이 더뎠다.

한운석은 믿을 수 없는 눈길로 그의 몸을 바라보았다. 귀뿌리까지 빨갛게 된 그녀를 보자 용비야는 몹시 불쾌했다.

"다 보았느냐? 다 봤으면 약을 바르도록."

용비야의 말투는 차가운 데다 짜증까지 섞여 있었다.

한운석은 어리둥절하여 고개를 들었다가 혐오로 가득한 용비야의 눈길과 딱 마주쳤다.

이 인간, 무슨 뜻이지? 날 어떻게 보는 거야?

그야 물론 조금, 아주 조금 색녀 같은 생각을 했지만, 이건 정상적인 여자가 아름다움 앞에서 보이는 정상적인 반응이라고!

순간, 가슴 졸이던 긴장감은 분노로 확 바뀌었다.

"당장 하지요!"

이렇게 외친 그녀는 약 대신 칼을 꺼내 불로 소독했다.

"뭘 하는 거지?"

용비야가 차갑게 물었다.

"살을 가르는 거예요. 치유 능력이 너무 좋아서 상처가 아무는 바람에 약효가 단시간 내에 몸속에 스며들 수가 없게 되었다고요. 그러니 다시 상처를 여는 수밖에요."

한운석은 엄숙하게 말했다.

사실 이 방법이 아니어도 상관없었다. 해약에 몇 가지 약초를 첨가하여 약효를 강하게 하면 효과는 같았지만, 용비야의 혐오에 찬 눈빛이 그녀를 불쾌하게 만들어 괴롭혀 주고 싶었던 것이다.

이 세상에 결코 미움을 사지 말아야 하는 직업이 둘 있는데, 하나는 미용사, 다른 하나는 의사였다. 미용사는 사람을 죽고 싶을 만큼 흉한 모습으로 만들 수 있기 때문이고, 의사는 사람을 죽고 싶을 만큼 고통스럽게 만들 수 있기 때문이었다.

"확실한 것이냐?"

용비야는 의심스레 그녀를 바라보았다.

"물론이에요!"

한운석은 또박또박 설명했다.

"상처를 열지 않아도 상관없어요. 하지만 그렇게 하면 몸에 있는 독소가 빠져나올 때까지 보름은 걸릴 거예요. 그러니 직접 결정하세요."

그에게는 열흘의 시간이 있었고 이미 이레가 지난 상태였다.

누군가에게 위협을 받는 것은 용비야에게는 몹시 불편한 일이었다. 하지만 남에게 알리지 않고 해독하려면 한운석에게 맡기는 수밖에 없었다.

"칼로 해라."

그의 대답이 떨어졌다.

상처에 다시 칼을 대는 것은 맨살을 베는 것보다 훨씬 끔찍했다. 한운석은 그의 표정 변화를 잔뜩 기대하며, 진심을 다해 사정없이 손을 놀렸다. 하지만 누가 알았을까? 칼이 살을 파고드는데도 용비야는 눈 하나 깜짝하지 않고 싸늘한 얼굴로 자신의 상처를 내려다보고 있을 뿐이었다.

대체 얼마나 고통스러워야 이 인간이 눈을 찌푸릴까?

순간, 한운석은 자신이 너무 지나쳤다는 것을 깨달았다. 그래서 황급히 그 생각을 거두고 약을 바르면서, 가능한 고통을 줄여 주기 위해 조심스럽게 움직였다.

상처에 약을 바르고 단단히 싸매자 일은 모두 끝났다. 한운석이 진지하게 말했다.

"됐어요. 내일 아침에 다시 와서 약을 떼고 상처를 치료할게요."

"약을 갈지 않아도 되느냐?"

손님, 은혜를 아는 소장군

"필요 없어요. 하루면 약이 몸속에 남은 독소를 모두 빨아들일 테니까요. 상처에는 물이 닿으면 안 되고, 주무실 때도 상처를 누르지 않도록 하세요."

한운석이 진지하게 설명했다.

이제 와서 하는 말이지만, 통증을 싫어하지 않으면 칼로 상처를 열어 약을 바르는 것이 가장 빠른 방법이기는 했다.

용비야는 고개를 끄덕이고 그만 물러가라는 듯 손을 내저었다.

그 손짓에 진료 주머니를 챙기던 한운석은 하인이나 다름없는 기분을 느꼈다.

그래, 내가 참는다, 참아!

이튿날 아침 한운석이 찾아와 보니 어제 말한 대로 해약이 독소를 모두 흡수한 뒤였다. 상쾌한 향기를 내던 약을 살며시 떼어 내자 면포에서 지독한 악취가 풍겼다.

한운석은 간단히 상처를 싸맸다. 드디어 용비야의 독을 완전히 치료한 것이었다.

그녀는 용비야가 뭐라고 말이라도 할 줄 알았지만, 상처를 모두 싸맨 후에도 용비야는 도도하기 짝이 없는 태도로 가 보라는 듯이 손만 내저었다.

오만하고 무정한 인간!

한운석은 생각한 바가 있어 곧바로 나가지 않고 살짝 몸을 숙여 인사하며 말했다.

"전하, 대장군부에서 도와주셔서 감사합니다."

목청무 사건에서 그가 진왕부의 명예와 해독을 위해 나섰다는 것은 잘 알지만, 어쨌든 그녀의 목숨을 구해 준 셈이었다.

그런데 용비야는 뜻밖에도 차갑게 대답했다.

"너는 해독을 할 줄 알지만 보살은 아니다. 네 신분을 명심하고 쓸데없는 일에 나서거나 함부로 바깥출입을 하지 않도록 해라, 알겠느냐?"

한운석은 입을 삐죽였지만 공손히 대답했다.

"예, 신첩, 명심하겠습니다. 이만 물러가지요."

그녀는 돌아서서 물러나오며 속으로 중얼거렸다.

좋은 사람이 죽어 가는데 모르는 척하는 거, 난 못 해. 그리고 함부로 바깥출입을 하지 말라고? 훗, 그것도 난 못 해! 평생 집에 틀어박혀 먹고 마시고 싸고 자기나 할 거면 차라리 죽는 게 나아.

소매 속에 남은 은자 석 냥을 어루만지며 한운석은 생긋 웃었다. 여자는 어느 시대든, 어떤 신분이든 꼭 자기 일이 있어야 했다.

용비야와 유명무실한 가짜 부부 역할을 하면서 서로의 삶에 간섭하지 않게 되었으니 정말 잘된 일이었다. 진왕부에서 자리를 잡고 나면 곧바로 할 일을 찾을 것이고, 그래야만 은자를 벌 수 있었다.

그 후 며칠 동안 한운석이 꽃밭을 산책할 때마다 용비야는 보이지 않았다. 그 신출귀몰한 인간이 어디론가 떠나 버린 모양이었다.

대신 뜻밖에도 하녀 한 명을 보내 주었다. 침향沈香이라 불리는 하녀는 한운석보다 어린 열대여섯 살이었고, 체격은 조그마하지만 깔끔하고 고운 외모에 성격이 순하고 웃으면 몹시 수줍어 보였다.

한운석은 보자마자 침향이 마음에 들었다.

"무공을 할 줄 아니?"

한운석이 호기심 어린 목소리로 묻자 침향은 고개를 저었다.

"못 해요."

"전에는 어디서 일했지?"

"가족들과 서쪽 근교 계수촌에 살고 있었는데 어젯밤에 팔렸어요. 초서풍이라는 오라버님이 저를 데려왔어요."

침향이 고분고분 대답했다.

"그 자가 특별히 시킨 것은 없고?"

"왕비마마의 말씀 잘 들으라고 했어요. 왕비마마를 잘 모시면 마마께서 큰 상을 내리실 거라고요."

침향이 솔직하게 들은 대로 말했다.

큰 상?

한운석은 입을 삐죽이며 억지웃음을 지었다.

그녀가 침향에게 시킨 첫 번째 일은, 모용완여가 찾아오면 자고 있다거나 바쁘다고 물리치는 것이었다.

이렇게 해서 모용완여는 함께 차를 마시자는 초대도 거절당하고, 나가서 산책하자는 제의도 거절당했다. 오늘은 또 근교로 소풍을 나가자고 청했지만 역시 거절당했다. 의태비가 없으면 모용완여의 신분으로는 한운석을 억지로 움직일 수 없었다.

어린 침향은 비록 몸집은 조그마했지만 부지런하고 솜씨도 좋아서 자질구레한 일들을 맡겨 놓았더니 한결 편했다.

물론 한운석도 빈둥거리기만 한 것은 아니어서, 여유가 생긴 동안 해독시스템을 꼼꼼히 살펴보았다. 이 시스템은 커다란 공간 같은 것으로, 전체가 여러 개의 조그마한 공간으로 나누어져 있었다. 독성을 검사하는 공간, 약을 제조하는 공간, 그리고 약과 의료 도구를 보관하는 공간이었다. 한운석은 정원에 누워 햇볕을 쬐며 정신세계 속에서 해독시스템을 구경하다가 미지의 공간을 발견했다. 하지만 그 안으로는 의식이 들어갈 수가 없었다.

이상하군, 아직 개발되지 않은 구역일까?

연구원들도 지금껏 이런 곳이 있다는 이야기를 그녀에게 한 적이 없었다. 그녀는 호기심이 동했지만 호기심만으로는 소용이 없었다. 머리가 깨지도록 고민을 해 보았지만 알아낼 수 없었기 때문이었다. 다행히 해독시스템의 사용 가능한 공간은 펑펑 쓰고도 남을 만큼 널찍했다.

해독시스템에서 빠져나온 뒤 한운석은 고개를 들고 겨울날 따뜻한 햇살을 한껏 누렸다. 지금쯤이면 장평공주의 얼굴에 묻은 독이 발작했을 것이다. 예쁜 것을 그토록 좋아하는 사람이 얼굴을 가리고 여기저기에서 의원을 불러 대는 장면은 생각만 해도 재미가 났다.

그녀가 혼자 낄낄거리고 있을 때 침향이 쪼르르 달려왔다.

"왕비마마, 누군가 찾아오셨어요. 마마의 손님이라고 하세요."

손님? 진왕부로 나를 찾아올 사람이 누가 있지?

"누구지?"

한운석이 눈을 뜨고 의아한 듯 물었다.

"할멈 말씀으로는 귀빈들이시고 지금 객청에서 기다리고 계시대요. 소장군이니 태의이니 하시는데 말이 너무 빨라서 알아듣지 못했어요."

목청무와 고북월!

한운석은 몹시 기뻐하며 벌떡 일어났다. 고북월을 찾아가 고맙다는 인사를 해야겠다는 생각은 했지만 어디로 가야 그를 만날 수 있는지도 몰랐고, 외출할 수도 없었다. 용비야는 그녀가 바깥출입을 하는 것을 싫어했으니 한동안은 자제할 생각이었던 것이다.

그런데 고북월과 목청무가 직접 찾아올 줄이야.

한운석은 옷을 갈아입고 정원을 나갔다. 객청에 이르자 앉아서 차를 마시는 고북월과 목청무가 보였다. 고북월은 여전히 티 없이 하얀 옷을 걸친 우아한 모습이었고, 목청무는 지난번의 병약한 모습은 간데없이 모범적인 군인답게 우뚝 서서 눈빛을 번쩍이고 있었다.

한운석이 들어오는 것을 보자 두 사람은 기쁜 얼굴로 일제히 예를 올렸다.

"소신이 진왕비께 인사 올립니다."

"그만하고 앉으세요."

한운석은 기분이 좋았다.

목청무는 다짜고짜 그녀 앞에 무릎을 꿇고 두 손을 모아 쥐며 말했다.

"왕비마마, 소신의 목숨을 살려 주신 데 대해 인사를 드리고자 찾아왔습니다."

"어서 일어나세요. 인사는 그때 이미 하지 않았던가요?"

한운석이 웃으며 말했다.

"그때는 그때이고, 오늘은 정식으로 감사 인사를 드리는 것입니다. 반드시 은혜를 갚을 테니, 훗날 소신이 필요한 곳이 있으면 꼭 불러 주십시오."

목청무는 몹시 진지하게 새까만 눈을 번쩍이며 당당한 얼굴로 한운석의 눈동자를 바라보았다. 다 큰 남자의 이런 진지한 모습은 정말이지 사랑스러웠다.

한운석은 고개를 끄덕였다.

"좋아요, 꼭 기억하겠어요."

말을 마친 그녀는 각서를 꺼내 고북월을 돌아보았다.

"고 태의, 나도 고 태의에게 정식으로 감사 인사를 해야겠군요!"

그녀가 내민 각서를 보자 고북월은 흠칫 놀랐지만, 곧 정신을 차리고 인사를 하려는 한운석을 저지했다.

"왕비마마, 이러시면 안 됩니다!"

고북월도 진지하게 눈썹을 단단히 찡그렸다. 이를 본 한운석은 그 찡그린 눈썹을 눌러 펴 주고 싶은 생각이 굴뚝같았다. 이렇게 온화한 남자와 찡그린 얼굴은 정말이지 어울리지가 않았다.

"정말 고마워요."

한운석은 두 손으로 각서를 내밀며 진심으로 말했다. 이번 사건에서 아무 대가도 없이 그녀를 도와준 고북월이었다.

고북월은 각서를 바라보며 담담하게 말했다.

"그 각서는 왕비마마께서 없애 주십시오. 사실 소신이 찾아온 까닭은……."

고북월의 말이 끝나기 전에 한운석이 눈치를 채고 말했다.

"나는 냄새를 맡고 독을 알아낼 수 있어요."

감옥 안에 있을 때 그녀는 고북월이 목청무를 구해 주기만 하면 아무 도구도 없이 독을 검사하는 방법을 알려 주기로 했던 것이다. 거짓말을 하고 싶지는 않았지만, 고북월에게 해독 시스템의 존재를 알려 준들 평생 이해하지 못할 것이 뻔해 이렇게 말할 수밖에 없었다.

하지만 그 말이 끝나기 무섭게 익숙한 목소리가 들려왔다.

"냄새를 맡고 알아내다니, 새언니의 코는 정말 대단하군요."

이 목소리는…… 모용완이였다.

모용완여가 살랑살랑 걸어 들어왔다. 가녀린 몸에 연노랑색 긴 치마를 입었는데, 한 줌도 안 될 것처럼 잘록한 허리는 보기만 해도 애처롭고 사랑스러웠고, 얼굴 또한 억울한 일을 당한 듯 애처롭고 사랑스러웠다.

모용완여는 시녀 출신이고, 의태비가 양녀로 삼았지만 봉호는 없었기 때문에 고북월과 소장군에게 예의를 갖추어야 했다. 조그마한 제비 같은 그녀가 살짝 몸을 숙이자 저절로 부축해 일으키고 싶은 충동이 일었다.

예상대로 여인에게 예의 바른 목청무가 재빨리 말했다.

"모용 낭자, 예가 지나치시오. 어서 일어나시오."

모용완여는 부드럽게 고개를 끄덕인 후 일어나, 한운석 옆에 앉으며 눈을 내리깔고 말했다.

"새언니, 아직도 저를 탓하시는 거죠? 세 번이나 용서를 구했으니 적어도 제 말은 들어주셔야지요."

뭐……?

이 느닷없는 말에 한운석은 어리둥절했다.

"낭자에게 말 못 할 사정이 있어 의태비께 소식을 전하지 못한 모양이군요?"

고북월이 말하자 한운석은 그제야 그 일을 떠올렸다. 사실 그녀는 모용완여의 도움을 바라기는커녕 불난 집에 부채질만 하지 않으면 좋겠다고만 생각했고, 그 때문에 그 일을 까맣게 잊어버리고 있었다. 더군다나 차를 마시자느니, 산책을 가자느니 하며 세 번 청할 때에도 모용완여는 그에 대해서는 일언반구도 하지 않았다!

이제 와서 사과를 한다는 것은 고북월과 목청무 앞에서 연기를 하며 자기를 보호하겠다는 수작에 불과했다. 만에 하나 고북월이 이 일을 떠들어 대면 명예가 땅에 떨어질 수도 있기 때문이었다.

모용완여는 한숨을 푹 쉬고 하는 수 없었다는 표정으로 말했다.

"고 태의, 이번 일은 확실히 제 능력 밖이었어요, 정말 부끄럽군요! 그러잖아도 그동안 새언니에게 몇 번이나 해명하려 했지만 새언니는 늘 문을 닫아걸고 만나 주지 않았지요."

모용완여는 이렇게 말하고는 자리에서 일어나 두 손으로 찻잔을 들어 한운석에게 내밀었다.

"새언니, 언니가 속이 좁은 것이 아니라는 것은 알아요. 이번 일이 워낙 중대한 사건이어서 그런 것이겠지요. 하지만 저는 정말 일부러 그런 게 아니었어요. 이 차를 마시고 해명할 기회를 주시겠어요?"

들으면 들을수록 내가 속이 좁다는 말 같은데? 그렇게 해명이 하고 싶으면 할 것이지 무슨 쓸데없는 말이 저리 많담?

한운석은 찻잔을 받지 않고 차갑게 말했다.

"낭자에게 도움을 청한 사람은 고 태의지 내가 아니에요. 그러니 고 태의께 해명을 해야죠."

듣기만 해도 몸이 싸늘해지는 말이었다!

모용완여는 흠칫했지만 곧 침착하게 고북월에게 말했다.

"고 태의, 사실 태의께 해명하러 온 것인데 새언니가 며칠째 저를 만나 주지 않아 먼저 사과를 한 거예요."

한운석은 속이 뒤집어질 것 같았다. 제 인상을 좋게 만들려고 꼭 저렇게 남을 짓밟아야 하나? 그렇게 인상이 중요하다 이거지? 좋아, 오늘 그 인상을 철저하게 망가뜨려 주지.

"그럼 어서 해명해 봐요."

한운석이 차갑게 말했다.

"그날 저녁 고 태의께서 떠나시고 저는 너무 초조한 나머지 곧바로 출발했어요. 하지만 성문을 나서기도 전에 혼절하고 말았지요."

모용완여는 이렇게 말하며 가련하기 짝이 없는 얼굴로 고개를 푹 숙이면서, 약간 울먹이듯 말했다.

"새언니, 언니도 알다시피 저는 몸이 약해서 조금만 서둘러도 혼절을 해요. 저는 어쩔 수 없이 돌아왔지만 소육자에게 쾌마를 타고 가서 한시 바삐 모비께 알리라고 했어요. 그런데 그 못된 자가 명을 듣지 않고 대문 밖에 누워 자고 있지 뭐예요……. 어쩜 그럴 수가 있을까요? 새언니……, 아아, 모두 제 잘못이에요!"

한운석은 입가에 한줄기 비웃음을 떠올리며 물었다.

"소육자가 떠나지 않았다는 것을 언제 알았죠?"

돌아온 의태비

모용완여는 잠시 생각한 뒤 대답했다.

"아침이었어요. 혼절했다가 아침에 깨어났는데 모비께서 돌아오지 않으셨기에 다시 사람을 보냈지요. 그랬더니 소육자가 입구에서 자고 있었던 거예요."

"아하……."

한운석이 의미심장하게 말꼬리를 길게 늘였다.

"그래서 더는 사람을 보내지 않았군요?"

한운석은 사흘 밤을 꼬박 감옥에 갇혀 있었다!

모용완여도 말문이 막혀 한참 후에야 겨우 입을 열었다.

"보냈죠, 제가 직접 간 걸요. 하지만…… 하지만 모비를 찾을 수가 없었어요. 새언니도 알다시피 저는 신분이 낮아, 무슨 말을 해도 남들이 잘 들어주지 않아요. 마음만 급해 이리저리 모비를 찾아다니는 수밖에 없었어요."

의태비는 모용완여를 애지중지했지만 그보다 체면을 더 중요하게 생각했다. 그런 의태비를 거짓 핑계거리로 삼다니, 담이 커도 여간 큰 것이 아니었다.

"그래서 고 태의에게 사람을 보내 알리지도 못했군요?"

한운석이 묻자 모용완여는 눈썹을 모으며 눈물을 글썽였다.

"새언니, 전 그저 너무 초조해서…… 그런 건 생각도 못했어요."

"아하……."

한운석이 다시 의미심장하게 말꼬리를 늘였다.

"그래서 결국 모비를 찾았나요?"

모용완여는 고개를 저었다.

"아뇨. 얼마 후 왕부의 할멈이 새언니가 돌아왔다고 전해 주어 곧바로 돌아왔어요. 몇 번이나 찾아가 해명을 하려고 했지만, 새언니가…… 만나 주지 않으셨잖아요……."

여기까지 듣고 나자 한운석은 이 어마어마한 거짓말의 고수에게 두 손을 번쩍 들 수밖에 없었다. 그녀는 진지하게 모용완여를 바라보며 말했다.

"진왕 전하께서는 낭자가 계속 왕부에 머물렀다고 하시던데요? 화원에서 몇 차례나 보셨다더군요."

그 말이 떨어지자 모용완여의 얼굴이 순식간에 하얗게 질렸다. 진왕이라니…….

한운석이 고자질을 했나? 세상에, 이 여자가 진왕께 무슨 말을 했을까? 진왕께서 날 어떻게 보겠어?

역시 거짓말의 고수를 만났을 때는 더 큰 거짓말을 하는 것이 최선이었다!

"진왕께서……, 그게…… 그러니까 저는…… 저는 몸이 좋지 않아서 매일같이 모비를 찾아갈 수는 없었던 거예요. 하지만 사람은 보냈어요."

이제 와서 모용완여의 해명이 얼마나 무의미한지는 보지 않아도 뻔했다!

고북월은 상황을 짐작하고 묵묵히 입을 다물었으나 평소 직설적인 목청무는 달랐다. 그간 모용완여를 좋게 보고 있다가 이제야 본모습을 알아차린 그는 차갑게 코웃음을 치며 가차 없이 성토했다.

"모용 낭자, 더는 설명하실 필요 없습니다. 저희는 왕비마마와 할 이야기가 있으니 그만 물러가시지요."

쫓아내는 것이나 다름없는 말투였다.

모용완여는 눈물을 왈칵 쏟았다. 추악한 얼굴이 만천하에 드러났는데도, 그녀는 여전히 억울한 누명을 쓴 사람처럼 가여운 모습을 꾸며 냈다.

"죄송해요, 어쩌다 오해가 생겼는지는 모르지만 전 진심으로 새언니를 구하려고 했어요. 새언니가 용서해 주시지 않는다면 차라리…… 차라리……."

별안간 그녀는 두 손으로 찻잔을 바쳐 들며 무릎을 꿇었다.

"이렇게 꿇어앉아 빌겠어요!"

한운석은 이 수법에도 넘어가지 않고 태연하게 말했다.

"두 분, 날이 저물었으니 할 이야기가 있으면 다음에 하시지요."

고북월과 목청무는 서로 눈짓을 한 뒤 고개를 끄덕였다.

떠나기 전에 고북월은 가볍게 한숨을 내쉬었다. 비록 목청무처럼 코웃음을 치며 대놓고 퉁을 주지는 않았지만, 그 나지막한 소리에 모용완여는 속이 뒤집어지는 것 같았다. 무슨 뜻으로 한숨을 쉬었는지는 모르지만 필시 좋은 뜻은 아닐 테니 그럴 만도 했다.

저 두 사람이 상류사회에 전하는 이야기는 무시할 수 없는 힘이 있었기 때문에, 그들의 한 마디로도 모용완여가 어렵게 쌓아 온 좋은 인상은 단박에 무너질 터였다!

모용완여는 이를 부득부득 갈았다.

이게 다 한운석 탓이야. 어떻게 감옥에서 죽지 않고 살아났담?

한운석 일행이 멀리 사라질 때쯤 시중을 드는 계 할멈이 허둥지둥 달려왔다.

"소저, 지금 용서받는 게 중요한 게 아닙니다요. 저 여자가 태비마마께 고자질이라도 하면 어쩌시려고요?"

의태비는 체면을 가장 중요하게 생각하는 사람이었다. 진왕부의 일개 하인조차 태후에게 야단을 들으면 온종일 불쾌해하는 판국에 한운석이 감옥에 갇힌 일을 모른 척할 리가 없었다. 그런데 이 사실을 알리지 않은 모용완여에게도 책임이 있었다.

모용완여는 흔들리지 않고 음험한 눈빛으로 물었다.

"모비께서는 언제 돌아오시지?"

"내일이 보살의 탄신일이니 분명히 오늘은 예불을 드리러 돌아오실 겝니다. 시간도 얼마 없는데 대체 어쩌시려고……."

계 할멈은 걱정이 태산이었다. 모용완여가 꾸중을 들으면 그 편에 섰던 하인들도 화를 피할 수 없었던 것이다.

하지만 모용완여는 만족스레 웃으며 허리를 더욱 꼿꼿이 폈다.

"오늘 오신다면 이렇게 꿇어앉아 있는 게 낫겠어. 꿇어앉아서 모비께 죄를 청해야지."

어차피 알려질 일이라면 한운석보다 한발 앞서 알려야 했다.

계 할멈도 그 마음을 헤아렸는지 황급히 목소리를 죽였다.

"마음 푹 놓으세요, 소저. 태비마마께서 돌아오시면 그 여자
는 아주 힘들어질 겝니다. 쇤네가 당장 가서 바람을 잡겠습니
다요."

한운석이 몸소 고북월과 목청무를 배웅하고 대문 앞에 서
있을 때 화려한 마차 한 대가 나는 듯이 달려왔다. 의태비의 마
차였다.

한동안 별원에서 머문다고 하지 않았나? 왜 이렇게 빨리 돌
아왔지?

의태비의 마차가 멈추는 것을 보자 한운석은 몸을 피하고
싶었지만, 언제 왔는지 계 할멈이 달려 나와 그녀의 옷자락을
붙잡고 큰 소리로 외쳤다.

"태비마마, 어서 오십시오. 드디어 돌아오셨군요!"

늙은 할멈이지만 힘이 여간 아니어서 한운석도 도저히 뿌리
칠 수가 없었다. 억지로 그 손을 떨치려는데, 마차에서 내린 의
태비가 이 광경을 보고 꾸짖었다.

"무얼 하는 게냐? 남부끄러운 줄도 모르고 대문 앞에서 티격
태격하다니!"

계 할멈과 한운석은 화들짝 놀라 황급히 손을 놓았다.

한운석은 계 할멈을 눈으로 흘기며 몸을 굽혀 인사했다.

"신첩, 모비께 인사 올립니다."

계 할멈이 털썩 무릎을 꿇으며 외쳤다.

"태비마마, 드디어 돌아오셨군요. 마마께서 돌아오지 않으시면 소저께서 큰일 날 뻔하셨습니다요, 아무렴, 큰일 날 뻔했지요!"

"멍청한 것 같으니! 할 말이 있으면 들어가서 해라. 우리 진왕부의 낯을 이만큼 깎아내리고도 충분치 않은 게냐?"

의태비는 야단을 치며 한운석을 차갑게 노려보았다. 말투가 가시처럼 뾰족했지만 눈빛은 그보다 더 뾰족했다.

한운석은 못 들은 척 고개를 숙였다. 시어머니이자 어른이고, 태비이기까지 한 사람을 건드려야 좋을 것이 없으니 참는 것이 유일한 방법이었다.

의태비는 계 할멈의 말을 신경 쓰지 않는 것처럼 온화하고 우아하게 행동했지만, 안으로 들어가 대문을 닫는 순간 판이하게 달라졌다. 세심하게 단장한 그녀의 얼굴이 무서우리만치 어두워졌다.

"계 할멈, 무슨 일이냐? 본 궁이 겨우 며칠 자리를 비웠기로서니, 어디서 굴러먹다 온 원숭이가 왕 노릇이라도 하려 하더냐?"

역시 한운석을 겨냥한 말이었다. 이렇게 되자 설사 한운석이 바보라고 해도 계 할멈이 쪼르르 달려 나온 이유를 알 수 있었다. 모용완여는 한운석을 놓아줄 생각이 없었다. 모르긴 몰라도 이미 의태비가 돌아올 줄 알고 있었을 것이다.

"태비마마, 어서 객청으로 나가 보십시오. 이 추운 날 소저께서 온종일 꿇어앉아 계십니다요. 마마께서 돌아오실 때까지 꿇어앉아 죄를 청하시겠다며 아무리 권해도 일어나려 하질 않으십니다요."

계 할멈이 황급히 대답했다.

"이게 무슨 일이람?"

의태비는 깜짝 놀라 서둘러 객청으로 들어갔다.

한운석은 그 틈에 빠져나가고 싶었지만 갈 곳이 없었다. 의태비가 온 이상, 부용원에 숨는다 해도 명이 떨어지면 나올 수밖에 없었다.

현대 사회에도 권력으로 남을 핍박하는 사람이 있는데 하물며 강력한 황권皇權이 존재하는 이곳은 말할 것도 없었다. 달아날 곳 없는 한운석은 차라리 맞서서 적절히 대응하라고 스스로를 타일렀다.

계 할멈은 그녀를 향해 히죽 냉소를 짓고는 알아서 뒤를 따랐다.

객청에는 모용완여가 여전히 그 자리에 꿇어앉아 있었다. 허리를 꼿꼿이 세우고 두 손으로 찻잔을 바치는 자세였다.

"어머나, 완여, 애야. 어찌 이러니?"

의태비는 마음이 아픈 듯 부르짖으며 화살처럼 달려가 모용완여를 부축했다.

"일어나렴. 일이 있으면 말로 하면 되지, 누가 꿇어앉으라 하던? 무릎이라도 망가지면 어쩌려고?"

"모비, 제 잘못이에요. 큰 잘못을 저질러 모비를 뵐 낯이 없고, 오라버니와 새언니에게도……."

모용완여는 죄책감이 가득한 얼굴로 말하다가 숫제 얼굴을 가리고 구슬프게 흐느꼈다.

의태비는 더욱더 어쩔 줄 몰라 했다.

"울지 말아라. 그러다 눈이 부으면 어쩌니? 모비가 여기 있지 않니? 아무리 큰일이라도 모비가 다 해결해 줄 테니 어디 말해 보렴. 대체 무슨 일이니?"

모용완여가 고개를 들었다. 가련하기 짝이 없는 표정에 눈동자는 눈물로 뿌옇게 흐려져 있었다. 겨우 입을 열었지만 목이 메는지 당장 말이 나오지 않아, 그녀는 또다시 얼굴을 감싸고 울기 시작했다.

의태비는 심호흡을 하고는 주인석으로 가 앉더니 날카롭게 명령했다.

"계 할멈, 네가 말해 보아라!"

이 순간만을 기다리고 있던 계 할멈이 즉시 상황을 설명한 뒤 잊지 않고 덧붙였다.

"태비마마, 소저께서는 이 일로 너무 초조해하시다 혼절까지 하셨습니다요. 왕비마마께서 감옥에서 무슨 일이라도 당할까, 진왕부의 체면이 깎이지나 않을까, 노심초사하셨지요. 하인들을 보내고 몸소 찾으러 나서기도 하셨지만, 끝내 태비마마를 찾지 못하신 바람에 처리가 미뤄진 것입니다요."

계 할멈의 이야기가 끝나기 무섭게 모용완여가 흐느끼며 말했다.

"모비, 새언니를 탓하지 마세요. 모두 제 잘못이에요. 제가 모비를 찾지 못한 탓이에요."

그러잖아도 어두웠던 의태비의 안색은 한층 더 어두워졌고, 고운 눈동자는 폭풍 전야처럼 무겁게 가라앉았다.

계 할멈은 모용완여를 흘끗 보더니 재빨리 말을 이었다.

"왕비마마께서 돌아오신 뒤 소저께서는 사과를 드리려고 몇 번이나 부용원에 사람을 보내 만남을 청하셨습니다요. 하지만 왕비마마께서 계속 거절하셨지요. 오늘에서야 밖으로 나오셨기에 소저께서 차를 올리며 무릎까지 꿇으셨는데도 왕비마마께서는……."

"한운석!"

계 할멈의 말이 끝나기도 전에 의태비가 폭발했다. 옆에 있던 한운석은 조용히 대답했다.

"신첩, 여기 있습니다."

"계 할멈의 말이 사실이냐? 네가 정말 감옥에 들어갔다고? 체포령은 있었더냐?"

의태비가 믿을 수 없는 목소리로 물었다. 이 사건에 비하면, 모용완여의 '억울함' 따위는 아무것도 아니었다.

"모비, 태후마마께서 친히 체포령을 내리셨어요. 그렇지 않고서야 누가 감히 새언니를 건드릴 수 있겠어요!"

모용완여가 목멘 소리로 설명했다.

"뭐라고? 한운석, 네가! 네가 정말……!"

의태비는 노발대발하여 반쯤 몸을 일으켜 한 손으로 팔걸이를 붙잡고 다른 손으로는 한운석을 마구 손가락질했다. 분노가 머리끝까지 치밀어 말조차 나오지 않았다.

"신첩은 좋은 뜻으로 도왔을 뿐이고 조금 전에 소장군이 직접 찾아와 감사를 전했습니다. 대리시가 아무 증거도 없이 신첩을 모함했기 때문에 진왕 전하께서 친히 대리시경을 이부로 넘겨 처벌하게 하셨지요."

한운석은 당당하게 대답했다.

의태비가 손을 내저으며 노한 목소리로 외쳤다.

"그런 것이 다 무슨 상관이냐! 태후 손에 놀아나 감옥에 갇히기까지 하다니, 본 궁의 얼굴에 먹칠을 해도 유분수지! 그 늙은 것은 지금쯤 본 궁이 능력이 없어 너 같이 멍청한 폐물을 며느리로 얻었다고 비웃고 있을 게 아니냐!"

한운석은 어이가 없었다. 의태비가 체면에 살고 체면에 죽는 사람인 것은 알았지만, 이 정도까지인 줄은 몰랐던 것이다.

정말이지 이해할 수가 없었다!

목청무의 목숨을 구했고, 장평공주 등 그녀를 괴롭힌 사람들은 모두 벌을 받았는데, 그래도 체면이 깎였다고?

의태비는 모용완여가 꿇어앉아 있든 말든 일어났다 앉았다 하며 안절부절못하더니, 돌연 한운석 앞에 우뚝 섰다. 노기를 띤 고운 눈이 차츰차츰 가늘어졌다…….

고부 갈등

의태비는 한운석의 코앞으로 다가와 눈을 가늘게 뜨고 야단을 쳤다.

"한운석, 이런 골칫덩이 같으니라고! 태후가 너를 진왕과 짝지어 주었을 때부터 본 궁의 체면이 땅에 떨어졌고 혼삿날에는 숫제……."

의태비가 지난 일까지 들추어내자 한운석도 정말이지 참을 수가 없었다. 분을 꾹 참고 죽어지내는 것은 그녀의 성질에 맞지 않았다. 상황에 적응하기보다는 마땅히 가져야 할 존엄성과 권리를 스스로 쟁취하는 것이 옳다고 생각한 그녀는 의태비의 말을 끊으며 나섰다.

"모비, 그건 체면을 잃는 일이 아니었다고 생각합니다. 오히려 진왕부의 체면을 세워 주었다고 해야겠지요. 우선 모든 사람들에게 제가 의술을 전혀 모르는 폐물이 아니라 아버지만 못하지 않다는 사실을 알렸고, 또 장평공주와 대리시경이 모두 벌을 받았는데도 태후께서는 지금껏 한마디도 없고 대리시경을 구하지도 않으셨습니다. 체면을 잃은 것은 그쪽이고, 이를 갈고 피를 토하는 것도 그쪽일 겁니다!"

"맞아요, 모비. 물론 새언니가 말대꾸를 하는 것은 옳지 않은 행동이고, 새언니가 감옥에 갇힌 일 또한 많은 사람들이 알고 있지만, 그래도 새언니의 말이 맞아요. 태후 쪽에서 추궁이 들어오지 않았잖아요?"

모용완여가 거짓으로 상냥한 척 권했다.

의태비는 건성으로 들은 듯 한운석을 매섭게 노려보며 연신 고개를 저었다.

"한운석, 네가 정말 아주 잘난 줄 아는구나! 대리시에 갇힌 일이 자랑스러우냐? 호호호, 너 같이 뻔뻔한 것은 처음이야. 덕분에 본 궁이 새로운 것을 알게 되는구나! 감히 본 궁에게 말 대꾸를 해!"

의태비는 그렇게 외치더니, 의자에 털썩 앉으며 차갑게 명 령을 내렸다.

"계 할멈, 저것의 뺨을 쳐라! 오늘 본 궁이 체면을 잃는 것이 무엇인지, 체면을 세우는 것이 무엇인지, 또 체면치레를 잘못 하면 어떤 꼴을 당하는지 똑똑히 가르쳐 주겠다!"

그 말이 떨어지기 무섭게 계 할멈이 소매를 걷어붙이고 다 가가 한운석을 향해 손을 번쩍 쳐들었다.

한운석은 즉각 뒤로 물러났다. 의태비는 말이 통하지 않는 꽉 막힌 사람이었다.

그녀는 뒤로 물러나 계 할멈을 피하면서 차갑게 말했다.

"모비, 이번 일은 진왕 전하께서 처리하셨으니 그래도 체면 이 떨어졌다고 생각하신다면 전하께 하문하시지요."

계 할멈은 흠칫 놀라 걸음을 멈추었지만, 의태비는 탁자를 쾅 내리치며 벌떡 일어나 황당한 듯이 소리쳤다.

"한운석, 감히 진왕으로 본 궁을 협박해?"

"신첩은 사실대로 말씀드렸을 뿐입니다. 마지막으로 말씀드리지만 이 일은 체면을 잃은 것이 아니에요. 진왕께서 대리시경을 이부에 넘겨 처리하게 하시고, 장평공주도 사람들 앞에서 신첩에게 사과를 했습니다. 그리고 조금 전에 소장군이 몸소 찾아와 감사 인사를 했으니 믿기지 않으시면 장군부에 물어보시지요! 더군다나 진왕께서 친히 나서서 해결하셨으니, 함부로 진왕부 사람을 괴롭히지 말라고 태후께 경고해 준 셈이기도 하지요!"

항변해야 소용없다는 것은 알지만 그래도 한운석은 포기할 수 없어 체면을 중요하게 생각하는 의태비의 성품에 맞춰 그것부터 풀어 나가려고 했다.

과연 의태비는 당장 반박하지 않고 잠시 생각에 잠겼다.

그러자 모용완여가 또 끼어들었다.

"모비, 들자니 장평공주가 태후께 고자질을 했다고 해요. 새 언니는 진왕비이니 장평공주가 황숙의 얼굴을 보아서라도 숙모라고 불러야 마땅한데, 하는 양을 보면 진왕부가 안중에 없는 것 같으니 진왕께서 벌을 내리신 것도 당연해요."

"장평이? 위아래도 모르고 교양머리 없는 계집애!"

의태비는 다시 화가 치밀어 성가신 듯 한운석을 노려보았다.

"다 너 때문에 망신살이 뻗친 게야! 그 조그만 것마저 네 머리 꼭대기에 기어올라 소란을 피우는데 네가 폐물이 아니면 무엇이더냐? 무슨 쓸모가 있느냐 말이다! 무엇하러 살아 돌아왔는지, 원. 차라리 감옥에서 깨끗이 죽어 버렸으면 본 궁도 이 못난 꼴을 보지 않았을 텐데!"

한운석은 기가 막혔다. 의태비와 이야기를 해 보았자 소귀에 경 읽기나 마찬가지였다.

의태비도 더 이상 대꾸할 기회를 주지 않고 계 할멈을 호되게 꾸짖었다.

"멍하니 서서 뭘 하는 게야? 어서 치지 않고! 매우 쳐라! 진왕이 와도 저것을 구하지 못할 것이다!"

계 할멈이 와락 달려들었지만 한운석이 힘껏 밀치며 소리쳤다.

"정말 막무가내이시군요!"

이를 본 의태비는 경악했다.

"감히 반항을 해?"

"모비, 먼저 힘을 쓰신 건 모비이십니다. 전 그저 해명하고 싶을 뿐이에요."

한운석은 추호도 움츠러들지 않았다.

"너! 너 정말!"

의태비는 화가 나서 미칠 것 같았다. 그녀 앞에서 이렇게 방자하게 군 사람은 여태 아무도 없었다.

"여봐라! 누구 없느냐? 이 못된 것을 후원 땔나무 창고에 가두어라! 당장!"

시위들이 우르르 달려와 한운석을 붙잡았다. 이번에는 한운석도 그들을 밀어내지 않았다. 물론 발버둥을 치거나 용서를 빌지도 않았고, 그저 싸늘한 눈빛을 지은 채 시위들에게 끌려

나갈 뿐이었다. 진왕부에 발을 들여놓은 순간부터 언젠가 의태비가 이렇게 나올 줄 알고 있었다. 이 집에서 살아가려면 힘이 필요했다!

그녀의 표정을 본 의태비는 화난 것도 잊고 허겁지겁 일어나 두어 걸음 쫓아오며 이해가 가지 않는 얼굴로 물었다.

"대체 어찌된 애가 저러니? 지금 누굴 노려보는 거야? 못된 것, 시집만 오면 나무 꼭대기에 올라 봉황이라도 될 줄 알았느냐? 잘 들어라, 아무리 낙홍파가 있다 해도 본 궁이 반드시 혼쭐을 내줄 것이니!"

모용완여가 쫓아가 겁먹은 목소리로 말했다.

"모비, 이번 일에는 저도……."

"내 분명 별궁에 간다고 말했는데 어째서 못 찾은 게야?"

화가 머리끝까지 난 의태비는 가장 아끼는 모용완여에게도 짜증을 냈다.

"제가 잘못했어요, 화내지 마세요, 네? 화가 나서 몸이라도 상하시면 안 되잖아요."

모용완여가 차를 내밀며 깜찍하고 살뜰한 목소리로 말했다.

차를 몇 모금 마시고 마음을 가라앉힌 의태비가 차분하게 말했다.

"그래, 너를 탓할 일은 아니지. 저 애가 감옥에 갇히는 순간 이미 체면은 땅에 떨어진 게야!"

의태비는 다시 자리에 앉아 한참 생각한 다음 물었다.

"설마 저 애의 의술이 정말 한 신의보다 뛰어났니?"

"듣기로는 고 태의가 함께 치료를 했다는데, 어찌된 셈인지 새언니가 공을 독차지했어요. 제 생각에는 장군부와 고 태의가 모비의 낯을 보아 그렇게 말한 것 같아요."

모용완여는 역시 아부할 기회를 놓치지 않았다. 의태비는 냉소를 지었다.

"그들도 감히 본 궁의 체면을 무시하지는 못했겠지."

의태비의 기분이 영 좋아 보이지 않자 모용완여는 떠보듯이 물었다.

"모비, 오라버니께서 나서서 새언니를 데려왔는데, 혹시 새언니를 창고에 가둔 것을 알기라도 하면……."

말이 끝나기도 전에 의태비가 버럭 화를 냈다.

"알면? 본 궁 앞에서 힘을 쓰고 반항을 하는데 혼쭐을 내주지 않으면 다음번에는 본 궁을 밀치지 않는다는 보장이 없지 않니! 설마 진왕이 그런 것까지 싸고돌라고? 오기만 하면 본궁이 다함께 야단을 칠 게야! 본 궁의 명 없이는 누구도 한운석을 풀어 주지 말라고 전해라!"

"그런……. 알겠어요."

모용완여는 거짓으로 안타까운 척했지만 눈동자에는 득의만만한 웃음이 가득했다.

한운석, 땔나무 창고는 부용원만 못할 테니 이 누이동생이 잘 보살펴 줄게.

밤이 되었다. 한운석은 기왕 갇혔으니 마음 편히 현실을 받아들이기로 하고 땔나무 창고에 자리를 잡고 배불리 밥을 먹었다. 솔직히 지금 상황은 처음 예상했던 것보다는 훨씬 나았다.

낙홍파 사건에서 용비야의 도움이 없었다면 그녀는 일찌감치 죽음을 맞았을 것이다. 하지만 이제는 의태비에게 대들어도 죽음을 당할 정도는 아니었다. 죽을죄가 아닌 다음에야 가능한 모든 방법을 동원해 의태비와 맞서야 했다.

그나저나 용비야 그 인간이 이 싸움에 끼어들까? 끼어든다면 누구 편을 들까? 아, 어쩌자고 또 그 인간 생각을 한담? 흥, 그 얼음장 같은 인간은 나를 구해 주기는커녕 옹호하는 말 한마디조차 하지 않을 거야.

다음날도 평소와 다름없이 끼니가 나오고 아무 일 없이 지나갔다. 하지만 사흘째 되던 날부터 쉰밥과 쉰 반찬이 들어오기 시작했다. 이제 괴롭힘이 시작되었구나 싶었지만 한운석은 아무 말 하지 않고 그대로 돌려보냈다. 나흘째와 닷새째에도 역시 세 끼 모두 쉰밥이었다.

꼬박 사흘을 굶은 한운석은 힘이 전혀 없어 땔나무 위에 누워 커다란 눈으로 하늘을 올려다보았다. 입술이 하얗게 바랬지만 입가에 떠오른 미소는 여느 때와 다름없이 아름다웠다.

잘못을 인정하고 빌면 밥 한 그릇쯤 바꿀 수는 있지만 그럴 수는 없었다. 설사 좋은 밥을 먹게 되더라도 그녀를 기다리고 있는 것은 더욱 잔인한 미래뿐이었다. 더군다나 정말 잘못을 저지른 것도 아니니, 때려 죽여도 제 입으로 잘못했다고 할 수 없었다.

한운석은 자학하는 성격도 아니었고 목숨을 몹시 소중히 생각하는 편이었다. 의태비에게 큰 소리로 대든 것도 더할 나위 없는 퇴로를 마련해 두었기 때문에 할 수 있었던 일이었다.

쉰밥이면 어때.

그녀는 손가락을 꼽으며 시간을 셈해 보았다. 내일이면 틀림없이 장평공주가 찾아올 것이다. 내일도 해독을 하지 않으면 장평공주의 얼굴은 영원히 망가지고 말 테니까. 장평공주가 나타나면 의태비도 그녀를 창고에서 풀어 줄 수밖에 없었다.

엿새째 되는 날 아침 쉰밥이 들어가는 것을 확인한 모용완여와 계 할멈이 수풀 속에서 나왔다.

"굶은 지 사흘째인데 아직도 아무 소리 없다니, 성질머리가 보통이 아니네요."

계 할멈이 탄식을 했다.

사실 의태비는 한운석을 죽일 생각이 없었다. 충분한 이유도 없이 며느리를 굶겨 죽이면 아들에게 해명할 말이 없기 때문이었다. 더욱이 의태비는 아직도 진왕이 무엇 때문에 낙홍파를 인정했는지 모르고 있었다.

진왕은 본래 무척 바쁜 사람이라 며칠 동안 그림자조차 보이지 않는데, 의태비는 한운석이 용서를 구하기를 기다리는 한편 아들이 돌아와 하소연을 들어주기를 고대했다.

"무슨 소리? 저 여자가 용서를 빌까? 그렇다 해도 모비께서는 듣지 못하실 거야."

보기만 해도 사랑스러운 모용완여의 얼굴에 악랄한 표정이 떠올랐다. 어쩌면 나중에 더 좋은 기회가 생길지도 모르지만, 쇠뿔도 단김에 빼랬다고 그때까지 기다릴 수가 없었다.

멀리 땔감 창고를 바라보며 모용완여가 소리 죽여 말했다.

"계 할멈, 새언니가 밥 생각은 없어도 물은 마셔야 할 거야. 그렇지 않고서야 무슨 수로 견디겠어?"

이렇게 말한 그녀는 돌아서며 조용히 속삭였다.

"학정홍鶴頂紅(비소)이 가장 효과가 좋은 독약이라지."

계 할멈은 흠칫 놀라 그 뒤를 따르며 만류하려다가 곧 멈추었다. 요 몇 년간 의태비 곁의 사람들은 대부분 모용완여에게 매수당했고, 모용완여는 언젠가 의태비의 명에 따라 진왕의 측비가 될 것이었다. 정비는 이름에 불과할 뿐, 의태비의 사랑을 독차지하는 측비가 훗날 진왕부의 안주인이 될 것은 자명했다. 이렇게 생각한 계 할멈은 즉시 결단을 내리고 몸소 독약을 사러 나갔다.

정오가 되자 점심밥이 들어왔고, 평소대로 물 한 잔이 곁들여져 있었다. 물도 마시지 않았다면 한운석은 벌써 정신을 잃었을 터였다. 지금 그녀가 깃들인 몸은 이곳으로 오기 전과는 달리 너무 병약해서 그녀 자신조차 진절머리가 날 정도였다.

그런데 쟁반이 들어오는 순간 해독시스템이 다급하게 울리기 시작했다. 물 잔을 들어 냄새를 맡아 본 한운석은 단번에 학정홍이라는 것을 알 수 있었다.

무척 강력하고 흔히 구할 수 있는 독이었기 때문에 검사할 필요도 없이 냄새만으로도 알 수 있는 독이었다. 의태비는 이렇게 경솔하게 그녀를 죽이려 할 리 없으니, 모용완여의 짓이 분명했다. 음식도 없는데 이제는 물까지 마시지 못하게 된 것이다. 정말 모용완여가 한 짓이라면 이 빚은 꼭 갚아 주고 말리라!

억지로 오후까지 버텼지만 춥고 목마르고 배고파 거의 탈진할 지경이었다. 꽉 막힌 사방을 보면서 그녀는 여전히 희망으로 가득한 미래를 향해 빙그레 웃음을 지었다. 곧 나갈 수 있다는 것을 알기 때문이었다.

저녁나절, 마침내 의태비가 모용완여를 동행하고 땔감 창고 쪽으로 왔다.

"며칠 동안 굶었다면 혼절하지 않았겠니?"

의태비가 피곤한 목소리로 물었다. 그녀는 한운석이 배고픔 때문에 혼절한 나머지 여태 용서를 빌지 않았다고 여기고 있었다.

"그럴 수도 있지요. 모비, 새언니는 몸이 약하니 벌은 이 정도만 하셔도 충분할 거예요."

모용완여가 선심 쓰듯 권했다.

"몇 번이나 말해야 알겠니? 사람은 말이야, 특히 여자는 마음이 약해져서는 안 된다. 가엾어서 넘어가 주면 그 못된 습관을 어떻게 고치겠니?"

의태비가 답답하다는 듯이 말하자 모용완여는 말없이 고개를 숙였다. 하지만 그녀의 마음은 이제 곧 못된 습관을 가진 한운석이 아닌 시체를 보게 되리라는 기대로 크게 출렁이고 있었다!

악랄한 것, 사람을 죽이려 하다니

한운석만 죽으면 진왕의 정비 자리는 영원히 공석이 될 것이고, 측비가 된 모용완여는 정비가 가질 모든 것을 누리게 될 것이다. 시녀 출신이라는 끔찍한 악몽도 떨쳐 버릴 수 있었다.

마침내 창고 문 앞에 이르자, 내내 차분하던 모용완여는 한시도 기다릴 수 없어 몸이 달았다. 시위가 자물쇠를 열자 그녀는 기대에 가득차 안으로 들어갔다.

마른 땔감이 쌓인 창고에는 푸른 옷을 입은 사람이 짚더미 위에 쓰러져 있었다. 작고 여린 몸은 바람이 불면 날아가 버릴 것 같았다.

"흐흥, 혼절했을 줄 알았지."

의태비가 차갑게 코웃음을 쳤다.

"여봐라, 저것을 깨워라."

시위가 재빨리 물통을 가지고 오자, 생각해 놓은 것이 있던 모용완여가 두근거리는 심장을 억누르며 황급히 나섰다.

"모비, 물은 너무 차가우니 제가 가서 깨울게요."

의태비는 어쩔 수 없는 눈길로 그녀를 흘겨보았다.

"저리 마음이 약해서야!"

모용완여는 기뻐하며 다가가 한운석을 살짝 흔드는 척했다.

"새언니, 새언니, 일어나 보세요. 새언니, 모비께서 오셨어요……. 새언니, 어서 모비께 잘못을 비세요. 그러면 용서해 주실 거예요."

그녀는 한운석을 흔드는 팔로 사람들의 시선을 가리고, 흥분과 두려움으로 바르르 떨리는 다른 쪽 손을 내밀어 숨을 쉬는지 확인하기 위해 한운석의 코밑으로 가져갔다.

손이 가까워지자 모용완여의 심장은 바짝 조여 들었다. 한운석이 죽었다는 것을 확인하면 뭐라고 소리칠지, 뭐라고 말할지도 이미 생각해 둔 그녀였다.

그런데!

모용완여의 손이 한운석에 코에 닿으려는 순간, 한운석이 눈을 반짝 뜨고 경계 어린 눈으로 그녀를 바라보았다.

"나 아직 안 죽었는데 뭐하는 거죠?"

몸이 무척 허약해진 그녀였지만 아직 혼절한 것은 아니었던 것이다. 타고난 경계심이 그녀를 고슴도치처럼 뾰족하게 만든 덕택에 아름다운 눈동자가 칼날처럼 예리하게 모용완여를 노려보고 있었다.

모용완여는 잠깐 넋이 빠졌다가 곧바로 화들짝 놀라 '꺄악' 하고 비명을 지르며 발라당 뒤로 넘어지고 말았다.

"완여! 왜 그러니?"

의태비가 놀라 소리를 지르자 두 시위가 달려들어 한운석을 잡아 눌렀다.

모용완여를 부축해 일으킨 의태비가 높은 곳에서 한운석을 쏘아보며 물었다.

"완여에게 무슨 짓을 한 게야?"

"며칠 동안 굶은 제가…… 무슨 짓을 할 수 있겠어요?"

한운석이 비꼬듯 반문했다.

의태비는 말문이 막혔지만, 곧 부끄러움이 화로 변해 밥이 놓인 쟁반을 걷어차며 소리쳤다.

"진왕부의 개들도 밥을 먹는데, 너는 차마 못 먹겠더냐?"

한운석이 개보다 못하다는 소리일까?

한운석은 억지로 몸을 일으켰다.

"모비……, 신첩과 내기를 하시는 게 어떻겠어요?"

의태비는 다소 불쾌했지만 결국 호기심을 이기지 못해 물었다.

"네가 뭘 할 수 있다는 게야? 어디 말이나 해 보아라."

한운석은 옆에 놓인 물 잔을 가까스로 들어올렸다.

"저는 개도…… 이 물을 마시지 못한다는 데 걸겠어요."

그 말이 떨어지자 모용완여는 깜짝 놀랐다.

"새언니, 무슨 그런 내기를 하려 하세요? 모비께서는 화가 나셔서 개 이야기를 꺼내신 것뿐인데, 아랫사람 된 몸으로 윗사람과 실랑이를 하시다니요?"

그녀는 이렇게 말하며 재빨리 한운석에게서 물 잔을 빼앗아 화난 듯이 바닥에 뿌렸다.

이를 본 한운석은 속으로 냉소를 지었다. 기운이 없어 말하기도 힘든데 모용완여에게 대항할 힘이 있을 리 없었다. 그저 자신의 추측을 확인하기 위해 해 본 말인데 모용완여가 저렇게

286

긴장하는 것을 보면 독을 쓴 사람은 그녀가 틀림없었다!

모용완여를 바라보는 한운석의 하얀 입술이 비웃음으로 살짝 휘어졌다. 모용완여는 벼락을 맞은 양 허둥지둥 그 시선을 피했다.

그녀는 의태비의 손을 잡고 말했다.

"모비, 화내지 마세요. 새언니에게 좀 더 시간을 주면 분명 잘못을 뉘우칠 거예요."

한운석은 냉소를 지었다. 모용완여야말로 그녀가 잘못을 뉘우치거나, 의태비와 사이가 좋아지는 것을 가장 두려워하는 사람이 아닐까?

모용완여는 싸움을 말리려는 것처럼 의태비를 끌고 서둘러 밖으로 나갔다. 고분고분한 태도로 의태비에게 환심을 산 모용완여에 비해 한운석은 이 시대 여인들에게는 없는 다른 수단이 있었다. 그녀는 내내 입가에 비웃음을 떠올린 채 모용완여를 싸늘하게 바라보았다.

바로 그때, 계 할멈이 헐레벌떡 달려왔다.

"태비마마! 태비마마, 큰일 났습니다요! 큰일 났어요!"

"무슨 일인데 이렇게 허둥거리느냐?"

의태비가 불쾌하게 물었다.

"장평공주께서 오셨습니다요, 태비마마!"

계 할멈이 다급하게 대답했다. 그 말에 한운석의 입가에 떠오른 웃음이 더욱 짙어졌고 모용완여는 까닭 없이 불안해졌다.

"장평공주?"

의태비는 의아한 듯 되물었다. 태후와 황후가 오냐오냐하며 키운 버릇없는 공주는 한 번도 진왕부를 찾은 적이 없었다. 그런데 오늘은 무슨 일로 찾아왔을까?

아무 일도 없이 찾아올 리 없는 법, 오랫동안 태후 쪽 사람들과 정면으로 맞서 본 적이 없는 의태비는 신이 나서 한운석의 일은 뒷전으로 미루었다.

"오면 온 것이지 어찌 그리 당황하느냐? 태후가 온다 해도 다를 게 없다! 당장은 시간이 없으니 기다리라고 해라."

그리고는 우아하게 손을 흔들며 덧붙였다.

"본 궁은 따뜻한 물에 목욕을 하고 한숨 푹 자야겠구나. 우리 진왕부의 온천은 아주 편안하거든."

이런 상황에서 계 할멈은 도저히 말을 꺼내기 힘들었지만 그래도 할 수 없이 말했다.

"태비마마……, 장평공주께서는…… 진왕비를 찾아 오셨습니다요!"

뭐시라?

장내의 모든 사람들이 멍해졌다. 장평공주가 한운석을 찾아왔다고?

모용완여는 깜짝 놀라 두려운 눈길로 한운석을 바라보았고, 잘난 척하던 의태비는 얼굴이 화끈거려 계 할멈에게 발길질을 했다.

"이 쓸모없는 것, 제대로 보고조차 못하느냐! 그래, 장평공주가 무슨 일로 저것을 찾아왔다더냐?"

"쇤네는 모릅니다요. 장평공주는 몹시 서두르시면서 지금 만나 주지 않으면 이곳에서 밤을 지새우겠다고 하셨습니다요."

계 할멈이 황급히 대답하자 의태비는 그제야 한운석을 돌아보며 코웃음을 쳤다.

"장평공주가 무슨 일로 너를 찾는 게냐?"

한운석은 입가에 머금었던 비웃음을 거두고 연약한 모습을 꾸며 내며 대답 없이 고개만 저었다.

의태비는 두 눈을 가늘게 떴지만 캐묻지 않고 계 할멈에게 차갑게 명했다.

"가서 전해라. 진왕비는 시간이 없으니 기다리라고."

태후가 그녀 몰래 진왕부 사람에게 체포령을 내렸으니, 이번 기회에 장평공주에게 위엄을 과시하는 것쯤 아무것도 아니었다. 사람들이 총총히 떠나가자 한운석은 겨우 경계를 풀고 힘없이 짚더미에 쓰러져 눈을 잔뜩 찌푸렸다. 허기 때문에 위가 너덜너덜해지기라도 한 듯 몹시 괴로웠다.

그러나 그녀는 억지로 스스로를 격려했다.

한운석, 무조건 버텨야 해. 조금만 더 참으면 곧 괜찮아질 거야.

장평공주는 고분고분 기다릴 사람이 아니었다. 그녀가 객청에서 마구 소란을 피웠지만 의태비는 그러거나 말거나 눈길 한 번 주지 않았다.

"한운석, 네가 그렇게 잘났어? 흥, 본 공주가 모후를 모셔 와도 안 나오는지 두고 보자!"

그녀는 이 말만 남기고 씩씩거리며 사라졌다.

의태비는 궁금해 죽을 지경이었다.

"완여, 장평공주가 무슨 일로 찾아온 것 같니?"

"저도 이상해요. 소장군의 일로 원한을 품은 것은 아니겠지요?"

모용완여가 추측하듯 말하자 의태비는 곧바로 분노를 터트렸다.

"감히! 본 궁이 찾아가 앙갚음을 하지 않은 것에 고마워하지는 못할망정, 무슨 낯으로 제가 찾아와?"

장평공주가 무슨 일로 한운석을 찾아왔건, 모용완여는 한운석이 창고에서 나올 기회를 줄 생각이 없었다. 이럴 때는 먼저 손을 쓰는 것이 최선이었다.

그래서 그날 밤 살수를 불렀는데, 뜻밖에도 밤이 깊자마자 장평공주가 다시 찾아왔다. 이번에는 황후도 함께였다.

황후는 아무래도 장평공주와는 달라, 일국의 국모이자 황제의 정실답게 의태비 앞에서도 빠짐없이 예의를 갖추었다.

"어머나, 오늘 무슨 바람이 불어 두 모녀가 이렇게 본 궁을 찾아왔을까?"

의태비는 객청에 들어서기 무섭게 상냥한 표정을 지어 보이며 시녀에게 차를 준비하라 일렀다.

황후라는 지위는 태비보다 높았지만 항렬을 따지면 의태비에게 예를 갖추어야 했다. 물론 의태비도 살짝 몸을 굽혀 반례를 했다.

하지만 이미 잔뜩 토라진 장평공주는 옆에 서서 꼼짝도 하지 않았다.

의태비는 그제야 이상한 것을 깨달았다. 장평공주가 하얀 면사가 달린 삿갓을 쓰고 얼굴 뿐 아니라 머리 전체를 완전히 가리고 있었던 것이다.

"장평 저 아이가 어째서……."

의태비가 의아한 듯 입을 열자 장평공주는 몹시 흥분해서 바락 소리를 질렀다.

"난 아무렇지도 않아요!"

"장평, 무례를 저지르지 마라."

황후가 꾸짖었지만, 사실 그녀도 속이 타들어갔다.

장평공주가 대리시 감옥에서 무엇을 잘못 만지기라도 했는지, 며칠 전부터 다리와 얼굴이 가렵기 시작하더니 이틀 정도가 지나자 견딜 수 없을 만큼 가려움이 심해졌고 나중에는 버짐까지 피어난 것이었다. 처음에는 다리에만 버짐이 생겼지만 이튿날에는 얼굴에도 큼직큼직한 버짐이 생겨났다. 보기에는 쇠버짐 같았는데, 태의들은 하나같이 쇠버짐이 아니라고 했다.

하지만 쇠버짐이 아니라는 판단만 했을 뿐, 병의 원인은 아무도 설명하지 못했다. 몇몇이 독을 의심하여 독의를 청해 보았지만 역시 해결하지 못했다.

사실 목청무의 일로 장평공주는 고북월을 몹시 미워하게 되어 일부러 부르지 않고 있었다. 그런데 그저께부터 다리의 버짐이 몹시 가려워져 견디다 못해 피부가 찢어질 때까지 마구 긁어 댔더니, 놀란 태의들이 흉이 진다고 만류했다. 그 말에 장평공주도 마음이 불안해져 미움마저 내려놓고 고북월을 불러들였다.

고북월은 독으로 인한 것이나 자신은 해결할 수 없으니 한운석을 불러보라고 권했고, 장평공주는 펄펄 뛰며 절대 못 한다고 소리소리 질렀다.

하지만 어제부터는 얼굴에 난 버짐마저 가려워지기 시작했다. 긁으면 흉이 진다니 가려움증이 시작되면 장평공주는 바닥을 데굴데굴 구르면서도 손을 대지 않으려고 애썼다. 무슨 일이 있어도 얼굴에 흉을 남기고 싶지는 않았기 때문이었다!

도저히 내키지 않고 한운석의 의술에 믿음도 없었지만, 이제는 더 알아볼 곳도 없어 결국 마지막 희망을 안고 억울한 마음으로 한운석을 찾기로 한 것이었다.

의태비의 입가에 비웃음이 떠올랐다.

"저 아이의 성격이야 이미 익숙하니 괜찮네."

황후는 부탁을 하러 온 입장에 함부로 반박하지 못하고 생긋 웃어 보였다.

"태비마마, 진왕비는 부재중인지요? 장평이 어제 저녁에 왔었는데 찾지 못했다고 하더군요."

의태비는 도리어 반문했다.

"무슨 일로 운석을 찾는 건가?"

황후가 대답을 하려는데 얼굴에 버짐이 난 사실을 의태비에게 알리고 싶지 않았던 장평공주가 재빨리 만류했다. 아는 사람이 많아질수록 비웃는 사람만 늘어난다고 생각했던 것이다. 만에 하나 의태비가 그 자리에서 비웃기라도 하면 더욱 망신이었다.

"할 일이 있어서 찾아왔으니 어서 불러오세요. 중요한 일로 그 여자를 황궁에 데리고 가야 한다고요."

장평공주가 제멋대로 내뱉었다.

의태비는 조용히 한숨을 쉬고는 더 묻지 않고 말했다.

"그렇구나. 하지만 운석과 진왕은 나들이를 떠났지 뭐니."

"뭐라고요? 어디로 갔어요?"

장평공주는 몹시 놀라 흥분한 듯 후다닥 다가섰다.

"어머나, 장평. 네 황숙의 성격을 너도 잘 알지 않니. 그 애는 이 어미에게 어딜 간다고 말을 한 적이 없단다."

의태비가 어쩔 수 없는 얼굴로 말하자 장평공주는 애가 타서 어쩔 줄 몰랐다.

"그…… 그렇다면 지금……."

그때, 황후가 장평공주의 손을 잡아챘다. 황후는 역시 황후여서 의태비가 일부러 딸을 곯리고 있다는 것을 빤히 들여다본 것이었다. 장평공주가 뭐라고 하기 전에 황후가 그 손을 꽉 잡으며 무섭게 호통을 쳤다.

"장평, 성급하게 굴지 말고 윗사람에게도 함부로 하지 말라고 몇 번이나 말했니? 이 일이 중요하고 급한 일이기는 하지만 진왕비가 없는데 소리를 질러 봐야 의태비만 난처하실 게 아니냐?"

급한 일, 그녀의 승부수

"급한 일이라, 급한 일이라면 저 아이를 탓할 일이 아니지. 대체 무슨 일인가?"

의태비는 일부러 놀란 표정을 지어 보였지만, 황후는 못들은 척하고 계속 장평공주를 나무랐다.

"진왕비와 진왕께서 출타중이시니 네 부황을 찾아가 진왕을 돌아오시게 해 주십사 하는 수밖에 없겠구나. 부황이라면 진왕을 찾아내시겠지."

황후는 이렇게 말하며 의미심장하게 의태비를 돌아보았다.

"그렇지 않습니까, 태비마마?"

한 사람은 진왕을 들먹이며 협박을 하고, 다른 한 사람은 황제로 압박을 가하고 있으니, 아랫사람들은 심장이 벌렁거려 견딜 수가 없었다. 하지만 장평공주는 도를 깨우친 사람처럼 몹시 기뻐했다.

"맞아요! 부황께 말씀드려야겠어요. 반드시 도와주실 거예요!"

의태비는 황후의 성품을 잘 알고 있었다. 황후라는 신분에 걸맞게 한 번도 남을 자극하는 말을 한 적이 없는 그녀가 감히 황제를 들먹였다는 것은 장평공주의 일이 무척 중대한 사안이라는 뜻이었다. 적어도 정무로 분주한 황제를 나서게 할 자신이 있는 것이다.

"모후, 가요. 당장 부황을 뵈러 가자고요!"

장평공주는 몹시 흥분해 황후를 끌고 나가려 했다.

이렇게 되자 급해진 쪽은 의태비였다. 평소라면 남들이 뭐라던 아무 핑계나 대면서 한운석을 내놓았겠지만, 지금은 한운석이 창고에 갇혀 다 죽어가는 중이 아닌가? 만에 하나 그 사실이 알려져 집안의 허물이 밖으로 퍼져 나가기라도 하면 이만저만 부끄러운 일이 아니었다!

의태비가 뭐라고 말하려는데, 옆에 있던 모용완여가 먼저 나섰다.

"황후마마, 장평공주마마, 잠시 기다려 주세요!"

황후는 기다렸다는 듯이 장평공주를 붙잡아 세웠다. 그녀는 가능하면 후궁의 일로 황제를 귀찮게 하지 않으려 했고, 그것이 그녀가 황제의 총애를 받는 가장 큰 이유이기도 했다.

모용완여는 황급히 앞으로 나아가 허리를 숙이며 말했다.

"황후마마, 공주마마, 사실 진왕비는 어젯밤에 돌아왔습니다. 모비께서는 오늘 별원에서 돌아오셨기 때문에 모르고 계셨을 뿐이지요. 미처 말씀드리지 못한 제 불찰입니다."

모용완여가 물러날 길을 마련해 주자 의태비도 재빨리 그에 편승했다.

"아니, 돌아왔다고? 어째서 미리 말하지 않았니? 장평공주에게 급한 일이 있다는데 만에 하나 늦기라도 하면 어쩔 뻔했어?"

"말씀드리는 것을 깜빡했어요."

모용완여는 죄스러운 듯 고개를 푹 숙였다. 의태비는 황후와 장평공주가 따질 기회를 주지 않았다.

"황후, 장평, 잠시 기다리게. 내가 직접 가서 그 애를 데려올 테니."

장평공주는 달갑지 않았지만, 황후가 눈짓으로 딸의 입을 막았다.

"그럼 부탁드리겠습니다."

의태비는 고개를 돌리고 교양 있게 미소를 지어 보였지만, 모용완여와 함께 객청을 나서는 순간 웃음 띤 얼굴은 무시무시할 정도로 일그러졌다!

방금 모용완여가 도와주지 않았다면, 무슨 창피를 당했을지 생각만 해도 끔찍했다.

"대체 어찌된 일이야!"

의태비는 다급히 걸음을 옮기며 분통을 터트렸다.

"어째서 새언니는 이미 알고 있었다는 기분이 들까요, 모비?"

모용완여가 소리 죽여 속닥거렸다. 할 수만 있다면 황후와 장평공주를 황제에게 보내 한운석에게 손쓸 시간을 벌고 싶었다.

하지만 이렇게 된 이상 한운석이 죽으면 일이 더욱 커질 것이고, 잠 못 이루고 전전반측하게 될 사람은 그녀 자신이 될 것이다.

두 사람은 금세 땔감 창고에 도착했다. 겨우 숨만 붙어 있는 한운석은 너무 지치고 기운이 없어 눈꺼풀의 무게조차 견뎌 내기 힘들었지만, 끝까지 눈을 똑바로 뜨고 문을 노려보았다.

지금 그녀가 기다리는 것은 단순히 살아날 기회만이 아니었다. 이번이야말로 청순가련한 척하는 못돼 먹은 모용완여에게 제대로 반격할 기회였던 것이다.

의태비와 모용완여가 문 앞에 나타나자, 그녀의 창백한 입술에 웃음꽃이 피어올랐다. 그리고 그녀는 천천히, 두 눈을 감았다. 이 광경을 본 의태비와 모용완여는 까무러칠 듯이 놀랐다!

"여봐라! 게 아무도 없느냐! 태의를 불러라, 어서!"

의태비가 소리를 질러댔다. 이 결정적인 순간에 한운석에게 무슨 일이 생기면 큰일이었다.

모용완여는 내키지 않았지만, 어쩔 수 없이 달려가 한운석을 부축하고 인중혈을 누르며 손수 물을 먹였다. 진왕부의 진료를 맡은 이 태의가 부름을 받고 달려왔다. 맥을 짚어 본 그는 한운석이 허기 때문에 기운이 없는 것을 알아내고 서둘러 모용완여에게 환약을 건네며 먹이게 한 다음, 자신은 한운석의 손에 있는 여러 곳의 혈도를 눌렀다.

그렇게 응급처치를 하자 드디어 한운석이 깨어났다.

의태비는 크게 안도의 숨을 내쉬었다. 따끔하게 버릇을 들이려고 했는데 이렇게 다급히 구해 내야 하는 상황에 처할 줄 누가 짐작이나 했을까?

반면 모용완여는 몹시 속이 상한 나머지 걱정스러운 척하기도 싫어져 말없이 쳐다보기만 했다.

한운석은 멍한 표정이었지만 눈동자에는 빛이 어려 있었다. 사실 그녀는 혼절한 것이 아니었다. 사람들이 자신을 구하려고 허둥지둥 하는 동안 차가운 눈으로 모든 것을 '지켜보고' 있었던 것이다!

그녀가 깨어나자 이 태의는 서둘러 모용완여를 시켜 한운석에게 단물을 먹였다. 한동안 조심스레 시중을 들자 한운석도 마침내 기운을 되찾았다.

의태비는 불안하던 마음을 가라앉히고 물었다.

"한운석, 장평이 대체 무슨 일로 널 찾는 게냐?"

한운석은 기운 없는 모습으로 힘없이 고개를 저었다.

의태비는 화가 머리끝까지 솟았지만 성질을 부릴 때가 아닌지라 참는 수밖에 없었다.

"이제 그 애를 만날 수 있겠지?"

한운석은 고개를 흔들 힘조차 없는지 멍하니 이 태의를 바라보았다. 이 태의가 곤란한 듯 말했다.

"태비마마, 혹시…… 혹시 급한 일이 아니라면 좀 더 쉬시게 하는 것이 좋겠습니다. 좁쌀죽이라도 끓여 드시게 하시지요."

"급한 일일세!"

의태비가 버럭 소리를 질렀다.

"무슨 수를 쓰든 당장 저 애를 정신 차리게 만들게!"

"태비마마, 그…… 그건…… 소관의 능력 밖입니다!"

이 태의가 어쩔 줄 몰라 했다.

"모비, 제가 새언니를 방으로 모셔갈게요. 황후마마께는 새언니가 풍한이 들어 쓰러졌으니 죄송하지만 방으로 와서 만나 달라고 하시는 게 어떨까요?"

모용완여가 제안했다.

의태비도 별수 없이 고개를 끄덕였다.

"어서 데려가거라, 어서! 책잡힐 일을 만들면 안 된다!"

그녀는 돌아서면서 경고의 눈빛을 한 번 보낸 뒤 서둘러 그곳을 떴다.

"새언니, 그간 고생이 많으셨어요. 제 방으로 가요."

모용완여는 꿍꿍이속이 있는 눈빛으로 하인을 불러 한운석을 데려가게 했다.

모용완여가 묵는 란원蘭苑은 의태비의 모란원牡丹院과 지척에 있는 화원 형태의 작은 원락이었다. 모용완여는 한운석을 침실로 데려가는 대신 비어 있는 곁채로 데려갔다. 한운석을 침상에 눕히고 가리개를 내리기 무섭게 황후와 장평공주가 나타났다.

한운석이 예를 올리려 일어나는 척하자, 황후는 황급히 만류하며 침상 옆에 앉아 그녀의 손을 꼭 잡고 말했다.

"됐네, 됐어. 풍한 정도로 어찌 이렇게까지 상했는가? 몸보신을 잘 해야겠어!"

"염려해 주셔서…… 감사합니다, 황후마마."

한운석이 힘없는 목소리로 대답했다.

옆에 있던 장평공주가 참다못해 나섰다.

"황숙모, 내…… 내게 급한 일이 있으니 당장 같이 입궁해요."

호칭은 숙모였지만 누가 들어도 명령조였다.

한운석이 한쪽에 선 의태비를 곁눈질로 살펴보니 낯빛이 어둡고 몹시 속이 상한 표정이었다.

저 모녀에게 무슨 꼴을 당했는지는 모르지만, 상황을 뒤집을 기회가 찾아온 것만은 확실했다.

그 얼음장 같은 진왕은 단순히 은혜를 갚기 위해 그녀를 도왔을 뿐 매일같이 곁에서 지켜 줄 사람이 아니었다. 이 저택을 떠날 수 없는 운명이라면, 어떻게든 이 콧대 높은 여주인의 인정을 받을 필요가 있었다.

그리고, 지금이 바로 그 절호의 기회였다!

한운석은 장평공주에게 대답하는 대신 고분고분하게 의태비를 바라보았다. 의태비가 결정할 일이라는 뜻이었다.

그때, 또다시 얼굴이 가려워지기 시작한 장평공주는 초조한 마음에 앞뒤 재지 않고 애원했다.

"의태비마마, 황숙모가 입궁하도록 허락해 주세요. 털끝 하나 건드리지 않고 무사하게 돌려보내드릴게요."

평소라면 장평공주가 의태비에게 이렇게 저자세로 부탁하는 것을 허락지 않았을 황후도 안절부절못하는 딸의 모습을 보자 가려움이 발작한 것을 알고 차마 막지 못했다.

어쩔 수 없는 상황이라 그녀도 거들었다.

"태비마마, 이 아이에게 사사로운 일이 좀 있다고 하니 허락해 주시지요."

한운석이 여봐란 듯 뽐낼 줄 알았는데 뜻밖에도 결정권을 넘기며 체면을 세워 주자, 의태비는 좀 전의 불쾌함이 씻은 듯 가셨을 뿐 아니라 황후와 장평공주의 부탁까지 받아 기분이 무척 좋아졌다.

한운석을 흘끗 바라본 그녀는 이참에 한껏 콧대 자랑을 하며 황후와 장평공주를 애태우기로 마음먹었다.

"운석, 너도 참……. 네 상태를 좀 보렴. 궁을 다녀오다 찬바람이라도 쐬어 병이 깊어지기라도 하면 내 무슨 낯으로 진왕을 보겠니? 널 제대로 보살펴 주지 않았다고 날 원망할 텐데."

허……, 의태비가 언제부터 며느리에게 이렇게 관심이 많았을까?

황후의 낯빛이 어두워졌다. 의태비는 고의로 애를 태우는 것이 분명했다!

영리한 한운석도 당연히 의태비의 마음을 헤아리고 황급히 대답했다.

"모비, 무슨 그런 말씀을요. 전하께서는 폐하와 모비의 말이라면 모두 따르시는 것을 신첩이 어찌 모르겠어요? 극진히 효를 다하기에도 부족한데 원망하실 리가요? 모비께서 저를 이토록 염려해 주시니, 그 은혜는 마음 깊이 새기겠어요."

한 술 더 떠 의태비를 황제와 나란히 거론한 것이다. 황제에 대한 불경이라고 할 정도는 아니지만, 의태비의 환심을 사기에는 충분했다.

물론 한운석은 조금 전 황후가 황제를 핑계로 의태비를 압박한 사실을 모르고 한 말이지만, 한 번 당한 의태비는 이 말이 마음에 쏙 들었고, 덕분에 모용완여의 수백 마디 아부보다 훨씬 큰 효과를 발휘했다.

옆에서 이 광경을 본 모용완여는 속이 문드러지는 것 같았다. 한운석, 저 여자 대체 뭘 하려는 거야?

황후는 화가 나서 입을 꼭 다물었지만, 장평공주는 이렇게 뾰족한 대화를 나누며 팽팽하게 맞서기에는 얼굴의 가려움을 도저히 견딜 수가 없었다.

"의태비마마, 황숙모의 병이 깊어지면 제가 책임질게요! 당장 황궁으로 가게 해 주세요!"

어찌나 다급한지 목소리마저 쉬어 있었다.

하지만 의태비는 여전히 꾸물대며 한운석을 바라보다가 한숨을 내쉬었다.

"이것 참……, 어쩌나……."

"모후!"

장평공주가 울음을 터트리며 황후의 손을 잡아끌었다.

"모후, 좀 도와주세요, 어서요!"

황후는 속이 뒤집힐 지경이었지만 어쩔 수가 없었다.

"태비마마, 장평에게 정말 급한 일이 있습니다. 바로 문밖에 마차를 대기시켜 놓았으니 운석의 병이 더 깊어지지는 않을 겁니다. 궁에 가면 고 태의도 있으니, 고 태의더러 운석을 살피라고 하면 더 좋지요. 그러니 보내 주시지요."

의태비는 정말이지 상대하기 힘든 사람이었다. 황후가 이렇게까지 하는데도 그녀는 여전히 망설이는 척했다. 결국 장평공주가 엉엉 울며 외쳤다.

"태비마마, 부탁드릴게요, 네? 제발 부탁드려요!"

옳거니, 의태비가 원했던 것이 바로 이 '부탁'이었다. 그녀는 그제야 고개를 끄덕이며 말했다.

"운석, 황후를 따라 궁에 다녀오너라."

"예."

한운석은 말 잘 듣는 며느리처럼 고분고분 고개를 끄덕였다. 황후는 즉시 사람을 불러 한운석을 가마에 앉혀 데리고 나가게 했다. 가마에 오르기 전 의태비가 한운석에게 눈짓을 보냈지만, 한운석은 못 본 척했다.

그녀는 의태비가 준 인삼 조각을 입에 문 채 속으로 중얼거렸다. 의태비, 모용완여, 궁에 다녀와서 두고 봐!

네가 급하지 내가 급할까

질주하던 마차는 진왕부를 떠난 지 얼마 되지 않아 멈춰 섰다.

얼굴에서 독이 발작하여 가려움을 견딜 수가 없었던 장평공주는 진왕부에서 벗어나기만 하면 길가에서 치료받는 것도 아랑곳 하지 않았다.

그녀는 등롱을 들고 치맛자락을 걷어 올린 채 허둥지둥 한운석의 마차로 달려갔다. 졸고 있던 한운석은 그녀가 나타나자 무의식적으로 손을 들어 눈부신 빛을 가렸다.

"공주마마, 이게 무슨……."

말이 끝나기도 전에 장평공주가 하얀 면사가 달린 삿갓을 홱 벗고 버짐이 잔뜩 돋은 얼굴을 드러냈다. 안색마저 창백했기 때문에 등불에 비친 그녀의 얼굴은 실로 무시무시했다.

"아앗, 귀신이다!"

한운석이 와락 비명을 질렀다. 반쯤은 일부러 그런 것이지만 반쯤은 진짜 놀랐기 때문이었다. 독 버짐에 대해서는 잘 알지만 그 병을 앓는 환자는 여태 본 적이 없던 것이다.

"한운석, 감히 본 공주에게 귀신이라고?"

장평공주는 화가 치밀어 펄펄 뛰었다. 자기 모습이 정말 그렇게 끔찍할까?

그녀를 치료했던 태의들도 다들 저렇게 놀랐기 때문에 이제는 거울을 들여다볼 용기조차 없었다.

"아…… 아니에요……."

한운석은 힘이 없어 고개를 젓지도 못하고 가만히 누운 채 대답했다.

사실 단약과 좁쌀죽을 먹고 인삼 조각까지 씹었으니 처음만큼 힘이 없지는 않았지만, 이렇게 제멋대로인 장평공주 앞에서는 당연히 '약한 척' 해야 했다.

"한운석, 당장 일어나! 고 태의가 너는 해독을 잘한다고 했으니 어서 날 치료하란 말이야, 어서! 가려워 죽겠어!"

장평공주는 거리낌 없이 명령했다.

손아래사람인 것은 둘째 치고, 부탁하는 입장에서 이렇게 소리소리 지르며 위세를 부릴 일이 아닌데 제대로 가르쳐 주지 않았더니 역시 똑바로 배우지 못한 것이다.

"고…… 공주, 나는…… 나는……."

한운석은 한참을 애썼지만 말조차 제대로 하지 못했고, 장평공주는 속이 터질 것 같았다. 그녀는 몇 차례나 얼굴을 긁고 싶은 것을 꾹꾹 참았다.

"나는이고 뭐고, 어서 날 치료하란 말이야!"

장평공주가 소리소리 지르면서 자기 얼굴을 한운석에게 바짝 들이댔다. 다른 사람이었다면 구토를 하며 피했을 테지만 이런 흉측한 독을 많이 본 한운석은 이미 면역이 되어 있었다.

"공주…… 공주, 난…… 나는 힘이…… 없어요!"

마침내 한운석이 한마디를 입 밖으로 냈다.

"보라고! 그냥 보면 돼! 보는 데 무슨 힘이 들어? 해독하는 솜씨가 아주 훌륭하다며? 그런데 왜 지금은 못해?"

장평공주는 펄펄 끓는 솥에 기어 올라간 개미처럼 안절부절 못하면서, 가려움을 참지 못해 마구 긁을까 봐 자기의 두 손을 꽉 움켜쥐며 명령했다.

"그, 그럼…… 공주……."

한운석은 당장이라도 숨이 끊어질 사람처럼 더듬거렸고, 장평공주는 참다 참다 버럭 소리를 질렀다.

"대체 무슨 말을 하고 싶은 거야?"

성질을 부릴수록 아드레날린이 솟구치고, 그것이 얼굴의 더욱 독을 촉발시킨다는 사실을 장평공주가 알 리 없었다.

"등불을 좀 더…… 가까이해야 정확하게 볼 수 있어요."

한운석이 힘겨운 듯 느릿느릿 말했다.

화는 나지만 지금은 한운석이 무슨 요구를 하든 시키는 대로 해야 했기에, 장평공주는 고분고분하게 등불을 더욱 가까이 가져갔다.

그런데 빛이 환해졌는데도 한운석은 장평공주의 얼굴을 살피기는커녕 스르르 눈을 감으며 혼절해 버렸다.

"아악……!"

장평공주는 분을 참지 못해 미친 듯이 비명을 질러 댔다. 어떻게 이럴 수가 있어!

그녀는 한운석의 얼굴을 후려갈기려고 등롱을 높이 쳐들었지만, 결국에는 가려움을 참았던 것처럼 그 충동을 억눌렀다.

한운석은 그녀의 마지막 희망이었다!

그녀의 비명소리에 밖에서 기다리던 황후가 황급히 물었다.

"장평, 왜 그러니?"

장평공주는 마차에서 내려 등롱을 바닥에 내던지더니 '왁' 하고 울음을 터트렸다.

"혼절했어요! 흑흑, 저 천한 것이 혼절했다고요! 쓸모없는 계집 같으니!"

그녀는 울면서 두 손을 얼굴로 가져갔고, 이를 본 황후가 화들짝 놀라 재빨리 그 손을 낚아챘다.

"긁으면 안 된다! 얼굴이 망가지면 어쩌려고!"

궁녀들이 허둥지둥 면사가 달린 삿갓을 다시 씌워 주었지만, 장평공주는 황후의 손을 홱 뿌리치고 삿갓을 벗어던지더니 두 손으로 힘껏 얼굴을 긁기 시작했다. 버짐이 난 얼굴이 얼마나 가려운지, 그 얼굴을 긁는 손가락에 얼마나 힘이 들어갔는지 남들이 알기나 알까? 손이 닿자마자 장평공주의 두 뺨에서는 피가 줄줄 흘렀다! 하지만 장평공주는 통증을 느끼지 못하는 듯 계속해서 긁어 댔다.

"앗······!"

황후는 놀라 얼굴이 새하얗게 질렸다.

"여봐라, 어서······ 어서 공주를 막아라. 저 손을 붙잡아!"

시위들이 화살같이 달려와 장평공주의 손을 낚아챘다.

"놔! 무엄한 놈들! 놓으란 말이야! 가려워 죽겠어, 이거 놔! 명령이니 손을 놔, 안 그러면 모두 죽여 버릴 거야!"

장평공주가 어찌나 격렬하게 저항하는지 황후마저 놀라 울음이 나올 지경이었다.

"어서, 어서 저 손을 묶고 입을 막아라!"

한밤중이라고는 해도 큰길에 서 있었기 때문에, 만에 하나 주위의 백성들이 깨어나 이 모습을 보고 소문이라도 퍼트리면 장평공주는 다시는 고개를 들 수 없게 될 것이다!

순식간에 장평공주의 양손이 꽁꽁 묶이고 입이 틀어 막혔다. 한운석의 마차를 돌아보는 황후의 빨개진 눈에서 증오가 반짝였다.

한운석, 네가 아니었다면 장평이 대리시에 갈 일도 없었고 저런 독이 옮을 일도 없었다! 장평의 얼굴을 본래대로 돌려놓지 못하면 본 궁도, 태후께서도 결코 너를 가만두지 않을 것이다!

장평공주를 마차에 태운 일행은 부리나케 황궁으로 돌아갔다. 달리는 말은 빨랐지만 넓고 아늑한 전용 마차는 전혀 흔들림이 없었다. 한운석은 안락한 마차 안에 늘어지게 누워, 눈을 뜨지도 않은 채 입가에 유쾌한 미소를 떠올렸다.

인생이란 뿌린 대로 거두는 법이었다.

궁으로 돌아오자 동쪽 하늘이 밝아오기 시작했다.

장평공주는 기력이 다했고, 마침 독도 가라앉았는지 이미 혼절한 상태였다. 한운석은 장평공주의 안평궁安平宮으로 안내되었고, 궁녀들은 비몽사몽 하는 그녀를 따뜻한 침상에 눕혀 주었다.

곧 황후와 고 태의가 찾아왔다.

"풍한에 걸렸다고 하는데 몹시 허약해져 오는 길에 혼절했네."

황후가 병증을 대강 설명했다.

고북월은 말없이 침상 곁에 앉아 가리개 밖에서 한운석의 맥을 짚어 보았다. 고북월 같은 전문가는 단박에 한운석의 상태를 알아볼 수 있었다. 그녀는 병이 아니라 며칠 굶어서 허약해지고 기운이 빠진 것뿐인데, 다행히 응급 처치를 해서 큰 문제도 없고 이미 회복 중이라 황후의 말처럼 심각한 것은 아니었다.

고북월은 까맣고 깨끗한 눈동자에 흥미로운 눈빛을 반짝이더니 일어나서 말했다.

"황후마마, 풍한이 몹시 깊이 들었습니다. 왕비마마는 본시 몸이 약하시니 푹 쉬지 않고 억지로 공주마마를 치료하게 하시면 아무래도……."

"아무래도?"

황후가 다급히 물었다. 궁으로 데려온 이상 한운석의 몸이 어찌되건 아무 상관없었다. 장평공주를 치료할 수만 있다면 한운석의 피를 뽑아야 한다 해도 허락할 그녀였다.

"아무래도 공주마마의 병을 치료하지 못하는 것은 물론이고 왕비마마의 목숨조차 보전하기 어려우실 듯합니다!"

고북월은 분명 과장을 하고 있었다. 하지만 황후가 무슨 수로 알 수 있을까? 이 말을 듣자 황후는 긴장했다. 잘못되면 장평공주의 얼굴을 치료하지도 못하고, 한운석의 목숨까지 책임져야 할 판이었다. 이 정도로 심각한 줄 알았다면 차라리 장평공주를 설득하여 진왕부에서 치료받게 했을 것이다. 웃음거리가 되는 것쯤은 한운석의 목숨을 책임지는 것에 비하면 훨씬 나은 일이었다.

황후는 심호흡을 하며 물었다.

"그렇다면 왕비부터 구해야겠지. 얼마나 쉬어야 회복되겠는가?"

"하루 이틀이면 됩니다. 다만 공주마마께서 고생이 많으실 것입니다."

고북월이 사실대로 대답했다.

황후는 눈을 찌푸렸다. 속상해서 말이 나오지 않았지만 지금은 다른 방법이 없으니 고북월에게 맡기는 수밖에 없었다.

"제일 좋은 약을 써서 가능한 빨리 진왕비를 회복시키게. 알겠는가?"

"알겠습니다."

고북월은 고개를 끄덕이며 대답했다.

"바로 가서 약방문을 쓰겠습니다."

고북월이 나가자 황후는 어린 궁녀 하나만 한운석 곁에 남기고 장평공주를 보러 갔다.

한운석은 즐거움을 참지 못하고 속으로 웃음을 터트렸다. 고북월이 이 기회에 몸보신으로 무슨 약을 가져다줄지 몹시 궁금했다. 하루 이틀이라면 완전히 회복될 수는 없지만, 침상에서 내려와 걷는 정도는 무리가 되지 않을 시간이었다.

고북월은 정말이지 마음씨 곱고 똑똑한 사람이었다.

한운석의 예상대로 고북월은 그녀에게 따뜻한 속성을 띤 진귀한 보약을 지어 주었다. 사실 한운석은 배불리 밥을 먹고 싶었지만, 오래 굶은 사람이 폭식이나 폭음을 하면 소화 불량에 걸릴 수도 있고, 심각하면 갑작스레 목숨을 잃을 수도 있어서 참았다.

고북월이 지어 준 약은 온기를 더해 몸을 보양해 줄 뿐 아니라 강렬한 식욕도 줄여 주었다.

훈남이 지어 준 약을 마시고 잠을 푹 잤더니, 이틀 후 한운석은 팔팔하게 살아났다.

그러나…… 장평공주의 상태는 참혹했다. 이틀 동안 독이 세 번 발작했고 그때마다 그녀는 이루 말할 수 없는 고통에 차라리 머리를 박고 죽고 싶을 정도였다.

한운석은 침상에서 내려왔지만, 반대로 장평공주는 자해하지 못하도록 두 손과 두 다리를 꽁꽁 묶인 채 침상에 누워 있어야 했다.

"한운석 그 천한 것은 어떻게 되었어요? 나를 치료할 생각이 없는 거죠, 네? 모후, 그 여자를 끌고 오세요. 분명 일부러 그러는 거라고요! 내가 독으로 죽기를 바라고 있는 거야!"

황후가 옆에 앉아 달랬지만 장평공주는 도무지 들으려 하지 않고 쨍쨍거렸다.

"다 그 여자 탓이야! 그 여자 탓이라고! 그 여자만 아니었다면 감옥에 갈 일도 없었는데……. 흑흑, 모후, 그 여자가 저를 이렇게 만들었어요! 모후, 절 풀어 주세요……. 내 발로 그 여자를 찾아갈 테야!"

고북월을 따라 들어간 뒤 한운석은 아무 말 없이 그 욕설을 듣고 있었다. 장평공주는 자신이 그날 밤 감옥에서 저지른 짓은 생각지도 않고 도리어 그녀에게 죄를 뒤집어씌웠다.

고북월에게 그간의 상황을 듣고 가엾은 마음에 해독해 주러 왔는데 후회가 막심했다. 가엾은 상황에 처한 사람은 역시 그런 상황에 처할 만한 이유가 있었던 것이다!

장평공주는 그녀가 제일 싫어하는 부류였으니, 의사의 도리니 뭐니 하는 말 따위는 아무 소용이 없었다.

"신첩이 황후마마께 인사 올립니다."

"소신이 황후마마와 공주마마께 인사 올립니다."

한운석과 고북월이 가리개 밖에서 예를 올리자 황후는 황급히 일어나라 명하며 사람 좋은 목소리로 말했다.

"운석, 어서 들어오게. 장평이 한참 기다렸네."

장평공주도 더 이상 투덜거리지 않고 증오를 담은 눈으로 한운석을 노려보았다.

한운석은 침상 옆에 앉아 차분하게 말했다.

"너무 어두우니 등을 가져오너라."

궁녀가 재빨리 등롱을 가져와 비추자 장평공주도 그 강렬한 빛에 눈을 깜빡였지만, 그래도 고집스레 한운석을 노려보았다.

한운석이 태연하게 말했다.

"장평, 눈을 감아요. 눈꺼풀에도 독이 있는지 보아야겠어요."

이 말이 떨어지기 무섭게 장평공주가 눈을 감았다. 공포에 질린 그 모습에 한운석은 경멸스러운 표정을 지었다.

어디서 위세를 부려? 능력 있으면 계속 노려보시지.

한운석은 그제야 진지하게 그녀의 얼굴을 살피며 남몰래 스캐너를 가동하여 독이 퍼진 부위와 독 상태에 변화가 있는지 확인하고, 다음으로 다리를 살폈다. 운이 좋았는지 독이 많이 퍼지지 않았고 독성의 변화도 없었다.

한운석이 검사를 마치자 황후가 급히 물었다.

"어떤가? 중독인가? 대체 무슨 독인가? 해독할 수 있겠나?"

장평공주는 그제야 끝난 줄 알고 반짝 눈을 뜨며 거만하게 명령했다.

"한운석, 꾸물거리지 말고 어서 말해!"

치료하려면 약이 있어야

장평공주가 소리를 질러 대자 한운석은 의사의 가장 중요한 소양인 '환자와의 논쟁 거부' 솜씨를 발휘하여 침착하면서도 엄숙한 표정을 지어 보였다. 권위가 넘치고 안정감이 느껴지는 표정이었다.

그녀는 대답 없이 손가락으로 장평공주의 뺨을 더듬었고, 장평공주는 순식간에 조용해졌다. 황후마저 긴장하여 더는 캐묻지 못했다.

한운석은 오른쪽 왼쪽을 번갈아 더듬어 보았다. 방금 독소를 스캔한 결과 아무래도 곧 다시 독이 발작할 것 같았다.

그녀가 아무 표정 없이 한참을 더듬자 장평공주와 황후는 속이 타들어갔지만, 재촉하지도 못하고 불손한 말을 내뱉지도 못했다. 가리개 뒤에서 기다리던 고북월마저 긴장할 정도였다. 그 역시 한운석이 해독에 능하다는 것은 알지만, 장평공주의 독을 해독할 수 있을지는 확신하지 못해 단순히 치료를 청해 보라고 추천한 것뿐이었다.

방 안은 정적에 잠기고 분위기는 팽팽하게 긴장되었다!

그런데 한운석이 갑자기 무엇에 놀란 듯 퍼뜩 손을 떼더니 황급히 물러나며 외쳤다.

"이걸 어쩌! 독성이 변해 전염되게 생겼습니다!"

뭐라고?

그 말이 떨어지기 무섭게 황후가 도망치듯 물러났고 주위의 궁녀들도 공포에 질려 슬금슬금 물러섰다. 이렇게 끔찍한 일이!

전염병에 걸리면 공주는 말할 것도 없고, 황자라 해도 황궁에서 나가 멀리 교외 별궁에 갇혀 살아야 했다. 병을 치료하지 못하면 평생 돌아올 수도 없었다.

잠시 멍하게 있던 장평공주가 곧바로 대성통곡을 했다.

"싫어! 싫단 말이야! 흑흑…… 모후, 저 좀 살려 주세요! 쫓겨나기 싫단 말이에요! 싫다고요!"

가장 멀리 달아났던 황후가 긴장으로 하얗게 질린 얼굴로 물었다.

"운석, 치료는 할 수 있겠나?"

한운석은 대답을 피하며 무거운 표정을 지어 보였다.

"아무래도 독이 다시 발작할 것 같습니다."

과연 그 말이 떨어지기 무섭게 장평공주가 발버둥을 치기 시작했다.

"가려워! 모후, 또 얼굴이 가려워요! 놔! 손을 놓으란 말이야! 모후, 차라리 모후가 긁어 주세요! 제발!"

곧이어 다리도 가렵기 시작했지만, 발이 꽁꽁 묶여 있어 아무리 발버둥을 쳐도 소용이 없었다. 이 광경을 본 모두가 경악에 빠졌다. 이런 것까지 알아맞히다니, 한운석이 이렇게까지 능력이 있을 줄은 아무도 예상치 못한 일이었다.

황후는 너무 놀라 가까이 다가가지도 못한 채 한운석의 손을 잡으며 물었다.

"자네 말이 꼭 맞았군! 자네 솜씨가 이렇게 대단하니 틀림없이 장평공주를 치료할 수 있을 거야, 그렇지? 운석, 전염병은 보통 일이 아닐세. 분명히 방법이 있겠지?"

이 일이 소문이 나면 장평공주는 물론이고 그녀와 접촉한 황후나 다른 사람들도 오랫동안 격리를 당해야 했다. 게다가 황후는 당장 전염이 되지 않았다 해도 1년 정도 황제를 만날 수 없었다! 구중궁궐의 수많은 눈들이 호시탐탐 황후를 노리고 있는데 1년을 썩힐 수는 없었다.

"제발…… 모후, 어서 절 좀 살려 줘요! 가려워 죽을 것 같아, 누가 좀 도와줘! 흑흑…… 부황, 부황을 뵐 거야!"

장평공주는 어느새 두서없이 아무 말이나 떠들어 댔고, 그제야 한운석이 황후의 손을 밀어내며 진지하게 말했다.

"한번 해 보겠습니다."

"그래, 그래!"

황후도 연신 고개를 끄덕였다.

한운석이 다가가 장평공주 곁에 앉았다. 모두들 그녀에게 정말 해결책이 있는지 궁금한 듯 눈 한번 깜빡이지 않고 긴장한 채 그 모습을 지켜보았다.

장평공주는 미친 듯이 소리를 지르며 고개를 흔들고 몸을 뒤틀다가, 한운석을 보자 정신을 차리고 마구 욕을 퍼부었다.

"너 때문이야! 모두 너 때문이라고! 네가 날 이 꼴로 만들었어! 경고하는데, 날 치료하지 못하면 모후께서 절대로 널 용서하지 않을 거야!"

"장평!"

황후가 호되게 야단쳤다.

"무슨 말을 그리 함부로 하니?"

황후가 한운석에게 사과하려 했지만 한운석은 손을 들며 조용히 하라는 시늉을 했다.

황후가 조용해지자 장평공주는 더욱더 날뛰었다.

"한운석, 만약에……."

그러나 그 말이 끝나기도 전에 한운석이 고약을 그녀의 얼굴에 턱 붙였다. 장평공주는 곧바로 입을 다물고 믿을 수 없는 것처럼 눈을 휘둥그레 떴다.

이 약……, 정말 시원하잖아!

약을 바른 곳이 시원해지며 가려움조차 싹 가라앉은 것이었다!

"만약에…… 뭐죠?"

한운석이 나지막이 말했다.

장평공주는 흠칫하며 재빨리 고개를 저었다.

"아…… 아무것도……."

한운석은 다시 버짐 위에 고약을 발랐다. 가려움을 없애 주는 청량감에 마치 신선이 된 것 같은 기분에 휩싸인 장평공주는 심호흡을 하며 저도 모르게 감탄을 토해 냈다.

"아, 시원해!"

"시원해요?"

한운석이 웃으며 물었다.

장평공주가 연신 고개를 끄덕였다.

"좀 더! 좀 더 발라!"

한운석이 난색을 표하며 망설이자 긴장한 장평공주는 한운석이 든 커다란 고약 병을 바라보며 체면불구하고 애원했다.

"황숙모, 부탁이에요, 좀 더 발라 주세요! 제가 잘못했어요. 모두 제 탓이고 제 잘못이에요. 그러니 제발 살려 주세요!"

이 모습을 본 황후도 초조해져서 나섰다.

"운석, 장평은 아직 어리고 세상물정을 몰라서 그러니, 자네에게 잘못한 부분이 있어도 너무 마음에 두지 말게!"

한운석이 고개를 돌려 황후를 바라보았다.

"무슨 말씀을요, 황후마마. 제가 어찌 손아랫사람에게 원망을 품겠습니까? 다만 얼굴 다른 부분에 상처가 있어 이 약을 쓰면 흉터가 질지도 몰라 망설였던 겁니다."

이렇게 말한 그녀는 침상 끝으로 옮겨 다리에 약을 발라 주면서 진지하게 말했다.

"일단 다리의 가려움부터 잠재우죠. 얼굴 쪽은 아무래도 용모가 망가지지 않도록 좀 더 참으시는 것이 좋겠어요. 가능한 전염되기 전에 해약을 지어 보겠어요."

이 말에 황후는 겨우 안도의 숨을 내쉬었다.

"잘됐군, 아주 잘됐어!"

그녀가 서둘러 장평공주에게 당부했다.

"좀 더 참아 보렴. 얼굴이 망가지면 청무가 너를 맞아들이겠니?"

장평공주는 눈물을 줄줄 흘렸다.

"알았어요, 알았어! 참을게요, 참을 수 있어요……. 흑흑…… 벌써 몇 번이나 참았잖아요."

그녀는 다리에서 전해지는 청량감에 신경을 집중하려 애썼지만, 참는다고 하면서도 계속 묶인 손을 버둥거렸다. 정말이지 참기 힘든 고통이었다!

한운석이 약을 다 바른 다음 일렀다.

"한동안은 전염이 될 수 있으니 가능하면 공주에게 접근하지 않는 것이 좋습니다."

그 말은 곧 장평공주를 지하 감옥에 집어넣는다는 것과 다름없었다.

가족의 정이란, 이곳 황실에서는 언제까지나 순수하지만은 않았다. 황후는 앞으로 다시는 장평공주를 보러 오지 않을 것이다. 그녀는 시중을 드는 궁녀 몇 명만 남기고 한운석을 따라 바삐 그 방을 떠났다.

떠나는 한운석의 뒷모습을 바라보며 장평공주는 부득부득 이를 갈았다. 앞으로 또 며칠이나 이 고통을 참아 내야 할지 끔찍했다.

객청으로 나오기도 전에 황후가 다급히 물었다.

"운석, 대체 무슨 독인가?"

"독이끼인데 필시 감옥에서 전염되었을 겁니다. 그곳은 무척 더러워 독이 많지요."

한운석은 일부러 심각한 표정을 지어 보였다.

"공주마마는 금지옥엽이시니 특별한 용무 없이는 감옥을 드나드시지 않는 것이 좋습니다, 황후마마."

당연히 황후도 장평공주가 감옥에서 제멋대로 한운석을 벌한 사실을 알고 있었다. 이런 상황에서 한운석의 조롱을 받자 부끄러움에 얼굴이 빨갛게 달아올랐지만 이를 악물고 참는 수밖에 없었다.

옆에 있던 고북월은 남몰래 한운석을 흘끔거리며 입가에 미소를 지었다. 이 여인은 절대로 손해 보는 일이 없어서, 그녀에게 해를 입힌 사람은 반드시 그대로 돌려받아야 했다.

한참 후, 황후가 다시 입을 열었다.

"치료하는데 얼마나 걸리겠나?"

"해독만 하면 되니, 당장 약방문을 써서 필요한 약재를 가져오게 하지요."

한운석은 그렇게 말하며 성큼성큼 안으로 들어갔고 황후도 급히 뒤를 따르며 지필묵을 준비하라 일렀다.

일반적인 약방문은 몇 가지 약재만 있으면 충분했지만, 뜻밖에도 한운석은 종이 두 장이 꽉 차도록 적어 내려갔을 뿐 아니라 제일 앞에는 몹시 진귀한 약재들이 적혀 있었다.

황후는 알아보지 못했지만, 옆에 있던 고북월은 하마터면 웃음을 터트릴 뻔했다.

정말 해약을 지을 생각은 있는 걸까?

하는 양을 보면 이 틈에 귀한 약재를 챙기려는 수작이 분명했다! 이 목록에 적힌 약재들은 서로 상충되는 것들이라 절대로 약방문에 함께 쓸 수 없었다.

이제 다 적었다 싶었을 때 뜻밖에도 한운석은 세 번째 종이를 꺼내 마지막 약재 이름을 썼다.

'마디 열 개가 있는 선태蟬蛻.'

선태란 검은 매미가 죽은 후 남겨진 허물로 무척 흔한 약재지만, 일반적인 선태는 복부에 마디가 아홉 개만 있을 뿐이고 열 개짜리 마디를 가진 것은 몹시 드물었다.

황후는 몰랐지만, 황궁의 약 창고를 잘 아는 고북월은 이를 보자 복잡한 표정을 지었다.

"황후마마, 이것이 약방문이니 여기 적힌 대로 가져와 주십시오. 빠르면 빠를수록 좋습니다. 약은 제가 친히 달이지요."

한운석이 진지하게 말했다.

황후는 곧바로 약방문을 고북월에게 건넸다.

"고 태의, 이 일은 태의에게 맡길 테니 서둘러서 준비하게."

황후는 너무 쉽게 생각하고 있었지만, 황궁의 약 창고에는 없는 약이 없으니 그녀를 탓할 일은 아니었다.

고북월은 고개를 끄덕이고 밖으로 나갔다.

오후가 되자 그는 약방문에 있는 약재들을 모두 한운석 앞에 가져다 놓았지만, 마디 열 개 있는 선태는 빠져 있었다.

"황궁에도 없어?"

황후가 믿을 수 없는 얼굴로 물었다.

"확실히 찾아보았나?"

"예, 소관이 확인해 보았지만 약 창고에는 없었습니다."

고북월은 그렇게 말하며 무심코 한운석을 바라보았다.

"마디 열 개가 있는 선태는 성 하나를 살 수 있을 만큼 귀합니다. 지금껏 단 두 개밖에 나타나지 않았는데 그중 하나는 북려국 황후의 손에 있고, 다른 하나는⋯⋯."

"다른 하나는 어디에 있는가?"

황후가 초조하게 물었다.

"소관이 알기로는 의태비께 있습니다. 다만 벌써 사용하셨는지 어떤지는 소관도 모릅니다."

고북월이 사실대로 대답했다.

"모비께 있다고요?"

한운석이 놀란 표정을 지었다.

사실은 그녀도 이미 알고 있었고 약방문에 썼던 것도 그 때문이었다. 의태비의 방에서 본 적이 있는데, 의태비는 이 귀한 약재를 공예품처럼 정성들여 표구를 해 놓았다. 모용완여가 시집갈 때 혼수품으로 주기로 했다는데, 모용완여도 그걸 볼 때마다 몹시 흐뭇해했다.

이렇게 되자 황후는 몹시 난처했다. 의태비의 손에서 뭔가를 받아온다는 것은 결코 쉬운 일이 아니었다.

잠시 망설이던 황후가 의미심장하게 말했다.

"운석, 자네가 직접 말씀드리는 것이 어떻겠나?"

한운석은 한숨을 푹 쉬었다.

"모비께서는 마음이 넓으시니 사람을 구하는 일이라면 반드시 도와주실 겁니다. 다만……."

황후는 긴장한 채 그녀의 다음 말을 기다렸다.

"제가…… 제가 부탁을 드리자면 장평공주의 병을 말씀드려야 하지 않겠습니까? 하지만 황후마마와 장평공주께서는 절대 말하면 안 된다고 하시니……."

한운석은 몹시 난처한 척했다.

이 말에 황후도 요지를 알아차리고 싸늘한 눈빛을 떠올렸다. 이렇게 되면 한운석이 일부러 그랬다고 의심할 만도 했다.

한운석이 장평공주를 치료하고 돌아가면 의태비는 필시 무슨 일이냐고 캐물을 것이고, 그녀는 대답을 할 수도 없고 하지 않을 수도 없는 상황에 처할 것이다. 대답을 하면 황후에게 죄를 짓게 되고, 하지 않으면 의태비가 불쾌해할 것이 뻔했다.

그렇지만 이제는 황후도 약재를 구하기 위해 의태비에게 사정을 알리는 것을 허락할 수밖에 없었고, 그렇게 되면 아무도 한운석을 탓할 수 없었다.

황후는 속이 부글부글 끓었다. 한운석, 이 교활한 것, 지금껏 너를 너무 과소평가했구나.

망설이는 황후를 보며 한운석은 참을성 있게 기다렸다. 사실 해약은 이미 진료 주머니 속에 만들어져 있었고, 귀한 약재를 나열한 약방문은 수고비 겸 의태비를 상대할 방안으로 내놓은 것뿐이었다.

분풀이, 실컷 즐기시죠

황후의 눈동자는 밝아졌다 어두워졌다를 반복했지만, 아무리 화가 나더라도 부탁해야 하는 입장이라 달리 방법이 없었다.

그녀는 분노를 숨기고 부드러운 얼굴로 말했다.

"운석, 장평에게 병이 났다고만 하되 어떤 병인지는 알리지 않는 것으로 하세. 어쨌든 좋은 일은 아니니 소문이 나서 좋을 것은 없지 않은가?"

"황후마마, 모비께서 외부인도 아니신데 소문을 내실리가 있겠습니까."

한운석은 좋은 며느리 흉내를 내며 시어머니 편을 들었다.

황후는 고개를 끄덕이면서도 부드럽게 권했다.

"그야 물론이지. 하지만…… 아무래도 장평의 병이 전염되는 데다 얼굴에 생긴 병이라 그렇다네. 아직 시집도 안 간 처녀인데 체면은 남겨 주어야지, 안 그런가?"

한운석은 어쩔 수 없는 표정으로 고개를 끄덕였다.

"알겠습니다. 그렇다면 장평공주가 심열병을 앓아 마디 열 개 있는 선태로 열을 식히고 독을 풀어내야 한다고 말씀드리겠습니다."

"그래, 그래. 그렇게 말하게. 자네가…… 직접 다녀오겠나?"

황후가 떠보듯이 물었다. 여기까지 양보했는데 의태비에게 가서 부탁까지 하라면 정말이지 속이 문드러질 것 같았다!

하지만 여기서 물러서면 한운석의 노력이 물거품이 되는 셈이었다. 그렇기에 그녀는 진지하게 말했다.

"독이 발작하여 전염될 수도 있으니 저는 공주 곁을 지켜야 합니다. 지체할 수 없는 일이니 저 대신 다른 사람을 보내 주십시오."

전염이라는 말에 황후는 다시 긴장하여 별수 없이 고북월에게 일을 맡겼다. 고북월은 이렇다 할 의견 없이 공손하게 대답하고 곧바로 진왕부로 향했다.

오후 내내 진왕부에서 무슨 일이 벌어지고 있는지 모르지만, 고북월은 한참 동안 돌아오지 않았다.

황후는 객청에서 좌불안석하며 초조하게 기다렸지만, 한운석은 주방에 틀어박혀 해약을 제조한다는 핑계로 아무도 방해하지 못하게 한 뒤 진귀한 약재들을 바꿔치기하고 있었다.

그녀는 귀한 약재들과 해독시스템에 비축해 두지 않은 약재들을 시스템에 넣고, 흔하디흔한 약재만 골라 함께 섞어 끓였다.

달궈진 솥 옆에서 몸을 덥히면서, 그녀는 지금쯤 진왕부에서 무슨 일이 벌어지고 있을지 상상의 나래를 펼쳤다.

의태비는 시종일관 그녀가 감옥에 갇힌 일을 낯부끄럽게 생각했으니, 낯을 세워 줄 기회를 주면 몹시 기뻐할 것이다.

장평공주가 병이 나서 약재가 필요하다는데 내어주지 않을 수는 없는 일이었다.

한운석은 의태비가 반드시 약재를 내줄 것이라 확신했고, 오랫동안 마음에 들어 했던 혼수품이 떠나가는 것을 보게 될 모용완여의 실망한 표정을 생각하자 속이 뻥 뚫리는 기분이었다!

그러나 그런 그녀도 예상치 못한 일이 벌어졌다. 해질 무렵, 의태비가 고북월과 함께 입궁한 것이었다!

황후도 몹시 의외였는지 억지웃음을 지으며 맞이했다.

황후는 선수를 빼앗기지 않으려고 다짜고짜 입을 열었다.

"태비마마, 그래봤자 약재인데 이렇게 몸소 들고 찾아오시면 저희가 어찌 감당해야 할지요!"

뜻밖에도 의태비는 엄숙한 얼굴로 대답했다.

"황후, 본 궁이 황후에게 야단을 치려는 것은 아니지만, 이렇게 큰일을 어찌 내게까지 속이려 했나? 난 또, 장평이 운석을 궁에 데려가 함께 놀려고 하는 줄 알았지! 그런데 병 치료 때문이라니!"

황후가 뭐라고 해명하기도 전에 의태비는 옆에 앉은 한운석을 흘끔 바라보며 진지하게 덧붙였다.

"치료인줄 알았다면 저 아이를 보내지도 않았을 것이야. 저 아이가 무슨 의술을 알겠나? 함부로 치료하고 약을 쓰다가 장평을 상하게 하면 어쩌려고?"

한운석은 못들은 척하며 아무 말도 하지 않았다.

황후는 초조한 나머지 황급히 설명했다.

"그럴 리가요. 고 태의가 옆에서 지켜보고 있습니다."

"고 태의? 그렇다면 고 태의에게 치료를 하게 해야 안전하지!"

의태비는 이렇게 말하며 한운석을 돌아보았다.

"아무것도 할 줄 모르는 아이인데 병을 치료할 수 있었다면 폐물이라는 욕을 듣지도 않았겠지. 며칠 전에는 하마터면 감옥에서 죽을 뻔했는데 치료는 무슨 치료?"

이 말이 떨어지자 황후는 얼굴이 까맣게 어두워진 채 심호흡을 했다! 의태비는 트집을 잡으러 찾아온 것이다! 그러나 황후는 과연 황후답게 대응 솜씨가 여간이 아니었다.

그녀는 안타깝게 탄식을 내뱉으며 말했다.

"어머, 태비마마, 무슨 그런 겸손한 말씀을요. 누구든 운석을 폐물이라고 욕하면 제일 먼저 신첩이 가만있지 않을 겁니다! 소장군 일은 오해예요, 오해이고말고요! 장평이 사과도 했으니 어른답게 그만 용서해 주시지요."

그 말을 들은 의태비는 몹시 흐뭇해하며 그녀를 흘겨보았다.

"장평이 저렇게 제멋대로 구는 것이 모두 황후가 오냐오냐 키운 탓인 것을 누가 모르겠나!"

황후의 눈동자에 분노가 스쳤지만, 그녀는 여전히 꾹 참으면서 일어나 살짝 몸을 숙이고 농담 반 진담 반으로 말했다.

"예, 예, 모두 신첩의 잘못이지요. 신첩이 태비께 용서를 빌겠습니다."

의태비는 일부러 놀란 척하며 황급히 황후를 부축했다.

"아니, 이래서야 쓰나? 본 궁이 농담을 한 것뿐일세. 어른들이야 본래 어린아이라면 귀여워서 어쩔 줄 모르는 것이 인지상정 아닌가. 우리 운석도 내가 얼마나 예뻐해 주는지 모른다네."

구중궁궐에서 뼈가 굵은 두 여인이 너 한마디 나 한마디 가식적인 말을 주고받는 것을 보자, 한운석과 고북월은 소름이 끼쳐 말없이 서로를 바라보았다.

하지만 한운석은 이제 왕부로 돌아가면 적어도 예전처럼 힘들지만은 않으리라는 것을 알고 있었다.

의태비는 입 발린 소리를 하는 재미에 푹 빠져 있었다!

의태비야 이런 연기를 할 시간도 있고 흥도 있었지만, 황후는 그렇지 못했다. 장평공주의 병이 전염될 수도 있다는 것이 마음에 걸려 단 일순간도 허비하고 싶지 않았던 것이다.

"태비마마, 운석의 의술은 고 태의 못지않은데 어쩌다 폐물이라는 소문이 났는지 모르겠습니다. 아무래도 태후의 말씀이 옳으셨군요. 진왕께서 운석을 아내로 맞이한 것은 크나큰 복이랍니다."

황후가 진지한 태도로 말했다.

예전이었다면 이 말을 비웃음으로 받아들였을 의태비였지만, 지금은 무척 기분이 좋았다.

본래는 한운석이 소장군을 치료한 일에 무슨 속임수가 있었으리라 생각했던 그녀는 오늘 오후 고 태의가 찾아와 상황을 설명하자 몹시 충격을 받았다. 운석의 의술이 그렇게 뛰어날 줄은 생각조차 해 본 적이 없었다. 이제는 진왕에게 한운석을 짝지어 준 태후도 몹시 후회하고 있을 터였다!

황후가 사과를 하고 칭찬까지 덧붙이자 의태비는 기분이 싹 풀렸다. 오랫동안 태후와 맞싸워 왔지만 이렇게 속이 시원한

적은 정말이지 무척 오랜만이었다.

그래서 그녀는 관대하게 마디 열 개가 있는 선태를 꺼냈지만, 당연히 황후에게 주지 않고 한운석에게 직접 건네며 부드럽게 말했다.

"운석, 신중하게 해야 한다. 장평공주는 네게 맡기마."

한운석은 일어나서 공손히 선태를 받았다.

"예, 잘 알겠습니다. 바로 가서 약을 달여 오지요."

"왕비마마, 소신이 돕겠습니다."

고북월이 재빨리 나섰다. 한운석이 써 낸 약방문이 가짜라는 것을 알기에 진짜 해약은 어떤 것인지 궁금했기 때문이었다.

수석 어의가 한운석을 돕는다고? 의태비는 더욱 신이 나서 생글생글 웃었다.

"아무렴, 고 태의, 어서 가 보게."

하지만 한운석은 반도 못 가서 고북월을 따돌렸다.

"고 태의, 태의는 장평공주를 좀 살펴보세요."

그녀가 누군가 곁에 있는 것을 원치 않는다는 것을 알아차린 고북월은 잠시 망설이며 뭐라고 하려다가 결국 침묵하기로 했다.

"알겠습니다."

그가 돌아서는데 한운석이 그를 향해 고개를 돌리며 활짝 웃었다.

"고북월, 고마워요!"

말을 마친 그녀는 곧장 돌아서서 가 버렸고 고북월은 멍해져서 한참 동안 서 있다가 고개를 설레설레 저었다. 저 웃기 좋아하는 눈동자는 춘삼월 봄바람처럼 부드럽고 따스했다.

주방에 도착한 한운석은 앞서 달여 두었던 약을 모두 버리고 진료 주머니에서 해약을 꺼내 달인 뒤 손수 들고 나갔다.

황후와 의태비는 장평공주의 침소 문 앞에서 기다리고 있었다. 한운석이 직접 약을 들고 나타나자 황후는 무척 기뻐했다.

"이게 그 약인가?"

"그렇습니다."

한운석이 고개를 끄덕였다.

황후는 손수 문을 열어 주었지만 안으로 들어가지 않았고, 들어가려는 의태비마저 붙잡았다.

"태비마마, 안에는 약 냄새가 강합니다. 장평이 바람을 싫어해서 며칠 동안 창문을 닫아 놓은 탓이니 신첩과 함께 밖에서 기다리시지요."

결벽증이 심한 의태비는 방안에서 나는 좋지 않은 냄새에 걸음을 멈추었다.

"그러세나."

고북월은 이미 황후와 의태비를 남겨 둔 채 안으로 들어간 후였다.

치료를 할 수 있다고는 했지만, 그 결과가 좋은지 나쁜지는 결과가 나와 봐야 아는 일이었다. 황후는 긴장했고, 일부러 위세를 부리러 찾아온 의태비도 당연히 불안했다.

뜻밖에도 기다림은 반 시진이나 이어졌고, 결국 황후의 인내심이 다했다.

"여봐라, 들어가서 어찌된 일인지 물어보아라."

의태비는 눈을 살짝 찡그리며 속으로 중얼거렸다.

오냐, 한운석, 본 궁이 체면을 살리겠다고 황궁까지 찾아왔는데 이곳에서 무안을 당하게 하면 단순히 며칠 굶기는 것으로 끝나지는 않을 것이야!

궁녀들은 전염되는 것이 무서웠지만 부득불 들어가 보지 않을 수 없었다. 그런데 궁녀 하나가 문에 손을 대는 순간, 안에서 문이 활짝 열렸다.

문을 연 사람은 고북월이었고, 한운석은 뒤에 서 있었다. 열린 문틈으로 방 안의 창문도 모두 열려 있는 것이 보였다.

황후와 의태비는 거의 동시에 일어나며 입을 모아 물었다.

"어찌 되었는가?"

"치료는 끝났습니다. 다만 공주가 며칠간 고생을 하느라 몸이 허약해졌으니 천천히 보양을 해야 회복될 수 있습니다."

한운석이 침착하게 대답했다.

"정말인가!"

황후가 믿을 수 없는 얼굴로 물었다.

"정말…… 정말 모두 나았나?"

사실 진짜 묻고 싶었던 것은 전염되지 않느냐는 것이었다. 전염 이야기는 장난에 불과했기 때문에 한운석은 고개를 끄덕였다.

"황후마마, 장평이 마마를 몹시 보고 싶어 할 테니 어서 들어가 보시지요."

이 말을 듣자 간당간당하던 심장도 겨우 본래 자리를 찾았고, 황후는 두말없이 안으로 들어갔다.

의태비는 뭔가 이상한 느낌이 들었지만 무엇이 이상한지 콕 집어 말할 수가 없어, 의아한 마음으로 황급히 뒤를 따랐다.

어느새 손발이 풀려난 장평공주는 아직 몸에 힘이 없었지만 정신은 이상하리만치 흥분되어 있었다.

황후가 들어갔을 때 그녀는 시녀에게 거울을 가져오게 하여 얼굴을 비추어 보는 중이었다. 본래 모습에 비하면 피부가 약간 거칠어졌고 양쪽 볼에 흉터가 살짝 남아 있었지만 독 버짐에 뒤덮인 것보다는 훨씬 나았다!

고북월과 한운석은 얼굴의 흉터가 몇 달이 지나야 없어질 것이라고 했지만, 흥분한 그녀의 귀에는 아무것도 들리지 않았다.

얼굴이 나았다! 이제 용모가 망가질 일도 없고 남들에게 전염시킬 염려도 없었다!

내키지는 않았지만, 한운석이 그녀의 얼굴과 인생을 구제해 주었다는 사실을 인정할 수밖에 없었다.

황후도 들어오자마자 장평공주의 얼굴을 보고 놀라 입을 가렸다.

세상에, 정말이었구나!

태의, 그리고 이름난 독의들마저 손쓰지 못했던 병을, 한운석은 탕약 한 그릇으로 치료한 것이다! 게다가 약효도 무척 빨랐다!

자리에 앉아 딸의 희디흰 얼굴을 바라보던 황후는 감정이 벅차올라 한참 동안 말을 꺼내지 못했다.

반면 의태비는 답답하기 짝이 없었다.

"장평, 심열병을 앓았다더니 어쩌다 얼굴을 다쳤더냐?"

"병 때문에 그런 게 아니라 저 아이가 얼굴을 긁어서 그렇답니다."

황후가 재빨리 핑계를 댔다.

장평공주는 기쁨에 푹 빠져 거울에서 눈을 떼지 못하느라 누가 무슨 말을 해도 전혀 신경 쓰지 않았다.

"그렇다면 그것도 함께 치료를 했어야지."

의태비가 의아한 듯 다시 물었다.

이번에는 옆에 있던 유모가 대답했다.

"태비마마, 진왕비께서 외상에 쓰는 약을 지어 주시며 몇 달 후에는 나을 것이라 하셨습니다."

의태비는 무척 만족스러운 얼굴로 웃으며 말했다.

"그래야지. 호호호, 장평, 이런 숙모를 둔 것도 다 네 복이란다."

천사 날개의 따스함

보오옥?

장평공주가 돌아보며 따지려는데 황후가 재빨리 막았다.

"물론이지요. 태비께서 약재를 내주신 덕분이기도 하니 꼭 태후께 말씀드리겠습니다. 태후께서는 분명히 감사의 뜻으로 큰 예물을 내려 주실 겁니다."

당연히 황후는 태후에게 이 사실을 알릴 용기가 없었지만, 이렇게 말하지 않으면 의태비가 돌아가지 않을 것을 잘 알고 있었다.

이 정도면 참을 만큼 참았으니, 장평공주가 회복된 이상 다시는 의태비와 한운석을 만나고 싶지 않았다!

의태비는 득의양양하게 활짝 웃었다.

"됐네, 됐어. 그럴 것까지야. 운석이야말로 태후께서 진왕부에 내리신 선물 아닌가!"

한운석은 주의사항을 남긴 후 의태비와 함께 왕부로 돌아갔다.

시어머니와 며느리가 손을 잡고 돌아가는 뒷모습을 바라보며, 황후는 화를 참지 못하고 발을 구르다가 획 돌아서서 화살같이 방으로 돌아갔다.

장평공주는 얼굴을 되찾은 기쁨에 푹 빠져, 모후가 자신을 구하기 위해 얼마나 울분을 참아야 했는지는 전혀 알지 못했다.

"장평, 앞으로는 무슨 일이든 조심하도록 해라. 이번 일로 나뿐 아니라 네 황조모의 체면까지 깎이지 않았느냐! 의태비가 얼마나 으스대며 잘난 척했는지 네가 알기나 아느냐?"

황후가 씩씩거리자 장평공주는 그제야 거울을 치우게 하고 말했다.

"모후, 이번 일은 제 탓이 아니에요. 다 한운석 때문이라고요! 그 여자가 아니었으면 제가 감옥 같은 곳에 갈 리가 없잖아요! 그 여자가 날 치료하는 건 당연한 일이니 보답 같은 것은 꿈도 꾸지 말라고 해요!"

"아직도 그런 말이 나오다니! 네가 한 일이 어디 한 번이라도 모후를 안심시켜 준 적이 있었느냐?"

황후가 노성을 터트렸다.

한 번도 황후에게 이런 야단을 들은 적이 없었던 장평공주는 화들짝 놀랐다.

"그…… 그게……."

장평공주는 재빨리 머리를 굴렸다.

"모후, 어쩌면 그 여자가 제게 독을 뿌린 것인지도 몰라요! 청무 오라버니가 중독된 것도 그 여자가 한 짓이라고, 전 처음부터 의심했다고요! 그렇지 않으면 그런 폐물이 그렇게 대단한 솜씨를 발휘할 리가 없잖아요! 자기가 쓴 독이니 당연히 해독할 수 있었겠죠!"

그 말이 떨어지자 황후도 뭔가 깨달은 듯 흠칫했다.

한운석 같은 폐물이 갑자기 천재가 되다니, 확실히 상식으로는 이해할 수 없는 일이었다.

"모후, 차라리 그 여자를 한 번 시험해 보는 것이 어때요?"

장평공주가 재빨리 제안했다.

황후의 싸늘한 눈동자가 어둡게 가라앉으면서 모략을 꾸미듯 번쩍였다. 한운석이 시집을 갔다 해도 한씨 집안사람이고 한 신의의 딸이었다. 어쩌면 태후에게 말씀드리고 대책을 세울 수 있을지도⋯⋯.

황궁을 나가자마자 의태비는 한운석의 손을 놓았다.

한운석은 개의치 않았다. 태후를 구한 은인의 딸은 곧 의태비의 원수였고, 친딸처럼 대해 달라는 무리한 요구를 할 생각은 없었다. 그저 귀찮은 일만 조금 덜었으면 할 뿐이었다.

마차에 오른 뒤 의태비의 첫 마디는 이랬다.

"어디서 의술을 배운 게냐?"

한운석은 지난번 용비야에게 했던 대답을 의태비에게도 똑같이 반복했다. 누가 물어도 대답할 말은 그것뿐이었다. 용비야든 의태비든, 일찌감치 그녀에 대해 뒷조사를 했음이 분명했다.

한씨 집안에서도 그녀의 허점을 찾아내지 못했겠지만, 그녀에게서는 더더욱 실마리조차 찾지 못할 것이다.

천심부인 이야기가 나오자 의태비의 안색은 더욱 어두워졌다. 그녀는 더 이상 캐묻지 않았고 감옥에 갇혔던 일도 추궁하지 않았다.

왕부의 대문에서 기다리는 모용완여의 순종적이던 얼굴은 놀랄 만큼 음침했다. 그녀는 반나절 내내 속이 꽉 막힌 기분이었다. 어려서부터 고대해마지 않던 혼수품, 마디 열 개 있는 선태가 한운석의 약방문 한 장으로 사라지게 될 줄이야!

제아무리 밉고 원망스러운 사람이라도 자연스레 웃으며 대하는 그녀였지만, 한운석 앞에서는 그럴 수가 없었다. 멀리서 의태비와 한운석의 모습이 보이자, 모용완여는 심호흡을 거듭하여 한참만에야 겨우 평정심을 찾았다.

그녀는 화살처럼 달려 나가 관심 어린 얼굴로 물었다.

"새언니, 좀 어떠세요? 황후와 공주께서 괴롭히지는 않으셨어요?"

한운석은 입가에 냉소를 지으며 태연하게 말했다.

"모비께서 오셨는데 감히 나를 어쩌겠어요? 그들이 내게 손을 대기라도 하면 모비 체면이 서시겠어요?"

그 말에 모용완여가 흠칫하며 황급히 해명했다.

"모비, 그런 뜻이 아니었어요. 새언니가 걱정되어서 한 말이랍니다."

어찌나 놀라고 가여운 척하는지, 한운석마저 너무 심하게 괴롭혔나 싶은 생각이 들 정도였다.

의태비는 입을 삐죽이며 퉁명스레 말했다.

"한운석, 네가 본 궁의 체면을 살필 줄 아니 다행이구나. 앞으로 매월 초에 장방에 가서 용돈을 받거라. 왕비라면 왕비답게 하고 다녀야지, 그 궁상맞은 꼴이 뭐냐."

의태비는 이렇게 말하면서 경멸스러운 눈길로 한운석을 머리부터 발끝까지 훑어본 뒤 홱 돌아서서 사라졌다.

그러나 얼어붙은 사람은 모용완여였다. 모비께서 한운석에게 용돈을? 용돈이 생기면 한운석은 날개가 돋은 것이나 다름없었다.

이제부터는 무슨 수로 한운석을 괴롭힌다?

모용완여는 도저히 인정할 수가 없어 청순가련하던 표정을 유지하지 못하고 얼굴을 단단히 굳혔다.

"완여 동생, 마디 열 개 있는 선태는 동생의 혼수라고 하던데 설마 아니겠죠?"

한운석이 일부러 그녀를 자극했다.

"이⋯⋯!"

모용완여는 화가 치민 나머지 눈물을 주르륵 흘리더니, 차갑게 콧방귀를 치고는 돌아서서 달려가 버렸다.

이를 본 한운석은 깔깔 소리를 내며 웃었다. 모용완여, 언젠가는 네 본모습을 폭로하고 말 테니 기대해도 좋아!

모용완여도 처리했겠다, 황궁에서 진귀한 약재들도 얻었겠다, 한운석은 몹시 기분이 좋았다. 폴짝거리며 부용원으로 돌아가는데 뜻밖에도 꽃밭에서 거대한 빙산과 딱 마주치고 말았다. 용비야였다.

저 인간은 언제 돌아왔담?

신출귀몰한 저 남자는 꼭 무슨 일이 있을 때만 돌아오는 것 같았다. 지난번에는 해약을 달라고 했는데, 대체 누구를 해독시키려던 걸까? 그리고 그 자신은 또 어쩌다 중독되었을까?

한운석이 아는 대로라면, 용비야는 무공이 무척 높았기 때문에 그를 해칠 만한 사람이라면 결코 흔해 빠진 인물이 아니었다.

한운석은 저도 모르게 걸음을 멈추고 멀리서 그를 바라보았다. 용비야는 꽃밭에 홀로 앉아 차를 음미하고 있었다.

딱딱한 윤곽선, 조각칼로 깎은 듯한 이목구비. 저렇게 아무렇게나 앉아 있는데도 손 하나 들어 올리는 동작마저 너무나 우아하고 존귀해 마치 손 닿을 수도 없는 곳에 있는 제왕 같았다! 혼자서 차를 마시는 그는 아무도 들어갈 수 없는 자신만의 세상에 빠져 있는 것 같았다. 한운석은 또다시 넋을 놓고 그 모습을 바라보다가 싸늘하고 날카로운 시선이 날아든 후에야 퍼뜩 정신이 들었다.

용비야가 멀리서 그녀를 똑바로 노려보자 한운석은 반사적으로 우호적인 미소를 지어 보였다.

"돌아오셨군요?"

하지만 곧 후회가 밀려왔다. 저 인간이 돌아오든 말든 나하고 무슨 상관이람!

한운석은 억지웃음을 지어내며 재빨리 돌아섰다.

그러나 용비야의 난폭한 명령이 떨어졌다.

"이리 오라!"

한운석은 무시하고 계속 앞으로 걸어갔다.

"본 왕이 한참 기다렸다."

용비야의 목소리가 굳어졌다.

기다려? 또 해독이 필요한가?

뭐, 좋아. 한운석은 그에 대해 약간의 호기심과 두려움을 품고 있다는 것을 인정했다. 그래서 돌아서서 용비야의 맞은편에 앉았다.

용비야가 물었다.

"장평공주의 일은 해결되었느냐?"

아니……, 알고 있어?

"전하, 소식이 아주 빠르시군요."

한운석이 말했다.

용비야는 캐묻지 않고 냉담하게 말을 이었다.

"일찍 쉬어라. 내일 아침 일찍 나와 갈 곳이 있다."

같이 나간다고?

"무슨 일이죠?"

한운석은 호기심이 일었지만, 연회에 간다거나 친구를 만난다거나 하는 일은 바라지도 않았다.

"해독."

용비야의 대답은 간결했다.

또 해독이라니. 한운석은 차라리 왕비가 아니라 왕부의 독의로 삼아 달라고 말하고 싶었다. 이런 문제 앞에서 그녀는 무척 전문적이었다.

"무슨 독인가요?"

"가 보면 안다."

용비야의 말에 한운석이 고개를 끄덕였다.

"진맥료를 주세요."

용비야는 경멸스러운 얼굴로 대답조차 하기 싫은지 고개만 끄덕이고 일어났다. 두어 걸음 떼던 그가 한마디를 덧붙였다.

"내일 아침 인시寅時에 찾아가겠다."

한운석은 고개를 끄덕이려다가 우뚝 멈추었다. 잠깐!

인시라니?

인시라면 새벽 3시부터 5시 사이를 말한다. 옛날 사람들 관점에는 내일 아침 일찍인지 몰라도 한운석에게는 한밤중이었다!

한겨울에 아침 일찍 일어나는 것은 가장 고통스러운 일인데 더군다나 외출까지 해야 하다니. 한운석은 얼굴이 하얗게 질려 쪼르르 그 뒤를 쫓았다.

"오늘 저녁에 가거나, 아니면 내일 아침 해가 뜬 후에 출발해요! 그렇게 이른 시간에는 갈 수 없어요."

"어째서냐?"

용비야가 눈을 찡그리며 물었다.

"추워요."

한운석은 간결하게 대답했다.

"진맥료를 두 배로 주겠다."

용비야는 시원시원했지만, 한운석의 태도는 완강했다.

"열 배를 줘도 못 가요."

그때였다. 용비야가 고개를 돌리고 물었다.

"한운석, 너도 해독하지 못하는 독이 있느냐?"

한운석은 약간 당황했지만 곧 진지하게 대답했다.

"확실히 대답할 수는 없어요. 세상에는 셀 수 없이 많은 독이 있고, 같은 종류의 독이라도 여러 갈래로 나뉘는 데다 설사 같은 독이라 해도 중독의 깊이와 시간, 중독된 사람의 몸 상태에 따라 해독 방법이 달라져요. 따라서 신첩도 확실하게 말씀드릴 수가 없군요."

용비야는 진지하게 듣고 있다가 다시 물었다.

"중독된 것이 사람이 아니라면?"

"동물이 중독되었나요?"

한운석은 고민에 빠졌다. 제일 먼저 든 생각은 저 인간이 타는 말이었다. 저 인간이 다른 동물을 키울 리가 없었으니까. 하지만 말을 구하기 위해 한밤중에 나갈 필요가 있을까?

"가 보면 안다. 일찍 쉬도록. 내일 인시에 찾아오겠다."

말을 마친 그가 걷기 시작하자 한운석은 아무리 달려도 쫓을 수가 없었다.

"이봐요, 무슨 일인데요? 대체 누가 중독된 거예요?"

그렇지만 용비야는 대답하지 않았다.

"확실히 말하란 말이에요! 말 안 하면 안 갈 거예요! 네?"

한운석이 무슨 말로 위협하든 용비야는 끝내 고개조차 돌리지 않고 꽃밭 속으로 사라져 버렸다.

한운석은 그 자리에 멍하니 서서 속만 태웠다. 대체 무슨 독이람? 사람이 아니라면 무엇이 중독된 걸까? 저런 식으로 호기심을 자극하려는 건 아니겠지? 정말 가야 하나?

경력 많은 독의로서 그녀는 전문 지식에 대한 강렬한 호기심을 갖고 있었다. 현대에서 손에 넣을 수 있는 독균은 거의 모두 연구해 보았지만, 고대로 온 뒤로 현대에는 사라져 버린 독균과 독소에 대한 지식을 어린아이처럼 갈구하게 되었던 것이다!

용비야가 저렇게 비밀스레 구는 것은 대체 무엇 때문일까?

그날 밤, 한운석은 그 생각에 잠 못 이루느라 시간이 어떻게 가는 지도 몰랐다.

쿵쿵쿵!

힘차게 문을 두드리는 소리에 살포시 잠들었던 한운석이 화들짝 깨어났다. 모래시계를 보니 인시였다.

한운석은 옷장에서 가장 두꺼운 옷을 꺼내 입었지만 그래도 몸이 따뜻해질 것 같지 않았다. 문을 열자 우뚝 솟은 산 같은 용비야의 몸이 문을 거의 틀어막고 있었는데도 불구하고 뼈를 에는 싸늘한 바람이 틈새로 흘러들어 문을 나서기도 전에 이가 딱딱 부딪히기 시작했다. 그녀는 허둥지둥 문 옆으로 몸을 피했다.

본래도 체격이 작은데 양손을 소매에 찔러 넣고 목을 잔뜩 움츠리자 한층 더 작아 보였다. 높은 곳에서 그 가련하고 조그마한 몸을 가소로운 듯 내려다보는 용비야의 입가에 경멸의 빛이 떠올랐다.

이 여자는 정말 연약하군!

"갈 수 있겠느냐?"

그가 차갑게 물었다.

뜻밖에도 한운석이 고개를 번쩍 들었다. 안색은 종잇장처럼 창백했지만 반짝이는 커다란 눈동자에서는 고집스러운 빛이 반짝이고 있었다. 추위에 입술마저 덜덜 떨렸지만 목소리는 전혀 떨리지 않았다.

"가요, 당연히 가야죠! 진맥료는 삼백 냥이에요. 한 푼도 모자라면 안 돼요!"

용비야는 살짝 당황했지만, 그녀의 대답 한마디 한마디가 예상을 빗나갔다는 것을 인정하지 않을 수 없었다.

본 왕이 있으니 두려워 마라

용비야의 눈에는 자신도 모르게 감탄의 빛이 떠올라 있었다. 그는 그 자리에서 돈주머니를 꺼내 한운석에게 건넸지만, 한운석은 이를 거절하고 진지하게 말했다.

"독을 확인하고 치료한 후에 받아도 늦지 않아요."

돈은 좋아하지만 욕심은 없는 여자였다.

용비야는 아무 말 없이 돌아서서 걸어갔고, 한운석도 급히 뒤를 따랐다.

엄마야, 세상에! 바깥에는 바람이 씽씽 불어 방 안보다 배로 추웠다! 용비야의 걸음이 빨라 한운석은 뛰다시피 뒤를 쫓아야 했다. 문을 나서면 곧 마차를 탈 수 있으리라 생각했는데, 뜻밖에도 용비야는 부용원 입구에 이르자마자 걸음을 멈추었다.

한운석은 바람을 피해 그의 뒤에 숨어 달달 떨면서 물었다.

"왜 그래요?"

뜻밖의 상황이 벌어졌다. 용비야가 몸을 돌리더니 두 팔을 벌려 널따란 바람막이를 활짝 연 것이다. 차갑고 오만한 목소리가 귀를 때렸다.

"이리로."

바람에 한껏 부풀어 오른 바람막이가 펄럭펄럭 소리를 냈다. 차가운 이목구비를 가진 그가 컴컴한 밤하늘 아래에서 어둠의 신과 같은 날카로운 눈빛으로 그녀를 내려다보고 있었다.

당황한 한운석은 한참 동안 그 말의 의미를 알아차리지 못했다.

참을성 없는 용비야가 손을 쭉 뻗어 그녀를 품 안으로 끌어들이더니 팔을 내렸다. 널따란 바람막이가 그녀를 돌돌 감싸 차가운 바람을 막아 주었다. 그 순간, 심장이 '쿵' 하고 떨어졌다가 미친 듯이 뛰기 시작했고 한운석은 완전히 넋이 나갔다…….

세상에! 그의 몸은 너무나도 따뜻했고, 혼을 쏙 빼놓는 용연향의 향기가 배어 있었다. 이것이 바로 전설에 나오는 천사의 날개에 싸여 안긴 기분일까? 이렇게 따뜻할 줄이야!

한운석이 정신을 차리기도 전에 용비야는 그녀를 안은 채 발을 굴러 도성 서북쪽으로 날아갔다. 바람막이에 감싸인 한운석은 용비야의 따뜻한 품에 바짝 붙은 채 그와 함께 허공을 가로질렀다. 말을 탄 것보다 훨씬 빠른 속도였다! 어두운 밤이라 가끔씩 스쳐 지나가는 등불 말고는 아무것도 보이지 않아서 어디로 데려가는지도 몰랐지만, 그래도 무척 안심이 되었다.

몸은 따뜻하지만 얼굴을 때리는 바람은 여전히 칼날처럼 차갑고 매서워, 한운석은 견딜 수가 없었다.

고개를 옆으로 돌려보기도 하고 숙여 보기도 했지만 바람을 피할 수가 없었다. 결국 그녀는 조심조심 몸을 옆으로 돌려보았다. 움직여도 용비야가 반응이 없자 그녀는 더욱 용기를 내어 팔을 그의 뒤로 뻗고 몸을 완전히 돌려 머리를 그의 품에 묻었다. 이렇게 하자 빈틈없이 따뜻해졌다.

솔직히 긴장하지 않았다면 거짓말이었다. 그녀는 한참 동안 바짝 얼어붙어 그의 반응을 살폈으나 용비야가 아무 말도 하지 않자 겨우 안심하고 따스함을 실컷 즐겼다.

용비야는 앞만 바라보며 속도를 유지해 달려갔지만, 굳게 다문 입술은 언제부터인가 부드럽게 호를 그리고 있었다. 겁 많은 그녀를 비웃는 것 같기도 하고, 그녀의 대범한 행동에 감탄한 것 같기도 했지만, 신비로우면서도 매혹적인 깊고 까만 눈동자에서는 아무것도 읽을 수가 없었다.

그는 담과 성벽을 넘고 산과 골짜기를 지났다. 그에게 안긴 한운석은 바람이 쌩쌩 소리를 내며 스쳐가는 것만 느낄 뿐 다른 것은 아무것도 몰랐고, 피로가 몰려와 몽롱하게 졸기까지 했다.

용비야가 땅에 내려섰을 때에야 정신을 차린 그녀가 품에서 머리를 내밀었다. 그들은 높디높은 절벽 위에 서 있었고 벌써 날이 밝아 오고 있었다.

용비야가 그녀를 내려다보며 말했다.

"그만 놓지 그래."

어……? 그녀는 당황했다. 이제 보니 저 인간이 그녀를 놓아 주었는데도 불구하고 그녀의 손은 그의 허리를 꼭 끌어안고 있었던 것이다!

한운석은 얼굴이 빨개져 번개를 맞은 것처럼 후다닥 손을 떼고 널찍한 바람막이 속에서 벗어났다. 그의 품에서 벗어나자 사방팔방에서 찬 기운이 엄습했지만, 얼굴은 아직도 화끈했다.

그녀는 그를 바라보지 않고 민망함을 애써 감추며 물었다.

"이런 곳에는 무슨 일이죠?"

용비야는 하늘을 흘끔 올려다보았다.

"일각 더 기다려야 한다."

이상한 일이군, 대체 뭘 시키려고 데려왔담? 해독을 하라고 하지 않았어? 일각 후에 누군가 오는 건가?

한운석은 더 묻지 않고 주변 환경을 살폈다. 높은 봉우리가 우뚝우뚝 주위를 둘러싸고 있지만 아무리 봐도 어디인지 알 수가 없었고, 절벽 아래 펼쳐진 깊은 골짜기는 아직 흩어지지 않은 새벽안개 때문에 바닥이 보이지 않았다. 떠오르는 태양이 머리를 내밀자 희끄무레하던 하늘이 찬란한 금빛으로 물들며 장관을 연출했다.

오랜만에 일출을 접한 한운석은 넋이 빠진 채 그 광경을 바라보았지만, 뜻밖에도 머릿속에서 '뚜뚜뚜' 하는 경고음이 들려왔다.

독?

경고음의 박자와 음량으로 보아 어마어마한 양의 독이었다!

한운석은 경계하는 눈빛으로 똑같이 일출을 바라보던 용비야를 돌아보았다.

"근처에 독이 있어요. 대체 어떻게 된 거죠?"

용비야는 다소 이상한 표정이었다.

"어떻게 알았지?"

"독이 아주 해괴하니 빨리 설명부터 해 주시지요."

한운석이 진지하게 재촉했다.

그제야 용비야가 발밑의 골짜기를 가리키며 말했다.

"저 골짜기는 1년 내내 독무毒霧에 뒤덮여 있다. 밤이면 골짜기 아래로 가라앉았다가 해가 나면 위로 떠오르지."

몹시 뜻밖의 설명이었다. 사람이 중독된 것도 아니고 동물이 중독된 것도 아닌, 공기가 중독된 것이라니.

"아래로 내려갈 생각이세요?"

한운석이 물었다.

"저 아래에 북려국의 첩자가 숨어 있다. 독에 능한 자지."

용비야가 담담하게 대답했다.

그랬구나. 저 인간이 첩자를 잡으러 왔다가 독무에 막혀 내려가지 못한 거야. 한운석은 서서히 떠오르는 하얀 안개를 바라보며 고운 눈썹을 찡그렸다. 아무래도 용비야가 설명한 것과는 다른 것 같았다!

"할 수 있겠느냐?"

용비야가 물었다.

일각이 지나고 하얀 안개 속에 시커먼 부분이 얼핏얼핏 보이기 시작하자, 한운석의 머리에 울리는 경고음은 최고조에 이르렀다. 하지만 시커먼 부분은 곧 산골짜기 쪽으로 흩어져 사라졌다.

"보았겠지. 저 검은 안개가 독이다."

용비야가 담담하게 말했지만, 한운석은 고개를 저으며 말했다.

"저건 독무가 아니에요."

용비야가 말하는 독무란, 본래 산속의 더럽고 탁한 기운이 만들어 낸 장기瘴氣였다. 장기는 늦봄부터 발생하여 늦가을이 되어서야 가라앉으며, 온도가 충분히 높아지지 않으면 생겨나지 않았다. 그런데 지금은 한겨울이고 해가 드는 산꼭대기조차 얼어 죽을 만큼 추웠으니 그늘진 골짜기야 말할 필요도 없었다.

"그럼 뭐지?"

용비야가 놀라 물었다.

정예병 한 갈래를 내려 보낸 적이 있었지만 첩자를 찾아내기도 전에 절반이 죽거나 다쳐 돌아왔다. 살아 돌아온 자들은 절벽 아래에 장기가 있어 순식간에 중독이 되었다고 했다.

산골짜기에 숨은 첩자는 천녕국에서 무척 중요한 군사기밀을 손에 넣었기 때문에 그 자가 무사히 탈출하면 무슨 일이 벌어질지 몰랐다. 용비야는 그 첩자를 벌써 한 달 넘게 뒤쫓았고, 지난번에 당한 독도 그 첩자의 짓이었다.

그 첩자는 무척 간사하고 교활하여, 마지막 순간에서야 독을 썼기 때문에 그 전까지는 독을 쓸 수 있다는 사실조차 아무도 몰랐다. 용비야가 여기까지 추적해 오자 첩자는 봉쇄된 산골짜기에 숨어 나올 생각을 하지 않았다.

"분명 독모기 떼일 거예요."

한운석 역시 이런 것을 만나리라고는 생각해 본 적도 없었다.

시커먼 연기가 지나간 뒤 사람들이 중독되어 죽었다는 기록을 옛 서적들에서 적잖이 찾아볼 수 있는데, 사람들은 이를 평

범한 장기라고 여겼다. 실제로 그 시커먼 연기는 진짜 연기가
아니라 함께 날아다니는 대량의 모기 떼였는데 옛 사람들이 연
기로 오인한 것이었다.

이 모기 떼는 악성 학질을 일으키는 병균을 가지고 있어서
사람이나 가축이 이 모기에 물리면 심각한 학질에 감염되어 마
치 중독된 것처럼 치료도 못하고 죽을 수 있었다. 이런 기후 조
건에서는 장기가 생길 리 없지만, 산골짜기 안개 속에 독모기
떼가 숨어 있을 가능성은 있었다.

"독모기 떼?"

용비야로서는 처음 듣는 단어였다.

"하얀 안개 속에는 독이 없어요. 저 시커먼 부분이 바로 독
모기 떼인데 빛이 환하지 않으면 뿌연 안개처럼 보이니 오해할
만해요."

한운석은 진지하게 설명한 뒤 곧바로 말을 이었다.

"저를 데리고 내려가 주세요. 저 시커먼 부분에 가까이 가야
모기 종류를 알 수 있어요."

현대에 존재하는 독모기도 그 종류를 다 파악하지 못하는데
하물며 멀리 고대의 모기들은 현대로 오면서 사라진 것도 많아
서 분명 그 수가 훨씬 많을 터였다. 그 종류가 무엇인지, 그리
고 쓸 만한 모기약을 만들 수 있을지 꼭 확인해 보아야 했다.

하얀 안개 속에 독이 없는 것을 확인한 이상, 이런 일쯤 용
비야에게는 아무것도 아니었다. 그는 두말없이 한운석의 허리
를 끌어안고 아래로 몸을 날렸다.

산골짜기로 들어가자 해독시스템이 독소의 위치를 파악했다. 한운석은 금방 방향을 가늠하고 말했다.

"오른쪽이에요."

용비야는 그녀를 안고 순식간에 그쪽으로 날아갔다. 하지만 얼마 지나지 않아 해독시스템이 독에 가까워진다는 것을 알리며 왼쪽에도 독이 있다고 경고했다.

설마…… 한 무리가 아니야?

한운석이 흠칫 놀라는 사이, 해독시스템은 위와 아래에도 독이 있다고 다급하게 경고를 보내 왔다.

세상에, 상하좌우가 모두 독이라니, 우리를 포위하려는 거잖아?

"포위되었어요."

한운석이 나지막이 말했다.

그 말이 끝나기도 전에 용비야는 안개 같은 시커먼 연기가 사방에서 빠르게 날아들어 자신들을 에워싸는 것을 보았다. 모기 떼가 네 무리나 되는 줄은 그 역시 몰랐지만, 태도는 여전히 침착했다.

"얼마나 가까이 가야 종류를 알 수 있느냐?"

"어서 떠나야 해요, 너무 위험하다고요! 모기 떼의 속도가 너무 빨라요!"

한운석은 달아나야 한다고 판단했지만, 용비야는 차가운 목소리로 말했다.

"본 왕의 물음에 답하라."

"열 걸음이요. 열 걸음 정도만 다가가면 무슨 독인지 알 수 있어요!"

한운석이 사실대로 대답했다.

열 걸음. 저 모기 떼의 속도로 보아 열 걸음 거리에서 그들을 덮치는 것은 순식간이었다. 더군다나 그들은 아직도 사방으로 포위되어 있었다.

바꿔 말해, 네 방향의 모기 떼들이 열 걸음 안으로 다가오는 순간, 그들은 순식간에 시커먼 안개 속에 파묻혀 버릴 수도 있다는 뜻이었다.

한운석은 차마 그 다음을 생각할 수가 없었다. 아직 저 모기 떼가 품고 있는 독이 무엇인지도 모르고 해독할 수 있을지 없을지 확신하지도 못하는데, 자신마저 중독되면 어떻게 될까?

긴장한 그녀와 달리 용비야는 가볍게 한마디를 내뱉었다.

"기다려라."

"안 돼요!"

한운석이 비명을 질렀다. 독모기 떼가 점점 가까워지는 것이 훤히 보이고 심지어 심장 떨리게 하는 성가신 웽웽거리는 소리마저 똑똑히 들리는 듯했다.

"독을 검사할 준비를 해라."

용비야가 강압적으로 명령했다.

보통 독이 아니라 독모기 떼였다. 사방을 에워싼 독모기 떼에 휩쓸리는 것은 질주하는 양 떼에게 휩쓸리는 것보다 더욱 끔찍했다. 분명히 두 사람 다 만신창이가 되고 말 것이다.

한운석은 겁쟁이라는 것을 인정하며 큰 소리로 외쳤다.

"안 돼요! 난 무섭단 말이에요!"

그러나 용비야는 그녀를 품 안으로 홱 잡아당기며 차갑게 말했다.

"본 왕이 있으니 두려워 마라!"

저 패기! 저 강력한 힘!

한운석은 제 잘난 줄만 알고 독선을 부리며 말이 통하지 않는 남자를 제일 싫어했지만, 지금 이 순간만큼은 일말의 반감도 들지 않았다. 도리어 미친 듯이 날뛰던 심장이 아무 이유 없이 차분하게 가라앉았다. 이 남자의 강력한 힘이 안전함을 느끼게 해 준 것이다.

그때 상하좌우의 모기 떼들이 바짝 거리를 좁혔다.

"준비되었느냐?"

용비야가 나지막한 목소리로 물었다.

냉정을 찾은 한운석은 전문가답게 스캐너를 완전히 가동시킨 뒤 시커먼 연기의 움직임을 주시하며 침착한 목소리로 대답했다.

"됐어요."

너무 너무 무서워요

바로 그때, 네 방향에서 날아들던 독모기 떼가 우뚝 멈추었다. 한운석은 이것이 공격 예고라는 것을 알 수 있었다. 두 눈으로 재빨리 주위를 훑은 그녀가 즉각 판단을 내렸다.

"어서 가요!"

예상대로 그 잠깐의 멈칫거림이 끝나기 무섭게 독모기 떼가 사방에서 그들을 덮쳐 왔다!

그 순간, 용비야가 팔에 힘을 주어 한운석을 품속에 가두고 바람막이로 단단히 감싸 안았다. 곧이어 그의 몸이 번개처럼 허공을 가르며 순식간에 두 모기 떼 사이의 틈으로 빠져나갔다.

단 1초만 늦었거나 혹은 빨랐다면 실패했을지도 모를 일이었다. 용비야가 좁디좁은 틈을 통과한 직후, 네 방향에서 날아든 독모기 떼는 한 덩어리가 되어 광란에 빠진 듯 그들을 뒤쫓기 시작했다.

용비야는 멈추지 않고 빠르게 절벽 위로 몸을 날렸다. 독모기 떼는 끈질기게 쫓아오면서 화살 모양으로 대형을 바꾸어 속도와 공세를 한층 높였다.

한운석은 밖으로 드러난 곳 하나 없이 바람막이에 꽁꽁 감싸여 있었지만, 고막이 터질 듯 시끄럽게 울리는 윙윙거리는 소리에 독모기 떼들이 무척 가까이 있다는 것을 알 수 있었다. 저렇게 큰 소리를 내는 것을 볼 때 모기들은 잔뜩 화가 나 있었다.

한운석은 머리를 내밀고 대체 무슨 상황인지, 곧 절벽 위로 올라갈 수 있을지 확인해 보고 싶었다. 그런 생각을 하고 있는데 갑자기 발이 땅에 닿았다.

올라왔나?

한운석은 기뻐하며 용비야의 팔에서 벗어나 바람막이를 걸으며 주위를 살폈다. 시커먼 독모기 떼 무리는 절벽 위로 올라오지 못하고 한자리에서 빙빙 맴돌다가 한참 후에야 차츰차츰 골짜기 속으로 가라앉았다.

한운석은 용비야를 돌아보며 더없이 아름다운 웃음을 지어 보였다.

"용비야, 정말 대단해요!"

해를 등지고 서서 뒤에서 쏟아지는 황금빛 광채를 덧입은 그녀의 웃음은 마치 햇살 아래 활짝 핀 꽃 같았다. 용비야가 그런 그녀를 바라보았고, 일순 시간이 멈춘 것 같았다.

그러나 그것도 잠시, 쌀쌀한 한마디가 그의 입에서 튀어나왔다.

"겁쟁이."

한운석은 웃음을 뚝 그치고 입을 삐죽이며 그를 흘겨보았지만 따지기도 귀찮았다.

독모기 떼를 스캔한 정보는 해독시스템에 저장되어 있었으나 간담이 서늘해진 그녀는 당장 꺼내 보는 대신 눈을 감고 심호흡을 하며 마음을 가라앉혔다. 해독시스템은 그녀의 의식과

밀접하게 연결되어 있어, 정신이 흐트러지면 해독시스템도 영향을 받기 때문이었다.

"무슨 독인지 알아냈느냐?"

용비야가 재촉했다. 그는 한운석이 단순히 증상과 냄새로 독을 판별한다고 알고 있었다.

한운석은 재빨리 마음을 추스르고 돌아서서 엄숙하게 대답했다.

"축하드립니다, 전하. 네 갈래 모기 떼 모두 '거미 모기'라 불리는 같은 모기들이에요. 다시 말해 품고 있는 독도 똑같다는 뜻이죠. 그 독은 검은 과부 거미의 독과 같아서 통칭 과부독이라고 해요."

한운석의 행운인지 용비야의 행운인지는 몰라도, 한운석은 현대에서 이 독특한 거미 모기에 관해 조금 연구한 적이 있었다. 모기와 거미가 똑같은 독을 가지고 있는 것은 무척 독특한 현상이었다.

당연하게도 한운석의 해독시스템에는 그 약이 있었다. 해약뿐만 아니라 전용 모기약까지 있었다.

한운석의 설명에 용비야가 고개를 끄덕이며 물었다.

"해약을 만드는 데 얼마나 걸리느냐?"

"맞춰 보세요."

한운석이 웃으며 말했다. 벌써 약을 가지고 있으니 기분이 좋은 것도 당연했다.

그런데 용비야는 천천히, 무시무시한 눈동자를 가느다랗게 좁히며 그녀를 노려보았다.

알았어, 알았다고. 아무리 기분이 좋아도 얼음덩어리 앞에서 농담을 해 봐야 얼어 죽기나 하겠지.

"벌써 갖고 있어요!"

한운석이 차갑게 외쳤다.

용비야가 믿기지 않는 듯 눈썹을 살짝 세우자 그녀는 코웃음을 치며 진료 주머니에서 분무기가 달린 병 하나와 해약 한 통을 꺼냈다.

그 괴상한 물건을 본 용비야는 잘생긴 눈썹을 더욱 깊이 찡그리며 이해가 가지 않는 표정을 지었다.

한운석으로 속으로 싱글거렸다. 저 얼음덩어리가 저런 표정을 지을 줄이야. 그렇지만 눈을 잔뜩 찌푸린 모습마저 무척 매력적이라는 사실은 부인할 수가 없었다.

"이건 해약이고, 이건 모기를 죽이는 약물이에요. 해약을 먹으면 한 시진 동안 약효가 지속되니 물리더라도 흉터만 남을 거예요. 그리고 이 약물은 저 모기들을 죽이는 데 쓰죠. 물론 더러운 것을 싫어하지 않으면 손으로 잡아 죽여도 상관없어요."

한운석이 설명과 함께 시범을 보이듯 모기약을 살짝 분사하자 담담하고 상큼한 향이 퍼졌다.

용비야는 진지하게 새겨듣고 자세히 살폈다. 안개처럼 뿌리는 방식의 약물이 낯설기는 했으나 금방 익힐 수 있었다.

한운석은 진지해진 이 남자의 모습이 최고로 매력적이라는 사실을 처음으로 깨달았다!

그러나 용비야는 금세 평소의 무표정으로 되돌아왔다.

"이런 것들이 어디서 났지?"

"과부독은 아주 흔한 독이기 때문에 항상 준비해 두지요."

그가 믿든 말든 한운석은 태연하게 대답했다.

"이렇게 맞춘 듯이 준비를 했다?"

용비야가 다시 캐물었다.

그러거나 말거나 한운석은 그에게 해약을 내밀며 물었다.

"드실 거예요, 안 드실 거예요?"

용비야는 그제야 추궁을 그만두고 해약을 복용한 뒤 바람막이를 한운석에게 건넸다.

"이제 춥지 않으니 괜찮아요."

한운석이 돌려주려 하자 용비야가 다시 그녀의 손에 밀어넣으며 말했다.

"얼굴을 물리고 나서 본 왕을 원망하지 마라."

이제 보니……, 그래서 조금 전 독모기 떼에게서 달아나던 그 위급한 순간에도 그렇게 꽁꽁 감싸 안았던 걸까? 내가 물릴까 봐?

하긴, 그녀의 얼굴이 망가지면 그의 체면이 땅에 떨어질 것은 분명했다. 추녀였다는 이유만으로도 몇 년 동안 그의 체면을 깎아내렸던 그녀였다.

한운석은 가슴 한구석이 따스해지는 것을 애써 무시하며 해약을 삼킨 뒤, 바람막이로 몸을 둘둘 말고 내친김에 두건까지 푹 눌러써서 얼굴을 거의 가렸다.

준비를 끝내기 무섭게 용비야의 강하고 힘센 팔이 다가와 조금 전처럼 그녀의 가느다란 허리를 끌어안았다. 두툼한 옷으로 막혀 있었지만 한운석은 그 손바닥의 온기를 또렷하게 느낄 수 있었다. 아주, 아주 뜨거웠다. 이 얼음장 같은 남자가 이렇게 뜨거운 손을 가지고 있다니⋯⋯.

독모기는 역시 평범한 모기보다 영리했다. 용비야가 한운석을 데리고 아래로 내려가자 모기 떼는 다시 네 방향에서 그들을 포위했는데, 그 속도가 전보다 훨씬 빨라 마치 그들이 내려오기만을 기다리고 있었던 것 같았다.

뜻밖에도 용비야는 피하기는커녕 정면에 모여 있는 시커먼 독모기 떼를 향해 돌진했다!

"앗⋯⋯!"

이 인간이 이렇게 신나게 덤빌 줄은 전혀 예상하지 못한 일이었다.

비록 면역이 생기고 모기약도 있지만, 수천수만 마리나 되는 시커먼 모기 떼 속에 푹 잠기자 한운석의 심장은 마구 쿵쿵거렸다. 너무 끔찍하고 너무 역겨웠다!

바람막이로 머리를 돌돌 감았는데도 모기 떼가 뭉텅 뭉텅 날아들어 온몸을 시커멓게 뒤덮었다는 것은 분명히 느낄 수 있었다. '윙윙윙' 하는 소리가 몸을 짓누르는 것 같아 숨이 막혔다.

혼란에 빠져 모기약을 뿌릴 생각조차 못하고 있는데, 갑자기 그 지독한 압박감이 사라졌다. 용비야가 그녀를 안고 모기 떼를 통과하여 멀리 벗어난 덕분이었다.

고개를 내밀고 신선한 공기를 흠뻑 들이마시면서 보니, 네 갈래로 나뉘었던 독모기 떼가 어느새 한데 뭉쳐 그들 바로 앞에 와 있었다.

그들에게 면역이 생겼다는 것을 알았는지, 독모기 떼는 처음처럼 기승을 부리며 덤벼드는 대신 가만히 대치하고만 있었다.

"모기도 주제를 파악할 줄 아네요."

한운석이 장난스레 말했다.

그러나 용비야는 일언반구도 없이 그녀를 바짝 끌어안더니 또다시 독모기 떼에게 달려들었다. 이번에는 단순히 뚫고 지나가기만 한 것이 아니라 시커먼 안개 앞에 딱 멈춰 모기약을 뿌리기까지 했다.

시커먼 안개가 한 움큼 줄어들자 뒤에 있던 독모기들도 당황한 듯 물러나기 시작했다.

이를 본 한운석도 기뻐하며 모기약을 꺼내 시커먼 안개를 향해 분사했다. 한 번 뿌릴 때마다 모기 떼 한 움큼이 사라지자 모기들은 놀라 넋이 나갔는지 달아나지도 않고 반공중에 우뚝 멈추었다.

그럴수록 신이 난 한운석은 진료 주머니에 손을 넣는 척하며 해독시스템에서 모기약 한 통을 더 꺼내, 아예 양손에 하나씩 쥐고 마구 뿌려 대며 위세를 뽐냈다! 시커멓게 앞을 가렸던 안개가 뭉텅 뭉텅 사라지고 독모기들이 땅에 떨어졌다.

결국, 여태 적수를 만나보지 못했던 독모기들이 드디어 상황을 파악했는지 각자 살길을 찾아 달아났고, 시커먼 안개는 순식간에 흩어져 버렸다.

한운석은 깔깔 소리를 내며 웃었다.

"받아라, 필살기!"

용비야가 고개를 살짝 숙이고 사냥감이라도 살피듯 그녀를 내립떠보았다.

머리가 쭈뼛해지는 것을 느끼고 무의식적으로 고개를 들었다가 그의 깊은 눈동자와 딱 마주친 한운석은 흠칫 놀라 재빨리 웃음을 거두었다. 웃을 줄 모르는 사람 앞에서 웃는 것은 정말이지 감정 낭비였다.

용비야도 아무 말 없이 시선을 거두었다.

이 골짜기는 브이 자를 뒤집어 놓은 형태로, 사방을 둘러싼 풀 한 포기 없는 깎아지른 절벽은 한눈에 쏙 들어오기 때문에 숨을 곳이 없었다. 그러니 북려국의 첩자는 골짜기 바닥에 몸을 숨기고 있을 것이다.

장애물이 사라지자 용비야는 한운석을 데리고 급강하했다. 골짜기 바닥은 황폐한 돌밭이었고 짧은 풀만 삐죽삐죽 솟아 있었다.

가장 높은 바위 위에 내려선 용비야는 여전히 한운석을 꼭 끌어안은 채 예리한 눈동자로 주위를 차갑게 훑어보았다.

별안간, 어디선가 그림자가 하나가 획 튀어나와 맞은편 바위 위에 내려섰다. 바로 용비야가 추적하던 북려국의 첩자였다. 한운석의 예상과 달리 그 첩자는 여자였다. 그것도 아리땁고 연약해 보이는 여자.

키는 크지 않았지만 몸매는 좋아서, 나긋나긋하면서 풍만한 굴곡이 몹시 매력적이라 더할 나위 없이 귀엽고 깜찍한 여자였다. 곱상한 이목구비는 모용완여보다 더욱 부드러워 말없이 있어도 바람이 불면 날아갈 것처럼 연약하고 가련해 보였다.

이런 여자를 보면, 남자는 말할 것도 없고 여자마저 보호 본능이 솟구칠 것이다.

그녀는 모습을 드러내자마자 눈물 바람을 하며 애처롭게 애원했다.

"진왕, 소녀가 잘못했습니다. 다시는 안 그럴 테니 부디 한 번만 용서해 주세요! 소녀를 용서해 주신다면 무엇이든 시키는 대로 하겠습니다!"

그러나 안타깝게도 용비야는 본래 여자라고 봐주는 법이 없는 사람이었다. 그는 두말없이 한운석을 놓아주고 검을 뽑았다.

빌어도 소용이 없자 첩자는 금세 표정을 바꾸고 음험한 시선으로 한운석을 훑어보더니, 곧바로 검을 뽑아 방어에 나섰다.

그녀가 검을 뽑는 순간 한운석이 나지막이 속삭였다.

"조심하세요. 저 검에 독이 있어요."

용비야도 이미 짐작하고 있었다. 한 번은 당해도 두 번 당할 수는 없었다. 저 여자가 독을 쓸 줄 안다는 것을 알았더라면 지난번에도 쉽게 당하지는 않았을 것이다.

"용비야, 여기까지 내려오다니 뜻밖이구나. 하지만 다시 올라갈 수는 없게 해 주마!"

첩자는 그렇게 말했지만 공격은커녕 돌아서서 달아나기 시

작했다. 용비야가 번개 같은 속도로 검을 들고 쫓아가 눈 깜짝
할 사이 첩자의 앞을 가로막았다.

그리고 여전히 말 한마디 없이 검을 쳐들었다.

하지만 바로 그 순간, 첩자가 재빨리 몸을 비켜 피하며 골짜
기가 떠나갈 듯 날카로운 휘파람을 불었다.

이유, 시집가고 싶어서

휘파람 소리가 길게 이어졌다…….

갑자기 사방팔방에서 시꺼먼 안개가 일어나 그들을 향해 스멀스멀 다가왔다. 하늘을 새까맣게 뒤덮을 정도로 어마어마한 양이었다. 독모기 떼가 이렇게 많을 줄은, 게다가 저 첩자의 명령을 따를 줄은 생각지도 못한 일이었다.

한운석도 속으로 깜짝 놀랐다. 독모기를 부릴 줄 알다니, 저렇게 대단한 능력을 가지고 있으니 용비야에게 상처를 입힐 만도 했다.

첩자가 다시 휘파람을 불자, 시커먼 안개들이 거대한 파도처럼 한운석 쪽으로 밀려들었다.

"용비야, 저 여자를 살리고 싶으면 나를 무사히 보내 주는 것이 좋을걸!"

첩자는 뒤로 물러서면서 으름장을 놓았다.

이 첩자는 오랫동안 천녕국에 숨어 살았지만, 용비야가 여자와 함께 있는 장면은 한 번도 본 적이 없었다. 안는 것은 말할 것도 없고, 여자와 말 한마디 나눈 적도 거의 없었다.

그런데 오늘은 여자를 데려온 데다 품에 안기까지 했으니, 비록 생사가 달린 위험한 순간이었지만 호기심을 감출 수가 없었다. 저 여자는 대체 누굴까? 저 여자는 용비야의 마음을 얼마나 차지하고 있을까?

그사이 시커먼 안개 한 덩어리가 한운석을 휘감았다. 한운석은 용비야를 흘끗 바라보더니 별안간 비명을 질러 대기 시작했다.

"까아악! 무서워! 무서워요! 살려 주세요, 전하! 어서 절 구해 주세요!"

그녀는 이렇게 소리소리 지르면서 손발을 춤추듯 마구 휘둘렀다.

"아악…… 징그러워. 너무 무서워요, 전하!"

용비야는 흠칫 놀랐지만 곧 상황을 파악하고 저도 모르게 입가에 헛웃음을 지었다.

한운석의 비명을 들은 첩자가 거들먹거리며 코웃음을 쳤다.

"용비야, 네 부하들이 얼마나 참혹하게 당했는지 똑똑히 봤을 텐데?"

"전하, 저 여자가 전하를 협박하려나 봐요. 아아, 무서워라!"

한운석이 겁먹은 목소리로 외쳤다.

용비야는 아무리 큰 싸움도 항상 속전속결로 처리했고, 쓸데없이 적에게 시간을 낭비하는 일이 없었다. 하지만 지금 이 첩자의 협박 앞에서는 평소와 다른 인내심을 보여 주었고, 덕분에 첩자는 경계를 풀고 한운석을 의심하지 않았다.

그녀는 자신만만하게 눈썹을 추켜세우며 냉소했다.

"용비야, 내가 죽으면 저 여자도 죽는다. 게다가…… 너도 이 골짜기에서 살아 나갈 생각은 말아야 할 거야."

하지만 용비야의 인내심에는 한계가 있었다. 냉랭하고 잘생긴 얼굴에 불쾌한 표정이 떠오르는가 싶더니, 갑자기 그의 검이 첩자의 목을 겨누었다.

"이······!"

깜짝 놀란 첩자가 화난 목소리로 경고했다.

"용비야, 정말 잘 생각해 봤느냐?"

그제야 용비야가 냉혹무정한 목소리로 입을 열었다.

"본 왕이 너를 죽어서도······ 눈을 감지 못하게 해 주겠다!"

그 말이 떨어지는 순간, 약속이나 한 듯 한운석이 허둥거리던 것을 멈추고 씽긋 교활한 미소를 지었다.

이를 본 첩자는 더럭 불안해졌다.

"너희들······."

하지만 이미 늦은 후였다. 한운석이 모기약 두 병을 꺼내더니, 동화 속의 공주처럼 한쪽 발을 뒤로 살짝 들고 제자리에서 우아하게 빙그르르 돌며 '촤아악' 하고 약을 뿌렸다.

그녀를 에워싼 시커먼 안개가 순식간에 한 겹 줄어들자 첩자는 놀라 입을 떡 벌렸다. 한운석이 손에 든 것이 무엇인지 짐작조차 가지 않았다.

한운석이 또다시 우아하게 빙그르르 돌면서 손을 놀리자, 시커먼 안개는 뒤로 물러나 빠르게 달아났다.

첩자는 당황한 나머지 검이 목을 겨누고 있는 것도 아랑곳 않고 다급히 휘파람을 불었으나, 숨이 차도록 불어도 소용이 없었다. 독모기 떼도 그녀의 명령보다는 목숨이 더 중요했던 것이다.

몇 번 더 시도했지만 결국 실패한 첩자는 이해할 수 없는 눈빛으로 한운석을 바라보며 물었다.

"그…… 그 손에 든 게 뭐지?"

한운석은 '해치지 않아요' 하는 얼굴로 생글생글 웃으며 다가갔다.

"우리 진왕 전하께서 죽어도 눈을 감지 못하게 해 주시겠다잖아. 미안하지만 못 가르쳐 줘."

그녀의 말이 끝나자 용비야의 검이 사정없이 날아들었다. 새빨간 피가 사방으로 흩뿌려지고 첩자는 비명을 지르며 땅에 쓰러졌다. 과연 죽어서도 한운석이 무슨 수로 모기를 물리쳤는지 몰라 두 눈을 휘둥그레 뜬 채였다.

한운석이 웅크려 앉아 첩자가 들고 있던 검을 스캔해 보니, 예상대로 용비야가 당했던 뱀독과 같은 독이었다. 보아하니 저 인간은 꽤 오랫동안 이 첩자를 추적한 것 같았고, 지난번에도 이 일 때문에 해약을 만들어 간 모양이었다.

북려국의 첩자가 독까지 쓰다니, 한운석은 사태가 심상치 않다고 느꼈다.

"보기만 해도 검에 묻은 독을 알 수 있느냐?"

용비야가 의아한 목소리로 물었다.

독모기는 수가 어마어마했고 특유의 냄새도 있었으니, 냄새로 알아냈다고 하면 믿지 못할 일도 아니었다. 하지만 검은…….

한운석은 몸을 일으키며 태연하게 대답했다.

"냄새를 맡았어요."

그 말을 믿으면 바보였다. 용비야는 말없이 싸늘한 눈길로 그녀를 자세히 살폈다.

한운석은 하는 수 없다는 표정으로 어깨를 으쓱했다.

"사실 저는 어려서부터 천부적인 재능이 있어서 독에 몹시 민감해요. 애석하게도 아버지나 다른 가족들은 모르지요."

그녀는 한숨을 푹 쉬었다.

"아아, 어머니께서 살아 계셨다면 얼마나 좋을까."

비록 겉으로만 해 본 말이지만, 입 밖에 내고 보니 마음이 쓰라려 왔다. 어쩌면 그녀가 깃든 몸이 가진 어머니에 대한 본 능적인 반응일 수도 있고, 어려서부터 의지할 곳 없이 자란 그 녀가 모정에 굶주려 있기 때문일 수도 있었다.

현대에 있을 때는 어머니가 누구인지도 몰랐는데, 지금은 비록 돌아가셨어도 어머니가 누구인지, 어떤 분인지 알고 있었 다. 이따금씩 어머니에 관한 이야기를 듣는 것이 이제는 마음 따뜻해지는 일이 되어 있었다.

한운석이 슬픔에 잠기자 용비야는 눈동자에 복잡한 빛을 떠 올리며 더 이상 캐묻지 않았다.

그는 첩자의 몸에서 군사 기밀이 담긴 종이를 찾아낸 뒤 한 운석을 데리고 떠났다.

도성의 진왕부로 돌아왔을 때는 이미 오후가 되어 있었다.

용비야가 돌아와서 제일 먼저 한 일은, 한운석에게 돈 주머 니를 던져 주는 것이었다. 그제야 한운석도 진맥료를 요구했던 것을 떠올렸다.

그녀는 멋쩍어하지도 않고 태연하게 돈 주머니에서 은표 삼백 냥을 꺼낸 뒤 생글거리며 말했다.

"고마워요, 정확하네요!"

용비야는 대답도 없이 돌아서서 가 버렸다.

꽃밭으로 사라지는 그의 뒷모습을 바라보며 한운석은 저도 모르게 생각에 잠겼다. 저 인간이 저녁까지 남아 있을까? 아니면 아직 일이 남아 있을까?

무의식적으로 옷을 단단히 여미던 그녀는 여태 그의 바람막이를 쓰고 있다는 사실을 깨달았다. 처음에는 쫓아가 돌려주려 했지만, 곧 생각을 바꾸어 깨끗이 빨아서 주기로 했다.

남자용 바람막이를 걸치고 돌아오는 한운석을 보자 침향이 종종 걸음으로 마중 나와 물었다.

"마마, 그 바람막이는 누구 거예요? 어디를 다녀오셨어요? 댓바람부터 찾았는데 아무데도 안 계셨잖아요."

"바람 좀 쐬었어."

은표 삼백 냥을 손에 쥔 한운석은 유달리 기분이 좋았다.

"그럼 이 바람막이는……."

침향은 끈질기게 캐물었다.

한운석이 손가락을 세워 입에 대고 '쉿' 하고 주의를 주자 침향도 더는 귀찮게 하지 못했다.

이튿날 저녁나절, 한운석은 바람막이를 들고 용비야를 찾아갔지만 한참 동안 문을 두드려도 열어 주는 사람이 없었다. 슬쩍 밀어 보니 문은 잠겨 있지 않았다. 그 인간은 자물쇠를 채우지 않는 게 습관인가? 아니면 이곳이 너무 안전해서?

안으로 들어가 보니 모든 것이 전에 봤던 대로 깔끔하고 가지런했지만, 그 얼음장 같은 남자는 정말 없었다. 그에게 진왕부는 그저 잠을 자는 곳인지도 몰랐다.

서재에 바람막이를 내려놓은 한운석은 무엇 때문인지 한숨을 폭 쉬며 어깨를 으쓱하고는 그곳을 나왔다.

며칠 동안 한운석은 빈둥거리지 않고 운한각의 작은 서재에 약롱과 책꽂이를 마련한 뒤, 의술과 약재에 관한 책을 몇 권 사 읽으며 해독시스템의 부족한 부분을 채웠다.

한가롭지는 않았지만 편안한 나날이었다. 그러나 용비야든, 의태비든, 혹은 후궁의 비빈들이든 모든 이들이 비밀리에 자신을 조사하고 있다는 사실을, 그녀는 전혀 알지 못했다.

그녀의 아버지인 한종안은 태후의 부름은 물론이고 용비야의 부름까지 받았고, 무엇이라도 찾아내기 위해 한운석이 시집가기 전에 썼던 규방을 두 번 세 번 뒤져야 했다.

"전하, 조사를 끝냈습니다. 운한각에 계신 분은 틀림없이 진짜 한운석입니다. 한씨 집안의 하녀와 두 딸이 출가 전에 그녀가 빨간 면사를 쓰고 꽃가마로 이끌려 들어간 것을 똑똑히 보았고, 한씨 집안에서 왕부까지는 사람 많은 거리를 지나야하니 도중에 바꿔칠 수는 없습니다. 그리고 당일 밤에는 매파가 곁을 지켰습니다."

초서풍이 상세하게 보고했다.

"얼굴에 있던 독은 가마 안에서 처리했느냐?"

용비야가 차갑게 물었다.

"가마에 오르기 전에는 상처가 있었는데 내렸을 때는 사라졌으니 가마 안에서 처리할 수밖에 없었을 겁니다."

초서풍은 잠시 망설이다가 덧붙였다.

"약 한 그릇으로 장평공주의 독 버짐을 치료하신 것을 보면, 왕비마마께 그 정도는 그리 어려운 일이 아니었을 겁니다."

"애초에 미녀였다면 어째서 그 미모를 숨기고 감추며 남들의 비웃음을 샀겠느냐?"

용비야가 다시 물었다.

사실 그 전까지 그는 한운석에게 일말의 관심도 없었다. 그녀가 어떤 사람이든, 아름답든 아니든, 결국은 태후와 황제가 강제로 떠맡긴 사람이니 맹세코 그의 눈에 찰 리가 없었기 때문이었다. 숫제 신혼 첫날밤 부용원에서 쫓아내 평생 교외의 별원에 가둬 놓으려고도 했다.

그런데 예상과 달리 바로 그날 밤 한운석이 그를 구했고, 그 후로 그녀가 보여 준 의술과 성품, 일처리 방식은 하나같이 그의 예상을 뛰어 넘었다.

"전하, 영리함은 아둔함만 못하다고 하지 않습니까? 제 생각이지만 왕비마마께서 일찍이 미모를 드러내셨다면 전하께 시집오지 못했을 수도 있습니다."

초서풍이 웃음 섞인 말로 말했다.

마치 한운석이 너무나도 용비야에게 시집가고 싶은 나머지 그 바람을 이루기 위해 모든 모욕을 꾹꾹 참았다는 말 같았다. 적어도 용비야에게는 그렇게 들렸다.

용비야가 무표정한 얼굴로 돌아보았지만, 초서풍은 간이 배 밖으로 나오기라도 했는지 한마디 덧붙이기까지 했다.

"전하, 제가 보기에는 왕비마마께서 전하를 무척 좋아하시는 것 같습니다. 그게……."

그러나 그 말이 끝나기도 전에 차갑기 짝이 없는 용비야의 눈빛이 어둡게 가라앉았고, 초서풍은 흠칫 몸을 떨며 눈치 빠르게 입을 다물었다.

이런 줄도 모르는 한운석은 편안한 날을 보냈지만, 언제나 그렇듯 좋은 날은 오래가지 못했다.

장평공주 사건 이후로 의태비가 한동안 잠잠하리라고 생각했지만, 뜻밖의 사달이 의태비의 휴식을 방해했다.

"마마, 또 누가 치료를 해 달라고 찾아왔어요. 왕부 안에 들어오지 못하고 바깥에 버티고 있다는데, 듣자니 진국공鎭國公의 셋째 부인이래요."

침향이 헐떡이며 달려와 알려 주었다.

누가 소문을 냈는지 모르지만, 한운석이 죽어가는 목청무를 살려 낸 일이 거리에 쫙 퍼졌다. 그뿐이랴, 갈수록 소문에 살이 붙어, 그녀가 일부러 재주를 숨기려 겸손하게 몸을 낮추고 있었을 뿐 사실은 폐물이 아닌 백년에 한 번 날까 말까 한 천재라는 말까지 돌았다.

온갖 지어낸 이야기들 덕에 그녀는 마치 화타華佗(삼국시대의 명의)의 환생이라도 되는 것처럼 알려져, 태의와 각 지방의 신의들이 치료하지 못하는 병도 그녀를 찾아가면 칼질 한 번, 약한 그릇 만에 뚝딱 효험이 나타난다고들 떠들었다. 그 정도는 약과였고, 어질고 인자하여 진맥료도 받지 않고 마음씨가 좋아 가난한 사람을 먼저 치료해 준다는 소문까지 있었다.

이렇게 해서 어젯밤부터 적잖은 환자와 가족들이 소식을 듣고 달려왔다. 고관대작, 종실과 외척뿐 아니라 일반 백성들까지 치료를 해 달라고 모여들었다.

소문 덕에 재주 많고 사람 좋은 의원으로 이름난 지금, 환자들이 진맥을 받겠다고 줄을 서 있는데 그런 재주가 없다고 밝히자니 웃음거리가 될 것이고, 나가서 진맥을 하자니 시작했다가 한 번이라도 거절하면 이러쿵저러쿵 말이 나올 것이 분명했다.

너무 갑작스럽게 벌어진 일이었다. 도성 안에서 이렇게 커다란 소란을 일으키는 것은 보통 사람은 꿈도 꾸지 못할 일이었다.

이 일을 벌인 사람은 그녀를 높이 띄웠다가 패대기쳐 죽일 심산인 게 분명했다. 그 악독한 마음씨에 한운석은 이러지도 저러지도 못하는 진퇴양난에 빠지고 말았다.

민폐녀의 패배

"마마, 어쩌죠?"

침향이 발을 동동 구르며 초조해하는데 갑자기 시종이 찾아왔다.

"왕비마마, 태비마마께서 당장 오라고 하십니다."

한운석은 입가를 실룩였다. 엎친 데 덮친 격이라더니, 의태비가 이 난관을 헤쳐 나가는 데 도움을 줄 것이라 기대한 내가 바보지.

문으로 들어서자마자 의태비의 꾸중이 쏟아졌다.

"한운석, 재주 좀 있다고 그렇게 자랑을 해야 속이 편하더냐?"

"오해이십니다, 모비. 제가 일부러 그랬을 리가요."

한운석은 태연하게 대답했다.

"일부러 그랬을 리가요? 그래, 본 궁을 귀찮게 하려고 일부러 그랬겠지. 네가 이름을 날리는 통에 궁 안팎으로 한운석의 재주를 모르는 사람이 없게 되었고 덕분에 나는 시끄러워 죽을 지경이야!"

의태비가 화난 목소리로 외쳤다.

치료를 부탁하러 온 사람들 중 신분이 낮은 이들은 진왕부의 대문을 넘어서지도 못했지만, 귀한 가문의 사람들은 의태비가 모두 거절해서 돌려보냈다.

누가 뭐라고 해도 진왕부는 진료소가 아니었고, 진왕비 역시 의원이 아니었다. 찾아온 귀족들이 의태비와 사이가 좋았더라면 혹시 한운석을 불러 진맥을 시켰을 수도 있었다. 하지만 소문이 쫙 퍼진 지금 한 번이라도 예외를 두면 상황은 걷잡을 수 없게 될 것이다.

그런데 이 모든 것이 진왕부 대문 앞에서 일어나지만 않는다면 이야기가 달랐다.

의태비는 이미 속으로 생각해 둔 것이 있었다.

"모비께서는 총명하신 분이니, 누군가 저를 괴롭히기 위해 소문을 퍼트렸다는 것은 아실 겁니다."

한운석이 진지하게 대답했지만 의태비는 코웃음을 치며 꿍꿍이가 있는 눈빛으로 말했다.

"그런 건 내 알 바 아니고, 어떻게 할 것인지나 말해 보아라!"

바로 그때 또다시 문지기가 허둥지둥 달려와 보고하려 하자, 의태비는 일부러 화난 척 탁자를 힘차게 두드리며 재촉했다.

"한운석, 보았느냐? 보았느냔 말이야! 오늘 안에 대책을 마련하지 못하겠거든 당장 짐을 싸서 진왕부에서 나가거라!"

진왕부에서 나가라고?

그 한마디에 한운석은 모든 것이 이해가 되었다. 설마하니 의태비가 단순히 치료를 해 달라고 찾아온 사람들이 싫어서 이 난리를 피웠을까? 싫은 것은 다름 아닌 며느리였고, 이 기회에 그 며느리를 쫓아낼 심산이었던 것이다.

한운석은 아무리 의태비의 체면을 세워 주어도 헛수고에 불과하다는 사실을 마침내 깨달았다. 그녀의 잘못은 성가신 사람들을 불러들인 것이 아니라, 그녀의 존재 그 자체에 있었다.

오늘 같은 일이 모용완여로 인해 일어났더라면 의태비의 성격상 소문을 퍼뜨린 사람을 찾아내어 호되게 혼을 내 주었을 것이다.

하지만 그녀는 생판 모르고 살던 며느리이자 의태비의 마음에 꼭 들지도 않는 며느리였으니, 운명적으로 함께할 수 없는 사이였다. 어쩌면 소문이 퍼진 것도 의태비나 모용완여의 계략일지도!

이렇게 된 이상, 한운석도 억지로 참으며 웃는 얼굴로 대할 필요가 없었다.

그녀가 냉소를 지으며 말했다.

"모비, 분가를 하라는 말씀이신가요? 그렇게 중대한 일은 신첩 혼자 결정할 수 없으니, 전하와 상의를 하시는 것이 좋겠습니다."

부창부수라고 했으니 용비야가 있는 곳이 곧 그녀가 있을 곳이었다. 제 발로 꽃가마를 열고 나오면서까지 진왕부에 시집을 왔는데 이렇게 쉽게 포기할 수는 없었다. 이대로 쫓겨나면 뒤에서 쑥덕거릴 사람이 한가득인데 마음 편히 살 수나 있을까? 이 혼사는 태후가 결정했고 황제가 명을 내렸으니, 용비야라 해도 마땅한 이유 없이 함부로 그녀를 쫓아낼 수는 없었다. 하물며 의태비가 무슨 수로?

분가?

그 단어를 듣는 순간 의태비는 멈칫했고, 옆에 있던 모용완여도 눈을 휘둥그레 떴다. 한운석이 감히 저런 말을 하다니! 의태비는 진왕을 자기 목숨처럼 애지중지했다. 선제가 세상을 떠나자마자 궁궐이 답답하다는 핑계로 진왕부로 옮긴 것만 봐도 알 수 있는 일이었다.

그런데 생판 모르던 며느리가 감히 분가라는 말을 입에 담다니?

퍽!

이성을 잃은 의태비가 탁자를 힘껏 내리쳤다.

"한운석, 방금 뭐라고 했느냐? 똑바로 말하지 못해!"

"모비께서 분가를 원하신다면, 신첩 혼자 결정할 수 없으니 전하를 불러 물어보시라고 말씀드렸습니다. 신첩은 아직 할 일이 있으니 그만 물러가지요."

한운석은 차갑게 대답하고는 홱 돌아섰다.

"저, 저! 저 못된! 뭣들 하느냐, 당장 저것을 붙잡아라!"

의태비의 노한 목소리에 시위 몇 명이 달려와 한운석의 앞을 가로막았다.

"한운석, 감히 본 궁 앞에서 분가라는 말을 꺼내? 네가 무슨 자격이 있어 분가를 하겠다는 게야! 비야가 결코 허락지 않을 것이다! 자신감이 지나쳐도 유분수지! 감히 반항을 하려는 것이냐?"

의태비가 격분하여 외쳤다.

"모비, 억울합니다!"

한운석도 소리를 높였다.

"모비께서 분가하라고 하신 것이지, 제가 꺼낸 말이 아닙니다. 제발 괜한 누명 씌우지 마시지요!"

"뭐라고?"

의태비는 기가 차서 넘어갈 지경이었다.

"너 정말…… 입에 침도 안 바르고 거짓말을 하는구나. 내 언제 그런 말을 하더냐?"

"저더러 진왕부에서 나가라고 하지 않으셨습니까. 설마 전하를 두고 저 혼자 나가라는 말씀이셨나요?"

한운석이 진지하게 물었다.

이 말에 의태비는 더욱 화가 치밀었지만 당장 뭐라고 반박할 말을 찾지 못했다.

한운석은 그제야 깨달은 척하며 놀란 목소리로 되물었다.

"모비, 정말 저 혼자 나가라는 말씀은 아니시죠? 저는 시집와서 지금껏 음란한 짓을 한 적도 없고, 어른을 공경하지 않은 적도, 말을 많이 한 적도, 물건을 훔친 적도, 질투를 한 적도, 몹쓸 병에 걸린 적도 없습니다. 그리고 전하께 아들을 낳아드리려고 열심히 노력하고 있는데 어째서 저를 쫓아내려 하시나요?"

예로부터 자식이 없는 것과 음란한 것, 시부모를 봉양하지 않는 것, 말이 많은 것, 물건을 훔치는 것, 질투하는 것, 몹쓸 병을 앓는 것이 시집간 여자가 소박을 맞는 칠거지악이었는데, 한운석은 그중 아무것도 어긴 적이 없었다.

정말 그녀만 쫓아낼 생각이었던 의태비가 노기충천하여 맞

받아치려는 것을 모용완여가 다급히 막아섰다.

"새언니, 오해예요, 오해! 그렇게 말씀하시면 모비께서 너무 억울하시지요. 별일도 아닌데 왜 그렇게 심각한 이야기를 하세요?"

그녀는 이렇게 말하면서 씩씩거리는 의태비에게 눈짓을 보내며 부축해 앉혔다.

"새언니, 모비의 말씀은 교외의 별원에 며칠 가 계시라는 뜻이었어요. 언니를 찾아오는 환자들이 이렇게 많은데 왕부에서 모두 받아 줄 수도 없고 그렇다고 모두 물리칠 수도 없지 않겠어요?"

모용완여는 효녀처럼 의태비에게 차를 올리고 마음을 달래 주었다.

"모비, 화내지 마세요. 그러다 몸이라도 상하시면 새언니 마음이 어떻겠어요? 새언니가 모비의 뜻을 오해한 것뿐이니 제가 대신 잘 말씀드릴게요. 분명히 이해하고 받아들여 주실 거예요."

의태비는 그제야 고개를 끄덕였다. 후궁의 모진 비바람을 오랫동안 견뎌 온 만큼 의태비 역시 감정적이기만 한 사람은 아니었고, 모용완여와 상의하여 정한 본래의 목적도 이번 기회에 한운석을 잠시 별원으로 내치는 것이기 때문이었다. 어쨌든 한 번 나가면 다시 돌아오기는 쉽지 않을 것이다.

그런데 한운석이 '분가'라는 말을 꺼내자 노기가 치밀어 이성을 잃고 말았다.

용비야는 그녀의 단 하나뿐인 자랑거리이자 유일한 의지처요, 남은 생의 모든 희망이었다. 그 누구도 그런 아들을 빼앗아 갈 수는 없었다!

한운석은 모용완여를 바라보며 속으로 냉소를 흘렸다. 역시 민폐녀답게 말은 잘하는군.

의태비를 달랜 모용완여는 그제야 한운석을 잡아끌며 자리를 권했고 한운석도 말없이 자리에 앉았다. 그녀 역시 의태비에게 겁을 주려던 것이지 정말로 다툴 생각은 없었다.

어른과 다투는 것이야말로 가장 어리석은 짓이었다. 아무리 이치를 들어 설명해도 어른이 마음먹고 괴롭히려 들면 결국 '버르장머리 없고 어른을 공경할 줄 모른다'는 말로 모든 죄를 덮어쓸 것이 뻔했다.

모용완여는 참을성 있게 한운석에게도 차를 한 잔 내밀었다.

"새언니, 마음 좀 가라앉히세요. 모비의 말씀은, 일단 별원에 며칠 머무시면서 환자들을 치료하는 한편 대책을 강구해 보자는 것이지, 계속 별원에서 의원 노릇을 하라는 것은 아니에요. 그런데 분가라뇨? 모비께서 화를 내시는 것도 당연해요. 오라버니가 들으셨어도 화를 내셨을 거예요!"

말하자면 다 한운석이 잘못했다는 뜻이었다. 역시 민폐녀다운 솜씨였다.

흐름을 보니, 다음 차례는 의태비에게 사과하고 잘못을 인정하게 한 다음, 그들의 제안대로 잠시 별원에 가 있으라고 할 것이 분명했다.

민폐녀의 수단도 대단했지만 한운석은 그리 호락호락하지

않았다. 그녀는 말다툼하는 대신 다른 말을 꺼냈다.

"내가 소장군과 공주를 구한 것은 그 두 사람이 마침 내가 아는 독에 중독되었기 때문이었어요. 신의라니, 그런 어마어마한 칭호는 감당 못해요. 당장 나가서 밝혀야겠어요!"

이렇게 말한 한운석은 벌떡 일어나 나가려고 했다.

누군가 면전에 대고 폐물이라고 욕하면 따끔하게 반박해 줄 테지만, 배불리 먹고 살 수 있는 이상 굳이 세상 사람들에게 천재라고 떠벌릴 필요는 없었다. 하늘도 똑똑한 사람을 질투하는 마당에 평범한 중생들이야 오죽할까?

높이 띄웠다가 패대기쳐 죽일 생각인 모양인데, 그녀는 애초에 높이 올라갈 마음도 없었다.

초조해진 의태비가 노한 목소리로 외쳤다.

"거기 서지 못해! 그…… 그랬다가는 웃음거리만 될 게 아니냐?"

"모비, 모비께서도 오해하시는 건 아니시겠지요? 저는 의원이 아니고 환자를 볼 줄도 모릅니다. 그저 해독하는 법을 조금 알 뿐인데 억지로 환자를 보다가 만에 하나 불상사라도 생겨 사람이 죽으면 문제가 더 커지지 않겠습니까?"

한운석은 진지하게 말했다.

의태비와 모용완여의 입을 딱 막아 버리는 한마디였다. 모용완여의 눈에 싸늘한 증오가 스쳐갔다.

이런 소문을 낸 사람은 바로 모용완여였다. 첫째는 이 기회에 한운석을 진왕부에서 쫓아내기 위해서였고, 둘째는 한운석이 치료한 사람에게 수작을 부려 사람을 죽였다는 죄를 덮어씌우기 위해서였다.

이 완벽한 일석이조의 계략이 뜻밖에도 한운석의 단 몇 마디에 깨져 버린 것이다!

모용완여는 이대로 포기하기가 아까워, 안타깝다는 듯이 한숨을 푹 쉬었다.

"새언니, 의술과 독술은 본래 한 가지인데 너무 겸손하시군요. 저렇게 모여든 사람들 앞에서 그런 말을 하면, 모르는 사람들은 언니가 무척 도도한 사람이라고 생각할 거예요. 더구나 사람들 중에는 귀한 가문 사람도 있어요. 오라버니가 계시니 저런 사람들에게 미움을 사도 문제될 게 없지만, 이제……."

모용완여는 여기까지 말하고 일부러 입을 다물었다.

"이제는 어떻다는 거니?"

의태비가 무거운 목소리로 물었다.

모용완여는 한운석을 흘끔 바라보며 어쩔 수 없는 얼굴로 말했다.

"이제 새언니가 곧 오라버니이니, 새언니가 백성들을 실망시키면 그들 마음속에 있는 오라버니의 인상에도 영향을 미칠 거예요. 이 점이 제일 중요한 거예요."

용비야의 지위와 권력 앞에서 황제조차 한발 양보하는 까닭은, 단순히 그가 장악한 세력 때문만이 아니라 오랫동안 천녕국 백성들의 마음속에 쌓아 온 명망 때문이기도 했다. 모용완여의 이 말은 확실히 정곡을 짚은 셈이었다.

그러나 한운석은 걱정하지 않았다. 모용완여는 용비야를 들먹일 수 없어도 그녀는 할 수 있었기 때문이었다. 이런 귀찮은 일은 용비야에게 넘기는 것이 최선이었다.

그녀가 말했다.

"완여 누이의 말이 옳군요. 이런 일은 저 혼자 결정할 수 없으니 아무래도 전하와 상의를 해 본 다음 정하는 것이 좋겠습니다."

한운석을 쫓아내지 못하게 되어 반쯤 절망에 빠졌던 의태비는 용비야의 이름이 나오자 한층 신중해졌다. 빈대 잡자고 초가삼간을 태울 수는 없는 법, 이런 일로 아들의 명성에 누를 끼칠 수는 없었다.

"여봐라, 부용원에 가서 진왕에게 급한 일이 있으니 당장 오라고 전해라!"

의태비가 즉시 명령했다.

이를 본 모용완여는 남몰래 심호흡을 했다. 이 싸움은 철저한 패배였다!

황명, 무시무시한 일

한운석은 용비야가 어디론가 사라져서 빨리 나타나지 않으리라 생각했지만, 뜻밖에도 용비야는 외출하지 않고 부용원에 있다가 전갈을 받고 곧장 건너왔다.

꼿꼿하고 오만한 그림자가 문가에 나타나자 모용완여는 말할 것도 없고 옆에 있던 어린 하녀들마저 얼굴을 붉히며, 긴장과 흥분으로 두근거리는 심장을 달래며 좀 더 보고 싶어 흘깃거리면서도 차마 고개를 들지 못했다.

용비야는 통 넓은 하얀 장포를 입고 숱 많고 새까만 머리카락을 묵옥墨玉으로 만든 비녀 하나로 대충 틀어 올렸는데, 그 모습이 꼭 속세에 미련 없는 저 하늘 위의 신선처럼 비범하면서도 초탈해 보였다.

의태비마저 아들에게서 시선을 떼지 못했다. 저런 아들을 둔 것이 그녀에게는 평생 가장 행복한 일이었다.

그러나 한운석은 속으로 눈을 흘겼다. 저 인간 차림새를 보면 집에 있었던 것이 분명한데, 대문 앞이 이렇게 소란스러운데도 집안의 가장이라는 작자가 나와 볼 생각도 하지 않고 있었다니 기가 막힐 노릇이었다.

의태비는 흐뭇하게 아들을 붙잡아 따뜻한 의자에 앉히고 온갖 살을 갖다 붙여 상황을 설명했다. 마치 한운석이 이 사건을 벌인 것 같은 말투였다.

한운석은 못들은 척하며 속으로 중얼거렸다. 용비야, 제대로 처리하지 않으면 다음번에는 삼천 냥을 줘도 절대 치료해 주지 않을 거야.

그런데 그 생각을 끝내기도 전에 용비야가 차갑게 한마디를 던졌다.

"한운석, 어찌 처리하는 게 좋겠느냐?"

"신첩은 어리석어 잘 모르니 전하께서 결정하시지요."

한운석은 일부러 겸손하게 말했다.

"어리석어도 잘 생각해 보면 될 일이다."

용비야도 말했다.

한운석은 마음 굳게 먹고 대답했다.

"신첩이 보기에 사실은 꼭 밝혀야 합니다. 문제는 누가 어떻게 밝히느냐 하는 것이지요."

의태비와 모용완여는 그녀의 말을 귀담아 듣지도 않았지만, 용비야는 계속 말해 보라는 듯 고개를 끄덕였다. 그 광경에 두 모녀는 도저히 믿을 수가 없는 얼굴로 그를 바라보았다.

한운석이 진지하게 말했다.

"신첩의 어리석은 생각이지만, 모비께서 나서서 밝혀 주시는 것이 가장 설득력이 있을 것 같습니다. 아무래도 지난번에 찾아온 사람들을 돌려보내신 것도 모비이시니까요. 더군다나 찾아온 사람 중에는 귀족들도 있는데, 모비께서 나서 주신다면 그들도 감히 이의를 제기하지는 못할 겁니다. 보통 백성들에게는 치료비를 내려 주시고 다른 명의를 찾아가라고 해 주시는 것이 좋겠지요. 그리하면 모비의 인자함을 보여 줄 수도 있고 남들 입에 오르내리지도 않을 겁니다."

의태비가 나가서 이 일을 해결하라고?

모용완여는 깜짝 놀라 손으로 입을 막았다. 한운석, 어쩌다 그런 기상천외한 생각을 했지? 모비께서 그런 제안을 받아들일 리 없으니 넌 졌어!

"본 궁이 나서라고?"

의태비가 다소 불쾌한 표정으로 되묻자 한운석이 한마디 덧붙였다.

"전하를 대신하는데 모비보다 더 알맞은 분이 어디 있겠습니까?"

그녀는 이렇게 말하며 용비야 쪽을 바라보았다.

"그렇지 않은가요, 전하?"

저 인간을 불러낸 것도 든든한 뒷배로 삼기 위함이었으니 반드시 입을 열게 해야 했다!

용비야의 눈동자에 아무도 알아채지 못한 감탄의 빛이 스치더니, 뜻밖에도 그가 시원스레 고개를 끄덕였다.

"음."

의태비는 아들을 몹시 아꼈지만, 이 아들은 어렸을 때도 어머니에게 친밀하게 굴지 않았고 장성한 뒤에는 더욱더 소원해져 최근 몇 년 동안은 몇 마디 나누거나 함께 밥을 먹기조차 어려웠다. 그런 아들이 고개를 끄덕이자, 의태비는 사탕을 삼킨

듯 달달한 기분에 빠져 한운석과 다툴 생각 따위는 저 멀리 사라지고 말았다.

"오냐, 알겠다. 누구 없느냐, 어서 가서 은자를 준비해 오너라. 본 궁이 당장 밖으로 나갈 것이다."

의태비는 벌떡 일어나서 나가려다가 다시 고개를 돌렸다.

"애야, 비야야, 오늘 저녁은 여기서 먹자꾸나. 어미와 식사한 지 오래 되었잖니."

이렇게 말한 그녀는 용비야의 대답을 기다리지 않고 모용완여를 재촉해 은자를 챙겨 오게 했다. 모용완여는 좀 더 용비야 곁에 있고 싶었지만 아쉬워도 나갈 수밖에 없었다.

그들이 나가자 객청에는 용비야와 한운석 두 사람만 남았다.

한운석은 이번 난관도 넘겼구나 싶어 속으로 안도의 숨을 내쉬었다. 누가 이런 소문을 퍼뜨렸는지 모르지만, 들키지 않도록 꼭꼭 숨어 있는 것이 좋을 거야. 내 눈에 띄었다간 이 독의가 철저히 갚아 줄 테니!

그녀는 이렇게 속으로 이를 갈면서 용비야를 흘끔거렸다. 저 인간은 이름을 빌려 위세를 부리거나 직접 불러내어 방패막이로 사용하기에 무척 쓸모가 있었다!

한운석이 속으로 쿡쿡 웃고 있는데 용비야가 담담하게 한마디 했다.

"늘었군……."

"네? 뭐라고 하셨죠?"

제대로 듣지 못한 한운석이 되물었지만, 아쉽게도 용비야는 같은 말을 두 번 할 생각이 없는지 일어나서 문 쪽으로 나갔다. 그 뒷모습조차 차갑고 고독해 보였다.

한운석은 그런 그가 가까우면서도 멀게 느껴져, 뒤를 쫓아가 문가에 서서 큰 소리로 외쳤다.

"잠깐만, 바람막이를 서재에 갖다 놓았는데 보셨어요?"

들은 체 만 체할 줄 알았던 용비야가 뜻밖에도 그녀를 돌아보고 고개를 끄덕였다.

"아, 네……."

한운석은 더 당황하여 멍하니 대답하고는, 느닷없이 웃음이 터져 바보같이 헤죽헤죽 웃었다.

용비야는 눈 깜짝할 사이 사라졌고, 한운석은 그제야 퍼뜩 생각이 났다. 의태비가 같이 식사하자고 했잖아? 그런데 말도 없이 가 버려?

한운석은 마른기침을 하며 주위에 아무도 없는 것을 확인한 뒤 재빨리 내뺐다. 의태비가 그녀더러 같이 식사하자고 한 것도 아닌데 용비야마저 가 버린 마당에 남아 있을 까닭이 없었다. 의태비를 바람맞힌 것은 온전히 용비야 문제였다.

한운석이 부용원으로 달아났을 때 용비야의 침궁에는 등불이 밝혀져 있었다. 그가 안에 있다는 뜻이었다. 오늘 밤은 침궁에서 보낼 생각인가 봐? 언제 돌아온 걸까? 바깥에서 밤을 보낼 때는 어디서, 어떻게 지낼까?

한운석은 머릿속으로 온갖 질문을 던지다가 흠칫 놀랐다. 아무리 심심해도 그렇지, 뭐 하러 그런 게 궁금하담? 그는 그만의 거처에서, 그녀는 그녀만의 운한각에 살면서 서로 간섭하지 않는 것이 제일 좋았다.

한운석은 어깨를 으쓱하고는 돌아서서 운한각으로 들어갔다. 침향이 벌써 향긋한 요리를 준비해 놓은 덕분에 문을 여는 순간 행복한 밥 냄새가 물씬 풍겼다.

그러나 문 안으로 몇 발자국 들여놓기도 전에 뒤에서 시종의 목소리가 들려왔다.

"왕비마마, 의태비께서 당장 오라 하십니다."

또 저 말! 한운석은 인상을 구기며 차갑게 물었다.

"무슨 일이냐?"

"소인은 모릅니다. 전하께도 전갈하라고 하신 것을 보면 사소한 일은 아닌 듯 합니다."

시종이 사실대로 대답했지만 한운석은 믿지 않았다. 의태비에게 달리 무슨 큰일이 있겠어? 대문 밖의 소란은 한운석이 나서지 않았어도 영리한 의태비가 알아서 잘 처리했을 것이다. 용비야마저 부른 것을 보면 바람맞은 일 때문인 것 같았다.

"그래, 곧 가겠다!"

한운석은 차분하게 대답했다.

시종이 사라지자 그녀는 누각 안으로 들어가 배불리 음식을 먹은 후 다시 나갔다. 가족 식사인가 뭔가 하는 자리에서는 배를 곯기 딱 좋기 때문이었다.

능장을 부리며 설렁설렁 찾아갔지만, 상황은 그녀가 예상한 것과는 전혀 달랐다. 용비야가 벌써 와 있었고, 또 다른 사람도 있었다.

바로 천녕국 천휘황제를 가까이서 모시는 늙은 태감 설薛 공 공이었다!

그녀가 안으로 들어서자 모든 사람의 시선이 그쪽으로 쏠렸고, 그 시선이 불안해하던 한운석을 더욱 긴장시켰다. 황제를 모시는 태감이 찾아왔다면, 그 일이 무엇이든 황제가 관련되어 있는 것은 분명했다. 의태비와 용비야의 표정을 본 한운석은 좋은 일이 아니라는 것을 짐작하고 안절부절못했다.

"소인 설계평薛桂平, 왕비마마께 인사 올립니다."

함박웃음을 짓는 설 공공의 모습은 남자 같기도 하고 여자 같기도 한 이상야릇한 느낌을 주었다.

"설 공공, 기다리게 해서 미안하오. 어서 일어나시오."

한운석이 예의 바르게 말했다. 황제를 가까이 모시는 설 공 공에게는 일반적인 태감들과 달리 대할 수밖에 없었다.

"설 공공, 이리 앉게."

의태비가 권하자 설 공공도 거절하지 않고 자리에 앉았고, 이를 본 한운석도 용비야의 옆에 앉았다.

"운석아, 너는 해독은 할 수 있어도 의술은 모른다고 설 공 공에게 잘 설명하거라. 그래야 설 공공도 돌아가서 잘 말씀드 릴 수 있지 않겠니."

의태비가 느긋하게 말했다.

그 한마디에 한운석은 하마터면 심장이 멈출 뻔했다. 그…… 그렇다면…… 설마 황제가 소문을 듣고 병을 치료해 달라고 찾아온 것은 아니겠지?

마음이 몹시 어지럽고 불안했지만, 한운석은 겉으로는 아무렇지 않은 척 물었다.

"설 공공, 대체 무슨 일이오?"

"왕비마마께 아룁니다. 폐하께서 마마의 의술이 뛰어나 고 태의와 한 신의도 해결하지 못한 어려운 병을 치료했다는 소문을 들으시고, 마마를 모셔 와 태자 전하를 진맥하게 하라 하셨사옵니다."

설 공공의 공손한 말에 한운석의 입가에 경련이 일었다. '진맥'이라니, 말은 쉽지!

태자는 황후와 태후의 보물 같은 존재로, 황제가 고르고 골라 길러 낸 후계자였다. 그러나 그는 7년 전에 괴병을 얻었고, 한종안이 자원하여 치료를 했는데도 일곱 해가 지나도록 병의 원인을 찾아내지 못했다. 한종안은 태자의 치료에 어마어마한 공을 들였고, 온갖 인맥을 동원해 의학회 의사들에게 회진을 청하기도 했지만 아직까지 병을 낫게 하지 못했다.

세상에 치료할 수 없는 병은 많고도 많지만, 한종안이 짚어 낸 태자의 맥상이 하필이면 임신맥妊娠脈(아기를 가졌을 때 나타나는 맥상)이라는 것이 문제였다.

남자에게 임신맥이라니? 모두들 오진이라고 생각했지만, 의학원의 이사들도 한결같이 임신맥이라고 판단했다.

이것이 태후의 분노를 자극했고, 이 일로 한씨 집안은 태후의 눈 밖에 났다. 화가 난 태후는 오래전 천심부인이 목숨을 구해 준 은혜도 생각지 않고 몇 차례나 한종안을 죽일 뻔했다. 물론 극비에 속한 일이었기 때문에 이 일을 아는 사람은 오직 황제와 태후, 황후, 진왕, 한종안, 고북월, 그리고 의학원의 이사 몇 사람뿐이었다. 다른 사람들은 태자가 괴병을 앓는다는 사실만 알 뿐, 무슨 병인지에 대해서는 억측만 난무했다.

의학원의 이사들이 떠나고 한종안의 비극이 시작되었다.

사실 의학원 이사들이 진맥하고도 해결책을 찾지 못한다면 다른 누구를 불러와도 마찬가지였고, 태후와 황제는 소문을 퍼트리지 않으려고 계속 한종안에게 치료를 맡겼다. 이렇게 해서 모든 분노를 한종안 홀로 뒤집어쓰게 되었던 것이다.

한운석이 아는 것은 몸의 본래 주인의 기억에 남아 있는 것들이었고, 본래 주인은 이런 이야기를 우연히 엿들어 알고 있었다.

그런데 황제가 그녀에게 진맥을 청하다니! 가업을 이어 한종안을 대신하라는 뜻이 아닌가?

"설 공공, 오해가 큰 것 같소!"

한운석이 벌떡 일어나며 초조한 얼굴로 말했다.

"설 공공, 비록 한씨 집안이 의술 명가이기는 하나, 내가 천성이 우둔해서 의술을 익히지 못했다는 것은 누구나 아는 사실이오. 폐하께서 바깥에 떠도는 소문을 들으시고 오해하신 것이 아니오?"

설공공은 빙그레 웃었다.

"왕비마마께서는 참으로 겸손하시군요. 아니 땐 굴뚝에서 연기가 나지 않는다고 하듯, 왕비마마께 그만한 재주가 있지 않고서야 바깥에 그런 말이 전해질 리 있겠사옵니까?"

"잘못 전해진 것이오. 바로 조금 전에 모비께서 사람들 앞에 나아가 오해라고 밝혀 주셨소."

한운석이 울음이라도 터트릴 것 같은 목소리로 말했다.

그러나 설 공공은 고집스러웠다.

"왕비마마, 설사 바깥에 떠도는 소문이 잘못되었다 해도 사실이 있지 않사옵니까? 소장군의 일과 장평공주의 일은 폐하께서도 이미 들으셨사옵니다. 소장군과 장평공주의 병은 고 태의와 한 신의도 살펴보았지만 원인을 밝혀내지 못했사옵니다. 헌데 마마께서는 약 한 첩에 병을 뿌리 뽑아 반나절 만에 치료를 하셨지요. 폐하께서는 그 이야기를 듣고 무척 반가워하시며, 어머니이신 천심부인의 재주를 이어받아 청출어람이라고 칭찬하셨사옵니다."

설 공공은 몹시 기쁜 말투였지만, 한운석은 애가 끊어 죽을 것 같았다.

"왕비마마. 황후마마께서도 마마를 숨은 인재라 하시며 친히 추천하셨사옵니다! 너무 겸손해하시면 폐하께서 진노하실지도 모르옵니다."

설 공공은 농담조로 말했다.

황후!

이것이야말로 진정으로 높이 띄웠다가 패대기쳐 죽이는 계략이었다. 바깥의 소문쯤이야 이에 비하면 아무것도 아니었다. 자리에 돌아가 앉은 한운석은 마침내 깨달았다.

무심코 의태비를 바라보니, 의태비는 재미난 구경이라도 하듯 입술 끝에 비웃음을 떠올리고 있었다. 그 옆의 모용완여는 딱하다는 얼굴을 하고 있었지만 눈동자에는 아주 고소해 죽겠다는 표정이 고스란히 드러나 있었다.

힘내, 최선을 다하면 돼

의태비와 모용완여 두 사람은 한운석이 황제를 실망시켜 황제가 진노하기를 바라마지 않았다. 가장 좋은 것은 폐비가 되어 다시는 돌아오지 못하게 되는 것이었다.

특히 모용완여가 그랬다. 한운석을 진왕부에서 쫓아내기 위해 소문을 퍼뜨렸는데 뜻밖에도 황제의 귀에 들어간 것이다.

황제가 이 여자를 처리해 준다면 그보다 좋은 일이 없었다. 용비야에게 억지로 한운석을 시집보낸 사람이 바로 황제였는데 그 손으로 친히 그녀를 물리치면 그보다 더 즐거운 일이 또 있을까?

한운석은 저도 모르게 용비야를 돌아보았다. 그는 여느 때처럼 손 닿을 수 없는 곳에 높이 앉아 두려우리만치 냉정하고 낯선 표정을 하고 있었다.

저 사람도 속으로는 고소해하고 있겠지. 이 기회에 이름만 정비인 날 떼어 내 버리고 싶을 거야.

"왕비마마, 오늘은 너무 늦었으니 폐하께서도 오늘은 가서 인사만 드리고 푹 쉬게 해드리라 하셨사옵니다. 내일 아침 일찍 맞이하러 오겠사옵니다."

설 공공이 말하며 일어났다. 의태비도 재빨리 따라 일어나며 말했다.

"설 공공, 어렵게 왔는데 식사라도 하고 가게."

"말씀은 감사하옵니다만, 소인은 어서 가서 폐하께 보고를 올려야 합니다. 태비마마, 진왕 전하, 이만 물러가겠사옵니다."

설 공공은 그렇게 말하면서 한운석에게 한 번 더 당부했다.

"왕비마마, 내일 아침 일찍이오니 부디 지체하지 말아 주시옵소서. 폐하께서 조례가 끝난 후 마마를 만나고자 하셨사옵니다."

"알겠소. 조심히 가시오."

한운석은 시원스럽게 말하며 미소를 지었지만, 심장은 싸늘하게 식어갔다.

남자에게 임신맥?

이 시대는 물론이고 현대에서도 희귀한 일이었다! 큰 병도 치료할 수 있을까 말까 하는 판국에 괴병을 치료해 달라니?

바깥의 풍문은 모른 척해도 상관없지만, 황제의 기대는 무시할 수 없었다. 설 공공의 말을 들으니 천휘황제는 그녀의 의술에 커다란 희망을 갖고 있는 것 같았다. 진맥을 거절하는 것도 황제의 체면을 깎아내리는 처사지만, 재깍 받아들였다가 치료하지 못한다면 그 후에 무슨 일을 당할지는 오로지 황제의 기분에 달려 있었다. 듣자니 천휘황제는 성품도 썩 좋은 편이 아니었다. 더구나 뒤에서 부추긴 사람이 황후이니, 치료를 못하면 그 결과는 보지 않아도 뻔했다.

설 공공을 보낸 뒤 의태비는 아무 일도 없었던 것처럼 모용완여를 재촉했다.

"완여, 어서 식사를 들이라고 해라. 네 오라비가 필시 허기가 졌을 게야."

기분이 좋아진 그녀는 한운석을 보고서도 평소와 달리 다정하게 말했다.

"운석, 너도 여기서 먹자꾸나. 내일은 절대 늦잠을 자면 안되니 배불리 먹고 돌아가서 바로 자려무나."

한운석은 심장이 얼어붙었지만 겉으로는 여전히 미소를 지으며 고개를 끄덕였다.

의태비와 모용완여가 저렇게나 그녀가 당하기를 바라고 있으니, 오기 때문이라도 절대 당하는 모습을 보여 주지 않을 것이다!

식사하는 동안 의태비와 모용완여는 몹시 친절하게 굴며 쉼없이 용비야에게 반찬을 덜어 주고 국을 퍼 주었다. 하지만 용비야는 별로 먹지도 않았고 내내 한마디도 하지 않았다. 꿔다 놓은 보릿자루가 된 한운석은 눈을 내리깔고 꾸역꾸역 밥을 먹었다.

뭐 어때, 복이 되든 화가 되든 어차피 피할 수 없다면 상황에 따라 대응하는 수밖에……

배불리 먹고 마신 한운석은 금세 잠이 들 수 있을 거라 생각했지만, 웬걸, 밤새 뒤척거리기만 했다. 그래서 차라리 잠들기를 포기하고 일어나, 담요를 둘둘 말고 창가에 기댄 채 멍하니 생각에 잠겼다.

무심코 바라본 용비야의 침궁에는 등불이 환하게 밝혀져 있었다. 이렇게 늦은 시각에 잠도 안 자고 뭘 하는 거람? 왜 잠을 못 이루는 걸까?

무엇 때문인지는 몰라도 갑자기 그가 했던 말이 머릿속에 떠올랐다.

'본 왕이 있으니 두려워 마라!'

그 순간, 한운석은 그에게 달려가 처음 황궁에 문안 인사를 드렸을 때처럼 내일도 함께 가 줄 수 없겠느냐고 묻고 싶은 충동이 일었다.

하지만, 그의 얼음 같은 침묵을 떠올리자 환하게 빛나던 그녀의 눈동자는 금세 어두워졌다. 관두자.

깊이 숨을 들이마시고 창문을 닫은 다음, 한운석은 스스로에게 다짐했다. 별일 없을 거야, 겁내지 마!

밤새 제대로 자지도 못했지만, 다음날 한운석은 새벽같이 일어나 침향을 불러 예쁘게 단장하여 생기가 넘치게끔 보이게 해 달라고 했다. 어차피 피할 수 없는 일이라면 용감하게 마주하자고 한운석은 속으로 다짐했다.

용감하게 맞서서 열심히 해 보는 거야, 잘될 수 있도록.

설 공공은 제시간에 마중을 왔고, 의태비와 모용완여도 배웅을 나왔다. 설 공공의 체면을 세워 주기 위해서이기도 했고, 한운석을 놀리기 위해서이기도 했다. 그들이 한운석을 보고 웃자, 한운석은 그보다 더 환하고 아름답게 웃어 주었다. 막다른 길에 이르러서도 절대 포기하지 않는 그녀가 쉽사리 저들의 웃음거리가 되어 줄 리 없었다.

마차에 오르기 전, 한운석은 고개를 돌려 주위를 둘러보았지만 용비야는 그림자조차 보이지 않았다. 부용원에서 나올 때 그의 침궁에는 등불이 꺼지고 대문도 꼭 닫혀 있었다. 아직 잠 들어 있을 테니 오지 않을 것이다.

황궁에 도착하자 천휘황제는 이미 조례를 마치고 어서방御 書房(황제의 서재)에서 기다리고 있었다. 어서방으로 통하는 기나 긴 회랑은 궁 안의 그 어느 곳보다도 엄숙했다. 멀지 않은 곳에 궁녀와 태감들이 양쪽으로 늘어서 있었는데, 손가락 하나 까딱 하지 않아 마치 조각상을 세워 둔 것 같았다. 이 고요한 정적 속에 한운석과 설 공공의 발소리가 유난히도 크게 울렸다.

"왕비마마, 서두르시옵소서. 폐하께서는 기다리는 것을 가장 싫어하십니다."

설 공공이 낮은 소리로 재촉했다. 회랑일 뿐인데도 몹시 조 심스러운 말투였다. 이 엄숙한 분위기에 본래도 불안했던 한운 석은 더욱더 긴장되기 시작했다. 그녀가 아는 천휘황제는 성미 가 무척 거칠고 사람을 죽이고도 눈 하나 깜짝하지 않는, 거의 반쯤은 폭군이었다.

그들은 곧 어서방에 도착했다.

설 공공이 문 밖에서 걸음을 멈추고 나지막이 말했다.

"왕비마마, 들어가시옵소서."

태자에 관한 일은 태감이 나설 일이 아니라는 것을, 설 공공 자신도 잘 알고 있었다.

말을 마친 그는 한운석이 대답하기도 전에 목청을 가다듬고 외쳤다.

"진왕비 입시하였사옵니다!"

이 말이 떨어진 이상 선택의 여지가 없었기에 한운석은 서둘러 안으로 들어갔다. 이곳에 처음 온 그녀는 지독히도 무겁고 엄숙한 분위기에 움찔 놀랐다. 그녀는 예법을 배운 적도 없고 어디로 가야 할지도 몰라 그저 똑바로 앞으로만 걸어갔다. 그러나 이 방 안의 빌어먹을 정적은 바깥보다 몇 배는 더 심해, 발소리를 내는 것도 무슨 죄를 저지르는 기분이었다.

마침내 그녀 앞에 커다란 주렴이 펼쳐지고 그 안쪽 책상 옆에 누군가 서 있는 모습이 어렴풋하게 보였다.

천휘황제일까?

한운석은 심장이 덜컥 내려앉아 손을 꼭 마주잡은 채 고개를 숙이고 다가갔다. 조심스레 주렴 한 쪽을 걷는 순간, 뜻밖에도 매처럼 날카로운 눈길이 날아들었고, 한운석은 순식간에 사방에서 피어오르는 살기를 느꼈다.

"네가 바로 진왕비, 한운석이냐?"

천휘황제의 차가운 목소리가 떨어졌다. 마흔이 훌쩍 넘은 나이의 황제는 염소수염을 길렀고, 염라대왕처럼 차가운 얼굴은 화를 내지 않아도 위엄이 넘쳤다. 그의 차가움은 용비야의 차가움과는 달랐다. 용비야의 차가움은 냉담함과 무정함, 손닿을 수 없는 높음에서 오는 것이었지만, 천휘황제의 차가움은 근엄함과 흉악함에서 오는 것이었다.

한운석은 긴장했지만 그래도 태도를 가다듬고 자연스럽게 예를 갖추었다.

"예, 폐하. 신첩이 진왕비 한운석입니다."

뜻밖에도 천휘황제의 엄한 꾸짖음이 떨어졌다.

"누가 마음대로 들어오라고 했느냐? 누가 들어와도 좋다고 허락했더냐?"

이 한마디에 한운석은 그 자리에 얼어붙었다. 다른 세상에서 온 그녀는 기본적인 예절만 알 뿐, 어서방에 들어오는 데도 복잡한 규칙이 있다는 사실을 알 리가 없었다. 더군다나 조금 전에 설 공공이 통보하고 들어가라고 하지 않았던가? 한운석은 허리를 살짝 숙였지만 무엇이 잘못되었는지 몰라 대답을 해야 할지 말아야 할지 갈팡질팡했다. 진왕비가 되었지만 황제의 눈에 한운석은 그저 보잘것없는 평범한 백성일 뿐이었다.

한운석이 어쩔 줄 모르고 있을 때, 옆에서 낯익은 목소리가 들려왔다.

"황형皇兄(황제의 동생들이 황제를 친근하게 부르는 호칭), 본래 배운 것이 없는 여자인데 예법을 따져 무엇 하겠습니까. 일이 더 중요합니다."

나지막한 목소리에는 사람을 끌어당기는 힘이 있었고 몸이 부르르 떨릴 만큼 차가웠다. 비록 조롱하는 말투였지만 지금 이 순간 한운석에게는 너무나도 따스하게 들려왔다.

용비야! 그 사람이야!

그녀는 저도 모르게 고개를 들어 소리 나는 쪽을 바라보았다. 은백색의 예복을 차려입어 존귀함이 철철 넘치는 용비야가 옆에 있는 차 탁자 앞에 앉아 김이 모락모락 나는 뜨거운 차를 천천히 들이키고 있었다.

저 인간이 와 있었어. 나보다 빨리!

느긋하게 앉은 그를 보자 한운석은 마치 무거운 짐을 내려 놓은 것 같아 까닭 없이 안도의 한숨을 내쉬었다.

나 때문에 왔을까? 한운석의 마음속에서는 자신조차 생각지 못했던 과분한 희망이 피어올랐다. 용비야의 한마디에는 확실 히 힘이 있었다. 천휘황제는 그를 돌아보더니 아무 말 없이 한 운석에게 일어나라는 손짓을 했다.

그날로부터 한참 뒤에야 한운석은 황후도 어서방에 오면 주 렴 바깥에서 예를 차린 뒤 황제의 허락을 받고서야 내전으로 들어갈 수 있다는 사실을 알게 되었다.

"감사합니다, 폐하."

일어난 한운석은 남몰래 용비야에게 감사의 눈길을 보냈지 만, 용비야는 그녀를 쳐다보지도 않았다.

사사로이는 제수였지만 결국은 군주와 신하의 관계였고, 더 욱이 그녀는 애초에 황제가 신경 쓸 대상도 아니었다. 용비야 는 앉을 수 있어도 한운석은 서 있어야만 했다.

"짐이 황후에게 들으니 목청무가 혼절하고 장평이 버짐을 앓았을 때 의원들이 하나같이 속수무책이었으나 네가 약 한 첩 만으로 치료했다지?"

천휘황제가 단도직입적으로 물었다. 귀하디귀한 신분답게 한운석을 제수로 대우할 생각은 눈곱만큼도 할 생각이 없어 보 였다.

"폐하께 아룁니다. 분명 그런 일이 있었으나, 엄격하게 말해 소장군과 장평공주는 병에 걸린 것이 아니라 독을 당한 것이었습니다. 신첩은 독을 해독할 줄 알지만 치료를 할 줄은 모릅니다."

어쨌든 한운석 입장에서는 사실대로 말할 필요가 있었다. 태자를 진맥해 볼 수는 있지만 그 전에 솔직하게 털어놓아야 했다.

그런데 황제의 반응은 뜻밖이었다.

"의술과 독술은 본디 한 가지다. 짐이 지난날 네 어미에게 들은 바 모든 병은 독에서 비롯된다고 했다. 너도 그 도리를 알겠지?"

케겍…….

한운석은 하마터면 침을 튀며 쿨럭일 뻔했다. 천심부인이 그런 말을 했는지 아닌지는 모르지만, 시대를 앞서가는 발언이라고 하지 않을 수 없었다.

서양 의학의 각도에서 보면 모든 병은 독에서 비롯되는 것이라고 할 수 있었다.

하지만 한운석의 연구 분야는 달랐다. 독소와 병균은 개념 자체가 다르고, 그녀가 해독하는 독은 대부분 자연의 동식물에 존재하는 독소를 사람이 배합해서 만든 것들이었다.

일단 그 문제는 미뤄 놓더라도 천휘황제의 한마디는 한운석을 몹시 난처하게 만들었다. 어머니의 말을 부인할 수도 없고 그렇다고 천휘황제에게 그 차이점을 설명해 줄 수도 없었다.

한운석은 잠시 생각하다가 겸손하게 대답했다.

"의술과 독술이 한 가지라는 것은 의원이나 독의가 최고 경지에 올랐을 때 가능한 말입니다. 제 재주는 어머니의 발끝에도 미치지 못합니다."

"허, 황후도 네가 무척 겸손하다고 했다. 네 아비와 고북월도 치료하지 못하는 병을 손쉽게 치료한 네 재주가 발끝에도 미치지 못하다니, 허면 네 아비와 고북월은 폐물이라는 소리가 아니냐?"

천휘황제가 엄숙하게 반문했다.

"폐하, 한 신의와 고 태의는 병을 치료하는 분들이고 저는 해독을 하는 사람입니다. 전혀 다른 일이니 함께 놓고 말씀 올릴 수는 없는 것입니다."

한운석은 계속 해명했지만 인내심이 그리 강하지 못한 황제는 불쾌해했다.

"진왕비, 짐은 환자를 보라고 너를 불렀지, 겸양을 떨라고 부른 것이 아니다! 짐은 네가 탕약 한 그릇으로 태자를 치료하기를 바라고 있거늘 끝내 재주를 감추고 숨어 있겠다는 말이냐?"

그 말에 한운석의 심장이 또다시 '쿵' 하고 내려앉았다. 대체 황후가 베갯머리에서 뭐라고 속살거렸기에 황제가 이렇게나 그녀의 의술을 믿고 있는 것일까!

괴병, 남자의 회임

천휘황제가 이렇게 말하는데 더 설명해 본들 싸우자는 말밖에 되지 않았다. 황제와 싸운다는 것이 목을 내놓겠다는 의미가 아니면 무엇일까?

그녀는 저도 모르게 용비야 쪽을 힐끔거렸다. 그녀가 해독만 할 수 있다는 것은 저 인간도 잘 알고 있으니 뭐라고 한마디 거들어 주었으면 싶었다.

그러나 용비야는 느긋하게 차나 즐길 뿐 이쪽 일에는 관심도 없어 보였다.

한운석의 입가에 자조 섞인 미소가 떠올랐다. 바랄 걸 바라야지. 저 인간이 날 도울 리가 있어? 심심해서 구경이나 와 봤겠지.

설명하지 못하더라도 어쩔 수 없었다. 최선을 다해 치료하면 설사 실패하더라도 반드시 죽임을 당하지는 않을지도 모른다.

"폐하, 치료를 맡기기 위해 신첩을 부르셨다니, 그렇다면 태자 전하의 맥을 짚어 보게 해 주십시오."

그녀가 진지하게 말했다.

천휘황제도 바로 그 말을 기다리고 있었다.

"한운석, 짐을 실망시키지 마라."

한운석은 어깨를 짓누르는 부담을 억지로 버텨 내며 황제와 용비야를 따라 동궁으로 향했다.

동궁 입구는 경비가 무척 삼엄했다. 태자가 괴병을 앓는다는 것은 많은 이들이 알고 있었지만, 대체 무슨 병인지는 철저히 비밀에 붙여져 있었다.

한운석이 아는 것은 태자에게 임신맥이 잡힌다는 것뿐이었다. 태자가 지금 어떤 상황인지, 7년이 흐르면서 병세가 바뀌지는 않았는지는 전혀 알지 못했다. 태자는 7년 전 병을 앓기 시작한 후부터 지금까지 내내 동궁에서 한 발짝도 나오지 않았다.

어려서부터 총명하고 황후가 낳은 장남이라는 귀한 신분이기도 했던 태자는 황제의 사랑을 듬뿍 받고, 천휘황제는 그가 세 살 때부터 공들여 가르치며 후계자로 길러 냈다. 그런 그가 이런 괴병을 앓으리라고는 아무도 예상치 못했다. 치료하지 못한다면 천휘황제는 부득불 후계자를 다시 고를 수밖에 없었다.

새 후계자를 세우려면 시간과 공이 많이 들뿐 아니라, 조정에 붕당이 생겨 황자들끼리 서로 죽고 죽이는 싸움이 벌어질 것이 자명했다. 나라가 막 발전하고 있는 때 내란이 벌어지는 것은, 천휘황제도 결코 원치 않았다. 이 때문에 그는 태자가 병을 앓은 지 7년이나 되었는데도 지금껏 포기하지 않았다. 태자는 구금되어 누워 있었지만, 매일같이 관심을 갖고 살폈기 때문에 조정의 일은 손바닥 들여다보듯 훤히 알고 있었다.

다른 곳보다 훨씬 삼엄한 동궁의 경비를 보자 한운석의 마음은 더욱 무겁게 가라앉았다.

태자의 병이 다른 것도 아닌 입에 담기도 부끄러운 회임이라면, 어떤 의미에서는 천녕국 황실의 치욕이자 나아가 재앙의

징조라고 할 수도 있었다.

일단 황제가 태자를 포기하면, 태자의 괴병을 알고 있는 사람들이 살아남을 수 있을까?

한종안, 고북월……, 그리고 이제 곧 태자를 보게 될 그녀 자신까지.

진왕비이기는 하지만 방금 황제의 태도로 보아 그녀를 황족으로 생각하지 않는 것이 분명했다!

묵묵히 침궁에 도착해 보니 태후와 황후는 와 있었지만 당연히 불려 왔을 것이라 생각했던 한종안과 고북월은 보이지 않았다. 아무래도 천휘황제는 이 무거운 짐을 그녀에게 넘기려고 결심한 것 같았다.

주렴 너머로 휘장이 늘어진 안방의 침상이 보였다. 태자는 저 위에 누워 있을 것이다.

중독된 것이라면 해독시스템이 벌써 경고를 하고도 남았을 거리였다. 경고음은 없었지만, 한운석은 좀 더 가까이 다가가 전신 스캔을 해 보아야 알 수 있겠다고 생각하며 희망의 끈을 놓지 않았다.

한운석을 본 태후가 친밀하게 그녀의 손을 잡아끌며 감탄한 표정을 지어 보였다. 얼마 전 북궁하택에게 체포령을 내렸던 사람이 자신과는 아무 상관도 없다는 듯한 태도였다.

"운석아, 정말 놀랍구나. 네 어머니가 그렇게 떠났을 때 내 복도 끝이구나 생각했단다. 헌데 네가 어머니의 의술을 이어받았다니, 잘됐다, 아주 잘됐어!"

황제에게 설명해도 소용이 없는데 배후의 주모자에게 말해 무엇 하랴? 더군다나 태후가 진심으로 그녀가 태자를 치료해 내기를 바라는지도 믿을 수 없었다. 이 뜨거운 감자를 한종안에게서 그녀에게 넘겨 죄를 씌울 핑곗거리를 만들어 내려는 속셈이 분명했다.

한운석은 설명하기도 귀찮아 생긋 미소를 지어 보였다.

"저도 구체적인 것은 모르지만 최선을 다해 보겠습니다."

그때 황후도 다가와 아주 가까운 사이처럼 한운석의 다른 손을 붙잡으며 말했다.

"운석, 겸손해하지 말고 솜씨를 다해 주게! 결코 실패하면 안 되네! 자네까지 실패하면 정말…… 정말……."

황후는 말을 잇지 못하고 손수건을 꺼내 얼굴을 가린 채 흐느꼈다.

이를 본 황제가 귀찮은 듯 입을 열었다.

"그만, 그만. 됐다. 진왕비, 짐을 따라오너라."

"예."

한운석이 고개를 끄덕였다. 태후와 황후가 들어올 생각이 없는 것을 보자 용비야도 당연히 남아 있으리라 생각했지만, 뜻밖에도 내내 말이 없던 그가 앞장서서 들어갔다. 한운석은 여태껏 도움이 될 말 한마디 해 주지 않은 그가 몹시 얄미웠다.

그녀가 심호흡을 하고 안으로 들어가 보니 침상에 누운 사람이 어렴풋이 보였다. 그 사람은 이불을 덮고 똑바로 누워 있었는데, 얼굴은 보이지 않았지만 깨어 있다는 것은 알 수 있었다.

그가 바로 천녕국의 태자 용천묵龍天墨이었다.

한운석이 바라보자 용천묵이 말했다.

"부황, 진황숙, 내려가서 인사를 올릴 수 없는 것을 용서해 주십시오."

한운석은 속으로 약간 놀랐다. 오랜 병에 자포자기하여 성질머리가 무척 고약해졌을 것이라 생각했는데 뜻밖에도 이렇게 예의를 차릴 줄이야. 그의 목소리는 비록 힘이 없었지만 병을 오래 앓은 사람이 으레 그렇듯 의기소침한 기색은 없었다.

7년이었다. 꼬박 7년이나 이런 부끄러운 병을 앓고 있으니, 입 꾹 다물거나 다짜고짜 사람들을 쫓아내도 이해할 만한 상황이었다.

그런데 이 남자는 심지가 여간 강하지 않았다. 천휘황제가 전폭적인 신임을 보내며 여태껏 포기하지 않은 이유를 알 만했다.

한운석의 의사다운 예민한 감각은 삶을 향한 그의 강력한 의지를 읽어 낼 수 있었다. 다른 것은 몰라도, 한운석이 무척 마음에 들어 하는 부류의 환자였다.

그러나 그는 그녀를 철저하게 무시했다. 아무리 그래도 숙모인데 이런 대우를 당하자 한운석도 좋았던 첫인상을 탈탈 털어 버렸다.

그녀는 휘장을 사이에 두고 침상 옆에 앉아 태연하게 말했다.

"손."

한참 후, 용천묵이 손을 내밀었다. 아무 말이 없는 것을 보면 썩 내키지도 않고 한운석을 믿지도 않는 것이 분명했다.

한운석은 나도 하기 싫다고 한마디 쏘아 주고 싶었지만, 꾹 참고 잡념을 쫓아낸 뒤 진지하게 손을 뻗었다.

그녀가 이렇게 나오자 천휘황제와 용비야도 엄숙해졌다. 모두들 긴장한 가운데 무슨 생각인지 용비야만이 그녀 옆에 앉아 조그만 얼굴을 들여다보고 있었다.

한운석은 곧바로 맥을 짚지 않고 시스템을 가동해 심층적으로 스캔을 시작했다. 하지만 실망스럽게도 아무런 독도 발견되지 않았다. 그녀는 마음을 가다듬은 뒤 그제야 맥을 짚어 보았다. 비록 해독 전문의였지만, 정통하지 않다 뿐이지 병을 진단할 줄은 알았다.

맥상을 살피는 것은 가장 간단하면서도 동시에 가장 어려운 일이었다. 그녀 역시 용천묵의 맥을 짚는 순간 상태를 대충 알 수 있었지만, 경솔하게 판단 내릴 수는 없었다.

얼핏 보면 확실히 임신맥이었다.

임신맥이란 엄격히 말해 맥상의 한 종류는 아니었고, 그저 활맥滑脉의 특이한 예로 여자에게만 나타나는 것이었다.

한의학에서는 여자가 회임했을 때 나타나는 맥상을 임신맥이라고 부르는데, 달거리가 끊기고 병증이 없는데 활맥이 잡히면 회임이라고 생각해 볼 수 있었다.

활맥은 맥이 막힘없이 흐르고, 약간 뜨면서 둥글고 깊은 감이 있는 맥상이었다.

빈혈, 류머티즘, 급성 혹은 만성 위장병을 앓을 때, 간경화로 인해 배에 물이 찼을 때나 급성 감염 후기에 활맥이 나타난다.

한운석이 보기에도 활맥이었는데, 맥상으로 보아 용천묵의 몸에 다른 병은 없었다.

일순간 한운석은 멍해졌다. 이걸 뭐라고 해야 한담?

한종안과 의학원의 덕망 높은 이사들은 이 맥을 임신맥이라고 판단했다. 그렇다면 그녀는 뭐라고 해야 할까?

옛 사람들은 기본적인 인체 구조를 모르겠지만, 그녀는 알고 있었다. 난자도 없고 자궁도 없는 남자가 무슨 수로 아이를 낳을 수 있을까! 현대에서야 수술을 통해 남자가 아이를 낳는 기적을 이루어 낼 수 있다는 논문들이 많이 나와 있지만, 모두 이론적인 이야기일 뿐이었고 더구나 반드시 수술을 해야만 했다.

그런데 용천묵의 상태는 대체 뭘까? 이건 단순히 병증이 없는 활맥이라고 보아야 했다.

한운석은 이렇게 생각하며 용천묵의 손을 놓았다.

천휘황제가 다급히 물었다.

"어떠냐?"

"폐하, 고 태의를 불러 주시겠습니까?"

한운석이 진지하게 말했다. 이런 맥상은 고북월에게 가르침을 받아야만 했다.

한운석의 말에 천휘황제의 안색이 험하게 굳어졌다.

"고북월은 이미 보았다. 하지만 치료하지 못했지! 너는 어찌 보느냐?"

한운석은 두려워하지 않고 사실대로 말했다.

"폐하, 태자 전하의 맥상은 활맥입니다. 구체적인 맥상은 아직 확신할 수 없어 반드시 좀 더 자세히 살펴볼 필요가 있습니다. 때문에 고 태의의 도움이 필요합니다."

"임신맥이 아니라고?"

황제가 놀란 목소리로 물었다.

용비야도 의아한 얼굴로 엄숙하게 그녀를 바라보았고, 태후와 황후도 동시에 뛰어들었다.

"임신맥이 아니라고? 정말이냐? 그럼 저 병이 대체 무엇인가? 어서 말해 주게!"

"운석아, 네가 황제를 실망시키지 않을 줄 알았다. 어서, 어서 말해 주려무나. 대체 어찌된 것이냐?"

태후와 황후는 잔뜩 흥분했고, 그 순간만큼은 한운석도 그들이 정말 기뻐한다고 믿을 정도였다.

그러나 바로 그때, 용천묵이 이불을 홱 걷고 자기 배를 가리키며 비웃듯이 내뱉었다.

"진왕비, 임신맥이 아니라면 이건 대체 무엇이오?"

휘장에 가려져 있었지만 한운석도 똑똑히 볼 수 있었다.

세상에!

용천묵의 배는 마치 임신 7개월째 임산부처럼 불룩하게 솟아 있었다!

그런……

예상조차 못한 한운석은 얼굴이 하얗게 질렸다. 어떻게 이런 일이! 정말 귀찮게 되었잖아!

"맥상도 제대로 보지 못하는 의원이라니요. 부황, 소자는 저 여인의 치료를 거절하겠습니다."

용천묵의 목소리는 몹시 싸늘했다. 한종안에게도 실망한 지 오래인데 그 폐물 딸을 믿을 까닭이 없었다. 설령 한운석이 진 왕비라고 해도, 가장 껄끄러운 황숙이 이 자리에 있다 해도 예의를 갖출 생각은 없었다. 저 여자가 평생 황숙의 눈에 찰 리가 없다는 것을 알기 때문이었다.

"맥을 잘못 짚은 게야?"

태후는 몹시 실망한 듯 외쳤다.

"기적이라도 일어난 줄 알았는데, 이제 보니 천묵의 배를 보지 못해 그랬구나! 난 또 네가……. 아아, 맥도 짚을 줄 모르면서 어찌 사람을 살린다는 것인지!"

황후도 연신 탄식을 해 댔다.

용천묵은 다시 이불을 덮고 홱 돌아누웠다.

이 광경을 본 천휘황제의 이마에 내 천川 자가 그어졌다. 그는 분노한 눈길로 한운석을 노려보며 차갑게 말했다.

"명성을 얻기 위해 수단과 방법을 가리지 않는구나! 감히 거짓을 꾸미다니! 너도…… 네 아비도, 너희 가족 모두가……! 여봐라, 당장 끌어내 곤장 서른 대를 쳐라!"

태후와 황후는 서로를 마주보며 약속이나 한 듯 싸늘한 미소를 떠올렸고, 용비야는 내내 같은 자리에 앉아 차가운 눈길로 그녀를 바라볼 뿐이었다. 자신의 왕비는 고사하고 마치 전혀 상관없는 사람을 보는 듯한 눈빛이었다.

태후와 황후는 한운석이 용서를 빌 때쯤 나서서 군주를 기

414

만한 죄를 따져 물으려고 기대에 부풀었다. 그런데 한운석은 눈동자를 번쩍이며 노여운 표정을 지었다.

그녀가 한 치도 물러서지 않고 노려보는 사람은 다른 누구도 아닌…… 천휘황제였다. 그 조그마한 몸에 무슨 힘이 숨겨져 있는지, 두 주먹을 꽉 움켜쥐며 당장이라도 폭발할 것 같은 기세였다.

이 여자가 대체 어쩔 생각이지? 지금 자신이 무슨 짓을 하는지나 알고 있는 것인가?

천휘황제는 믿을 수 없는 듯 눈을 둥그렇게 뜨며 그녀를 바라보았다. 그를 이런 식으로 노려본 사람은 생전 처음이었다!

확신, 당신이 틀렸소

한운석은 분노했다.

부르지 않는데 찾아가서 싫다는 사람을 억지로 치료하지 않는 것이 의사의 철칙이었다.

가만히 있는 그녀를 불러 치료를 부탁해 놓고, 명예를 탐내 거짓말을 했다고 몰아세우다니 황당하기 짝이 없었다.

내가 언제 명예를 탐냈어? 내가 언제 거짓말을 했느냐고? 바깥에 떠도는 소문은 누군가 일부러 퍼뜨린 거란 말이야!

옆에 있다가 한운석을 끌고 가려고 다가온 어린 태감 둘은 이 광경에 놀라 머뭇머뭇하며 움직이지 못했다.

태후와 황후 역시 믿을 수 없는 눈길로 서로를 바라보았다. 황제 앞에서 감히 저리 방자하게 굴다니, 정말 간덩이가 부은 계집이구나!

그러나 용비야의 입술은 소리 없이 우아한 곡선을 그리며 휘어졌다.

방 안이 정적에 잠긴 가운데 한운석이 싸늘한 목소리로 한 자 한 자 힘주어 말했다.

"폐하, 저는 누가 임신맥으로 판단했는지 관심이 없습니다. 다시 한 번 말씀드리지만 태자 전하의 맥상은 활맥이지 임신맥이 아닙니다. 단순히 다른 사람이 진맥한 결과를 확인하기 위해 저를 부르셨다면, 잘못 부르신 것입니다!"

그 말에 천휘황제는 말문이 막혔다. 태자가 임신맥이 잡힌다는 것은 일찌감치 결론이 난 일이었고, 한운석을 부른 것은 임신맥이 잡히는 이 증상을 치료하기 위해서였다.

태자의 배가 불러오기 시작하자 한종안이 낙태약을 썼지만 안타깝게도 아무 효과가 없었기 때문이었다. 한종안은 어디에 어떻게 손을 써야 좋을지 몰라 매일같이 태자의 맥을 살피고 보신약을 먹였고, 천휘황제는 언젠가 태자가 정말 아이를 낳지 않을까하는 두려움에 휩싸였다.

그런데 뜻밖에도 한운석은 임신맥이 아니라고 판단한 것이었다.

천휘황제가 여전히 진노해 있는 것을 보고도 한운석은 계속 말했다.

"폐하, 남자는 회임을 할 수 없습니다. 제 목숨을 걸고 말씀드리지만, 태자 전하께서는 결코 임신맥이 아닙니다. 뱃속에 환부가 생겼는데 아마도 거대한 혹이 자라 태아를 품은 듯이 보이고 임신맥이 나타난 것뿐입니다. 계속 놔두었다가 혹이 더 커지면 생명마저 위험해지실 겁니다!"

이 말에 장내에 있던 모든 이들이 경악에 빠졌다!

이 여자가 뭘 믿고 이렇게 당당하게 일장 연설을 늘어놓는단 말인가?

7년 동안 치료한 한종안은 틀림없이 임신맥이고 뱃속에 든 것도 틀림없이 태아라고 확신했다. 그런데 한운석은 대체 무슨 근거로 혹이 자라고 있다고 하는 것일까?

용천묵도 홱 돌아누웠다. 한운석에게 일말의 기대조차 품지 않았지만, 이런 진맥 결과를 듣자 그의 눈동자에는 저도 모르게 희망이 어리기 시작했다.

임신맥이 아니라 괴병이라면, 한운석의 말대로 단순한 혹이라면, 그의 인생이 완전히 뒤바뀔 수도 있었다!

진짜 임신맥이라면 설령 낫는다고 해도 평생 커다란 오점으로 남을 것이고, 소문이 나는 순간 세상 사람들의 비웃음거리가 될 것이 분명했다.

하지만 독은 달랐다. 중독은 흔하디흔한 일이니 다른 황자들의 감시와 조사를 피하기 위해 수단과 방법 가리지 않고 애쓸 필요가 없었다.

고집 센 한운석의 얼굴을 바라보던 용천묵은 갑자기 그녀를 믿고 싶은 충동에 빠졌다.

그러나 황후는 몹시 복잡한 표정이었다. 물론 그녀도 아들이 무사하기를 바랐다. 아들은 그녀의 전부나 다름없었다. 하지만 한운석에게는 도저히 믿음이 가지 않았고, 그녀가 이 일로 공을 세우는 것도 원치 않았다.

"운석, 하지만…… 자네 아버지가 7년 동안 매일 태자의 맥을 짚었는데 계속 잘못 보았을 리가 있겠나?"

황후가 걱정스레 입을 열었다.

이 말은 한운석을 일깨우기만 한 것이 아니라, 천휘황제와 태자마저 차가운 현실로 끌어내어 그 희망을 철저하게 박살냈다.

맥상 하나 알아내는 것쯤이야 평범한 의원도 할 수 있는데, 하물며 신의라는 한종안이 아닌가?

한운석도 복잡한 눈빛이 되었지만 태도는 여전히 완강했다.

"네, 잘못 본 것입니다!"

그런⋯⋯.

"운석, 그렇다면 황궁에 며칠 머물면서 좀 더 관찰해 보는 것이 어떻겠나?"

황후가 떠보듯이 물었다.

"백이면 백, 아버지께서 잘못 짚으신 것입니다."

한운석의 목소리는 크지 않았지만 의심을 용납하지 않는 위엄으로 가득했다. 진지하고 확신에 찬 그녀의 표정에 황후마저 흔들리기 시작했다.

그때 용천묵이 입을 열었다.

"부황, 한종안을 불러 대질시키시지요."

천휘황제는 잠시 망설였지만 곧 허락했다.

"여봐라, 한종안을 불러들여라!"

한종안을 기다리는 동안 방 안은 정적에 휩싸였고, 모든 사람들이 의심스러우면서도 기대에 찬 눈빛으로 한운석을 바라보았지만 의사인 그녀는 이런 시선에 익숙했다. 그녀는 주위에 아무도 없는 것처럼 조용히 앉아, 예전에 들은 적이 있는 유사한 예를 떠올려 보았다.

태자의 병은 확실히 괴상하기 짝이 없었지만, 괴병이라고 해서 선례가 없는 것은 아니었다. 학교에 다닐 때 비슷한 선례를 들은 적이 있는데, 근현대 의학사에 기재된 유사한 예가 백 개를 넘지 않았으니 몹시 희귀하다고 할 수 있었다.

맥을 짚을 때는 다소 의심스러웠으나 태자의 부른 배를 보자 기본적으로는 추측이 옳았다는 것을 알 수 있었다.

혹이니 뭐니 한 것은 변명에 불과했고, 진짜 병명은 무엇인지 알면서도 말할 수가 없었다. 말하는 순간 죽을 것이 분명했다. 당면한 문제는 무슨 수로 한종안을 물리치느냐였다.

곧 한종안이 도착했다.

쉰이 넘은 나이에 희끗해진 염소수염을 기르고 잿빛 장포를 입은 그는 황궁이라 몸을 낮추고는 있지만, 한 집안의 주인다운 위엄과 풍모를 완전히 가릴 수는 없었다.

이번이 한운석이 이 시대로 넘어온 뒤 처음으로 '아버지'를 만난 자리였다.

한종안은 방안의 사람들에게 일일이 예를 올렸고, 한운석에게도 공손하게 인사를 한 후 진왕비라고 불렀다.

한운석은 냉담한 얼굴로 말했다.

"일어나시오."

그녀는 이 아버지가 낯설기만 한 것이 아니라 증오스럽기까지 했다. 그녀가 가장 미워하는 사람이 바로 여자를 질투하는 남자였는데, 한종안이 바로 그런 부류였다.

지난날 천심부인이 어째서 난산으로 세상을 떠났는지, 자신은 어째서 태어나자마자 추녀가 되었는지, 유명한 의술 명가의 사람들이 어째서 흔하디흔한 독조차 치료해 주지 않았는지, 한운석은 언젠가 그 이유를 확실히 밝혀내겠다고 다짐하고 있었다.

황후가 참지 못하고 입을 열었다.

"한종안, 진왕비는 태자의 뱃속에 혹이 들었다고 하는데 어찌 생각하는가?"

이런 괴병 앞에서는 한운석도 속수무책이었기 때문에 자신을 부른 줄만 알았던 한종안에게는 몹시 뜻밖의 상황이었다.

그는 믿을 수 없는 눈길로 한운석을 바라보았다. 저 계집애가 정말 간덩이가 부었구나. 설사 제 어미가 남긴 의서를 익혔다 해도 해독술 정도일 텐데 감히 저런 진단을 내려?

한종안은 연신 고개를 저었다.

"마마, 혹이라는 증거가 있으십니까?"

"그렇다면 태아라는 증거는 있소?"

한운석이 반문했다.

한종안의 입가에 비웃음이 스쳤다.

"맥상이 바로 증거이며, 태자 전하의 부푼 배가 증거입니다. 의학원 이사들마저 분명히 임신맥이라고 확인해 주었습니다."

"논란이 되는 부분이 바로 그 맥상이니, 맥상은 충분한 증거가 되지 못하오."

한운석의 태도는 완강했다.

그녀가 평범한 딸이고 주변에 아무도 없었다면 한종안은 벌써 버럭 화를 터트렸을 것이다. 요 며칠 태후와 의태비의 사람이 속속 찾아와 딸에 대해 묻기에 이상하다 했는데, 확실히 딸은 완전히 다른 사람처럼 변해 있었다.

예전이었다면 아무리 진왕비가 되었다 해도 그에게 저런 식으로 말하지는 못했을 것이다.

"그렇다면 혹이라는 것은 어찌 아셨습니까?"

한종안이 물었다. 만에 하나 저 계집애에게 놀랄 만한 재주가 있다한들 병증을 읽어 내려면 맥상을 보지 않을 수 없었다. 그런데 제 입으로 맥상은 증거가 되지 못한다고 했으니, 무슨 증거를 들이밀지 심히 궁금했다.

"독이오!"

한운석은 자신만만하게 대답했다.

그 간단한 대답에 모든 사람들이 '헉' 하고 찬 숨을 들이켰다. 독이라고?

"태자 전하께서는 혹을 만들어 내는 독에 중독되신 것이오. 이런 종류의 독은 직접적으로 목숨을 앗아가지는 못하나, 오랫동안 잠복하며 몸속에 있는 오장육부의 탁한 기운을 빨아들여 혹을 만들어 내오. 그 혹이 점점 커져 대경맥을 짓누르게 되면 그때는 목숨도 위험해질 것이오."

마음대로 지어낸 이야기였지만, 한운석의 설명은 자연스럽고 그럴싸했다. 그 설명을 들은 사람들은 눈을 휘둥그레 뜨고 입을 떡 벌렸다. 세상에 그런 희한한 독이 존재한다는 것도 놀라웠고, 태자가 그런 병을 앓고 있다는 것도 놀라웠다. 임신맥이나 회임과는 하등의 관련도 없지 않은가!

남자가 회임을 했다는 것보다는 한운석의 설명이 훨씬 합리적이고 믿음이 갔기 때문에 오로지 한운석을 괴롭힐 생각뿐이던 황후마저 희색을 띄었다. 지금 이 순간만큼은 정말이지 한운석을 믿고 싶었다!

한종안도 당황스러웠는지 한참만에야 입을 열었다.

"그…… 그 증거가 무엇입니까?"

한운석은 어리석게 맥상 이야기를 꺼내는 대신 자신 있는 눈빛으로 말했다.

"나는 화독으로 혹을 제거할 수 있소. 벌써 7년이나 지났는데, 그대는 아기를 받아 낼 수 있소?"

"그……!"

마침내 한종안이 이해가 가지 않는 얼굴로 두어 걸음 뒤로 물러났다. 모르는 사람이 보았다면 그들 부녀를 서로 경쟁하는 적수라고 생각했을 것이다.

"왕비마마, 태자 전하의 목숨을 두고 농을 하시면 안 됩니다!"

한종안이 진지한 얼굴로 말했다. 독에 대해서 잘 알지는 못하지만, 누가 뭐라 해도 태자가 중독되었다고는 믿고 싶지 않았다.

태자의 맥상은 분명히 임신맥이었고 그 뱃속에는 분명히 생명이 들어 있었다. 그가 틀릴 수는 있지만, 의학계에서 가장 권위 있는 의학원마저 틀릴 수는 없었다. 비록 의학원 이사들은 떠났으나 그동안 그는 비밀리에 그중 몇 사람과 대진을 하며 이 문제를 연구해 왔다.

임신맥은 확실했으니, 그들이 알아내고자 하는 것은 태자의 배를 가라앉히고 존재해서는 안 되는 태아를 죽여 없애되 태자의 목숨을 해치지 않는 방법이었다. 낙태약은 아무 효과가 없으니 출산을 시키는 수밖에 없었다.

하지만 아기를 낳는 것은 여자에게도 위험한 일이었고 남자에게는 더더욱 그랬다. 좀 더 정확히 말하자면, 남자가 어디로 아이를 낳아야 하는지 모른다는 것이 문제였다. 칼로 배를 여는 방법을 생각해 볼 수는 있었지만 위험하기 때문에 감히 시도해 볼 수도 없었다. 하물며 아기를 억지로 빼내면 그의 목숨도 끝장이었다. 황제는 이미 임신맥을 사실로 받아들이고 있었지만, 마음 한구석에서는 여전히 오진이 아닐까 하는 희망을 품고 있었다.

"본 왕비는 태자의 목숨으로 농을 하는 것이 아니오. 그대야말로 중독된 사실을 알아내지 못하고 7년을 끌지 않았소? 일찍 독을 제거했더라면 태자 전하의 배가 저렇게 불러 오지도 않았을 것이오! 그대 때문에 태자 전하께서 장장 7년이라는 시간을 허비하셨소!"

한운석이 분노한 목소리로 반박했다.

솔직히 이 기회에 복수할 생각도 있었다. 소장군 목청무 사건 때 한종안도 한몫했다는 사실을 모를 줄 알았나본데, 천만의 말씀이었다. 친정에서 모욕당한 일은 차치하더라도, 딸을 희생하여 태후의 비위를 맞추려 한 것만으로도 한종안은 평생 한운석의 미움을 받기에 충분했다. 저런 사람이 아버지라니?

"무, 무슨! 허튼 소리 마라!"

다급해진 한종안은 신분이고 뭐고 없이 버럭 소리를 질렀다.

뜻밖에도 한운석이 분노한 목소리로 꾸짖었다.

"한종안, 방자하구나! 본 왕비에게 그 무슨 태도냐? 웃전에게 방자하게 구는 것이 무슨 죄인지 아느냐?"

방 안에 있던 모든 사람들을 놀라게 하는 한마디였다. 이름만 진왕비일 뿐, 인정조차 받지 못한 한운석이 뭇사람들 앞에서 한종안에게 저토록 위세를 부릴 줄은 그 누구도 예상하지 못한 일이었다.

저 여자, 참 재미있지 않은가?

용비야의 입술은 더욱더 보기 좋게 휘어졌고, 천휘황제마저 턱을 어루만지며 흥미롭게 바라보았다.

한종안은 넋이 나간 얼굴로 계속 고개를 저으면서도 한참 동안 아무 말도 하지 못했다.

한운석이 경멸하듯 그를 바라보며 말했다.

"내가 허튼 소리를 하는지 아닌지는 혹을 제거하고 나면 확실해질 것이오."

그녀는 이렇게 말하며 천휘황제를 돌아보았다.

"폐하, 제가 진단한 결과는 이미 말씀드렸습니다. 치료 여부는 폐하께서 결정해 주십시오."

희망, 치료할 수 있습니다

"치료 여부? 진왕비, 그 말은 태자를 치료할 수 있다는 것이냐?"

천휘황제가 진지한 얼굴로 물었다.

태자 같은 병은 현대에서는 초음파만으로도 진단할 수 있고 곧바로 개복수술을 하여 해결할 수 있었다. 일종의 제왕절개술인데, 고대의 환경 조건에서는 쓰기 힘든 방법이었다. 그럼에도 불구하고 한운석은 망설임 없이 고개를 끄덕였다. 당연히 다른 방법이 있어서였다.

"어떻게 치료할 것이냐?"

천휘황제가 다급히 물었다. 이 말은 곧 한운석을 믿는다는 뜻이었다.

"혹을 만든 독의 해약을 제조하여 몸속에 있는 거대한 혹을 녹여 독혈毒血로 만든 뒤, 칼로 배를 열고 침술로 독소를 완전히 빼낼 것입니다."

한운석이 사실대로 대답했다.

직접 배를 열어 태자의 뱃속에 있는 것을 꺼내려면 구멍을 크게 내야 하는데, 봉합 도구가 없는 상황에서는 몹시 위험한 일이었다. 그러나 약물로 태자의 뱃속에 있는 것을 녹인 뒤 조그만 상처를 내어 밖으로 배출시키는 것은 목청무에게 했던 것과 같은 간단한 수술이었다. 피를 많이 흘리지만 않는다면 충분히 자신이 있었다.

그녀의 말에 한종안이 끼어들었다.

"그 방법으로는 태자 전하의 뱃속에 있는 것이 혹이라는 것을 증명할 수가 없습니다."

"독이 녹아서 나올 것이니 그 피에 독소가 있는지 없는지 한 신의가 직접 확인해 보시오."

한운석이 비웃음을 떠올린 채 일부러 '한 신의'라는 말에 힘을 주어 말했다. 한종안은 증오에 사무쳐 얼굴이 붉으락푸르락했지만 아무 말도 할 수가 없었다.

"칼로 배를 열어야 한다니."

황후가 망설이며 말했다.

"그런……, 그건 아무래도……."

주저하며 걱정스러운 표정을 짓는 태후도 이번에는 진심으로 걱정하는 것이 분명했다. 누가 뭐래도 태자는 그녀가 가장 아끼는 장손이었던 것이다.

"지난번 소장군을 해독할 때에도 신첩이 칼로 배를 갈랐고 그 때문에 태후께 오해를 샀지요. 태후마마, 아직도 신첩을 믿지 못하시면 소장군을 불러 살펴보시지요. 소장군의 배에 아직 흉터가 남아 있을 겁니다."

한운석의 말투는 차분했다.

그 말을 듣는 순간 태후의 눈에 노기가 번뜩였다. 저 계집이 지난 일을 마음에 새겨두었다가 일부러 비웃는 것이 분명했다.

결국 태후는 입을 다물었다.

성공 사례를 들어 보인 한운석은 뜨거운 감자 같은 이 사건의 결정권을 천휘황제에게 넘겼다.

"폐하, 어떻게 하는지는 모두 말씀드렸으니 치료 여부는 폐하께서 결정해 주십시오."

천휘황제와 침상에 누운 용천묵은 휘장을 사이에 두고 서로를 바라보며 한참을 꾸물거렸다.

한운석은 영리했다. 한종안의 진단과 전혀 다른 결과를 내놓았으니, 천휘황제가 그녀를 믿는다면 치료하게 해 줄 것이고, 믿지 않는다면 더 이상 괴롭힐 명분도 없었다.

이런 상황에서는 한종안도 감히 끼어들 수가 없었다. 그가 오랫동안 치료법을 내놓지 못한 것은 사실이니 여기서 입을 놀렸다가는 곧바로 저승행이 될 수도 있었다.

일순, 방 안이 조용해졌다.

뜻밖에도 천휘황제는 용비야를 향해 천천히 몸을 돌렸다.

"진왕은 어찌 생각하는가?"

한운석은 그가 용비야의 의견을 물으리라고는 생각지도 못했다. 그러나 용비야는 이미 예상한 듯 놀란 표정 한 번 짓지 않았다.

그의 냉담한 모습에서는 아무것도 읽어 낼 수가 없었다.

"중대한 사안이니 황형께서 결정하시는 것이 좋겠습니다."

차분한 한마디와 함께 결정권은 다시 천휘황제에게 넘어갔다.

물론 천휘황제도 호락호락한 사람은 아니었기 때문에 다시 물었다.

"진왕은 진왕비를 믿는가?"

무슨 일이 있어도 용비야에게 대답을 하게 만들겠다는 질문
이었다.

한운석은 어딘가 이상한 생각이 들었다. 바깥에는 천휘황제
와 진왕의 우애가 매우 깊고, 진왕이 커다란 권력을 쥐고 있기
때문에 황제도 한발 양보한다는 소문이 돌고 있었다. 하지만
직접 보니 천휘황제와 진왕은 우애가 깊기는커녕 몹시 미묘한
사이였다!

천휘황제의 질문에 용비야가 믿는다고 대답하면, 한운석이
실수라도 했을 때 모든 잘못을 그가 뒤집어쓸 수 있었다.

반면 믿지 않는다고 한다면 한운석은 끝장이었다.

이제 모든 이들의 시선이 용비야에게로 쏠렸다. 몸소 목장
군부로 찾아가 한운석을 구했던 용비야가 이번에도 그녀 편을
들까? 그는 왜 목장군부를 찾아가 장평공주와 대리시경을 꾸
짖었을까? 한운석을 구하기 위해서? 그는 왜 낙홍파를 인정했
을까? 그와 한운석은 정말로 부부가 되었을까? 한운석이 추녀
도 아니고 의술도 할 줄 알자 그녀를 달리 보고 왕비로 인정한
것일까?

이런 의문을 품은 사람들은 수없이 많았다!

모두들 용비야가 대답하기만을 기다렸지만, 그는 그 기대와
달리 태연하게 말을 돌렸다.

"제가 믿는 것은 아무 소용이 없습니다. 황형과 태자가 믿는

것이 중요하지요."

이 가벼운 한마디가 천휘황제가 놓은 덫을 손쉽게 풀어냈다.

한운석은 웃음을 터트릴 뻔했다. 저 인간은 역시 교활한 여우란 말이야.

천휘황제가 입을 우물거리며 계속 물으려는데 용비야가 먼저 말했다.

"황형, 태자도 이제 성인이니 독립할 때가 되었습니다."

그 말인즉, 태자 자신의 일은 스스로 결정하라는 뜻이었다.

어느 황자에게든 진왕의 지지를 받는 것은 조정에 지대한 영향을 미칠 수 있었고, 당연히 황제는 그가 태자를 지지해 주기를 바랐다.

천휘황제는 겉으로만 허허 웃으며 태자를 돌아보았다.

"천묵, 네 황숙의 말이 맞다. 네 일이니 네가 결정하거라."

7년이면 견딜 만큼 견뎠다. 설령 한운석을 완전히 믿지 않는다 해도 이대로 죽음을 기다리기보다는 차라리 모험이라도 해보고 싶었다. 병이 낫지 않으면 부황은 반드시 자신을 포기할 것임을 그가 누구보다도 잘 알고 있었다.

적막에 잠긴 방 안에 용천묵의 목소리가 낭랑하게 울렸다.

"치료를 받겠습니다!"

한운석은 안도의 숨을 쉬었고, 옆에 있던 한종안의 얼굴은 흙빛이 되었다. 태자의 반응은 그를 철저하게 부정한 것이나 다름없었다.

태자의 용감한 결정에 천휘황제는 무척 만족스러운지 고개를 끄덕이며 말했다.

"진왕비. 당장 시작할 수 있겠느냐?"

"자세히 검사하여 혹의 위치와 크기를 정확하게 알아내야만 약을 지을 수 있습니다."

한운석은 진지하게 말했다.

치료하기로 결정되자 부쩍 힘이 난 그녀는 당장 가까이 다가가 자세히 검사를 했다.

용천묵의 뱃속에 있는 것은 그녀가 상상했던 것보다 더 컸고, 심지어 분명히 살아 있었다. 몇몇 혈도를 눌러 보고 움직이는 것을 확인했기 때문이었다.

그녀의 눈동자가 어두워지며 복잡한 빛을 띠었다.

"어떻소?"

용천묵이 긴장한 얼굴로 물었다.

한운석은 생긋 웃었다.

"안심하시지요. 다른 생각은 하지 마시고 며칠간 푹 쉬셔야 합니다."

그녀가 이렇게 말하고 물러나자 황후와 태후가 달려와 에워쌌다.

"어떠냐? 치료할 수 있겠니?"

"필요한 약이 있으면 뭐든 말하려무나."

한운석은 진지하게 대답했다.

"처방이 복잡하여 곰곰이 생각을 해 보아야 결정할 수 있을 것 같습니다."

그때 한종안이 다급히 나섰다.

"왕비마마, 이 늙은이가 비록 재주는 없으나 약에 대해서는 잘 알고 있으니 마마를 보조하고 싶습니다."

한운석이 실패하면 한씨 집안도 피해를 입을 것이지만, 성공하면 옆에서 도운 덕을 볼 수 있었다. 물론 더 중요한 것은 저 계집애가 대체 무슨 꿍꿍이를 품고 있는지, 무슨 수로 치료할 것인지 지켜보고 싶었다.

그러나 한운석은 그의 말을 못들은 척 진지하게 말했다.

"폐하, 저는 고 태의의 도움을 받고 싶습니다."

천휘황제도 한종안 보다는 고북월을 더 믿고 있었기에 즉각 허락했다.

"여봐라, 고북월을 부르라!"

한운석이 그런 그를 만류했다.

"폐하, 중대한 사안이니 제가 태의원에 가서 고 태의와 상의하는 것이 좋을 것 같습니다. 해가 지기 전에는 약방문을 써낼 수 있을 것입니다."

이곳에는 아무래도 보는 눈이 많았기 때문에 천휘황제도 고개를 끄덕이며 사람을 불러 한운석을 안내하게 했다.

한종안이 무력하게 그녀의 뒷모습을 바라보고 있는데, 태후의 싸늘한 목소리가 들려왔다.

"한 신의, 자네는 돌아가서 딸의 소식이나 기다리게."

"태후마마, 소인은 태자 전하를 7년이나 모셨으니 전하의 상황을 가장 잘 알고 있습니다. 만일에 대비하여……."

그의 말이 끝나기도 전에 황후가 버럭 화를 냈다.

"어허, 어허! 한종안, 어찌 그리 부정한 말을 입에 담는가? 아무짝에도 쓸모없는 자가 무슨 낯으로 여기 남겠다고? 임신맥이라고 했던 사람이 바로 자네 아닌가! 태자가 낫거든 본 궁이 따끔하게 혼을 내 줄 걸세!"

흠칫 놀란 한종안은 아무 말도 못하고 황급히 그 자리에서 물러나 달아났다.

한종안의 낭패한 뒷모습을 바라보는 황후의 눈동자가 어두워졌다. 한운석이 정말 태자를 치료해 준다면, 그 공으로 잘못을 보상한 셈 치고 장평공주의 일은 없었던 것으로 해 줄 생각이었다. 그러나 치료하지 못하면 한씨 집안을 뿌리 뽑아 운공 대륙에서 완전히 사라지게 만들고야 말 것이다! 한운석은 일족을 멸망시킨 죄인이 되는 셈이었다.

태후와 황후는 자리를 뜨지 않고 용천묵의 침상을 지켰고, 천휘황제 역시 떠날 생각이 없는지 무거운 표정으로 기다렸다. 솔직히 말해 그들 모두 몹시 긴장해 있었다. 이번이 태자의 마지막 기회였다. 한운석이 그를 구해 내지 못하면 천휘황제는 괴롭더라도 태자를 포기할 수밖에 없었다. 그 결과는 한운석에게 달려 있었고, 그 누구도 예측할 수 없었다.

이번 일과 가장 무관해 보이는 용비야가 일어나 황제에게 걸어갔다.

"황형, 가서 차 한잔 드시지요."

천휘황제는 그제야 정신이 돌아와, 고개를 끄덕이고 용비야를 따라 나갔다.

"나라를 다스리기는 쉬워도 집안을 다스리기는 쉽지 않구나."

천휘황제가 감개무량한 목소리로 말했다.

"태자는 복이 많으니 하늘이 도울 것입니다. 마음 놓으십
시오."

용비야가 담담하게 대답했다.

천휘황제는 벌써 여러 번 그를 떠보았지만 항상 그의 속마
음을 알아내지 못한 채 포기해야 했다. 이제 그는 점점 나이가
들고 있었고, 태자든 다른 황자든 진왕의 상대는 되지 못했다.
솔직히 애초에 태후가 음험한 방법으로 의태비를 물리치지 않
았다면 그가 황위를 얻지도 못했을 것이다. 북려국은 천녕국의
적이었지만, 천휘황제에게는 지금 곁에 선, 자신의 황자들과
몇 살 차이나지 않는 이 아우가 용맹한 북려국의 군대보다 더
무서웠다!

"북려국 첩자를 조사하는 것은 어찌 되었는가?"

천휘황제가 물었다.

"대어를 낚기 위해 그물을 쳐 두었습니다."

용비야는 사실대로 대답했다.

"내부의 적이 없었다면 첩자들만으로는 그만한 사건을 일으
키지 못했을 것이다."

천휘황제가 냉정하게 일깨워 주었다.

"저도 알고 있으니 마음 놓으십시오."

그는 당황하지도 서두르지도 않았고, 냉정하게 느껴질 만큼

차분했다.

두 사람은 이야기를 나누며 어화원으로 들어갔다. 그리고
그때 한운석은 막 태의원에 도착했다.

고북월은 태의원의 수장이었으니 태의원은 곧 그의 세력권
이었다. 한운석이 태자의 일로 찾아왔다는 소식을 듣자 그는
곧바로 약심부름을 하는 동자들을 물리고 아무도 접근하지 못
하도록 바깥을 지키게 했다.

한운석은 아무 말도 하지 않았지만 속으로는 탄복해마지 않
았다. 고북월은 겉은 서생처럼 연약해 보이지만 사실은 대단한
사람이었다. 용비야가 차가운 여우라면 고북월은 순한 여우라
고 할 수 있었다.

고북월은 스스로 문을 닫은 뒤 서두르지 않고 다가와 빙그
레 미소를 지었다.

"진왕비마마, 병을 알아내셨습니까?"

다른 사람이었다면 이런 중대한 사안 앞에서 몹시 긴장했을
것이다. 그러나 고북월은 늘 그렇듯이 느긋했고 한운석은 이렇
게 온화하게 웃는 그의 모습이 좋았다. 저 웃는 얼굴을 보면 순
식간에 마음이 평온해지곤 했다. 하지만 저 눈동자에 담긴 평
온함을 깨뜨리는 것은 항상 그녀인 것 같았다.

"임신맥이 아니에요."

그녀는 웃으며 말했다.

진상, 반드시 숨겨야 한다

임신맥이 아니라고?

고북월은 다소 의아한 표정이었지만 차분하게 다음 말을 기다렸다.

"하지만. 뱃속에 들어 있는 것은 확실히 생명이 맞아요."

한운석은 숨기지 않고 말했다.

임신맥은 아니지만 뱃속에 생명이 들어 있다니, 어떻게 된 일일까?

고북월은 눈썹을 살짝 치켰지만 여전히 아무 말 하지 않고 한운석이 계속 설명하기를 기다렸다.

한운석은 엄숙한 표정을 지으며 말했다.

"진짜 진맥 결과는 당신에게만 말해 주는 거예요. 알고 싶나요?"

고북월은 그제야 깜짝 놀란 얼굴이 되었다.

"대체 어떻게 된 일입니까?"

"당신의 도움이 필요해요. 하지만 비밀은 꼭 지켜야 해요."

한운석은 다시 다짐을 시켰다.

고북월은 주저 없이 고개를 끄덕였다. 고북월 스스로도 자신이 이토록 굳게 한운석을 믿는 까닭을 알지 못했다.

한운석 역시 고북월을 제외하고는 믿을 만한 사람을 찾을 수가 없었다. 이 비밀은 너무나도 무시무시했다!

현대 사람들도 받아들이기 어려운 일인데 옛날 사람들은 오죽할까?

그녀는 나지막하게 말했다.

"태자의 병은 '태중태胎中胎'라는 거예요. 그 뱃속에 있는 아기는 엄격히 말해 황후마마의 아이지요."

이 말이 떨어지자 언제나 차분하던 고북월도 경악한 표정을 지으며 주춤 물러섰다. 그러나 놀람은 잠시뿐, 곧 냉정을 되찾았다.

"왕비마마, 그런 말씀을 함부로 하시면 안 됩니다."

이번에도 자신이 이 사람의 부드러움 밑에 자리한 평온함을 깨뜨렸다고 생각하자, 한운석은 기가 막히기도 하고 우습기도 했다. 그녀는 생긋 웃었다.

"나도 알아요. 일단 설명을 들어봐요."

고북월은 그제야 가까이 다가와 고개를 끄덕였다.

"황후마마께서 태자 전하를 회임하셨을 때 사실 그 뱃속에는 아기가 둘이었어요. 다만 아기가 모습을 갖추기도 전에 태자께서 다른 아기의 몸을 품은 거죠."

정확하게 말해 태중태란 기생아寄生兒로, 쌍둥이 태아가 뱃속에 있을 때 한 태아가 다른 태아 속에 감싸이는 것을 의미했다. 그 태아는 태어난 아기의 몸속에 남아 함께 자라면서 영양분을 빨아 먹는데 그 형태는 정상이 아니었다.

상황에 따라서 발육이 빠른 태중태는 일찍 발견되기도 하지만, 무척 느리게 자라는 태중태는 여러 해가 지나서야 드러날 수도 있었다. 의학사에 기재된 사례 중에 가장 늦은 것이 32년 만에 발견된 것인데, 용천묵은 아직 스무 살이 되지 않았으니 그리 늦었다고 할 정도는 아니었다.

고북월이 세포나 태아가 무엇인지 모르기 때문에 한운석은 가능한 쉬운 말로 설명할 수밖에 없었다.

"즉, 황후마마께서는 본래 쌍둥이를 회임하셨는데 아기가 다 자라기도 전에 다른 아기가 태자 전하의 몸속으로 들어간 거예요. 그 후 태자께서 뱃속에서 완전히 자라나 태어나셨고, 다른 아기는 그 몸속에 남아서 피 속의 영양분을 빨아먹어 생명을 유지하면서 점점 자란 것이지요."

그제야 알아들은 고북월이 믿을 수 없는 표정으로 설레설레 고개를 저었다.

"그런 일이 있을 수 있다니 놀랍군요."

물론 그는 남자가 아기를 낳을 수 있다고 믿지 않았다. 그동안 태자를 치료하는 데 참여하지는 않았지만, 적잖은 의서를 뒤적이며 연구한 적은 있었다. 한운석의 이야기가 놀랍기는 하지만, 생각해 보면 가장 합리적인 해석이었다.

고북월은 입을 다문 채 한참 동안 생각에 잠겼다가, 불쑥 고개를 들고 한운석을 바라보더니 무거운 눈빛으로 심각하게 말했다.

"있어서는 안 되는 생명입니다! 몇 해 동안 모두가 임신맥으로 판단했지만, 사실 폐하께서는 믿고 싶어 하지 않으셨습니다."

한운석도 당연히 그 사실을 알고 있었다. 그렇지 않았다면 비밀로 하지도, 뱃속에 든 것이 혹이라는 거짓말을 하지도 않았을 것이다.

태중태는 기본적으로 정상적이고 건강한 아이가 될 수 없었다. 팔다리만 있고 심장이나 머리가 없는 아이도 있어서 구해 낸다 해도 오래 살 수 없는 운명이었다. 백번 양보해서 완전하고 건강한 아이라고 해도 있어서는 안 될 생명이라는 것은 똑같았다.

태자가 아이를 낳는다는 게 말이 되는 소리인가?

정말 아이를 낳으면 이 일을 아는 사람들은 모조리 죽음을 당할 것이다. 태자와 그 아이까지 포함해서.

이 일이 밖으로 새어나가면 용씨 황족은 요물이라는 손가락질을 받을 것이고, 꿈틀거리는 모반 세력들이 백성들을 선동하는 핑계가 되기에 충분했다. 물론 한운석은 거기까지 신경 쓰고 싶지 않았다. 그녀가 아는 것은 사실을 숨기고 태자를 무사히 살려 내야만 자신도 살 수 있다는 것이었다.

고북월의 어두운 눈빛을 바라보는 한운석의 목소리도 차가워졌다.

"그렇기 때문에 반드시 뱃속에서 그 생명을 죽여야 해요."

"마마의 아버지께서 낙태약을 수없이 써 보았지만 효과가 없었습니다."

고북월이 진지한 얼굴로 일깨워 주었다.

한운석은 입가에 경멸에 찬 웃음을 떠올리며 말했다.

"당연히 그렇겠죠. 낙태약은 여자에게 쓰는 것이니까요."

한종안이 지은 약은 회임한 여자에게 쓰는 약이었고, 용천묵은 회임이 아니었으니 효과가 있을 리 없었다.

"독을 써서 태자의 뱃속에 든 것을 녹여 없앤 다음 배독으로 몸 밖으로 빼내야 해요. 다른 사람들은 독혈만 보게 될 것이고, 태자는 회임을 한 것이 아니라 혹이 난 것이 되는 거죠."

한운석의 말투는 확신에 차 있었다.

그 말을 듣자 고북월은 잠시 입을 다물었다가 엄지를 세워 보였다. 한운석이 생각해 낸 방법이야말로 스스로를 구하고 이 비밀을 영원히 묻어 두는 최선의 방법이었다. 진상을 모르는 사람들은 죽을 때까지 의심을 품지 않을 것이다.

"태자 전하께서 고맙게 생각하실 겁니다."

고북월이 웃으며 말했다.

한운석은 하는 수 없다는 표정으로 어깨를 으쓱했다.

"태자의 모후가 다시는 나를 귀찮게 하지 않기를 바랄 뿐이에요."

그녀가 누구보다 독을 잘 다루는 것을 아는 고북월은 무슨 일로 자신에게 도움을 청하는지 짐작이 가지 않았다.

"마마께서 저를 찾으신 까닭은……."

그가 망설이면서 입을 열자 한운석의 단호한 눈빛이 별안간 어둡게 흐려졌다.

"뱃속에 든 것이 상당히 커서 소장군 때보다 열 배는 더 어려울 거예요. 독혈을 반도 빼내기 전에 출혈이 심해져 태자가 죽을 수도 있어요."

한운석이 태자에게 줄 약은 사실 뱃속에 든 것을 제거할 독약이었다. 반드시 정확한 약효를 낼 수 있는 독약을 만들어, 오장육부를 상하지 않으면서 태중태만 녹여 핏물로 만들어야 했다. 이렇게 하면 그 핏물에도 독성이 생기니 당장 몸 밖으로 빼내야 하는데, 당면한 가장 큰 문제가 바로 과다출혈이었다. 배독을 하는 데는 충분한 시간이 필요했다. 현대에서는 수혈로 해결할 수 있는 문제지만, 지금은 고북월에게 기대를 걸 수밖에 없었다.

고북월은 듣자마자 문제를 알아차렸다.

그는 복잡한 눈빛으로 한운석을 바라보다가 한참 후에야 비로소 입을 열었다.

"생혈단生血丹이라는 약이 있는데 복용하면 짧은 시간 동안 피를 만들어 내는 효과가 있습니다……."

그의 말이 끝나기도 전에 한운석이 기뻐하며 물었다.

"그 약이 어디 있죠?"

그녀의 초조한 모습에 고북월의 눈동자 깊은 곳에서 희미하게 정감이 떠올랐다.

"마마, 그 약은 쉽게 얻을 수 없습니다."

"황실에 돈도 있고 권력도 있는데 어려울 것이 뭐 있겠어요?"

한운석은 별생각 없이 말했다. 솔직히 그녀가 생각하는 황족이란 포악한 토호이자 강도였다.

고북월은 더욱 곤란해져 목소리를 낮추었다.

"마마, 이 운공대륙에서 천녕국의 황실은 수많은 세력 가운데 하나일 뿐입니다."

물론 한운석도 운공대륙이 무척 크고, 다양한 세력과 숨은 영웅이 많다는 것은 알고 있었다. 하지만 지금 그녀의 최대 관심사는 생혈단의 행방이었다. 생혈단만 있으면 태자를 치료하는 것은 시간문제였다.

"말해 줘요. 그 약이 대체 누구 손에 있죠?"

한운석이 다급히 물었다.

고북월은 짤막하게 대답했다.

"고칠찰古七刹입니다."

고칠찰?

한운석도 제법 유명한 그 이름을 들은 기억이 어렴풋이 남아 있어 중얼거리듯 되물었다.

"운공대륙 의학원에서 쫓겨난 귀재 고칠찰 말인가요?"

고북월은 고개를 끄덕이며 대답했다.

"그렇습니다. 그 자는 나면서부터 재주가 뛰어나 약재를 기르는 데 천부적인 능력을 지니고 있습니다. 지금 일상적으로 사용되는 약재들도 그가 어렸을 때 집에서 접붙여 길러 낸 것들이지요. 사람들은 그를 약귀藥鬼라고 부릅니다."

"소문에는 그가 의학원 장로의 양자로, 세끼 약재만 먹으면서 자랐다던데, 정말인가요?"

한운석은 호기심이 일어 물었다.

고북월은 고개를 끄덕였지만 그가 아는 것도 그 정도였다.

조부가 의학원 이사이기는 했으나 이사는 장로보다 지위가 한참 낮아 그들을 가까이할 일이 없었고, 의학원에 얼마 머물지도 못하고 조부를 따라 천녕국 수도로 왔기 때문이었다.

"고칠찰은 지금 어디에 있죠?"

한운석이 다급히 물었다.

"의학원에서 쫓겨난 뒤 약귀곡藥鬼谷이라는 곳을 세워 천하의 영단묘약을 수집하고 기르는 일을 하고 있습니다. 그곳에서는 약을 사고파는 일이 오로지 그 자의 기분에 달려 있으니, 생혈단을 사 오기란 결코 쉬운 일이 아닙니다."

고북월이 말했다.

그런데 뜻밖에도 한운석은 마음 편한 표정을 지어 보였다.

"고 태의가 공을 많이 들여야 할 줄 알았는데, 단약 하나로 해결할 수 있다니 생각보다 간단하군요."

"그 약은 쉽게 얻을 수 없습니다!"

고북월은 어쩔 수 없이 다시 한 번 강조했다.

한운석은 쿡쿡 웃으며 말했다.

"내 일은 약방문을 쓰는 것뿐이에요. 약을 구하는 일은 내 소관이 아니죠."

그런…….

한운석의 교활한 미소를 보자 고북월도 그제야 그 뜻을 깨달았다. 약방문을 써 내면 황제가 어떻게든 방법을 찾아 생혈단을 구해 올 것이다. 구하지 못한다고 해서 의원인 그들에게 죄를 물을 수는 없었다.

한운석은 즉시 책상으로 달려가 붓을 들고 약재와 그 분량을 하나하나 써 내려갔다. 고북월은 호기심에 옆으로 가서 살펴보았지만 보면 볼수록 이해가 가지 않았다. 약방문에 쓴 약들은 모두 알고 있는 것들이지만, 안타깝게도 그것들을 배합해서 무슨 효과가 있는지는 알 수가 없었던 것이다. 독으로 태자의 뱃속에 있는 것을 제거하되 오장육부에 해를 입히지 않아야 한다면, 필시 보통 독약이 아닐 터였다.

금세 약방문을 완성한 한운석은 그 끝에 생혈단의 이름을 적어 넣었다.

"왕비마마, 이것이…… 그 약방문입니까?"

고북월이 의아한 얼굴로 물었다.

한운석은 의미심장하게 그를 흘낏 바라보았다.

"비밀이에요!"

당연한 일이지만 이 약방문은 완전한 것이 아니고, 더욱이 누구 손에 들어가더라도 독약이라는 것을 알아낼 수 없는 내용이었다. 한운석이 가장 중요한 약 세 가지를 일부러 빼 놓았기 때문이었다. 약방문은 형식일 뿐이고, 약은 이미 해독시스템에 준비되어 있었다.

한운석에게도 빠져나갈 구멍은 필요했다. 진짜 독약을 만드는 약방문을 썼다가 만에 하나라도 전문가의 손에 들어가면 약점을 잡혀 태자의 병에 관한 진실이 들통날 수도 있었다.

고북월은 신비로운 웃음을 짓는 한운석을 보며 더 이상 캐묻지 않았다. 그의 눈동자에 떠올랐던 정감이 훨씬 짙어졌다.

생혈단 덕에 가장 큰 난제가 해결되자, 한운석은 어서 빨리 태자를 살려 낸 은인이 되어 태후와 황후의 반응을 보고 싶어 몸이 달았다. 물론 더 기대되는 것은 의태비와 모용완여의 반응이었다. 지금쯤 두 사람은 왕부에서 속을 태우며 소식을 기다리고 있을 것이다!

우선 생혈단부터 구해야 했다!

"어서 가요, 가서 약방문을 전해 줘야죠!"

한운석이 고북월의 팔을 잡아끌었다. 고북월은 움찔하며 잠시 망설였지만 결국 눈치채지 않게 슬그머니 그녀의 손을 밀어 냈다. 그가 아무 말도 하지 않자 한운석은 어리둥절하여 무심코 고개를 돌려 그를 바라보았고, 고북월은 재빨리 시선을 피했다.

이 사람…….

한운석은 해명도 없이 '풋' 하고 웃음을 터트렸다. 너무 기쁜 나머지 이곳이 오랜 옛날이고, 그녀 자신이 혼례를 올렸다는 사실을 깜빡했던 것이다. 남사친 같은 것은 있을 수 없었다.

"흠, 흠……."

그녀는 헛기침을 하고 아무 일 없는 것처럼 돌아섰다.

"서두르다 보니 그렇게 됐어요, 무례를 하려던 건 아니에요."

뒤따라가려던 고북월은 그 말에 또다시 움찔했지만, 곧 예의 그 부드러운 미소가 그의 얼굴 위로 소리 없이 퍼져 나갔다.

고개를 돌리고 있던 한운석은 자신이 이 세상에서 가장 아름다운 미소를 놓쳤다는 사실을 알지 못했다.

패도, 본 왕을 따르라

한운석은 약방문을 천휘황제에게 바치며 생혈단의 중요성을 사실대로 설명했다. 천휘황제가 어떻게 약을 구할지는 모르지만 적어도 열흘에서 보름은 걸릴 것이고, 그동안 진왕부로 돌아가 푹 쉴 생각이었다. 중책을 맡았으니 의태비와 모용완여도 함부로 하지 못할 것이다. 더군다나 고 태의와 논의해야 한다는 핑계로 자유롭게 태의원을 출입할 수도 있었다. 태의원에는 의서며 약재가 가득해서 그녀에게는 보물창고나 마찬가지였다!

그녀는 약방문을 건네고 잠시 한숨 돌리려 했지만, 뜻밖의 일이 벌어졌다…….

천휘황제가 약방문을 내려놓고 용비야에게 이렇게 말한 것이다.

"진왕, 약귀곡은 평범한 곳이 아니니 직접 다녀와 주게."

상의하는 말투였지만 누가 봐도 황명이었다.

용비야는 여전히 무표정을 유지한 채 고개를 끄덕였다.

"예."

한운석은 곁눈질로 그를 흘낏 바라보며 고소해했다. 저 얼음장 같은 인간, 모르는 척하고 앉아 있더니 꼴좋다. 생혈단은 쉽게 구할 수 있는 약이 아니었다! 만약 생혈단을 가져오지 못하면 그 죄는 모두 그가 짊어져야 할 것이다!

"폐하, 약방문에 있는 다른 약들은 모두 태의원에 있습니다. 고 태의와 함께 약을 배합해 두었다가 생혈단이 도착하면 곧바로 치료에 들어갈 수 있도록 하겠습니다."

한운석은 진지하게 말했다.

천휘황제는 고개를 끄덕였다.

"진왕이 좋은 소식을 가져오기를 기다려야겠군."

장내의 사람들은 곧바로 흩어졌다. 한운석은 고북월과 약을 배합해야 한다는 핑계로 용비야와 함께 돌아가지 않았고, 용비야도 그녀에게 눈길조차 주지 않았다.

태후를 따라 동궁을 나온 황후가 걱정스레 말했다.

"모후, 아무래도……, 아무래도 마음이 불안합니다. 한운석이 정말 믿을 만한 사람일까요……?"

태후도 자신이 없어 잠시 망설이다가 한숨을 푹 내쉬었다.

"저 아이가 태자를 치료해 준다면 반드시 저 아이를 크게 쓸 것이야!"

지난날 천심부인이 태후의 목숨을 구해 주었을 때, 태후가 한운석을 진왕의 짝으로 지목한 까닭은 그녀를 진왕의 곁에 심어놓기 위해서였다. 그런데 예상과 달리 한운석은 재주 하나 없는 추녀로 자랐고, 한종안은 오랫동안 태자를 치료하지 못했다.

황후는 고개를 끄덕이며 아무 말도 하지 않았다.

한운석은 늦은 시각이 되어서야 허기진 배를 안고 진왕부로 돌아갔으나, 문 안으로 들어서자마자 의태비에게 불려갔다.

의태비와 모용완여는 하루 종일 이제나저제나 하고 황궁의 소식만 기다리고 있었다. 한운석이 이렇게 무사히 돌아온 것을 보면 그 의미는 분명했다.

"태자의 상태는 어떠냐? 치료할 수 있느냐?"

의태비가 다짜고짜 물었다.

한운석은 몹시 귀찮았다. 이럴 줄 알고 용비야를 먼저 보냈는데 아직 돌아오지 않은 건가?

의태비와 모용완여의 기대에 찬 모습을 보자, 그녀는 눈동자에 경멸의 빛을 띠고 일부러 한숨을 푹 쉬면서 우물쭈물 시간을 끌었다.

"새언니, 대체 어떻게 되었어요? 모비와 제가 하루 종일 걱정했답니다."

모용완여가 초조하게 물었다.

"어쩌긴요, 이렇게 된 거지요."

한운석은 차분하게 말했다.

"이렇게 되었다는 게 어떻게 되었다는 말이냐?"

의태비도 참지 못하고 물었다.

"그리 대단한 일도 아니더군요. 제게 태자 전하를 치료할 방법이 있습니다."

한운석이 그제야 털어놓았다.

그녀는 의태비의 눈동자에 떠오른 경악을 놓치지 않았고, 질투에 찬 모용완여의 표정은 더더욱 놓치지 않았다.

그녀를 웃음거리로 만들려던 사람들은 똑같이 웃음거리가 되도록 갚아 줄 것이다!

"그럼 태자 전하를 치료하셨다는 말인가요?"

모용완여가 지체 없이 캐물었다.

"약 하나만 제외하고는 큰 문제가 없는데, 그 약이 구하기가 무척 어렵고 약귀곡에서만 살 수 있다고 해요."

한운석이 사실대로 대답했다.

그 말에 의태비는 안도의 숨을 쉬었고 모용완여는 입가에 조소를 머금었다.

"약귀곡은 저도 들어 본 적 있어요. 그 주인은 약귀라고 하는데, 상대하기가 상당히 까다로운 괴인이라고 하더군요. 찾아온 사람이 누구든 절대 체면을 봐주지 않기 때문에 십중팔구는 빈손으로 돌아가야 하고, 숫제 목숨을 내놓고 약을 얻은 사람도 있다더군요."

긴장했던 의태비도 태도가 느긋해졌다.

"그래, 태자를 치료하려면 아직 까마득하겠구나."

한운석은 연신 고개를 끄덕이며 동의했다.

"네네, 아직 까마득하지요!"

그런 다음 재빨리 말을 돌렸다.

"하지만 폐하께서 진왕 전하를 보내 약을 구하게 하셨으니, 제가 보기에는 그리 어렵지 않을 것 같습니다."

이 말에 의태비와 모용완여는 그 자리에 얼어붙었다.

이어서 의태비가 노여움을 이기지 못하고 탁자를 내리쳤다.

"뭐라고? 진왕을 약귀곡으로 보내?"

한운석은 여전히 천진난만한 표정으로 고개를 끄덕였다.

"진왕께서 가셨으니 반드시 약을 구해 오실 거예요. 폐하의 결정이 틀렸을 리 없지요."

의태비는 속이 터져 주먹을 꽉 부르쥐었다. 자칫하면 따귀라도 때릴 기세였다.

하지만 한운석의 입에서 '폐하의 결정'이라는 말이 나오자 부득불 노기를 삼킬 수밖에 없었다.

옆에 있던 모용완여는 거의 넋이 나간 얼굴이었다.

누구나 알다시피 약귀곡은 안전한 곳도 아니고, 약을 사기에 마땅한 곳도 아니었다. 만에 하나 진왕에게 무슨 변고라도 생긴다면? 만에 하나 약을 구해 오지 못한다면? 이번 일에 관한 모든 죄를 진왕이 짊어져야 하지 않을까? 왕부에서 나갈 때만 해도 위험한 사람은 한운석이었는데 어째서 진왕에게 불똥이 튀었을까? 일이 이렇게 번질 줄 알았다면, 한운석을 높이 띄웠다가 패대기쳐 죽이기 위해 소문을 내지도 않았을 것이다. 모용완여는 후회막심하여 안색마저 파랗게 질렸다.

하루 종일 바삐 움직이느라 지친 한운석이었지만, 돌아와서 벙어리 냉가슴 앓는 두 사람의 모습을 보자 기분이 상쾌해져 피로마저 까맣게 잊었다.

"모비, 폐하께서는 신첩에게 태자 전하를 치료할 수 있도록 며칠 푹 쉬라고 하셨습니다. 시간이 늦었으니 이만 물러가겠습니다."

말을 마친 그녀는 공손하게 인사하고 보란 듯이 돌아서서 나왔다.

의태비는 당장이라도 화가 폭발할 것 같고 꽉 움켜쥔 손등에도 퍼런 힘줄이 솟았지만, 한운석을 어찌할 방도가 없었다. 황제는 의태비가 함부로 건드릴 수 있는 상대가 아니었다.

"대체 누가 그런 풍문을 퍼뜨린 거야, 죽어 마땅한 자 같으니라고!"

의태비가 화난 목소리로 외쳤다. 모용완여는 움찔 놀라 찍소리도 내지 못했다.

그사이 한운석은 발걸음을 서둘렀다. 황제가 있는 세상에 와서 처음으로 황제의 권력이 좋다는 것을 느낀 순간이었다.

부용원으로 돌아오니 멀리 보이는 용비야의 침궁은 컴컴한 어둠에 잠겨 있었다. 그녀는 저도 모르게 우뚝 걸음을 멈추었다.

집에 오지도 않고 어딜 간 거야? 설마 곧바로 약귀곡으로 달려간 건 아니겠지? 그건 너무 빠르잖아?

그녀는 입술을 잘근거리며 생각에 잠겼다. 그 인간은 무공이 훌륭하니 약귀곡에 가도 위험하지는 않을 거야. 더군다나 어마어마한 유명인사잖아. 아무리 약귀 고칠촬이라 해도 체면은 봐주겠지.

이렇게 생각하자 마음이 편해진 그녀는 우아하게 돌아서서 운한각으로 향했다.

운한각에는 등불이 환히 밝혀져 있었다. 침향이 귀가가 늦어지는 그녀를 걱정하느라 불을 켜 놓고 기다리고 있는 것이 분명했다. 침향은 비록 하녀지만, 누군가 집에서 기다리고 있다고 생각하자 마음이 따스해졌다.

"침향⋯⋯."

한운석은 문안으로 들어서기도 전에 침향을 불렀다. 배가 너무 고파 침향에게 먹을 것을 구해 오라고 할 참이었다.

"침향, 가서⋯⋯."

그런데 누가 생각이나 했을까. 위층으로 향하는 누각 입구에 도착하자 침향이 고개를 푹 숙이고 겁먹은 모습으로 서 있는 것이 보였다. 안쪽 차 탁자에서 누군가 차를 끓이고 있었는데, 한운석이 있는 방향에서는 모락모락 솟아오르는 김 너머로 보이는 그 미남자의 모습이 마치 한 폭의 그림 같았다.

정말이지⋯⋯ 도무지 현실적이지 않았다.

"용비야⋯⋯."

한운석은 저도 모르게 중얼거렸다.

방 안에 있는 사람은 다른 누구도 아닌 진왕 용비야였다. 하는 양을 보니 그녀를 기다리고 있었던 모양이었다.

"마마⋯⋯, 전하께서 한참 기다리셨어요."

소리 죽여 보고하는 침향의 목소리에 한운석은 그제야 정신을 차렸다. 한참 기다렸다고? 궁을 나오자마자 운한각에 온 거야?

한운석은 황급히 안으로 들어갔다.

"신첩이 전하께 인사 올립니다."

용비야는 차를 따르며 고개도 들지 않은 채 차분하게 물었다.

"약은 다 만들었느냐?"

"네."

이렇게 대답하는 한운석의 심장이 두방망이질 쳤다. 도무지 저 인간이 왜 왔는지 알 수가 없었다. 저 인간이 황제보다 영리한 것은 알지만, 아무리 그래도 태자의 진짜 병이 무엇인지 간파할 정도는 아니었다. 그렇다면 무슨 일로 왔을까?

뜻밖에도 용비야는 몸을 일으키며 태연하게 말했다.

"그렇다면 짐을 꾸려라. 본 왕과 함께 약귀곡에 다녀와야 한다."

"네?"

한운석이 놀란 목소리로 외쳤다.

용비야는 그제야 그녀를 바라보았다.

"문제라도 있느냐?"

있지! 아주 큰 문제라고! 별로 좋은 곳도 아닌데 날 뭐 하러 데려가?

한운석은 속으로 이렇게 대답하면서도, 겉으로는 곤란한 표정을 지으며 안타깝다는 듯이 말했다.

"전하, 신첩도 약귀라는 사람을 알지 못하니 도움이 되지 못할 거예요. 가 봤자 전하께 누만 끼칠까 걱정이 되는군요."

"본 왕은 네가 누를 끼치는 것이 걱정스럽지 않다."

용비야가 싸늘하게 대답했다.

한운석은 가볍게 한숨을 쉬며 다시 말했다.

"하지만 신첩은 치료 전에 준비할 것도 있고, 고 태의와 상세한 논의도 해야 하니 아무래도……."

"태자가 병을 앓은 지 7년째다. 며칠 안에 무슨 일이 생기지는 않을 테니 돌아와서 해도 늦지 않다."

용비야도 말했다.

"만에 하나 약귀곡에서 신첩에게 무슨 일이라도 생기면 폐하게 뭐라고 말씀드리시려고요?"

한운석은 대담하게 위협을 해 보았다. 하지만 이런 위협은 의태비에게나 먹히지 용비야에게는 소용이 없었다. 그가 강압적으로 말했다.

"그럴 일은 없다."

한운석은 답답해 미칠 지경이었지만, 아무리 머리를 짜내도 거절할 이유가 떠오르지 않아 화제를 바꾸었다.

"전하, 왜 갑자기 신첩을 데려가려 하시는지요?"

왜냐고 묻는 것쯤은 상관없겠지.

그런데 용비야는 질문에 대답하는 대신 싸늘하고 강경한 말투로 명령했다.

"차 한 잔 마실 시간을 줄 테니 준비해라. 후문에서 기다리겠다."

말을 마친 그가 홱 돌아서서 나가자 한운석은 넋이 빠진 채 멍하니 그 자리에 서 있었다.

용비야, 이 지독한 인간!

차 한 잔 마실 시간에 짐을 꾸린다는 것은 얼토당토않은 말이었다. 그런데 이제 보니 침향은 벌써 짐을 싸 놓고 허기를 달랠 간식까지 준비해 놓고 있었다.

용비야가 반드시 그녀를 데려갈 생각으로 침향에게 미리 명한 것이 분명했다. 한운석은 울상이 되었지만 침향은 신이 났다.

"마마, 사람들에게 들으니 전하께서는 하녀를 쓰신 적도 없고, 여자를 데리고 외출하신 적도 없으시대요. 마마가 처음이시라고요."

한운석은 입술을 실룩였다. 진왕과 외출하는 것이 썩 좋은 일이 아니라는 사실을 아는 여자는 이 세상에 그녀밖에 없을 것이다.

"마마, 약귀곡은 어떤 곳이에요? 그곳 사람들은 뭘 하며 산대요? 얼마나 가야 하나요?"

침향이 한운석을 배웅하면서 자꾸만 물어 댔다.

한운석은 그런 하녀를 흘겨보았다.

"그렇게 좋으면 너도 같이 가지 그러니?"

그러자 침향은 깜짝 놀라 재빨리 뒤로 물러서며 힘껏 고개를 저었다. 그리고 의미심장하게 웃으며 얼굴까지 발그레 물들였다.

"제가 있으면 두 분이 불편하시잖아요!"

한운석은 말없이 하늘을 올려다보았다. 조그마한 게 말하는 것 좀 보게? 우리가 신혼여행이라도 가는 줄 아나 봐?

그녀는 어이가 없어 고개를 설레설레 저었지만, 설명하기도 귀찮아 침향에게 손을 흔들어 보인 후 길을 나섰다.

후문에 도착해 보니 마차가 보였다.

어, 이번에는 날아갈 생각이 아닌가? 날아가는 기분이 꽤 좋았는데.

나 좀 봐, 무슨 생각이람?

한운석은 머리를 마구 흔들며 마차에 올랐다. 용비야는 한 손으로 머리를 받치고 나른하게 의자에 기대 앉아 있었다.

그녀도 그 옆에 편안하게 앉았다. 갈 테면 가라지. 누가 겁난 대? 어쨌든 간에 본 왕비를 무사히 돌려보내는 건 당신 책임이 라고.

뜻밖에도 용비야는 시선을 들어 그녀를 바라보며 차갑게 명 령했다.

"지름길로 간다. 사곡蛇谷으로."

사곡?

지독히도 나쁜 예감이 한운석의 몸을 엄습했다…….

뱀과의 싸움, 엄청난 실력

크고 편안한 마차는 나는 듯이 달려도 전혀 흔들림이 없었다. 씽씽 대는 바람 소리만 아니라면 마차가 빨리 달리고 있다는 것조차 느끼지 못할 정도였다.

마차 안에는 그녀와 용비야뿐이었다. 마차에 오른 뒤 지금까지 용비야는 그녀를 딱 한 번 쳐다보았을 뿐 말없이 눈을 감고 있었다.

한운석은 천성적으로 겁이 없어 황제 앞에서도 소리치며 대들 정도였지만, 무슨 이유에선지 이 얼음장 같은 인간 앞에서는 늘 기가 죽었다. 사곡이 어디냐고 물어보고 싶었지만 그가 눈을 감아 버리자 그녀도 입을 다문 채 저도 모르게 흘끔흘끔 그를 살폈다.

그의 이목구비는 마치 하늘이 조각한 것 같아서, 좁은 눈과 높은 코, 얇은 입술이 흠잡을 데 없이 완벽했다. 한운석은 이 세상에 이렇게 차가운 남자가 존재하리라고는 생각조차 해 본 적이 없었다. 가만히 앉아만 있어도 그의 온몸에서는 천리 밖까지 꽁꽁 얼려 버릴 한기가 쏟아져 절로 경외심이 일게 만들었다.

어렸을 때부터 이랬을까? 아버지인 선제에게도 그랬을까? 이 세상에서 저 사람의 따스한 면을 본 사람이 있긴 있을까? 웃는 것이라도 본 사람이 있을까?

여기에 생각이 미치자, 자연스레 언젠가 그와 평생을 약속하고 그 사랑을 듬뿍 받을 여자가 나타날까 하는 의문을 떠올렸다.

그러나 곧 피식 웃음이 터졌다. 말도 안 돼. 저렇게 쌀쌀하고 무정한 남자에게 감정이라는 게 있겠어?

잡념을 지운 한운석은 그에게서 시선을 떼고 나른하게 방석에 몸을 기대며, 사곡이 어떤 곳인지 생각에 잠겼다. 저 인간이 구태여 자신까지 데리고 나온 것을 보면 뭔가 꿍꿍이가 있는 것이 분명했다.

그때 용비야가 천천히 눈을 뜨고 한운석을 바라보았다. 그러나 무덤덤하게 한 번 눈길을 준 뒤에는 아무렇지도 않게 다시 눈을 감았다.

마차는 밤새 달렸고, 다음날 눈을 뜬 한운석은 용비야의 얼음 같은 눈동자와 딱 마주쳤다.

"꺄악……!"

그녀는 소스라치게 놀라 벌떡 일어나 앉았다.

"깼느냐?"

용비야가 차갑게 물었다.

"뭐하는 거예요?"

한운석이 사납게 화를 냈다. 저 인간, 왜 이렇게 가까이 오고 난리야?

물러서는 용비야의 눈동자에 불쾌함이 스쳤다.

"깨우려던 중이었다."

그런…….

뭐, 좋아. 한운석은 정신을 가다듬었다.

"다 왔나요? 사곡은 어떤 곳이죠? 독사가 많은 모양이죠? 그래서 저를 데려오신 건가요?"

어젯밤에 곰곰이 생각해 보았지만, 그 외에는 저 인간이 자신을 데려올 이유가 없었다.

"단 한 마리뿐이다. 고칠찰이 가장 갖고 싶어 하는 것이 바로 그 사단蛇丹이지. 그것을 가져가 생혈단과 바꾸자고 하면 반드시 내줄 것이다."

용비야가 설명했다.

그랬구나……. 역시, 저 인간은 만능이라니까. 그런 정보까지 알다니. 그 정보가 있으니 생혈단을 얻기는 어렵지 않을 것이다. 물론 제일 중요한 것은 그녀의 솜씨였다. 한운석은 자신감이 부쩍 솟았다. 독사 같은 것은 두려워해 본 적이 없는 그녀가 아닌가.

"가요, 가서 어떤 독사인지 보여 주세요."

자신만만하게 마차에서 내려 걸어가려는데, 용비야의 한마디가 그녀를 멈춰 세웠다.

"독이무기다."

"뭐라고요?"

한운석은 눈을 잔뜩 찡그린 채 그를 홱 돌아보았다.

"독이무기."

용비야는 인내심을 발휘하여 한 번 더 말했다. 보통 독사라면 그녀를 데려오지도 않았을 것이다. 여자를 데리고 다니려면 성가신 일이 한두 가지가 아니었다.

"독이무기……."

한운석이 멍하게 중얼거렸다. 이번에는 정말 충격적이었다.

알다시피 구렁이 같은 것은 독이 없었다!

독사는 앞어금니나 뒤어금니에서 신경성 독액을 분비할 수 있기 때문에 독액을 주입해 사냥감을 죽인 뒤 잡아먹곤 했다. 그렇지만 구렁이는 독으로 공격하는 능력이 없었다. 구렁이의 사냥 방식은 사냥감을 휘감아 졸라 죽인 뒤 잡아먹는 것이었다. 그런데 이곳에 사는 구렁이는 독이 있는 데다 크기도 큰 이무기라고?

한운석은 혼란에 빠져 해독시스템을 뒤졌지만 비슷한 기록조차 없었다. 말할 것도 없이 그 독이무기는 그녀에게 있어 완전히 새로운 생명체였다.

창백해진 그녀의 얼굴을 본 용비야가 물었다.

"무슨 문제라도 있느냐?"

"그 뱀이 얼마나 크죠?"

한운석이 물었다.

"3장 정도다. 움직임이 빠르고 독무毒霧를 뿜을 수도 있다."

용비야가 사실대로 대답했다.

그가 아는 대로라면, 적지 않은 사람들이 이 독이무기를 노렸지만 지금껏 성공한 사람이 없었고 사곡에서 목숨을 잃은 사람이 부지기수였다.

3장이면 10미터잖아. 게다가 빠르고 독무까지 뿜는다고……?
완전히 요괴 아냐?

그 말을 듣자 한운석의 얼굴이 더욱더 일그러졌다. 그녀는 망설이지 않고 결론을 내렸다.

"전 못 해요. 그런 이무기의 독은 해독할 수 없으니 다른 방법을 생각해 보세요."

가진 무기 하나 없는데 독 제거에 실패하기라도 하면, 이무기 가까이 가는 순간 독에 당해 죽거나 그 몸에 짓눌려 죽지 않는 게 이상했다.

"어째서냐?"

용비야는 이해하지 못했다.

"세상에는 수천수만 가지의 독이 있고, 저는 만능이 아니에요."

한운석은 시원시원하게 인정했다.

용비야도 직접 이곳에 온 것은 처음이었다. 독에 능통한 한운석을 데려왔기에 마음 편히 생각하고 있었던 것인데, 상황이 이렇게 되자 그 역시 주저했다.

그러나 바로 그때, 옆에 있던 말이 별안간 앞발을 높이 쳐들며 겁먹은 듯이 울부짖었다.

"이런!"

용비야의 차가운 외침이 끝나기도 전에, 오른쪽 숲에서 큼직한 뱀이 머리를 쑥 내밀고 독무를 뿜었다.

말로 설명하면 길지만 실제로는 순식간에 벌어진 일이었다.

용비야는 한운석을 끌어안고 즉시 산골짜기 쪽으로 물러났지만 곧바로 거대한 뱀 꼬리가 채찍처럼 날아들었다. 용비야는 어쩔 수 없이 다시 물러나 골짜기로 들어갔다. 숨 돌릴 겨를도 없이 이무기가 몸통을 드러내고 큼직한 검처럼 빠르게 그들을 뒤쫓았다. 용비야는 주위의 움직임을 살피면서 나는 듯이 달아났다.

그의 품에 꽁꽁 싸안긴 한운석은 눈을 휘둥그레 뜨고 광경을 지켜보았다. 용비야에게 설명을 들을 때만 해도 실감이 나지 않았는데 직접 보니 정말이지 까무러칠 정도로 놀라웠다.

저렇게 무시무시한 뱀이 있다니!

몇 번이나 독무가 몸에 닿을 뻔했지만 해독시스템에서는 아무런 경고도 없었다. 정보가 없는 독이라는 사실이 다시 한 번 증명된 셈이었다. 표본을 채취할 시간이 충분하면 해약을 만들어 낼 수도 있었지만, 안타깝게도 지금은 목숨을 구할 시간조차 부족했다.

산골짜기로 들어서자 수풀은 더욱더 빽빽해졌고, 두 사람의 위험 지수는 더욱 높아졌다.

계속 앞으로 내달리는 용비야의 속도는 무서우리만치 빨랐다. 한운석은 그가 산골짜기로 들어온 이상 가능한 빨리 다른 출구를 통해 이곳을 벗어나리라 생각했다. 그런데!

용비야는 갑자기 방향을 홱 바꾸어 한운석을 안은 채 오른쪽에 있는 무성한 숲 속으로 뛰어들었다.

"골짜기를 나가지 않으실 거예요?"

한운석이 경악한 목소리로 물었다.

"본 왕은 사단을 얻으러 온 것이다!"

용비야가 싸늘하게 대답했다.

약귀곡의 고칠찰은 저 독이무기보다 훨씬 어려운 상대였고, 산책이라도 하듯 한가롭게 찾아가 약을 달라고 부탁할 생각은 없었다. 기왕 사곡에 왔으니 절대로 빈손으로 돌아갈 수는 없었다.

독이무기도 용비야의 행동이 의외였던지 잠시 멈추었다가 곧 무성한 수풀 속으로 모습을 감추었다.

이를 본 한운석은 용비야를 달래 밖으로 나갈 생각조차 잊고 소리를 질렀다.

"녀석이 사라졌어요!"

용비야는 눈치를 채고 재빨리 위로 몸을 솟구쳤다. 그들이 날아오른 것과 동시에 독이무기가 그들이 있던 곳을 덮쳤다. 아슬아슬한 순간이었다.

순전히 속도 싸움이었다!

독이무기는 또다시 모습을 감추었다.

용비야는 가장 높은 나무 위에 내려서서 한 손으로 한운석의 가느다란 허리를 휘감고 다른 손으로는 나뭇가지를 잡고 골짜기를 내려다보았다. 한운석은 몹시 두려웠지만, 운공대륙에서 이토록 높은 곳에 올라 세상을 굽어보는 것은 처음이라 심장이 쿵쿵 뛰고 흥분이 일었다. 이 인간과 함께 다니는 것이 썩 좋은 일은 아니지만, 몹시 짜릿하기는 했다.

그녀도 그를 달래 이곳에서 달아나게 하는 것은 불가능하다는 것은 알고 있었다. 달아날 생각이었다면 일찌감치 달아났을 것이다. 어차피 여기까지 왔으니 차라리 저 이무기와 죽기 살 기로 싸워 보면 혹시 사단을 얻을 수 있을지도 몰랐다.

"저기, 저쪽이에요!"

눈이 날카로운 한운석은 곧 수풀 속의 움직임을 발견했다. 골 짜기 안에 독이무기가 살고 있다면 다른 동물들은 죽거나 달아 났을 테니, 저렇게 크게 움직일 만한 것은 이무기 밖에 없었다.

용비야는 그쪽을 바라보더니, 한운석을 데리고 오른쪽 아래 나뭇가지로 내려갔다.

"똑바로 서 있어라."

그가 싸늘하게 말했다.

한운석은 재빨리 나뭇가지를 부둥켜안았지만, 그의 손이 떨 어지는 순간 안전한 느낌이 싹 사라졌다는 것을 인정하지 않을 수 없었다.

용비야는 나뭇가지를 붙잡지도 않고 가지 한가운데 소나무 처럼 우뚝하게 섰다. 그리고 두 손으로 활을 힘껏 당겨 싸늘한 시선으로 끊임없이 흔들리는 나뭇잎 물결을 겨누었다.

옆에서 보는 이 남자의 모습은 그야말로 예술이었다. 아무 리 보고 또 보아도 초절정 어둠의 살수 그 자체였다.

별안간, 수풀 속 움직임이 뚝 그치고 이무기가 동작을 멈추 었다. 용비야가 두 눈을 천천히 좁혔다. 계속해서 움직이던 활 끝도 한 곳에 멈추어 언제든지 시위에 얹힌 화살을 쏘아 보낼 준비가 되었다.

한운석은 긴장한 나머지 숨까지 죽였다. 그런데 활을 쏘리라고 생각한 그 순간, 용비야가 갑자기 몸을 휙 돌리더니 뒤쪽을 향해 빠르게 화살을 내쏘았다. '쐐액' 하는 날카로운 소리가 울렸다.

화살은 허공을 가르는 번개처럼 기세 좋게 날아갔다. 화살에 실린 힘도 힘이지만 속도 또한 엄청났다. 이미 날아가 버린 화살이지만, 아직도 그 화살에 실린 강력한 힘을 느낄 수 있을 정도였다. 놀랍게도 용비야가 내공까지 실어서 화살을 쏜 것이다.

그런데 왜 갑자기 방향을 바꾸었지?

한운석이 어리둥절하는 사이 용비야는 계속해서 화살을 쏘아 댔는데, 하나같이 추락하는 별똥별처럼 빠르고 하늘을 쪼개는 번개처럼 힘찼다.

거대한 이무기의 꼬리가 수풀 속에서 튀어 올랐을 때에야 한운석은 용비야가 뱀의 꼬리를 포기하고 머리를 쏘았다는 사실을 깨달았다. 잘못 본 게 아니라면 독이무기는 이미 머리에 중상을 입었고 그 때문인지 움직임이 둔해져 있었다. 머리를 다치면 저 커다란 몸뚱이와 꼬리를 끌고 달아나기가 쉽지 않았다.

한바탕 쏟아진 화살비는 얼핏 보기에는 별것 아닌 것 같아도 사실 쉬운 일이 아니었다. 다른 사람이었다면 애초에 독이무기의 추격을 따돌리지도 못했을 것이고, 높은 곳에서 화살을 쏘아 백발백중, 머리에 중상을 입히지도 못했을 것이다.

한운석은 용비야가 쏜 화살에 엄청난 힘이 담겨 있었다는 것을 알고 있었다. 그렇지 않았다면 조그마한 화살 따위로 저 거대한 이무기를 공격하는 것은 계란으로 바위를 치듯 아무 소용이 없었을 것이다.

용비야는 공격을 멈추었지만, 손등에 불거진 푸른 힘줄은 아직 그대로였다. 거대한 이무기의 꼬리가 미친 듯이 허공을 휘젓자 나무들이 우지끈 쓰러지는 바람에 주위에는 갑자기 평지가 생겨났다. 그 꼬리가 자신이 서 있는 나무에 닿지 못하는 것을 확인한 한운석은 용비야와 함께 마음 편히 이무기의 머리 쪽을 바라보았다. 머리가 죽으면 꼬리가 아무리 버둥거려도 다시 살아날 수는 없었다.

용비야는 잠시 기다렸다가 다시 활을 들었다. 그런데 바로 그 순간, 이무기의 머리가 있던 방향에서 거친 움직임이 일어났다. 이무기가 최후의 발악을 하는 모양이지만, 오래지 않아 그 움직임도 차츰 가라앉았다.

"드디어 죽었을까요?"

한운석이 겁에 질린 목소리로 물었다.

용비야는 대답하지 않고 신중한 눈빛으로 좀 더 기다렸다. 그런데 바로 그때, 뜻밖의 일이 벌어졌다. 멀지 않은 나무 위에서 새하얀 그림자 하나가 독이무기의 머리를 향해 휙 떨어져 내린 것이다.

한운석은 그 그림자를 똑똑히 볼 수 있었다. 그림자는 바로 흰옷을 입은 여자였다!

간도 크지, 감히 용비야 앞에서 어부지리를 얻으려 하다니!

실망, 그의 선택

용비야의 사냥감을 빼앗으려 하다니, 저 여자는 살기 싫은 게 분명했다.

한운석이 그런 생각을 하고 있을 때, 갑자기 수풀 속에서 새하얀 독무가 하늘높이 솟구치며 그 여자를 덮치려 했다.

"조심해, 독이다!"

순간, 용비야가 놀란 목소리로 외치며 번개같이 그쪽으로 날아갔다.

아니……, 저 여자를 막으려는 걸까, 아니면 구하려는 걸까?

그의 성품대로라면, 쌀쌀하게 코웃음을 치며 '죽어 마땅하다'라던가 '제 발로 죽으러 왔군'이라고 했어야 하지 않을까?

한운석은 이해가 가지 않는 얼굴로 그쪽을 바라보았다. 오래지 않아 그녀는 잘못 보지 않았다는 것을 확신했다. 방금 그 외침도 잘못 들은 것이 아니었다. 용비야에게도 저렇게 초조해할 때가 있다고는 생각해 본 적도 없었다.

저 여자는 누구지?

용비야의 속도가 너무 빨라서 보통 사람 눈으로는 까만 그림자가 번쩍이는 것밖에 볼 수 없었다. 다시 그의 모습이 보였을 때, 그는 이미 그 여자를 끌어안고 맞은편 나무 위로 올라가 있었다.

바짝 붙어선 두 그림자를 보자 한운석은 까닭 없이 정신이 멍해졌지만, 재빨리 무시했다.

하얀 독무가 흩어지고 수풀 안은 평온을 되찾았다. 이무기가 죽었는지 아닌지 확실히 아는 사람은 아무도 없었다.

한운석은 저 멀리 맞은편을 바라보았다. 용비야가 그 여자와 뭐라고 이야기를 나누는 것 같았는데, 안타깝게도 너무 멀어서 여자의 얼굴을 볼 수도, 그들의 목소리를 들을 수도 없었다.

저 여자는 대체 누구지? 용비야와는 어떤 사이지?

한운석이 고민에 잠겨 있을 때 별안간 땅이 요동쳤다. 수풀 속에 있던 독이무기가 갑자기 몸을 훌떡 뒤집은 것이었다. 데굴데굴 구르는 이무기의 몸뚱이를 따라 거대한 꼬리가 한운석이 서 있는 나무쪽으로 날아들었다.

덮쳐드는 이무기의 꼬리를 본 한운석은 어찌해야 좋을지 몰라 무의식적으로 용비야 쪽을 바라보았다. 용비야가 몸을 날리려는 찰나, 뜻밖에도 같이 있던 여자가 아래에 있는 독이무기의 머리를 향해 훌쩍 뛰어내렸다.

"돌아와!"

용비야가 소리를 질렀지만, 하얀 옷을 입은 여자는 도발하듯 그를 흘끗 돌아보며 더욱 속도를 높였다.

바로 그때 이무기의 꼬리가 한운석이 있는 나무를 후려쳤다. '쾅' 하는 굉음이 터졌다.

"앗⋯⋯!"

한운석은 까무러칠 듯이 놀랐다. 나뭇가지의 높이는 10여미터, 뛰어내려도 죽고 뛰어내리지 않아도 죽을 처지였다. 그녀는 나무가 천천히 쓰러지기를 빌며 본능적으로 나무줄기를 꽉 부둥켜안았다.

그런데 독이무기가 또다시 꼬리를 휘둘렀다.

쾅!

"꺄악……!"

아무리 매달려도 이 어마어마한 진동에 버텨 내기란 불가능했다. 그녀는 저도 모르게 나뭇가지를 놓쳤고, 그녀의 몸은 눈 깜짝할 사이에 아래로 곤두박질쳤다.

용비야는 이 장면을 똑똑히 보았다. 눈동자에 복잡한 빛이 떠올랐지만, 결국 그는 고개를 돌려 흰옷을 입은 여자를 뒤쫓았다.

한운석은 등을 아래로 한 채 팔다리를 허우적거리며 곧장 추락했다. 용비야가 고개를 돌리는 장면은 보지 못했지만, 보지 않아도 똑똑히 알 수 있었다. 그의 속도로 보아 그녀를 구할 생각이었다면 벌써 구했을 것이다!

하지만, 그는 오지 않았다. 끝끝내 오지 않았다!

언제쯤 바닥에 떨어질지도 모르고, 떨어질 때 얼마나 아플지도 알 수 없었지만, 한운석은 눈을 꼭 감으며 목멘 소리로 외쳤다.

"용비야, 이 나쁜 놈! 죽어서도 용서하지 않을 거야!"

한운석이 빠른 속도로 떨어지고 있을 때쯤 흰옷을 입은 여자를 따라잡은 용비야는 발로 그녀를 힘껏 걷어차 이무기에게

서 떨어뜨려 놓으며 차갑게 외쳤다.

"단목요端木瑤, 장난은 정도껏 해라!"

"부인을 맞이했으니 요요瑤瑤(단목요의 애칭)가 죽든 말든 상관하지 않을 줄 알았어요."

새하얀 옷을 입은 단목요는 마치 하늘에서 내려온 선녀처럼 초탈한 아름다움을 지니고 있었는데, 웃을 때 보일 듯 말 듯 생겨나는 조그만 볼우물이 그 아름다움에 귀여움을 더해 주었다.

그녀는 천녕국과 혼인 동맹을 맺은 서주국西周国의 공주이자 용비야의 사매師妹(같은 스승 밑에 있는 나이 어린 여자를 부르는 말)였다.

"마지막으로 말하지. 당장 꺼지지 않으면 가만두지 않겠다!"

용비야가 차갑게 말하며 곁눈으로 살펴보니 한운석은 땅에 충돌하기 직전이었다.

단목요는 눈썹을 치켰다.

"비야 오라버니, 제 목숨이 중요해요, 아니면 오라버니 왕비의 목숨이 중요해요?"

이렇게 말한 그녀는 홱 돌아서서 독이무기의 머리를 향해 달려갔다.

목숨을 걸고 용비야를 위협하는 것이다!

용비야는 눈동자에 사나운 분노를 번뜩이며 차갑게 말했다.

"그렇게 죽고 싶으면 네가 열여덟 살이 되자마자 본 왕의 손으로 황천길로 보내 주지!"

그 말과 함께 그는 단목요를 힘껏 걷어차 저 멀리 수풀 속으로 밀어 넣은 뒤 걷어찬 반동으로 속도를 더욱 높여 한운석 쪽으로 날아갔다.

한운석은 이미 절망에 빠져 있었다. 눈을 감고 땅을 등진 채였지만, 곧 바닥에 부딪힌다는 사실이 너무나도 선명하게 느껴졌다.

옥상에서 뛰어내린 사람이 이런 기분일까?

이제 곧 머리가 거칠게 땅에 부딪혀 뇌수가 터지고 팔다리마저 형체 없이 문드러지겠지?

자기가 있으니 두려워하지 말라고 한 사람이 누구였지? 아무 일도 없을 거라던 사람이 누구였지?

눈물 한 줄기가 소리 없이 눈가로 흘러내렸다. 그녀는 이를 악물고 억지로 눈을 떴다. 어차피 죽을 운명이라면 마지막으로 세상을 한 번 더 보고 싶었다.

그런데 놀라운 일이 벌어졌다. 눈을 뜨는 순간 시야를 가득 덮은 것은 사람도 신도 질투할 정도로 잘생긴 얼굴, 얼음처럼 차갑고 조각한 듯 완벽한 얼굴이었다.

차가운 연못 같은 눈, 매미 날개처럼 얇은 입술.

너무도 익숙하지만 한편으로는 너무도 낯선…… 용비야!

한운석은 저도 모르게 피식 웃었다. 죽기 전에 보이는 환각일까? 마지막 순간까지 그가 구해 주리라고 기대하다니.

용비야는 몸을 기울여 한운석의 허리를 낚아챈 뒤 그녀를 안고 느린 속도로 빙글빙글 돌며 땅에 내려섰다.

한운석은 이 환상이 너무 진짜 같다고 느끼면서도 한편으로는 꿈처럼 아름답다고 생각했다. 천지만물이 모두 사라지고 오로지 그와 그녀만 남은 것 같았다. 그녀는 두려움도 미움도 잊은 채 바다처럼 깊은 그의 눈 속에 푹 잠겼고, 저도 모르게 스르르 손을 내밀어 그의 뺨을 살며시 어루만졌다.

바로 그때, 용비야의 깔끔한 눈썹이 찡그려지고 본래부터 얼음 같던 눈동자가 더욱더 차가워졌다.

그 순간, 한운석은 화들짝 정신을 차렸다!

눈을 찡그린다……, 그렇다면 이 인간은 진짜였다!

그녀는 너무 놀란 나머지 그 자리에 얼어붙어 손을 치울 생각조차 하지 못했다. 반면 용비야는 그녀를 땅에 내려놓는 순간 팔을 풀고 혐오스러운 듯 뺨에 놓은 그녀의 손을 떼어 냈다.

한운석은 채 정신을 차리기도 전에 다리에 힘이 풀려 이번에는 정말로 철퍼덕 땅에 쓰러지고 말았다. 방금 했던 짓이 떠올라 얼굴이 홍당무가 된 그녀는 민망한 표정으로 허둥지둥 일어나려 애썼다.

용비야는 굳은 얼굴로 그녀를 내려 보았지만 결국 부축해 주려고 손을 내밀었다. 한운석은 새빨개진 얼굴로 그의 커다란 손을 바라보았다. 가슴 한구석이 따스해지는 것을 느끼며 그 손을 잡으려는데, 용비야의 차가운 한마디가 귀를 때렸다.

"성가시군."

그 한마디에 한운석의 손이 우뚝 멈추었다가 본래 자리로 홱 돌아갔다. 눈동자에 실망의 빛이 스쳤다가 금세 분노로 바뀌었다. 따라오겠다고 한 적도 없는 그녀를 억지로 데려와 억지로 독이무기를 상대하게 한 사람이 바로 그였다. 엄청나게 충격적인 일을 겪고도 원망의 말 한마디 하지 않았는데, 도리어 자기가 투덜거리다니!

그래도 조금은 자신을 생각해 준다고 생각했는데 이제 보니 혼자만의 착각이었다. 조금 전 생사가 달린 그 위험한 순간, 그는 그녀가 죽든 말든 다른 사람을 선택했다. 뒤늦게 쫓아와 구해 준 이유도, 아마 그녀가 죽으면 돌아가서 천휘황제에게 할 말이 없기 때문이었을 것이다.

한운석은 양손으로 땅을 짚고 벌떡 일어나 노여운 눈길로 용비야를 노려보았다.

"네, 그래요! 제 목숨은 보잘것없고, 저 자신은 성가신 존재예요. 이 성가신 존재를 데려온 게 누구죠? 전하께서 데려왔으니 전하께서 책임지고 안전하게 데려다 놓으세요! 털끝 하나라도 상하면 절대로 태자를 치료하지 않을 테니까!"

용비야의 혐오에 찬 표정이 살짝 굳었다.

"겁쟁이처럼 굴지 마라. 네 목숨은 아직 붙어 있다."

차갑게 내뱉은 그는 한운석의 화난 눈길을 피해 돌아서서 마지막 발버둥을 치는 독이무기를 바라보았다. 이무기는 아직도 하얀 독무를 뿌리고 있었지만 조금 전처럼 양이 많지 않은 것으로 보아 겨우 목숨만 붙어 있는 것이 분명했다.

한운석은 말문이 막혀 입을 우물거리다가 결국 입을 다물었다.

그런데 조금 전 그 여자는 어디로 갔지? 떠났나?

자꾸만 이무기에게 달려들기에 사단을 빼앗으러 온 줄 알았는데, 그게 아니면 무엇 때문이었을까?

용비야와는 안면이 있는 사이일 것이다. 조금 전 용비야는 그 여자가 독무에 중독될까 봐 달려가 구한 것이 분명했다.

한운석은 그 여자에 대한 호기심이 솟았지만 그보다는 분노가 컸다. 한발만 늦었어도 자신이 죽었을지 모른다는 것을, 저 인간이 알기나 할까? 어쨌거나 용비야 제 손으로 그녀를 데려와 놓고 그 목숨을 이렇게 하찮게 대할 수는 없었다.

용비야가 독이무기가 죽기를 기다리는 동안 한운석은 숫제 가부좌를 틀고 앉아 아무 말도 하지 않았다. 독만 아니었다면 참을성 없는 용비야의 성격상 일찌감치 이무기를 베고 사단을 꺼냈을 테지만, 지금은 이무기의 기운이 다 빠지기를 기다릴 수밖에 없었다.

그러나 오래지 않아 용비야의 인내심이 바닥났다.

그는 조그마한 나무 위로 뛰어올라 활로 독무가 뿜어져 나오는 방향을 겨누고 다시 한 번 공격을 펼쳤다.

쉭쉭쉭!

하나 둘 쏘아지는 날카로운 화살은 힘이 줄어들기는커녕 도리어 처음보다 더 강해져 있었고, 그 힘에 새빨간 핏방울이 어지러이 사방으로 튀었다.

그 광경을 본 한운석은 간담이 서늘해지면서 뒤늦게야 깨달았다. 저 인간이 화가 났구나! 저 이무기에게 화풀이를 하고 있는 거야! 태자의 치료만 아니었다면 내가 저 화풀이 대상이 되지 않았을까?

이렇게 생각하자 모골이 송연했다.

방금 한바탕 쏘아붙이기는 했지만, 그것 때문에 화낼 리는 없었다. 용비야에게 그녀는 있으나마나한 아무 상관없는 사람이니까.

그러면 그 흰옷을 입은 여자가 성질을 돋운 모양이었다. 한운석은 궁금해하고 싶지 않았지만 어찌된 셈인지 자꾸만 호기심이 솟구쳤다. 물론 대답해 줄 리가 없지만 그래도 물어보고 싶었다.

한운석은 한참 고민하다가 결론을 내렸다. 난 지금 화난 상태이고 저 인간과 냉전 중이야! 묻긴 뭘 물어!

용비야의 공격이 아무리 맹렬해도 아무래도 오래 묵은 이무기인 만큼 쉽게 죽지 않았다. 이무기의 꼬리는 아직도 마구 휘둘리고 있었고, 심지어 피를 철철 흘리는 머리마저 수차례나 요동치며 하얀 독무를 사방으로 뿜어내곤 했다.

이를 본 용비야는 더욱 짜증이 나는지, 나무에서 내려와 좀 더 공격하기 좋은 곳을 찾아 나아갔다.

한운석은 새침하게 그 뒷모습을 바라보며 아무 말도 하지 않지만 속으로는 이렇게 외치고 있었다. 오냐, 가라, 가. 멀리 가 버리라고. 날 여기 혼자 두고 갔다가 또 무슨 일이라도 벌어지면 당신이 책임져야 할 걸!

뜻밖에도 용비야는 몇 걸음 가다말고 다시 돌아와 한운석을 내려다보며 명령했다.

"일어나라."

"왜요?"

한운석이 심드렁하게 물었다.

그런데 용비야는 아무 대답 없이 그녀를 와락 일으켜 세워 꽉 끌어안더니, 하늘 높이 솟구쳐 7, 8미터 쯤 되는 높은 나무 위에 내려섰다.

"꺄악……!"

한운석은 가지 위에 내려설 때까지 비명을 질러 댔다. 조금 전 떨어져 죽을 뻔했던 충격이 아직 가시지 않아 한 1년 동안은 높은 곳에 올라가지 못할 것 같았다.

용비야가 견디다 못해 다그쳤다.

"왜 이리 소란이냐?"

한운석은 그 틈에 몸을 돌려 그의 품속에 머리를 파묻고 두 손으로 그를 꽉 껴안으며 두려움과 분노가 뒤섞인 목소리로 말했다.

"용비야, 경고하지만 한 번만 더 나 혼자 나무 위에 내버려 두고 가면, 절대로…… 절대로…….."

용비야는 그녀가 말을 끝내기를 기다렸다.

그러나 한운석은 뇌에 합선이라도 일어난 양, '절대로'라는 말만 한참 동안 반복하다가 겨우 말을 끝맺었다.

"절대로 가만두지 않을 거야!"

용비야는 움찔 놀라며 고개를 숙이고 품속에 안겨 부들부들 떠는 사람을 바라보았다. 귀신에 홀리기라도 했을까, 문득 그

476

의 입술이 살짝 휘어지면서 옅은 미소를 떠올렸다.

그가 웃으면 온 세상이 순식간에 그 빛을 잃는다고 말해 준 사람은 아무도 없었을 것이다. 지금껏 그 누구도 이렇게 순수하게 즐거운 웃음을 짓는 그를 본 적이 없었을 테니까.

한운석이 매달려 있든 말든 용비야는 두 손으로 활을 당겨 쩍 벌어진 뱀의 입을 겨누었다.

쐐액! 화살이 그 입 속을 뚫고 들어갔다!

연적, 흰옷을 입은 여자

그 화살 하나로 독이무기는 완전히 해결되었다.

독이무기가 벌러덩 쓰러져 꼼짝도 하지 않고 독무를 뿜어내지도 않자, 용비야는 그제야 만족스레 활을 거두었다.

그러나 그의 품에 단단히 매달려 있는 겁 많은 여자는 아무것도 몰랐다.

그는 입술로 보일락 말락 호를 그리며, 뒷짐을 진 채 살짝 몸을 날려 독이무기 옆에 내려섰다.

"이제 놓아도 된다."

하늘에서 뚝 떨어진 듯한 차가운 목소리에 한운석은 화들짝 놀라며 정신을 차렸다. 그제야 두 발이 땅에 닿아 있다는 것을 깨달은 그녀는 무의식적으로 고개를 들었다가 무정하기 짝이 없는 눈동자와 딱 마주쳤고, 감전된 듯이 놀라 그에게서 떨어졌다. 용비야는 그런 그녀를 내버려 둔 채 비수를 꺼내들고 사단을 꺼내러 갔다.

한운석이 헛기침을 하며 아무 일도 없었던 듯이 그쪽을 바라보니, 용비야는 깔끔하고 시원한 솜씨로 재빨리 탄환 크기만한 사단 한 알을 꺼냈다.

이 사단만 있으면 생혈단을 얻은 것이나 다름없었으니 반은 성공이었다.

한운석도 정신을 가다듬고 금침을 꺼내 독이무기의 피를 채취했다. 이렇게 희귀한 독은 당연히 가져가서 연구해 볼 가치가 있었다.

"뭘 하는 거지?"

용비야가 차갑게 물었다.

"아무것도요."

한운석은 굳은 얼굴로 차갑게 대답했다. 잠시 동안은 그와 이야기를 나누고 싶지 않아서였다.

"겁쟁이."

용비야가 차갑게 내뱉었다.

한운석은 화가 치밀어 주먹을 꼭 움켜쥐었지만 듣지 못한 척했다.

피를 충분히 채취하고 나자 그녀가 말했다.

"사단도 얻었고, 저는 전하에게 아무 쓸모도 없으니 돌아가겠어요."

용비야는 약간 멈칫했지만 붙잡지는 않았다.

"골짜기 밖으로 데려다주지."

이렇게 해서 두 사람은 서로 말 한마디 없이 왔던 길을 돌아갔다.

그런데 골짜기 밖에 도착해 보니, 마차는 망가지고 마부도 독으로 죽어 한운석을 돌려보내 줄 방법이 없었다.

한운석은 속으로 쾌재를 불렀다. 자, 이제 이 성가신 존재를 어떻게 할 생각이지? 귀찮아도 당신이 자초한 거야!

뜻밖에도 용비야는 그녀에게 선택권을 주었다.

"너 혼자 돌아가든 본 왕을 따라오든 해라."

말을 마친 그는 한운석에게 생각할 틈도 주지 않고 휙 돌아서서 다시 산골짜기로 들어섰다.

목숨을 몹시 소중히 여기는 한운석이 길에 비적이 많아 위험하다는 것을 아는 이상 혼자 돌아가려 할 리 만무했다. 더군다나 길도 몰랐다!

그녀가 주저하는 동안 용비야의 뒷모습은 어느새 훌쩍 멀어져 있었다.

정말 가 버리려고?

한운석은 마음이 급해져 허둥지둥 그 뒤를 쫓으며 외쳤다.

"이봐요! 용비야, 당신 너무한 거 아니에요?! 거기 서요, 용비야! 당장 서지 않으면 이대로 가 버릴 거예요!"

용비야는 그녀의 부르짖음을 듣고서도 걸음을 멈추기는커녕 더욱 빨리 걸었고, 입술이 그려 낸 호도 점점 더 커졌다. 한운석은 어쩔 수 없이 그를 쫓아 뛰었다.

이렇게 해서 한 사람은 뛰고 한 사람은 걸으며 금세 골짜기를 지났다.

골짜기에 있는 높은 나무 한 그루 위에는 단목요가 가지에 매달려 축 늘어져 있었다. 입가에는 핏자국이 보였다. 조금 전 용비야가 그녀를 걷어찰 때 움직이지 못할 만큼 중상을 입히면서도 목숨에는 지장을 주지 않도록 힘을 잘 조절했던 것이다.

선녀처럼 아름다운 그녀였지만, 지금 그 고운 눈은 마녀도 울고 갈 만큼 흉악해져 멀어져가는 용비야와 한운석의 뒷모습을 노려보고 있었다.

"한운석, 부끄러움도 모르는 계집! 감히 사형을 안아?!"

조금 전 벌어진 장면에 단목요의 시녀조차 어리둥절했다.

결벽증이 둘째가라면 서러울 진왕이 여자를 가까이한 것도 놀라운데 그렇게 꽉 끌어안기까지 하다니? 잘못 본 건 아니겠지?

"천한 계집, 반드시 죽여 버릴 거야."

단목요는 생각하면 할수록 화가 났다. 사실 이번에 궁에서 나온 까닭도 한운석을 혼내 주기 위해서였다.

시녀가 소리 죽여 달랬다.

"공주마마, 치료부터 하셔야지요."

"싫어! 내가 죽은 후에 사형이 사부님께 뭐라고 하는지 두고 볼 거야!"

단목요가 바락바락 소리를 질렀다. 노기가 치밀자 내상이 재발하여 입에서 시뻘건 피가 쏟아졌다.

"공주마마, 진왕께서 협박당하는 것을 가장 싫어하시는 걸 아시잖아요. 그런데 왜 그런……."

시녀의 말이 끝나기도 전에 단목요가 사납게 그 말을 끊었다.

"사형에게 내가 남들과 다름없는 보통 사람이란 말이야? 저 여자 목숨을 구하겠다고 나를 다치게 해? 언제부터 한운석이 나보다 더 중요해진 거야?"

"공주마마, 아무리 그래도 한운석은 천녕국 태후가 정한 진왕비이니 진왕께서도 어쩔 수 없으실 거예요."

시녀가 다시 달랬다.

단목요는 냉소를 터트렸다.

"사형은 자기 마음에 들지 않으면 절대 어쩔 수 없이 하는 사람이 아니야."

한운석이 진왕부에 시집간 것은 천녕국 황제의 명령이었으니 어쩔 수 없었다. 하지만 진왕이 그 여자를 쫓아내지 않은 이유는 무엇일까?

혼례를 치른 지 한참이 지났고, 그동안 단목요는 그가 한운석을 쫓아내기만을 이제나저제나 기다렸다. 하지만 그는 꿈쩍도 않다가 숫제 그 여자를 데리고 외출까지 했다. 이렇게 오랫동안 사형매 사이로 지내면서 그가 단 한 번이라도 사매인 그녀를 데리고 나간 적이 있었던가? 대체 저 쓸모없고 겁만 많은 여자의 어떤 점이 그의 눈에 들었을까?

단목요는 생각할수록 분노가 치밀어 차갑게 명령했다.

"추아, 천녕국 수도로 가자. 진왕부에서…… 요양을 해야겠어!"

"공주마마, 태자 전하께서 아직 약귀곡에서 황후마마께 드릴 약을 구하고 계세요. 어쨌든 그곳에는 들르셔야지요."

시녀가 초조하게 알려 주자 단목요는 그제야 그 일을 떠올리고 어쩔 수 없이 고개를 끄덕였다. 약을 구한 다음 천녕국으로 가도 늦지는 않을 것이다.

그때쯤 한운석은 또다시 용비야에게 안긴 채 훨훨 날아올라 수풀 속을 빠르게 지나치고 있었다.

아무 관심도 없는 척 용비야를 쌀쌀맞게 대하고는 있지만, 그녀의 마음속에서는 그 흰옷을 입은 여자에 대한 호기심이 무럭무럭 솟구쳤다. 하지만 도무지 짚이는 데가 없었다.

호기심이 고양이를 죽인다더니, 한참 동안 속을 끓이던 한운석이 결국 참지 못하고 물었다.

"그래, 그 흰옷을 입은 여자는 누구죠?"

그런데 용비야는 그녀가 어렵사리 꺼낸 질문을 듣지 못한 척 무표정한 얼굴로 앞만 보고 있었다.

한운석은 눈을 흘기며 호기심을 싹싹 지워 내 버렸다.

하루 내내 바삐 움직인 두 사람은 다음날 새벽녘에 약귀곡에 도착했다.

한운석은 골짜기로 들어서자마자 각양각색의 약초 냄새를 맡을 수 있었다. 도대체 얼마나 많은 약초를 심어 두었는지 모르지만, 정말이지 신비한 곳이었다.

얼마 지나지 않아 진짜 입구가 나타났다. 넝쿨이 어지럽게 휘감긴 대문 앞을 약 심부름하는 동자 두 명이 지키고 있었고, 그 문 앞은 사람들이 두 무리로 나뉘어 북적였다. 두 무리 중 하나는 줄지어 서 있고, 다른 무리는 모두 꿇어앉은 상태였다.

보아하니 줄을 선 사람들은 약을 사러 온 사람들이고, 꿇어앉은 사람들은 약을 달라고 부탁하는 사람들인 것 같았다.

용비야와 한운석은 그 광경을 한동안 지켜보았다. 줄을 선 사람들은 늙은 집사와 이야기를 나눈 뒤 하나같이 실망한 기색으로 꿇어앉은 무리에 합류했다. 원하는 약을 살 수 없는 모양이었다.

갑자기 꿇어앉았던 사람 중 하나가 우르르 달려들며 소리소리 질렀다.

"약귀 대인, 황금 천만 냥을 드릴 테니 용수초龍鬚草 한 뿌리만 주십시오! 제발 부탁입니다! 그게 없으면 죽습니다!"

늙은 집사가 달려와 화난 목소리로 꾸짖었다.

"어허, 어디서 소리를 지르느냐?! 이곳이 돈 자랑하는 곳인 줄 아느냐? 여봐라, 이 자를 쫓아내라!"

"명銘 집사, 소인이 언제 돈 자랑을 했다고 그러십니까! 소인은 그저 가산을 모두 털어서라도 약을 사려는 것뿐입니다! 제발 부탁이니 제 말 좀 전해 주십시오!"

그 사람이 황급히 무릎을 꿇고 애걸했지만, 명 집사는 인정사정없이 사람을 불러 쫓아냈다.

이 모습을 본 한운석은 눈을 찡그렸다.

용수초가 진귀한 약재라는 것은 알지만, 아무리 귀해도 황금 천만 냥이나 나갈 정도는 아니었다! 더군다나 그 사람에게는 전 재산이었다.

눈물투성이 얼굴과 절망에 빠진 그 사람의 모습이 너무 딱해서 용수초 한 뿌리를 내주고 싶은 마음이 굴뚝같았다. 마침 해독시스템에 몇 뿌리가 들어 있었다.

하지만 꿇어앉아 있는 사람이 백 명에 가까운 것을 보자 포기하지 않을 수 없었다. 한 사람은 도와줄 수 있을망정 이곳에 있는 모든 사람들을 도울 수는 없었기 때문이었다.

도움이 필요한 무리 앞에서 단 한 사람만 도와주면, 착한 사람이 되기는커녕 약귀곡처럼 죽어가는 사람도 나 몰라라 하는 악당이 될 뿐이었다. 하물며 이곳에 온 이유는 약을 구하기 위해서이지 남의 장사를 망쳐 놓기 위해서가 아니었다.

그때 그들을 발견한 집사가 손을 까딱이며 불렀다.

"이봐. 너희들. 그래, 너희들 말이야. 거기서 뭘 하는 것이냐? 규칙도 모르느냐? 줄을 서라, 줄을!"

용비야가 그쪽을 돌아보며 차갑게 명령했다.

"이리 오라."

명씨라는 늙은 집사는 무슨 소린가 하며 어리둥절하다가 황당하다는 표정으로 물었다.

"뭐라고?"

"이리 오라고 했다. 사람 말을 모르느냐?"

용비야가 되물었다.

노기충천하여 우르르 달려온 명 집사는 가까이에서 용비야와 한운석의 비범한 모습을 보자 금세 부유하고 신분 높은 사람이라는 것을 알아보았다. 오랫동안 약을 구하러 온 사람들을 상대하며 온갖 귀한 사람들을 만나 보았기에 이 정도로 당황할 그가 아니었지만, 그래도 이렇게 오만하게 구는 사람은 처음이었다.

그는 용비야를 훑어보며 가소롭다는 듯이 말했다.

"네 놈이 뭐라고 감히 이 어르신께 그따위로 말을 하느냐?

약을 구하러 왔겠다? 홍, 들어갈 생각도 마라!"

뜻밖에도 용비야는 그의 멱살을 잡고 번쩍 들어 올리더니 싸늘하게 말했다.

"당장 가서 고칠찰에게 묻거라. 용비야가 독이무기의 사단을 가지고 왔으니 바꿀 생각이 있느냐고."

명 집사는 숨이 막혀 바동거리다가 '용비야'라는 단어에 눈을 휘둥그레 떴고, '독이무기'라는 단어가 나오자 온힘을 다해 고개를 끄덕였다.

용비야는 그제야 그를 놓아주었다. 늙은 집사는 당장 보고하러 가는 대신 공손하기 짝이 없는 말투로 사죄했다.

"진왕 전하이신 줄 모르고 무례를 저질렀으니 부디 용서해주십시오. 잠시만 기다리시면 소인이 당장 가서 말씀드리겠습니다."

옆에 있던 한운석은 깜짝 놀랐다. 이제 보니 '용비야'라는 이름은 천녕국에서만 쓸모 있는 것이 아니라 바깥에서도 퍽 유용했다. 천녕국의 황제가 용비야를 꺼려하는 데는 다 그만한 이유가 있었던 것이다.

얼마 지나지 않아, 늙은 집사가 헐레벌떡 뛰어와 발이라도 핥을 것처럼 굽실대며 말했다.

"진왕 전하, 약귀 대인께서 청하십니다. 소인을 따라 오시지요."

용비야와 한운석은 등나무 덩굴 문을 지나 마차에 올랐다. 달리는 동안 한운석은 문 안쪽에 약초가 가득 심어져 있는 것을 깨달았다. 특히 안쪽일수록 진귀한 약초들이 자라고 있었다.

제법인걸, 고칠찰이라는 자가 덕은 없어도 인재는 인재야!

마차는 곧 개울가에 고상하게 지어진 별원 앞 정자에 이르렀다. 명 집사는 함께 들어가지 않고 소식만 전했다.

"진왕 전하께서 도착하셨습니다."

곧바로 높은 듯 낮고 거친 듯 가느다란 괴이한 목소리가 느릿느릿하게 흘러나왔다. 도저히 사람의 것이라고는 생각할 수 없을 만큼 괴상망측한 목소리였다.

"진왕 전하. 첫 방문부터 독이무기의 사단을 가지고 오다니 참 대단하군. 그래, 이 몸께서 무엇으로 바꿔드려야 할까나?"

"생혈단."

용비야가 차갑게 대답했다.

그 한마디가 떨어지자 방 안은 침묵에 잠겼다.

한참이 지난 뒤, 남자 같기도 하고 여자 같기도 한 그 목소리가 다시 들려왔다.

"다들…… 들어와."

한운석은 닭살 돋는 그 목소리를 꾹 참으며 용비야를 따라 들어갔다.

하지만 방 안에 있는 사람을 보는 순간, 또다시 진저리를 쳐야 했다. 주인석에 앉은 사람은 큰 몸집에 새까만 장포를 두르고 있었고, 머리에도 새까만 두건을 푹 눌러써서 멀리서 보면 마치 얼굴이 없는 사람 같았다.

저 사람이 바로 약초의 귀재라는 고칠찰이었다.

노인네일 것이라고 지레짐작했는데, 이제 보니 그 나이를 가늠하기는커녕 성별조차 아리송했다.

호기심 어린 한운석과 달리 용비야는 무관심한 얼굴로 냉랭하게 말했다.

"고칠찰, 교환하겠느냐?"

"아아……."

고칠찰이 느릿느릿 장탄식을 했다.

"어쩜 이렇게도 공교로운 일이! 칠성충초七星蟲草를 가져와 생혈단과 바꾸자는 사람이 있었단 말이야. 둘 다 오랫동안 갖고 싶어 하던 것들인데 선택을 하라니, 이를 어쩐다?"

뜻밖이야, 사형매라니

뭐라고?

칠성충초를 가져와서 생혈단과 바꾸자고 한 사람이 있다니? 더군다나 그들보다 한발 앞서서!

용비야와 한운석은 뜻밖의 상황에 놀란 듯 서로를 바라보았다. 승리를 거머쥔 줄만 알았지, 이런 불의의 사건이 벌어질 줄은 꿈에도 생각지 못했다.

그나마 다행스러운 사실은 고칠찰이 아직 생혈단을 내놓지 않았다는 것이었다. 조금만 늦었어도 공연히 헛걸음만 했을 것이다.

"약귀 대인께서는 무엇을 선택할 셈이지?"

용비야가 차갑게 물었다.

"아이 참……. 이걸 어쩐다? 진왕이라면 어떻게 하려나?"

고칠찰이 날아갈듯 가볍게 한숨을 쉬자, 한운석은 그 징그러운 목소리가 귓볼에 닿는 것 같아 까닭 없이 머리카락이 쭈뼛했다.

"간단하다. 본 왕과 교환하는 것."

용비야는 차갑게 대답한 뒤 칠성충초를 완전히 무시하듯 독이무기의 사단을 내놓았다.

바로 그 순간, 얼굴 없는 약귀 대인의 얼굴에서 싸늘한 빛이 번쩍이더니, 좁고 가늘고 요기 서린 눈동자가 용비야가 든 사냥감에 똑바로 날아와 박혔다.

여우!

한운석의 머리에 제일 먼저 떠오른 생각이었다. 저것은 분명 매혹이 넘치는 요물의 눈이었다! 저 약귀란 자, 노인이 아니었던 거야? 어떻게 저런 사악하고 매혹적인 눈을 가지고 있지?

바로 그때, 옆에서 오만한 웃음소리가 터져 나왔다.

"진왕 전하, 아무리 그래도 본 태자의 의견은 물어야 하지 않을까?"

소리 나는 쪽을 바라보니 오만한 모습을 한 남자가 서 있었다. 뚜렷한 이목구비에 몸집이 크고 듬직한 남자였는데, 금장을 두른 새까맣고 커다란 장포를 걸쳐 존귀하면서도 신비해 보였다.

그는 느리지도 빠르지도 않은 걸음으로 다가와 오만한 시선으로 용비야를 훑은 뒤, 무례하게도 한운석을 자세히 뜯어보았다. 태도로 보아 이미 그녀의 신분을 짐작하고 있는 것 같았다. 한운석을 바라보는 그의 눈동자에 의아한 빛이 떠올랐다가 재빨리 사라졌다.

한운석은 이렇게 오만무례하게 사람을 훑어보는 것을 몹시 싫어해서 똑같이 싸늘하게 그를 바라봐 주었다. 제 입으로 말했으니 태자는 태자인 모양인데, 어느 나라 태자인지 알 수가 없었다.

"엽燁 태자는 동의하지 않는다는 것인가?"

용비야가 물었다.

여느 때와 다름없는 냉랭한 목소리였는데, 구태여 '엽 태자'라고 부른 것은 마치 한운석에게 저 남자가 누구인지 알려 주기 위해서인 것 같았다.

그 사람이구나!

한운석도 들어본 적이 있는 이름이었다. 서주국의 태자 단목백엽端木白燁, 속칭 엽 태자. 천녕국의 태자와는 다르게, 이 서주국의 엽 태자는 운공대륙 내에서 오만하고 음험하고 잔인하기로 이름난 인물이었다. 아직 즉위하지도 않았는데 벌써 나라 안의 다른 파벌들을 깨끗이 뿌리 뽑은 사람이 바로 그였다.

서주국은 천녕국 서쪽에 접해 있었고, 천녕국과는 혼인 동맹을 맺은 사이였다. 상식적으로는 단목백엽과 용비야도 사이가 좋아야 했는데, 지금 눈앞에 펼쳐진 광경을 보니 꼭 그렇지는 않은 것 같았다.

키가 180센티가 넘는 단목백엽은 용비야와 비교해도 별로 차이가 나지 않았다. 그는 용비야에게 다가와 그 어깨를 툭툭 치며 일부러 한 자 한 자 느릿느릿하게 말했다.

"못, 하, 지!"

그 말이 끝나기 무섭게 용비야의 어깨에서 강력한 힘이 폭발하듯 솟구쳐 단목백엽의 손을 홱 떼어 냈다. 그 힘에 단목백엽은 똑바로 서 있지 못하고 두어 걸음 뒤로 물러났다.

그는 눈을 가늘게 좁히며 차가운 목소리로 말했다.

"용비야, 선착순이라는 말을 모르나?"

"모른다!"

용비야의 목소리는 그보다 훨씬 오만했다. 그 말과 함께 그는 눈 깜짝할 사이 단목백엽에게 쇄도하여 그가 든 칠성충초를 빼앗으려 했다.

이 광경에 한운석마저 놀라 눈을 휘둥그레 떴지만, 곧 피식 웃음이 났다. 용비야 저 인간은 정말이지 야만스럽고 제멋대로란 말이야. 아주 마음에 들어!

칠성충초를 빼앗으면 단목백엽은 약귀와 교환을 하고 싶어도 할 수 없었다.

조금 전 용비야의 어깨에서 퉁겨나다시피 한 것처럼, 본래부터 용비야의 적수가 아니었던 단목백엽은 즉시 뒤로 물러나 피하며 사납게 항의했다.

"용비야, 비겁하구나!"

이기면 왕이요 지면 역적이라고 했으니, 비열한지 고결한지 결정하는 것은 승자의 권리였다. 용비야는 멈추기는커녕 도리어 점점 더 공격 수위를 높였고, 단목백엽이 쓸데없는 말을 떠들 겨를도 없을 만큼 빠르게 몰아붙였다.

한운석은 조마조마한 마음으로 싸움을 지켜보았다. 용비야는 몇 차례나 칠성충초를 손에 넣을 뻔했지만, 애석하게도 매번 아슬아슬하게 놓치곤 했다. 약귀는 나른하게 자리에 기대앉아 길고 좁은 눈을 가늘게 뜨고 흥미진진한 듯 그 장면을 바라보고 있었다.

돌연, 용비야가 단목백엽의 손목을 획 잡아채며 다른 손으로 그가 든 비단 상자를 붙잡았다. 그런데 바로 그 중요한 순간에 뜻밖에도 약귀가 느닷없이 소리를 쳤다.

"잠까아안……!"

졸리는 사람처럼 일부러 길게 늘여 빼는 소리였다. 용비야가 움찔하는 사이 단목백엽은 재빨리 달아나 거칠게 항의했다.

"약귀 대인, 언제부터 이 약귀곡에서 아무나 완력을 쓸 수 있게 되었소?"

약귀곡에는 약귀곡만의 규칙이 있어서, 외부인이 마음대로 싸움을 벌일 수 없었다.

"하하하, 이 몸께서는 두 사람의 무공을 감상하고 싶었을 따름이야. 엽 태자, 약간 실망인걸."

약귀가 한숨을 쉬며 말했다.

"이……!"

단목백엽이 노기등등하게 다가서자, 뜻밖에도 약귀는 검은 장포 속에서 천년 묵은 요괴같이 비쩍 마른 손을 스르르 내밀고 금빛으로 반짝이는 나비모양의 표창을 요리조리 흔들어 보였다. 명백한 경고였다.

개도 제집에서는 반은 먹고 들어간다고 했으니 아무리 단목백엽이라도 노기를 참을 수밖에 없었다. 그러나 용비야는 불쾌한 눈빛으로 손을 거두며 싸늘하게 물었다.

"약귀, 대체 누구와 교환할 생각이냐?"

"약귀 대인, 세상에 독이무기는 많지만 칠성충초는 오직 하나뿐이오. 풀 같기도 하고 벌레 같기도 하지만, 풀도 아니고 벌레도 아닌 것이 바로 이 칠성충초이니 잘 생각해 보아야 할 것이오. 게다가 먼저 찾아온 사람도 본 태자요."

단목백엽이 재빨리 일깨워 주었다.

"독이무기는 많지만 5백 년 묵은 이무기는 이 한 마리뿐이다."

용비야도 말했다.

"아아, 이거 참……."

약귀는 다시 한 번 한숨을 내쉬었다. 지옥에서 전해진 것 같은 그 희미한 탄식에 한운석은 또다시 소름이 끼쳤다. 그녀는 약귀의 손을 자세히 살펴보았지만 아무리 봐도 저 매혹적인 길고 좁은 눈과는 어울리지 않는 느낌이 들었다.

약귀가 한숨을 쉬든 말든, 용비야와 단목백엽은 말이 없었다. 옆에서 지켜보는 한운석도 약귀가 누구를 선택할 것인지 짐작이 가지 않았다. 그런데 뜻밖에도 약귀는 괴상한 웃음을 터트리며 말했다.

"으흐흐, 이 몸에게는 둘 다 필요한 것들이지. 차라리 계속 싸우는 것이 어떠려나?"

이렇게 말한 그는 진지한 얼굴로 용비야를 바라보았다.

"진왕, 빼앗는 것도 허락한다. 대신, 빼앗은 것은 이 몸이 가지는 것이 되는 거야, 어때?"

그 말에 한운석은 하마터면 뿜을 뻔했다. 저 지조 없는 인간! 욕심 많고 간사하기까지 하잖아! 하지만 그래도 좋았다. 어쨌든 용비야가 힘만 조금 쓰면 될 일이고 손해날 것도 없었다.

단목백엽은 순식간에 낯빛이 하얗게 질려, 주먹을 움켜쥐며 노한 목소리로 물었다.

"고칠찰, 약귀곡의 규칙을 네 손으로 망칠 셈이냐?"

그러자 약귀가 그제야 깨달았다는 듯이 무릎을 탁 쳤다.

"맞아, 규칙을 어길 수는 없지. 그럼 차라리 약귀곡 밖에서 싸우는 건 어떠실까?"

그 한마디에 단목백엽은 피가 거꾸로 솟았지만 용비야는 어깨만 으쓱했다.

"좋을 대로."

바로 그때, 아무도 예상하지 못한 맑고 상큼한 목소리가 들려왔다.

"오라버니, 안에 계세요?"

오라버니? 뉘 집 누이가 이런 곳에 오라비를 찾아 왔을까?

한운석은 어리둥절한 표정으로 하얀 옷을 입은 여자가 사뿐사뿐 걸어 들어오는 것을 바라보았다. 하늘에서 내려온 선녀처럼 때묻지 않은 절세의 아름다움을 지녔지만, 입가에 걸린 보조개 덕분에 소녀다운 발랄함까지 갖춘 여자였다. 선녀의 아름다움에 소녀의 발랄함이 합쳐지면 어떻게 되는지, 그야말로 완벽하게 설명해 주는 모습이었다.

한운석은 금세 그녀가 누군지 알 수 있었다. 단목백엽의 친누이동생으로, 문무文武와 미모를 갖추어 서주국에서 흠모하지 않는 사람이 없다는 영락공주榮樂公主 단목요였다.

이 공주가 성년이 된 후로 서주국 황궁으로 구혼을 하러 오는 각국 황자와 귀족들이 나날이 늘어나고 있었지만, 눈이 높은 공주가 하나같이 싫다고 거절했다는 소문이 자자했다. 이 공주를 만난 기억이 없는 한운석도 어쩐지 그 모습이 낯이 익었다.

안으로 들어선 단목요는 용비야와 한운석을 보자 그들보다 더 당황했다. 사형이 이곳에 와 있을 줄이야! 그것도 한운석까지 데리고!

단목요의 눈에 질투가 솟아올랐다. 그녀는 쪼르르 다가와 일부러 한운석을 밀어내고 용비야의 옆자리를 차지한 다음 어제의 불쾌한 사건을 전혀 모르는 체하며 기쁜 목소리로 외쳤다.

"사형, 이곳엔 어쩐 일이세요?"

한운석은 그제야 깨달았다. 사곡에서 제 발로 죽을 곳으로 달려들던 흰옷의 여자, 그 여자가 바로 그녀였던 것이다! 그랬구나. 저 여자는 용비야의 사매였어. 사곡에서 독이무기에게 달려든 것도 사형에게 앙탈을 부리기 위해서였을까? 어마어마한 질투쟁이로군!

단목요가 나타나자 단목백엽은 꿍꿍이를 품은 눈빛을 띠며 싱글싱글 웃었다.

"요요, 네 사형이 우리 생혈단을 빼앗으려 하는구나. 네가 나서서 싸워 보겠느냐?"

단목요는 깜짝 놀라 눈을 찡그렸다.

"사형, 정말이세요? 생혈단이 왜 필요하신 거죠?"

용비야가 성가신 표정을 지으며 대답하려는데, 한운석이 먼저 용비야의 옆으로 다가가 눈썹을 치켜뜨고 단목요를 바라보며 엄숙하게 말했다.

"전하, 생혈단은 신첩에게 반드시 필요합니다!"

이 말에 단목요는 또다시 충격을 받았다. 그럴 수가! 사형이 이 여자를 위해 생혈단을 가지러 왔다고? 내게서 빼앗아서라도?

안 돼, 절대 허락할 수 없어.

더군다나 저 여자가 사형 앞에서 '신첩'이라고 칭하는 것도 견딜 수가 없었다.

"사형, 생혈단은 제 거예요! 가까스로 칠성충초를 구해 교환하러 온 거란 말이에요. 빼앗아 가실 순 없어요!"

단목요가 거의 명령조로 외쳤다. 정말이지 독선적이고 제멋대로인 여자였다.

그러나 용비야는 못 들은 척, 한운석과 단목요를 철저히 무시한 채 싸늘한 눈길로 단목백엽을 바라보았다.

"엽 태자, 약귀 대인이 허락했으니 나가서 싸우는 것이 어떠냐?"

조금 전이었다면 단목백엽도 허락했을지 모르지만, 몇 수 겨루고 난 지금은 자기 힘으로 상대가 되지 않는다는 것을 깨달은 후였다.

그가 음험한 눈빛으로 싱긋 웃었다.

"요요가 왔으니 사형매끼리 무예를 연마해 보는 것도 좋겠군. 서로 연습한다 생각하고 겨루는 것이니 굳이 나갈 것도 없겠어."

그는 이렇게 말하며 약귀를 돌아보았다.

"약귀 대인 생각은 어떻소?"

약귀는 쿡쿡쿡 괴상한 미소를 흘렸다.

"사형매끼리 무예 연마라, 후후, 아주 좋군!"

그 말이 떨어지자 단목백엽은 재빨리 칠성충초를 단목요에게 건네고 약귀가 말한 조건을 알려 주었다. 단목요는 깜짝 놀라 칠성충초를 꽉 움켜쥐었다.

"약귀……."

용비야가 반박하려는데 약귀가 먼저 큰 소리로 웃음을 터트렸다.

"진왕 전하, 이 몸께서는 아주 기대가 크다."

말을 마친 그는 무슨 재미있는 구경이라도 하듯 하인을 시켜 차를 올리게 했다.

줏대 없는 놈 같으니. 용비야는 위험스레 눈을 좁혔고, 한운석은 속으로 욕을 퍼부었다. 사형과 사매의 관계란 본래 똑 부러지게 말할 수 없는 것이니, 사형매가 결투를 하면 그 결과는 물론이고 과정조차 예측하기 어려웠다. 단목요의 태도를 보아하니 칠성충초를 목숨 걸고 지키려는 모양인데, 용비야는 어떻게 할까? 그녀에게 양보할까? 비록 지금은 단목요에게 냉담하지만, 사곡에서 보여 주었던 그의 모습은 무척 적극적이었다. 단목요가 다칠까 봐 전전긍긍하며 한운석이 죽든 말든 나 몰라라 하던 그가 아니었던가!

이런 생각을 하며 한운석은 속으로 말없이 눈물을 삼켰다. 그래서 그녀는 자포자기했다. 그녀가 할 일은 환자를 구하는 것이지, 생혈단을 얻느냐 마느냐는 그녀의 책임이 아니었다.

시합, 여자의 싸움

이런 생각에 마음이 훨씬 편해진 한운석은 조용히 물러나 구경꾼처럼 한쪽에 자리를 잡고 앉았다. 진왕 전하, 신첩, 전하의 솜씨를 기대해 보지요!

약귀의 허락까지 받자 단목백엽의 입가에 조소가 피어올랐다.

"진왕 전하, 무예를 연마하는 것뿐이니 너무 진지하게 하지는 마시오."

말을 마친 그 역시 한 쪽으로 물러났고 방 안은 조용하게 가라앉았다. 긴장하고 기대에 찬 시선들이 용비야에게 모여들었다.

놀랍게도 용비야의 첫 번째 움직임은 손쓸 틈도 없이 빨랐다. 그는 단목요의 손에 냉랭한 시선을 던지더니 반드시 손에 넣겠다는 결연한 표정으로 느닷없이 몸을 날려 단목요에게 쇄도해갔다.

저 인간, 정말 뺏으려나 봐!

한운석은 깜짝 놀랐지만 곧 정신을 차렸다. '용비야, 잘한다' 하고 소리라도 치고 싶은 심정이었다. 생혈단을 얻기 위해서라는 것은 알지만, 그래도 기분이 날아갈 것 같았다. 사형매인지 뭔지 개나 주라지! 잘만 하면 어제 사곡에서 한 일도 용서해 줘야겠어.

가장 놀란 사람은 당연히 단목백엽과 단목요였다. 재빨리 뒤로 물러난 단목요의 눈시울이 순식간에 빨개졌다. 사형은 항상 그녀를 무시했지만 그건 냉정한 성격 탓이었을 뿐, 그녀가 가진 것을 빼앗은 적은 단 한 번도 없었다!

그런데 오늘은 한운석을 위해 그녀의 물건을 빼앗으려는 것이었다. 그녀의 것을 빼앗아 한운석에게 주려고!

아니야!

단목요는 이 사실을 받아들일 수가 없어 증오스러운 눈길로 한운석을 돌아보았다. 당장 달려가 저 여자를 찢어발기고 싶어 미칠 지경이었다!

단목백엽이 분노에 찬 목소리로 외쳤다.

"용비야, 정말 여자가 가진 것을 빼앗을 셈이냐?"

"생혈단은 그녀의 것이 아니다!"

용비야가 기세 넘치는 목소리로 반박했다.

단목백엽도 앞서 한 짓이 있어 말문이 턱 막혔다. 단목요는 씩씩거리며 어디 해 보라는 듯이 용비야를 바라보더니, 들고 있던 칠성충초를 앞섶에 밀어 넣고 가슴을 쭉 내밀며 겁 없이 외쳤다.

"좋아요, 사형, 쉽게 오지 않는 기회이니 열심히 해야죠. 자, 빼앗고 싶거든 마음대로 하세요!"

그런⋯⋯.

순간 정적이 내려앉았고, 곧이어 약귀가 껄껄껄 웃음을 터트렸다. 여자 같기도 하고 남자 같기도 한 괴상한 목소리가 노쇠한 듯 가라앉았다가 힘차게 높아지곤 하며 장내를 가득 채웠다.

"좋아! 좋아, 아주 좋은 방법이야. 하하하!"

한운석은 그 광경을 보며 입가를 실룩였다. 단목요, 독하기만 한 줄 알았더니 뻔뻔하기까지 하잖아!

남자가 아무리 비겁해도 여자를 따라갈 수는 없는 법이었다. 용비야의 안색이 어두워지고 눈빛에는 혐오감이 떠올랐다. 두 사람이 우뚝 멈추고 약귀마저 웃음을 그치자 방 안은 또다시 정적에 잠겼다.

주인석에 높이 앉은 약귀는 기분이 무척 좋았다. 약귀곡이 이렇게 시끌시끌해진 것은 실로 오랜만이었던 것이다. 사람들을 하나하나 훑어보던 그의 시선이 마지막으로 한운석에게 내려앉았고, 좁고 가느다란 두 눈이 음미하듯 가늘게 좁혀졌다. 모두들 서서 대치하고 있는데 그와 똑같이 앉아서 구경을 하다니, 제법 재미있는 여자였다.

그래서 약귀는 정적을 깨뜨리고, 느릿느릿 한가롭게 입을 열었다.

"진왕 전하, 여자의 물건을 빼앗는 것은 여자가 하는 것이 적절할 것 같은데."

틀림없이 한운석을 노리고 한 말이었다. 한운석은 눈을 휘둥그레 뜨고 약귀를 바라보았다. 저 자가 대체 뭘 하려는 거지?

단목백엽과 단목요도 약속이나 한 듯 나란히 한운석을 바라보았고, 그제야 그녀가 한가롭게 앉아 있는 것을 알아차렸다.

한운석의 여유로운 모습을 보자 단목요는 더욱더 분노했다. 저 여자, 뭘 믿고 저렇게 여유로운 거야!

사곡에서 그녀가 겁만 많고 할 줄 아는 것이 없다는 사실을 직접 확인한 단목요는 사형과 싸우고 싶지 않던 차에 잘됐다 싶었다.

그녀가 비웃음을 떠올리며 싸늘하게 내뱉었다.

"한운석, 네가 필요한 것이면 네 손으로 가져가. 본 공주가 3초를 양보해 줄 테니."

그 말에 용비야가 차분하게 말했다.

"약귀, 저 여자는 무공을 할 줄 모른다."

"무공을 몰라?"

약귀는 의심스레 되물었다. 무공을 모르는 여자가 무슨 자신감으로 저렇게 한가롭게 앉아 있는 거지?

용비야가 생혈단을 얻으려는 진짜 이유를 모르는 단목요는 그가 이렇게까지 한운석을 보호하려는 것을 보자 눈에서 불꽃이라도 튈 것 같았다.

"할 줄 아는 것이 없으면 고분고분 집안에 앉아 있을 것이지."

한운석은 용비야의 태도가 자못 만족스러웠다. 적어도 단목요에게도 남들과 다름없이 오만하게 대하는 것을 보았으니 구태여 그녀에게 날을 세울 필요도 없었다. 그녀는 느릿느릿 몸을 일으켜 연약하고 가여운 목소리를 꾸며 내 말했다.

"약귀 대인, 여자가 치고받고 싸우는 건 무식한 짓이에요! 더구나 저는 무공을 할 줄도 모르니, 차라리 다른 것을 시합하면 어떨까요?"

약귀가 대답하기도 전에 단목요가 먼저 화난 소리로 따졌다.

"한운석, 무슨 말이지? 지금 누구한테 무식하다는 거야?"

"찔려서 발끈하는 사람이겠지요."

한운석이 느긋하게 대답했다. 단목요가 분통을 터트리려는 순간, 한운석은 재빨리 덧붙였다.

"당당한 서주의 공주께서는 문무와 미모로 주변국에까지 명성이 자자하신 분이시니 당연히 교양도 무척 높으실 텐데 무식할 리가 있겠어요?"

펄펄 뛰며 화를 내리던 단목요는 별안간 할 말이 없어져, 아무리 화가 나도 겉으로 내색하지 못하고 속만 태워야 했다.

단목백엽의 눈이 가늘어졌다. 화가 났지만 그 눈동자에는 감탄한 기색이 역력했다.

무공을 못하는 저 여자가 무공이 뛰어난 여자보다 더 무섭군!

용비야는 입술 끝을 살짝 올렸고, 약귀는 구경거리가 몹시 마음에 드는지 큰 소리로 웃어 댔다. 마음대로 화를 낼 수도 없게 된 단목요는 씩씩 숨을 고르며 억지로 마음을 가라앉혀야 했다.

"좋아, 한운석. 무슨 시합을 할지 네가 정할 수 있도록 해 주겠어."

한운석의 말대로 그녀는 운공대륙에서 이름난 재녀才女로, 문무와 미모를 모두 갖추었기 때문에 여자들이 일반적으로 겨루는 금기서화 같은 흔한 재주쯤은 아무것도 아니었다. 그런 것들은 어렸을 때 모두 뗐으니, 조그마한 가문에서 사랑도 받지 못하고 자란 한운석 따위는 상대가 될 리 없었다.

한운석은 눈을 찡그렸다.

"공평을 기하기 위해서는 아무래도 약귀 대인께서 정해 주시는 것이 좋겠어요."

약귀는 당연히 승낙했다. 두 사람 중 누가 이기든 두 가지 보물을 모두 손에 넣을 수 있으니 걱정할 것도 없었고, 여자들이 싸우는 것이 남자들이 싸우는 것보다 훨씬 재미있었다.

"아주 좋은 생각이야, 그렇게 하지!"

그는 흥분한 듯 다시 한 번 소름 돋는 미소를 흘렸다.

"이 몸이 주제를 정하고 두 사람이 시합을……."

그러나 기분 좋게 말하던 그는 여기서 멈칫 입을 다물었다. 무슨 시합을 하지?

약귀는 순식간에 조용해졌다. 한운석은 이제 그의 괴상한 웃음에 익숙해져 더는 두렵지 않았지만, 지금 보니 저 괴상한 인간은 조용히 있을 때가 더 무섭다는 사실을 알 수 있었다.

멀리 떨어져 있어도 그의 몸에서 흘러나오는 신비로움과 공포스러움이 고스란히 느껴지는데, 얼마나 끔찍하고 괴상한 주제를 내놓을지는 아무도 모르는 일이었다.

턱을 높이 쳐들고 도전적으로 한운석을 바라보는 단목요의 모습은 몹시도 오만하고 자신에 차 있었다. 무슨 시합을 하던 반드시 사형에게 멋진 모습을 보여 줄 것이고, 특히 저 '진왕비'라는 여자를 보란 듯이 짓밟아 줄 생각이었다.

한운석은 그만큼 자신은 없었지만, 어떤 시합을 하던 무예 시합보다는 나았다. 아무리 헤아려 보아도 그녀의 몸은 단목요만큼 힘이 셀 수가 없었던 것이다. 그녀는 질 때 지더라도 주눅

들지 말자는 생각으로 눈썹을 치키며 당당하게 단목요를 마주 보았다.

공주면 또 어때? 우리나라 공주도 따끔하게 손을 봐줬는데 다른 나라 공주를 겁내겠어?

한참이 흐른 뒤 이윽고 약귀가 천천히 고개를 들었다.

"결정했다!"

장 내의 사람들이 그쪽을 쳐다보았다. 약귀는 몹시 기분 좋은 얼굴로 연신 요상한 미소를 흘리며 말했다.

"약초. 시합은 약초를 찾는 것이다!"

약초 찾기?

"무슨 약초 말이죠? 어떻게 찾으라는 건가요?"

단목요에게는 상상조차 못한 뜻밖의 주제였다.

"이 몸이 약방문과 약초 그림을 줄 테니 약귀곡을 뒤져 그 약초를 찾아오는 것이다. 약방문에 적힌 약초를 먼저 갖추는 사람이 이기는 것이지."

약귀는 제 생각이 상당히 마음에 드는지 으스대며 말했다.

단목요는 재빨리 머리를 굴렸다. 그녀 자신은 약초에 대해 아무것도 모르는데, 한운석은 어떨까?

저 여자는 한씨 집안의 폐물이었다. 비록 하룻밤에 천재 신의로 변했다는 소문이 천녕국 수도에 쫙 퍼져 있었지만, 단목요는 그 소문이 저 여자의 자작극이라고 여기고 시종일관 믿으려 하지 않았다. 그렇지 않았다면 치료해 달라고 찾아온 사람들을 모조리 돌려보냈을 리 없었다.

그러니 한운석 역시 그녀와 마찬가지로 약초에 대해서는 일자무식일 것이다. 둘 다 약초를 모른다면 그녀 자신이 유리했다. 약귀곡은 무척 넓은 곳이어서, 골짜기를 뒤지며 약초를 찾는 것은 체력이 많이 필요한 일이었다. 한운석의 가녀린 몸으로는 얼마 버텨 내지 못할 것이 분명했고, 한발 양보해서 몸이 버텨 낸다고 해도 속도는 한참 뒤처질 것이다!

이런 생각이 들자 단목요는 곧바로 아양을 떨었다.

"약귀 대인은 역시 고르시는 주제도 보통 사람과는 아주 다르군요. 혹시 약초를 찾을 때 다른 사람이 도와주어도 되는 건가요?"

"두 사람만의 시합이니 당연히 아무도 도와줄 수 없다."

약귀가 진지하게 대답했다.

그 말에 단목요는 더욱더 자신이 생겼다. 용비야의 도움조차 없다면 한운석이 걸어 봤자 어디까지 갈 수 있을까? 얼마나 빨리 갈 수 있을까?

하지만 자신은 경공 한 번이면 그녀가 반나절을 걸어야 하는 거리를 갈 수 있었다.

"약귀 대인, 난 받아들이겠어요!"

단목요가 시원시원하게 대답했다.

약귀는 몹시 만족하며 한운석을 바라보았다.

"진왕비는?"

"조금 어려운 시합인데…….."

한운석은 가볍게 한숨을 쉬며 말을 흐렸다.

"기권할 수도 있어."

단목요가 기다렸다는 듯이 놀렸지만, 뜻밖에도 한운석은 진지하게 말했다.

"조금 어렵긴 하지만 그래도 나는 의원 집안 출신이에요. 약초를 찾는 시합은 불공평하다고 생각하지 않으세요, 영락공주?"

단목요는 비웃음을 흘리며 나지막이 말했다.

"들자니 너는 한씨 집안에 유례없는 폐물이라던데? 가엾기도 해라! 본 공주가 조금 봐주면서 해 줄게."

"그렇다면 이 시합이 공평하다는 뜻이군요?"

한운석이 재차 물었다.

옆에서 듣고 있던 단목백엽이 이상하다는 것을 눈치채고 끼어들려고 했으나, 나름대로 꿍꿍이를 품은 단목요는 한운석이 체력 문제를 들고 나올까 봐 다급하게 선언했다.

"아주 공평해. 너만 좋다면 바로 시작하지."

한운석은 어쩔 수 없는 표정으로 고개를 끄덕였다.

"좋아요."

그래, 좋아……. 자기 스스로 어려운 길을 가겠다는 데 난들 어쩌겠어? 한의학을 배울 때 한동안 산에 올라가 약초를 찾는 훈련을 했었다는 사실을, 한운석은 굳이 단목요에게 말하지 않았다.

약초는 습성이 각기 다르고 자라는 곳도 각기 달랐다. 더구나 다른 것과 함께 자라는 약초가 있는 반면 절대로 함께 살 수 없는 약초들도 있었다. 약초의 습성과 생장 조건만 알면, 산골짜기는 물론이고 산 하나를 뒤지라고 해도 빠른 시간 안에 정해진 약초를 찾아낼 수 있었다.

이 일로 밥 먹고 사는데, 몇 가지 재주는 있어야 하지 않겠어?

한운석이 승낙하자 단목요는 입가에 비웃음을 떠올렸다. 그녀가 패배하여 용비야의 독이무기 사단을 빼앗기는 꼴을 한시라도 빨리 보고 싶었다.

"좋아, 약속했으니 나중에 후회하지 마. 뒤늦게 되돌리려 하면 내 마음이 몹시 상할 테니까!"

웃으며 말하는 약귀의 목소리는 농담인 것 같기도 하고 경고 같기도 했다. 말을 마친 그는 나른하게 몸을 일으키고 느긋하게 책상 앞으로 걸어가 약방문을 쓰기 시작했다.

약귀곡에는 약초가 수없이 많은데 그는 과연 어떤 약방문을 썼을까?

위협, 약귀는 원한을 잊지 않는다

약귀의 비쩍 마른 손은 마치 뼈에 가죽만 둘러놓은 듯 뼈 마디마디가 선명하게 드러나 있었고 피부색도 시꺼메 보기만 해도 모골이 송연했다. 그러나 그런 손으로도 붓을 잡으니 제법 풍취가 느껴졌고, 써 내는 글자도 힘차고 웅장하면서 자유분방한 멋이 있었다.

순식간에 쓱쓱 써 내려간 종이에는 족히 스무 가지가 넘는 약재가 적혀 있었다.

이를 본 용비야가 복잡한 눈빛을 띠며 불쾌한 목소리로 말했다.

"사람 목숨을 구하기 위해 생혈단을 얻으러 왔는데 대체 어느 세월에 그 많은 약초를 찾는다는 말이냐?"

"약귀 대인, 사람을 살리는 것이 급한데 그렇게 시간을 낭비할 수는 없소."

단목백엽도 반대했다.

"흠, 흠……!"

약귀는 불쾌한 듯이 헛기침을 했다. 약초를 적게 썼다가 금방 찾아내면 무슨 재미? 적어도 열흘이나 보름쯤은 품을 들여야, 동안 미녀가 약초를 찾아다니는 것을 구경하면서 재미있게 보낼 게 아닌가?

남들이야 목숨을 구하든 말든 그와는 아무 상관도 없었다. 이 골짜기 밖에도 목숨을 구하겠다고 찾아온 사람들이 쌔고 버릴 정도였다.

"많은 게 그리 싫으면 관두시든지."

약귀가 냉소를 지으며 내뱉자 단목백엽과 단목요는 마음이 급해져 얼른 수긍하려고 했지만, 용비야는 달랐다.

"그러지."

이 한마디와 함께 그가 홱 몸을 돌리자, 약귀는 눈을 가늘게 뜨고 싸늘한 눈길로 그 뒷모습을 노려보았다. 온몸에서 위험한 기운이 넘쳐흐르기 시작했다.

용비야는 강력한 기운이 등 뒤로 밀어닥치는 것을 느꼈지만 여전히 차갑고 오만한 표정으로 꼿꼿이 밖으로 걸어갔고, 심지어 멍하니 있는 한운석을 재촉하기까지 했다.

"따라오지 않고 뭘 하느냐?"

약초 찾기는 한운석의 강점이니 용비야도 거부할 생각은 없었지만, 저 많은 약초를 찾으려면 아무래도 체력이 단목요만 못한 한운석이 지고 말 것이다.

이것만큼은 양보할 수 없었다.

당연히 자신의 장점과 약점을 잘 아는 한운석도 그의 속을 읽고 감탄을 터트렸다. 용비야 저 인간, 역시 기백이 넘친다니까! 그녀는 두말없이 그를 따랐다.

두 사람이 정말 떠나려 하자 약귀의 눈동자에 떠오른 분노는 점점 더 강해져, 가장 가까이에 있던 단목요는 까닭 없이 두려움을 느껴야 했다. 그러는 동안 용비야와 한운석은 문가에 이르러 밖으로 나가기 직전이었다.

순간, 나비모양 표창 하나가 약귀의 손에서 날아올랐다. 어찌나 빠른지, 날아가는 모습을 보지도 못했는데 표창은 어느새 용비야의 등 뒤에 이르러 있었다. 하지만 용비야는 몸을 돌리지도 않고 보이지 않는 힘을 쏟아 내 약귀 쪽으로 표창을 퉁겨냈다.

이를 본 단목요와 단목백엽은 모두 경악에 빠졌다. 겨우 몇 달 못 본 사이 용비야의 무공이 저렇게까지 늘었으리라곤 생각지도 못한 일이었다.

벌써 수년째 독이무기 사단을 갖고 싶어 안달복달하던 약귀가 이대로 용비야를 보낼 리 만무했다. 더욱이 생혈단은 약귀곡에서만 얻을 수 있는 약도 아니었다. 다른 곳에도 있을 것이고 용비야의 능력이라면 반드시 그곳을 찾아낼 것이다.

용비야가 고개조차 돌리지 않고 문턱을 넘는 것을 보자, 마침내 약귀가 싸늘하게 입을 열었다.

"용비야! 좋다, 그렇게 하지!"

그제야 용비야와 한운석도 다시 돌아왔다. 누가 부부 아니랄까 봐 하나같이 느긋한 태도였다.

차갑게 그들을 노려보는 약귀의 눈에 증오의 빛이 스쳐갔다. 용비야, 이번에는 네 놈이 이겼지만 앞으로 이 약귀곡에만 있는 약재를 얻을 생각은 꿈도 꾸지 말아야 할 것이다! 그리고 이 원한도 당장 갚아 주지!

약귀는 처음 썼던 약방문을 쫙쫙 찢고 다시 붓을 들었다.

용비야가 서두르면 서두를수록 일부러 시간을 끌 생각이었다. 종류를 많이 쓸 수는 없지만 몇 가지만으로도 한운석과 단목요가 1년 내내 약귀곡을 뒤지게 만들 수도 있었다. 그때쯤 용비야가 먼저 나가떨어질지 아니면 단목백엽이 먼저 나가떨어질지 심히 궁금했다.

약귀의 붓은 하얀 종이 위에서 잠시 멈추었다. 이번에는 일필휘지로 써 내려가는 대신 꼼꼼하게 생각을 해 보아야 했다.

찾기 힘든 약재는 여러 가지가 있었다. 모양이 다른 약재와 비슷하거나 몸을 숨기는 성질이 강해서 바로 눈앞에 있어도 놓치는 약재가 있는 반면, 생장 조건이 까다로워 약재는 말할 것도 없고 약재가 있을 만한 장소조차 찾기 어려운 것도 있었다. 또한 드물고 생장 주기가 길어서 약귀곡에도 겨우 한 두 뿌리밖에 없는 약초도 있었다…….

약귀는 이런 조건을 고루 갖춘 약재를 고를 심산이었다.

모두가 그의 약방문을 기다리는 동안, 단목요는 차갑고 경멸에 찬 눈빛으로 몇 번인가 한운석을 노려보았다.

한운석은 눈싸움하는 대신 일부러 용비야 곁에 바짝 붙어 섰고, 단목요는 차마 그 모습을 보고 있을 수가 없어 씩씩거리며 고개를 홱 돌렸다.

용비야가 한운석을 흘끗 내려다보고는 곧바로 뒤로 한발 물러나는 바람에 한운석은 몹시 민망해졌지만, 다행히 단목요는 이 장면을 보지 못했다.

한운석은 약간 마음이 아팠다. 생혈단이 필요한 사람이 용비야 자신이 아니라 한운석이었다면, 아마 그는 나 몰라라 하며 내버려 두었을 것이다.

사실 이 인간과 단목요가 사형매이든 뭐든 신경 쓸 필요조차 없었다. 이 인간은 누구에게나 냉혹하고 무정했으며 그 마음속에 예외라고는 없었다.

기나긴 기다림의 끝에, 마침내 약귀가 결심을 내린 듯 하얀 종이에 세 가지 약재를 적어 똑같은 내용을 한운석과 단목요에게 건넸다.

한운석이 내용을 확인하기도 전에 단목요가 하나씩 소리 내어 읽었다.

"칠살연미七煞鳶尾, 단백의미单白依米, 귀타장鬼打墙."

뭐……? 그 이름을 듣는 순간 한운석은 눈을 휘둥그레 떴다. 다급히 손에 든 약방문을 자세히 들여다보았지만, 한 글자도 틀림이 없었다.

세상에나, 진짜 그 약재들이라니!

한운석은 너무 흥분한 나머지 울음이 터질 것 같았다. 덕분에 남들 눈에는 어려운 문제를 만나 울상을 짓는 것처럼 보였다. 그런 그녀의 모습에 용비야의 눈에도 복잡한 눈빛이 떠올랐다. 저 여자는 도무지 알 수가 없었다.

반면 단목요는 웃음을 터트렸다.

"진왕비는 의원 집안 출신이니 이 약재를 본 적이 있겠지?"

한운석은 코를 훌쩍이며 고개를 저었다.

"아뇨."

단목요는 자신감이 폭발했다. 좋아, 온전히 체력 싸움이군. 그사이 약귀가 사람을 시켜 약초 도감 두 권을 가져왔다.

"어떠냐……. 이제 시작해 볼까?"

약귀가 초조하게 물었다.

"좋아요."

단목요도 몸이 달았다. 비교해 볼 그림이 있으니 고작 세 종류 찾아내는 것쯤이야 식은 죽 먹기였다. 그녀의 체력과 빠르기라면 약귀곡을 온통 파헤치는 것도 어렵지 않았다.

한운석은 약초 도감을 꽉 움켜쥐며 고개를 끄덕였다.

"그러죠!"

"좋다, 시작! 이 몸께서는 여기서 기다리……."

약귀의 말이 끝나기도 전에 단목요가 약초 도감을 품에 넣고 휑하니 밖으로 사라졌다.

"빠르군……. 으하하하! 아주 기대되는 걸."

약귀는 덩실덩실 춤이라도 출 것처럼 웃어 댔지만, 당연히 그의 관심은 한운석에게 쏠려 있었다. 누가 용비야더러 그에게 미움 살 짓을 하라 했던가?

단목요의 너무나 빠른 움직임에 멍해졌던 한운석은 곧 천천히 정신을 차리고 약초 도감을 안은 채 밖으로 달려갔다. 하지만 그 속도는 약귀마저 답답해할 정도였다.

약귀는 몸을 일으켜 한운석의 곁으로 갔다. 느릿느릿 걷는 것 같은데도 속도는 한운석보다 빨랐다.

"한운석, 이렇게 능장을 부릴 때가 아니다. 약귀곡을 통틀어 귀타장은 단 한 포기뿐이니 늦으면 지는 거야!"

한운석은 그를 돌아보며 깜짝 놀란 척했다.

"정말인가요?"

약귀는 좁고 길고 요기를 띤 눈이 가느다란 선이 될 정도로 웃어 댔다.

"이 몸은 절대로 여자를 속이지 않아."

"정말 고마워요."

한운석은 달콤하게 미소를 지으며 더욱 속도를 높여 정원으로 달려 나갔다. 하지만 그 때 단목요는 이미 종적을 감춘 후였다.

용비야와 단목백엽은 벌써 밖에서 기다리고 있었다. 한운석이 그제야 나오자 단목백엽은 비웃음을 떠올리며 약을 올렸다.

"진왕비, 태연자약한 것을 보니 자신이 넘치는 모양이군?"

그런데 누가 알았을까, 그를 돌아보는 한운석의 얼굴은 조금 전 약방문을 보았을 때처럼 잔뜩 흥분되어 있었다. 그녀는 단목백엽의 말을 완전히 수긍한다는 듯 연신 고개를 끄덕였다.

이번에는 누가 봐도 울음을 터트릴 것 같은 표정이 아니라 진짜 흥분한 표정이었다.

아니……. 단목백엽은 당황했다. 저 여자, 어떻게 된 거지? 저 표정은 무슨 의미야?

용비야마저 한운석의 태도에 혼란에 빠졌다. 저건 대체 무슨 반응일까? 저 여자는 저 약초들을 알고 있을까, 아니면 모르고 있을까?

놀랍게도 한운석은 그들을 무시한 채, 옆에 있는 돌 의자에 앉아 흥분을 가라앉히려는 듯 심장을 어루만졌다.

이 광경을 보자 만족스러워하던 약귀마저 조용해졌다. 저 여자……, 이대로 포기하려는 건 아니겠지?

만약 그렇다면 용비야를 실컷 비웃을 준비를 해야 했다.

사실 한운석은 일부러 연막작전을 펴는 것이 아니었다. 정말, 정말이지 너무 흥분했기 때문이었다! 말로 표현할 수도 없을 만큼 흥분이 치밀었다!

숫제 약귀에게 달려가 마구 칭송을 해 주고 싶었다. 약귀 대인, 대인은 진짜 천재예요! 아참, 그는 귀재라고 했지! 그가 써낸 약재는 하나같이 독이 있는 약재들이었다!

더 중요한 것은, 그 약재 세 가지가 모두 이 정원 안에 있다는 사실이었다!

그들이 있던 이곳은 가장 놓치기 쉬운 장소였고, 그래서 단목요 그 멍청이도 곧바로 밖으로 달려 나간 것이다.

독이 있는 약재에는 두 종류가 있었다. 하나는 달였을 때 독소가 나오는 것으로 잠재형 독초에 속하고, 다른 하나는 싹일 때부터 독소가 있는 것으로 노출형 독초에 속했다. 공교롭게도 약귀가 써낸 세 가지 약초는 모두 후자였다.

한운석이 약귀곡에 들어서자마자 해독시스템이 몇 번이나 울리며 이 골짜기에 독약이 많이 있다는 것을 알려 주었고, 이 정원에 들어왔을 때에도 다시 경고를 울렸다.

독약의 식생은 그녀가 가장 잘 아는 것이었고, 이 노출형 독초들은 별도의 검사도 필요 없이 눈으로만 쓰윽 훑어도 무슨 독초인지 알 수 있었다.

단목요, 어디 실컷 찾아보시지. 칠성연미와 단백의미만 해도 쉽사리 찾을 수 있는 약초는 아니었다. 몹시 보기 드문 독초이기 때문에 설령 이 골짜기 안에 두세 포기 정도 있다한들, 약귀 본인이 나선다 해도 단박에 어디에 있는지 찾아내지 못할 것이다!

더구나 귀타장은 오직 한 포기뿐이고 약귀가 특별히 신경 써서 키운 것인 만큼 바깥에서는 절대 찾을 수 없었다.

용비야와 단목백엽, 약귀가 의아하게 쳐다보든 말든, 한운석은 계속 심장만 쓰다듬었다. 이렇게 흥분되는 일이 벌어졌으니 심장을 달랠 시간이 필요했다.

마침내 인내심이 다한 단목백엽이 불쾌한 목소리로 물었다.

"진왕비, 대체 언제 찾으러 갈 생각이지? 패배를 인정하는 것이냐?"

죽음이 눈앞에 닥쳤는데도 오만하게 굴긴. 조금 있으면 그 눈에서 눈물이 쏙 빠질 텐데.

한운석은 몸을 일으키며 생긋 웃었다.

"엽 태자, 영락공주가 서두르고 있는데 왜 그리 초조해하시죠?"

그녀는 이렇게 말하며 약초 도감을 펼쳐보지도 않고 용비야에게 건넸다.

"전하, 이것 좀 들어 주세요."

용비야는 생각에 잠긴 얼굴로 말없이 약초 도감을 받아들었다.

단목백엽은 할 말이 없었지만 시간이 갈수록 마음이 불안했다. 저 여자, 정말 자신이 있는 걸까? 하지만 그런 생각은 순식간에 지워졌다. 그럴 리가 없었다. 설사 저 여자가 이 약초들을 안다 해도 단번에 찾아낼 수는 없었다. 그런데 저런 자신감이라니? 일부러 허세를 부리는 것에 불과했다.

이렇게 생각하자 단목백엽은 가슴앞으로 팔짱을 끼고 오만한 표정을 지으며 한운석을 지켜보았다. 그녀가 속임수를 써서 뭔가 해낼 수 있다고는 절대로 생각지 않았다.

그러나 찔리는 데가 있는 약귀는 불안해지기 시작했다. 저 여자, 정원에 앉아 꼼짝도 않는 것을 보면 혹시 뭔가 발견하기라도 한 걸까?

폐물의 한판 뒤집기

한운석의 태도로 보아 이 정원을 떠날 기미가 없자 슬슬 의심스럽기는 했지만, 약귀 역시 그녀가 그 세 가지 약재를 찾아낼 거라고는 생각지 않았다.

누가 뭐래도 온갖 고심 끝에 겨우 생각해 낸 것들인 데다 모두 이 정원에 자라고 있어서 아무리 똑똑한 사람도 그렇게 빨리 눈치채지는 못할 터였다. 설령 그 약초들이 이 정원에 있다고 의심한다한들 저렇게 가만히 있어서는 찾을 수가 없었다!

약귀는 그렇게 생각하며 용비야가 들고 있는 약초 도감에 시선을 던졌다. 한운석은 저 도감을 펼쳐보지도 않았으니 약초가 이 정원 안에 있다고 의심하더라도 시간을 한참 들여 찾아야 했고, 반드시 찾아낸다는 보장도 없었다.

여기까지 생각한 약귀는 훨씬 마음이 놓여, 다시금 자신이 내놓은 문제에 자신만만해했다.

여태껏 무표정한 얼굴로 전혀 동요하지 않은 용비야를 흘낏 보는 그의 요사한 눈동자에 사악한 웃음이 떠올랐다. 그래, 네 놈이 언제까지 오만하게 구는지 두고 보자. 한 사흘쯤 한운석이 약초를 찾느라 헤매고 있으면 다급해진 네 놈도 별수 없이 고분고분 말을 듣겠지.

그런데 이렇게 으스대던 약귀의 등에 별안간 서늘한 느낌이

와 닿았다. 무의식적으로 뒤를 돌아본 그의 눈이 웃음기 가득한 한운석의 눈과 딱 마주쳤다.

약귀가 움찔 놀라며 그 눈빛의 의미를 고민하는 사이, 뜻밖에도 한운석이 주위를 둘러보다가 새까만 눈동자를 또르르 굴리며 그의 뒤 오른쪽에 펼쳐진 돌계단을 응시했다.

그 돌계단 아래에는 이끼가 잔뜩 끼었고, 이끼 둘레로 여뀌가 자라고 있었다. 한운석의 시선을 따라 여뀌풀 쪽을 바라본 약귀는 일순 심장이 철렁 내려앉았다. 여차하면 심장이 멈출 정도였다.

칠살연미는 바로 여뀌풀 속에 섞여 있었던 것이다!

설마······.

약귀의 얼굴을 볼 수 있었다면 분명 내 천川 자를 그리며 잔뜩 찡그린 그 눈썹을 구경할 수 있었을 것이다. 아니, 이건 우연이야! 한운석 같은 폐물이 약초 도감을 펼쳐보지도 않고 칠살연미를 알아볼 리가 없어! 칠살연미가 어떻게 생겼는지 모르는 약초쟁이가 한둘이 아니라고!

약귀는 재빨리 시선을 거두고 음흉한 눈빛을 번뜩이며 한운석은 절대 찾아내지 못할 것이라고 자신을 격려했다!

뜻밖에도 한운석이 일어나서 그쪽으로 다가왔고 약귀의 시선은 곧장 그녀를 쫓았다. 한운석은 한 치 어긋남도 없이 정확하게 여뀌풀 속에 섞인 여뀌와 꼭 닮은 약초를 움켜쥐고 뿌리째 뽑으려고 했다.

"잠깐!"

약귀가 놀라 비명을 질렀는데, 이번에는 전혀 요상하지도, 노쇠하지도 않은 목소리였다.

흉악하기 짝이 없는 외침 속에 그의 진짜 목소리가 약간 섞여든 탓이었다.

한운석은 약초를 움켜쥔 채로 생긋 웃었다.

"칠살연미, 맞죠?"

손으로 약초를 잡을 때만 해도 희망을 품었던 약귀였지만, 그녀의 입에서 정확한 이름이 나오자 도저히 믿을 수가 없었다.

설마 폐물이 한판 뒤집기라도 하려는 건가?

약귀는 두 눈을 가늘게 뜨고 미적미적 대답을 미루었다.

한운석이 어깨를 으쓱하며 뽑아내는 시늉을 하자 다급해진 약귀는 대답할 수밖에 없었다.

"그렇다!"

그 한마디에 옆에 있던 단목백엽이 믿을 수 없는 얼굴로 벌떡 일어났다.

"한운석, 너……."

"한운석, 칠살연미가 이 정원에 있는지 어떻게 알았지? 어떻게 찾아냈지?"

가장 궁금한 사람은 역시 약귀였다.

이 여자는 약초 도감을 보지도 않았고, 심지어 주변을 뒤지지도 않았다. 마치 한눈에 딱 발견한 듯한 느낌이었다.

"난 똑똑하니까요."

한운석은 웃으며 약초를 놓았다. 칠살연미는 아직 다 자라지 않아 무척 작았고, 약초를 아끼는 그녀로서는 이 귀한 약초를 함부로 해치고 싶지 않았다. 물론, 가장 큰 이유는 약초를 배상할 돈이 없기 때문이었다.

"똑똑해? 이건 속임수다! 폐물이 분명한 네가 어떻게 칠살연미를 알아보았단 말이냐?"

단목백엽이 신랄하게 따지고 들었다.

"방금 공평하다고 한 사람이 어느 쪽이었죠? 왜, 이제 와서 떼를 쓸 참인가요? 그래봤자 하나 찾아낸 것뿐이니 누이를 좀 더 믿어 보세요, 엽 태자."

한운석이 장난스레 말했다.

단목백엽은 말문이 막혔다. 여기서 더 말하면 자신과 누이동생의 체면만 깎일 뿐이었다.

"흥, 본 태자는 네가 다른 것도 찾아낼 수 있으리라 생각지 않는다!"

단목백엽이 이를 갈며 말했다.

"이 몸께서도 네가 다른 것도 찾아낼 수 있으리라 생각지 않아……."

약귀는 눈을 가늘게 뜨며 한운석을 노려보더니 시종일관 그녀에게 눈을 떼지 않았다. 목소리도 음침했지만 눈빛도 음침했다. 그녀가 운 좋게 칠살연미를 본적이 있었을 수도 있지만, 그렇다고 단백의미까지 알고 있지는 않을 것이다.

그런 말도 안 되는 일은 있을 수 없었다!

그런데, 한운석은 생긋 웃더니 발랄하고 교활한 눈동자를 데

구루루 굴리며 울짱 아래쪽에 있는 풀밭을 바라보는 것이었다.

한 번 겪어 본 탓에 단목백엽조차 긴장한 듯 그녀를 따라 고개를 돌렸다. 하지만 그는 그쪽을 보아도 알아볼 수 있는 것이 아무것도 없었고, 그녀가 그쪽을 바라본 이유조차 알아낼 수 없었다.

하지만 약귀는 '헉' 하고 놀란 소리를 내더니 가늘게 떴던 눈마저 진지해졌다. 한운석의 시선을 따라가지 않아도, 그는 그 울짱 아래 무엇이 있는지 알고 있었다. 저 조그마한 풀밭에는 작은 들꽃들이 피어 있었는데, 그중 거의 눈에 띄지 않는 하얀색 꽃 한 송이가 바로 성 하나의 가치와 맞먹는 단백의미였다!

설마, 한운석이 단백의미까지 알고 있는 건 아니겠지?

한운석은 시선을 거두고 딱딱하게 굳어진 약귀의 모습을 바라보며 눈부시게 웃었다.

"단백의미, 제가 꼭 지목해야 하나요?"

약귀는 대답하지 않고 못 박힌 듯 그녀의 눈동자를 뚫어져라 들여다보았다.

약귀는 지금껏 약에 관해서 실수해 본 적이 없었다. 비록 직접 시합에 참가한 것은 아니지만, 아무도 찾지 못하게 할 마음으로 고르고 골라 낸 문제인데 한운석이 반 시진도 못되어 두 가지나 찾아냈으니 자존심이 상하지 않을 수 없었다. 게다가 말이야 '찾아냈다'고 하지만 사실은 제대로 찾아본 적도 없지 않느냐고!

단백의미까지 알고 있는 여자가 폐물일까?

솜씨 좋은 약초사도 칠살연미 하나 알아보기가 쉽지 않은데, 단백의미는 칠살연미보다 더 희귀한 약초인 데다 독약이었다.

"약귀 대인, 저 조그맣고 하얀 꽃이 바로 단백의미예요. 제가 직접 가서 손으로 가리켜야 할까요? 저 하얀 꽃이요, 바로 그거요."

한운석은 일부러 상세하게 설명했다.

약귀는 심호흡을 했다. 머리를 쥐어짜 내어 골라낸 약초인데 이렇게 쉽게 알아내다니! 마지막 남은 독초 귀타장까지 벌써 찾아낸 건 아니겠지?

약귀가 대답하기도 전에, 단목백엽이 차 탁자로 와락 달려가더니 용비야가 내려놓은 약초 도감을 낚아채 단백의미의 모양과 설명이 있다고 표시된 곳을 펼쳤다. 한운석이 말한 꽃을 도감의 그림과 대조해 본 그는 곧 바보처럼 입을 딱 벌렸다. 정말 단백의미였다!

"맞죠, 엽 태자?"

한운석이 웃으며 물었다.

도감을 툭 떨어뜨리고 천천히 일어난 단목백엽의 얼굴은 애처로울 만큼 시커멓게 변해 있었다.

"마지막 하나도 찾아낸 거냐?"

한운석은 교활한 눈빛을 지으며 고개를 오른쪽으로 홱 돌렸다.

단목백엽은 반사적으로 오른쪽을 바라보았고, 한운석이 다시 왼쪽으로 고개를 돌리자 역시 따라서 왼쪽을 바라보았다.

"호호호, 바로 당신 발밑에 있어요!"

한운석이 큰 소리로 웃었다.

단목백엽은 정말 고개를 숙여 아래를 바라보았고, 이를 본 한운석은 뒤집어질 듯이 웃어 댔다. 단목백엽의 발밑은 텅텅 비어 아무것도 없었다.

이런……, 속았구나!

단목백엽은 얼굴을 붉으락푸르락하며 두 주먹을 꽉 움켜쥐었다.

그러나 약귀의 눈동자는 어두워졌다 밝아졌다 하며 복잡한 빛을 띠었다. 귀타장은 그가 직접 지붕 위에 심은 약초였다. 겉모양은 잡초와 거의 똑같아서, 약초사는 물론이고 이곳에 왔던 절정의 독전문가들도 찾아내지 못할 정도였다.

한운석이 저런 식으로 단목백엽을 속인 것을 보면, 찾아내지 못했다는 뜻이겠지?

이렇게 생각한 약귀는 다시 자신감을 회복했고, 금세 평정을 되찾아 이상야릇한 목소리로 일깨워 주었다.

"한운석, 칠살연미와 단백의미를 찾아냈어도 귀타장을 찾지 못하면 시합에서 이길 수 없다."

뜻밖에도 그 말이 떨어지자 한운석의 눈빛이 의미심장해졌고, 이를 본 약귀는 다시 불안해졌다. 그런데 한운석은 곧 의미심장한 눈빛을 지우고 별 의미 없는 듯 지붕 쪽을 흘끔 바라보았다.

이 무심한 눈빛이 조금 전에 본 의미심장한 눈빛보다 약귀의 심장을 더 철렁하게 만들었다!

설마 귀타장도 찾아냈다고? 천재인가? 저 귀타장을 찾아 이곳에 심기까지, 약귀는 장장 사흘 밤낮 동안 산을 뒤지고 골짜기를 넘어야만 했다!

긴장한 약귀를 본 한운석은 태연하기 그지없게 생긋 웃으며 아무 말도 하지 않았다.

그러나 옆에 있던 단목백엽은 그녀와 약귀가 주고받는 눈빛만 보고도 귀타장 역시 이 정원 안에 있다는 것을 깨달았다.

그럴 리가! 하나같이 희귀한 약초들인 데다, 조금 전 약귀 입으로 귀타장은 단 한 포기 밖에 없다고 했다. 그렇다면 일찌감치 이곳에서 사라져 버린 단목요는 귀타장을 구경조차 하지 못할 것이 분명했다!

단목백엽은 세 번째 약초가 어디 있는지 신경 쓸 겨를도 없었다. 이제 그의 관심을 끄는 것은 오로지 누이동생뿐이었다. 비록 잔인하고 음험한 인물이었지만, 친누이동생만큼은 눈에 넣어도 아프지 않을 정도로 아끼고 있었기 때문에 조금이라도 억울한 일을 당하는 것을 두고 볼 수가 없었던 것이다.

"약귀, 문제 한번 잘 냈군!"

단목백엽이 분노에 찬 외침과 함께 홱 돌아서서 떠나려 하자, 용비야의 몸이 번쩍 하며 그의 앞을 막아섰다.

"아무도 돕지 않는 것이 규칙이다. 잊은 것은 아니겠지."

단목백엽은 화가 머리끝까지 났지만 변명할 말이 없었고, 약귀가 있는 이상 생떼를 쓸 수도 없었다. 그는 별수 없이 거칠게 소매를 탁 떨치고 돌아서서 울분을 품은 채 앉았다. 이번에는 그들의 패배였다.

하지만 약귀는 단목백엽에게 신경 쓸 기분이 아니었다. 지금 그의 마음은 오로지 한운석에게 쏠려 있었고 시선도 한운석에게서 한 치도 떨어지지 않았다. 그는 한운석이 귀타장을 찾아낼 수 있을지 궁금해 미칠 지경이 되어 그녀가 입을 열기만을 기다렸다.

이러지도 저러지도 못하는 단목백엽 역시 누이를 찾아 데려올 수 있도록 한운석이 마지막 답을 알아맞히기를 기다렸다. 하지만 한운석은 가만히 자리에 앉아 아무 말도 하지 않았고 시선도 돌리지 않았다.

그때쯤 단목요는 온 산을 뒤지며 칠살연미를 찾고 있었다. 세 번, 네 번 약초 도감의 그림과 설명을 살핀 그녀는 제 딴에는 머리를 써서 여뀌풀을 먼저 찾기로 했고, 골짜기를 날아다니다가 여뀌풀이 있는 곳을 발견할 때마다 내려가 약초 도감과 하나하나 비교해 보았다.

그런 그녀가 무슨 수로 약귀의 정원 안에서 일어나는 일을 알 수 있을까? 그렇게 약초를 찾아 헤매면서도 그녀는 한운석을 잊지 않았다. 한운석, 너 혼자 여뀌풀밭을 찾아내려면 아주 죽을 맛일 거야!

여뀌풀을 모두 확인한 단목요는 발끝으로 땅을 살짝 짚어 계속 아래쪽으로 날아갔다. 조금 어려운 임무이긴 했지만 그래도 자신은 있었다.

곧 날이 어두워지기 시작했다······.

하늘이 어둑어둑해지는데도 한운석은 여전히 귀타장을 찾을 생각을 하지 않았다. 물론, 정원을 떠나지도 않았다.

약귀곡 정원에는 등불이 켜졌고 단목백엽은 정원 문 앞을 왔다 갔다 했다. 얼굴이 하얗게 질렸고 마음은 초조해 죽을 지경이었지만 나가서 단목요를 찾을 수도 없었다. 약귀는 화단 한쪽에 웅크려 앉아 이따금씩 지붕 위를 흘끔거리거나 한운석을 흘끔거리며 참을성 있게 기다렸다.

〈천재소독비〉 2권에서 계속